De Indiase bruid

KARIN FOSSUM

De Indiase bruid

Vertaald door

Annemarie Smit

Manteau
THRILLER

Met dank aan Finn Skårderud

Oorspronkelijke titel: *Elskede Poona*

www.manteau.be
info@manteau.be

Vertegenwoordiging in Nederland
WPG Uitgevers België
Herengracht 370/372
NL-1016 CH Amsterdam

Eerste druk mei 2003
Zesde druk maart 2012

Omslagontwerp Wil Immink

ISBN 978 90 223 2748 7
D/2012/0034/332
NUR 330

Hondengeblaf verscheurt de stilte. Zijn moeder heft haar blik op van de gootsteen en kijkt naar buiten. De hond bast diep vanuit zijn strot. Heel zijn zwarte, gespierde lichaam trilt van spanning.

Dan ziet ze haar zoon. Hij stapt uit de rode Golf en laat een blauwe tas op de grond vallen. Hij werpt een blik op het raam. Vaag ziet hij de contouren van zijn moeder. Hij loopt naar de hond toe en maakt de ketting los. Het dier werpt zich op hem. Ze rollen zodat het zand opstuift. De hond gromt en haar zoon roept lieve scheldwoorden in zijn oor. Zo nu en dan geeft hij een gil en slaat hij de rottweiler hard op zijn snuit. Uiteindelijk blijft het dier liggen. Haar zoon staat langzaam op. Slaat stof en vuil van zijn broek. Hij werpt nogmaals een blik op het raam. De hond staat aarzelend op en blijft met gebogen kop voor hem staan. Ten slotte mag het dier bij hem komen en onderdanig zijn mondhoeken likken. Dan loopt de jongen naar het huis toe en gaat de keuken binnen.

'Jezus Christus, wat zie jij eruit!'

Zijn moeder kijkt naar zijn blauwe T-shirt. Het zit onder de bloedvlekken. Zijn handen zijn geschramd. De hond heeft hem ook in zijn gezicht gekrabd.

'Je bent niet wijs', zegt ze en ze haalt kribbig haar neus op. 'Laat die tas maar staan. Ik doe straks de was wel.'

Hij slaat zijn geschramde armen over elkaar. Stevige armen, net als de rest van zijn lijf. Bijna honderd kilo, maar geen grammetje vet. Zijn spieren zijn pas nog gebruikt en ze zijn warm.

'Laat maar', zegt hij snel. 'Ik doe het zelf wel.'

Ze denkt dat ze het niet goed verstaat. Wil hij zelf zijn kleren wassen? 'Waar ben je geweest?' vraagt ze dan. 'Je traint toch niet van zes tot elf?'

Haar zoon mompelt iets met zijn rug naar haar toe. 'Bij Ulla. We hebben samen opgepast.'

Ze kijkt naar zijn brede rug. Zijn haar is superblond en staat als een borstel overeind. Hier en daar zijn een paar dunne plukjes vuurrood geverfd, waardoor het lijkt alsof hij in brand staat. Hij loopt de trap af, naar de kelder. Ze hoort dat de oude wasmachine wordt aangezet. Zelf laat ze het water uit de gootsteen weglopen en kijkt ze de tuin in. De hond is met zijn kop op zijn poten gaan liggen. Het laatste restje licht verdwijnt. Haar zoon komt weer boven en zegt dat hij een douche gaat nemen.

'Douchen? Nu? Je komt toch net van de training?'

Hij geeft geen antwoord. Even later hoort ze zijn stem in de badkamer, het klinkt hol in de betegelde ruimte, schel van jeugdige wanhoop. Hij zingt. De deur van het medicijnkastje klapt. Hij zoekt vermoedelijk pleisters, de sukkel.

Zijn moeder glimlacht. Al die agressie hoort erbij. Hij is tenslotte een man. Later zal ze dit nooit vergeten.

Het laatste moment waarop het leven nog goed was.

*

Het begon met Gunder Jomanns reis. Gunder ging helemaal naar India om een vrouw te zoeken. Maar dat vertelde hij niet, als hem gevraagd werd wat hij daar ging doen, dat hij dat eigenlijk wilde. Hij durfde het zichzelf nauwelijks te bekennen. Hij ging op reis om iets van de wereld te zien, zei hij, als zijn collega's het hem vroegen. Wat een uitspatting! Terwijl hij altijd zo bescheiden was. Hij ging zelden uit, bezocht nooit het kerstdiner van de zaak, was altijd met zijn huis of de tuin of de auto bezig. En voorzover ze wisten, had hij nooit een vrouw gehad. Gunder trok zich niets aan van de geruchten. In feite was hij een doelbewuste man. Een beetje langzaam, dat wel, maar hij kwam waar hij wilde, zonder veel drukte. Hij nam de tijd die nodig was. Toen hij eenenvijftig was zat hij 's avonds vaak in een boek te bladeren dat hij van zijn jongere zus Marie voor zijn verjaardag had gekregen. *Volkeren van de wereld*. Omdat hij nooit ergens heen ging – behalve naar zijn werk, een klein, betrouwbaar bedrijfje in landbouwmachines – zorgde zij ervoor dat hij toch op zijn minst foto's te zien kreeg van wat er verder nog was. Gunder las en bladerde in het boek. India was het land dat hem het meest aansprak. De mooie vrouwen met een rode stip op hun voorhoofd. Hun geverfde ogen en hun guitige glimlachjes. Een van hen staarde hem vanuit het boek aan en hij verloor zich meteen in zoete dromen. Niemand kon dromen als Gunder. Hij sloot zijn ogen en dreef weg. Ze was licht als een veertje in haar rode gewaad. Haar ogen waren zo diep en donker als zwart glas. Haar haren verborgen onder een shawl met gouden randen. Maandenlang staarde hij nu al naar die foto. Het stond hem helder voor ogen dat hij een Indiase vrouw wilde hebben. Niet omdat hij een meegaande en onderdanige vrouw wenste, maar omdat hij een vrouw wilde die hij op handen kon dragen. Noorse vrouwen wilden niet gedragen worden. Eigenlijk had hij hen nooit begrepen, nooit begrepen wat ze eigenlijk wilden. Want zoals hij het zelf zag, ontbrak het hem aan niets. Hij had een huis en een stukje land, een auto en werk, en een keuken met alles erop en eraan. De badkamer had vloerverwarming, hij had een televisie en een videorecorder. Een wasmachine en een droogtrommel, een afwasmachine en een magnetron, hij was blijmoedig en hij had geld op de bank. Gunder begreep dat ook andere, meer immateriële factoren bepaalden in hoeverre je in de liefde slaagde, hij was namelijk niet dom. Maar wat hielp het, als je die dingen niet kon leren of kopen. 'Jouw tijd komt nog we', had zijn moeder altijd gezegd, toen ze in het grote ziekenhuisbed langzaam dood lag te gaan. Zijn vader was al dood. Gunder was opgegroeid met deze twee vrouwen: zijn moeder en zijn zus Marie. Toen zijn moeder zeventig was, groeide er een gezwel in haar hersenen, waardoor ze lange periodes zichzelf niet was. Dan wachtte hij geduldig tot ze weer de vrouw was die hij kende en van wie hij hield. 'Jouw tijd komt nog wel. Je bent een goeie jongen, Gunder. Op een goeie dag komt er een vrouw op je weg.'

Maar hij zag niemand komen. Daarom boekte hij een reis naar India. Hij wist dat het een arm land was. Misschien dat hij daar een vrouw vond die het zich niet kon veroorloven zijn aanbod af te slaan om met hem helemaal naar Noorwegen te gaan, naar dit prachtige huis, dat zijn eigendom was. Haar familie zou op zijn kosten op bezoek mogen komen, als ze dat wilden. Hij wilde geen mensen van elkaar scheiden. En als ze een of ander ingewikkeld geloof had, zou hij haar heus niet verhinderen dat te belijden! Hij was bijzonder geduldig. Als hij maar een vrouw kreeg!

Er bestonden ook andere oplossingen. Maar hij durfde niet samen met andere vreemde mannen in een bus naar Polen te stappen. En hij wilde niet het eerste het beste vliegtuig naar Thailand nemen. Er deden zoveel verhalen de ronde over wat daar allemaal gebeurde. Hij wilde helemaal zelf een vrouw vinden. Hij zou het helemaal zelf moeten doen. Het idee om catalogi met foto's en beschrijvingen van allerlei vrouwen door te bladeren, of naar een televisiescherm te staren waarop de een na de ander zich aanbood, was voor Gunder volkomen ondenkbaar. Hij zou nooit kunnen kiezen.

Het licht van de leeslamp brandde op zijn kale hoofd. In een wereldatlas zocht hij India en de grootste steden van het land op. Madras, Bombay, Delhi. Het liefst ging hij naar een stad aan zee. Veel Indiërs spraken Engels, dat stelde hem gerust. Sommigen waren zelfs christen, las Gunder in *Volkeren van de wereld*. Als hij veel geluk had, ontmoette hij een christelijke vrouw die bovendien Engels sprak. Of ze twintig of vijftig was, was minder belangrijk. Hij rekende er niet op nog kinderen te krijgen, hij was niet veeleisend, maar als ze er al eentje had, nam hij dat op de koop toe. Misschien zou hij haar moeten kopen. In andere landen hadden ze soms heel andere gebruiken en als ze geld kostte, zou hij goed betalen. Zijn moeder had een redelijke som geld nagelaten. Eerst moest hij een reisbureau vinden. Er waren er vier waartussen hij kon kiezen. Eentje in het winkelcentrum, dat uit een balie bestond waar je tegenaan hing om in de reisgidsen te bladeren. Maar Gunder wilde zitten. Dit was een belangrijke beslissing, niet iets wat je staande deed, in alle haast. Hij zou naar de stad toe moeten, waar drie reisbureaus waren. Hij zocht ze op in de telefoongids. Toen bedacht hij dat Marie een keer een reisgids had achtergelaten, om hem lekker te maken. Ja, die Marie, dacht hij, en hij zocht in de inhoudsopgave onder de I. Ialyssos. Ibiza. Ierland. Hadden ze geen vakantiereizen naar India? Hij vond Bali in de Indonesische Archipel, maar dat zette hij van zich af. Het was India of niets. Dan moest hij maar rechtstreeks met de luchthaven bellen om een ticket te bestellen. Hij zou zich wel redden, dat had hij altijd gedaan, en in een grote stad waren de mensen gewend aan reizigers. Maar nu was het avond, te laat om te bellen. Daarom zocht hij de foto in *Volkeren van de wereld* nog maar eens op. Hij zat een tijdlang naar de Indiase schone te staren. Dat een vrouw zo wonderbaarlijk mooi kon zijn, zo kleurig en glad, zo betoverend teer. Haar tengere hand hield de shawl onder haar kin bijeen. Ze droeg sieraden om haar pols. Haar irissen waren bijna zwart, met een flitsende glimp, van de zon misschien, en ze staarde Gunder recht aan. Recht in zijn verlangende ogen. Die waren groot en blauw en nu sloot hij ze. Ze volgde hem in zijn droom. Hij viel in slaap in zijn stoel en dreef met de gouden schone weg. Ze woog niets. Haar bloedrode gewaad wapperde zacht tegen zijn gezicht.

*

Hij zou vanaf het werk bellen, in de lunchpauze, vanuit het lege kantoortje dat maar zelden werd gebruikt. Dat omgebouwd was tot magazijn. Langs de wanden stonden dozen met ordners en papieren opgestapeld. Een kleurige affiche aan de wand toonde een bruinverbrande man op een tractor op een veld. Dat was zo uitgestrekt dat het in een wazige, blauwe horizon verdween, als de zee. Zonder boeren geen Noorwegen, stond er op de affiche. Gunder toetste het nummer in. Voor een internationale vlucht, toets twee, zei de stem op het bandje. Hij drukte de twee in en wachtte. Toen kwam er een andere stem. Er zijn nog achttien wachtenden voor u, een ogenblik geduld alstublieft. De melding werd steeds herhaald. Hij krabbelde wat op het schrijfblok dat naast de telefoon lag. Probeerde een Indiase draak te tekenen. Door het raam zag hij een auto komen aanrijden. Er zijn nog vijftien wachtenden voor u, negen, zeven. Hij voelde dat hij nu snel op een doorslaggevende beslissing toeging. Zijn hart klopte sneller en hij tekende verwoed verder aan de stuntelige draak. Toen zag hij boer Svarstad uit de zwarte Ford stappen. Svarstad was een vaste klant die altijd naar Gunder vroeg en die er niet van hield te moeten wachten. De tijd begon te dringen. Nu stroomde er muziek door de hoorn en een stem kondigde aan dat hij zo dadelijk geholpen zou worden. Op dat moment viel Bjørnsson het kamertje binnen. Een van de jongere verkopers.

'Svarstad vraagt naar jou', zei hij. 'Waarom zit je hier?' vroeg hij vervolgens. Achterdochtig.

'Ik kom zo. Hou hem maar even aan de praat. Begin maar over het mooie weer.' Hij luisterde aan de hoorn. Er klonk een vrouwenstem.

'Hij keert me gewoon z'n rug toe en heeft schijt aan me', zei Bjørnsson. Gunder gebaarde met zijn hand dat de jongen weg moest gaan. Uiteindelijk begreep hij de hint en verdween. Gunder kon Svarstads ontevreden gezicht door het raam zien. De blik op zijn horloge betekende dat hij echt niet alle tijd van de wereld had en dat hij het niet prettig vond dat ze niet meteen naar zijn pijpen dansten.

'Ja, het zit zo,' zei Gunder, 'dat ik naar Bombay wil. In India. Over veertien dagen.'

'Wilt u van Gardermoen vertrekken?' vroeg de stem.

'Ja. Ik wil vrijdag over veertien dagen vertrekken.'

Hij hoorde haar vingers over het toetsenbord ratelen en verbaasde zich erover hoe snel het ging.

'Dan vliegt u om tien uur vijftien naar Frankfurt', zei ze. 'Van Frankfurt reist u om dertien uur tien verder. En dan komt u aan om nul uur veertig plaatselijke tijd.'

'Plaatselijke tijd?' zei Gunder vragend. Hij noteerde als een razende.

'Het tijdverschil is drie en een half uur', verklaarde ze.

'Natuurlijk. Ik wil graag een ticket bestellen. Hoeveel kost het?'

'Enkele reis of retour?'

Hij aarzelde even. Stel dat ze met zijn tweeën waren als hij terugging? Dat was immers wat hij hoopte en waar hij van droomde en wat hij wenste.

'Kan ik het ticket later nog veranderen?'

'Dat kan.'

'Dan neem ik een retour.'

'Dat kost 6900 kronen. U kunt het ticket op de luchthaven afhalen of we sturen het u per post toe. Wat wilt u?'

'Met de post', zei hij snel. Hij gaf zijn naam en adres op. Blindvei 2.

'Een kleinigheidje nog', zei de vrouw ineens. 'Het heet geen Bombay meer.'

'Niet?' vroeg Gunder verbaasd.

'De stad heet Mumbai. Sinds 1995.'

'Dat zal ik onthouden', zei Gunder ernstig.

'SAS wenst u een goede reis.'

Hij legde de hoorn neer. Svarstad trok de deur van het kantoortje open en keek hem nijdig aan. Hij moest een maaidorser hebben en hij was duidelijk van plan om Gunder eens flink te terroriseren. Hij was vol van de voorgenomen aanschaf. Hij klampte zich zo aan de boerderij van zijn vader vast dat zijn nagels afgesleten waren en niemand durfde samen met Svarstad een nieuwe machine te kopen. Hij was echt onmogelijk om mee samen te werken.

'Svarstad', zei Gunder, terwijl hij snel opstond. Hij had rode wangen van wat er allemaal was gebeurd. 'Laten we aan de slag gaan.'

In de tijd die volgde was Gunder een beetje van slag. Hij was ongeconcentreerd en klaarwakker. Het was moeilijk om 's nachts de slaap te vatten. Hij lag te denken aan de lange reis en aan wie hij misschien zou ontmoeten. Tussen alle twaalf miljoen inwoners van Bombay, hij corrigeerde zichzelf, van Mumbai, moest zich iemand bevinden die bij hem paste. Zij liep daar rond en wist nog van niets. Hij zou een cadeautje voor haar kopen. Iets Noors, iets wat ze nog nooit had gezien. Een traditionele zilveren broche misschien, voor bij haar rode gewaad. Of haar blauwe of groene gewaad. Maar hoe dan ook, een zilveren klederdrachtbroche. De volgende dag zou hij naar de stad gaan om er eentje uit te zoeken. Niet groot en opvallend, maar mooi en fijn. Om haar shawl bijeen te houden, als ze die gebruikte. Maar misschien droeg ze wel een lange broek en een trui, wie zou het zeggen? Hij lag ongebreideld te fantaseren en was klaarwakker. Had ze een rode stip op haar voorhoofd? In gedachten zette hij zijn vinger erop en in gedachten glimlachte ze verlegen terug. *Very nice*, zei Gunder in het donker voor zich uit. Hij moest zijn Engels een beetje oefenen. *Thank you very much. See you later.* Hij kon er best wat van.

Svarstad had zo goed als besloten. Het moest een Dominator van CLAAS worden, een 58 S. Gunder was het met hem eens.

'Alleen het beste is goed genoeg', glimlachte hij, vol van zijn Indiase geheim. 'Zescilinder Perkinsmotor met een vermogen van honderd pk. Drietraps mechanische versnelling met hydraulische variator. Maaibord van drie meter zestig.'

'En de prijs?' vroeg Svarstad nors, hoewel hij heel goed wist dat het wonder 570 000 Noorse kronen kostte. Gunder sloeg zijn armen over elkaar. 'Je hebt ook een nieuwe balenpers nodig. Als je nu in één keer goed wilt investeren, schaf je meteen ook een Quadrant aan. Je hebt weinig opslagruimte.'

'Ik moet ronde balen hebben', zei Svarstad. 'Ik heb het niet op die blokken.'

'Dat is een kwestie van wennen', zei Gunder vasthoudend. 'Als je goed gereedschap hebt, hoef je minder hulp in te huren. Die Polen kosten toch ook geld? Met een nieuwe Dominator én een nieuwe pers kun je het zelf doen. Dan krijg je ook een mooi prijsje. Daar zorgen we voor.'

Svarstad kauwde op een strootje. Hij had een diepe groef in zijn verweerde voorhoofd en een pijnlijke blik in zijn diepliggende ogen die langzaam plaatsmaakte voor een glanzende droom. Geen enkele andere verkoper zou iemand die al nauwelijks geld overhad voor een maaidorser nóg een machine opdringen. Maar Gunder deed het en gewoonlijk lukte het hem.

'Je reinste investering in de toekomst', zei hij. 'Je bent nog jong. Waarom zou je genoegen nemen met het op één na beste? Je werkt je kapot. Laat de Quadrant vierkante balen maken, die zijn makkelijk te stapelen en nemen minder plaats in. Niemand anders hier in de omgeving heeft zich nog aan vierkante balen gewaagd. Binnenkort komen ze allemaal bij je kijken.'

Die opmerking was een schot in de roos. Dat idee stond Svarstad wel aan, een groepje nieuwsgierige buren dat over zijn erf stapte. Maar dan moest hij wel even bellen. Gunder wees hem het lege kantoortje. Zelf ging hij het contract in orde maken, de verkoop was zo goed als in kannen en kruiken. Het kon niet beter. Een grote transactie vlak voor zijn grote reis. Hij kon met een gerust geweten in het vliegtuig stappen.

Svarstad kwam weer naar buiten. 'De bank geeft groen

licht', zei hij kort. Hij was zo rood als een kreeft, maar zijn ogen straalden onder zijn borstelige wenkbrauwen.

'Uitstekend', zei Gunder.

Na zijn werk reed hij naar de stad, rechtstreeks naar een juwelier. Hij keek in de vitrine, maar daar lagen alleen ringen. Hij vroeg of hij wat traditionele broches mocht zien en de verkoopster vroeg voor bij welke streekdracht. Gunder haalde zijn schouders op.

'Dat maakt niet uit. Gewoon, een broche. Het is een cadeautje. Maar ze heeft geen Noorse klederdracht.'

'De broches horen alleen bij de Noorse klederdracht', zei de dame belerend.

'Maar het moet iets uit Noorwegen zijn', zei Gunder. 'Iets echt Noors.'

'Voor een buitenlandse dame?' zei ze vragend.

'Ja. Ik dacht dat ze hem op haar eigen volksdracht zou kunnen dragen.'

'En wat voor dracht is dat?' vroeg ze, met groeiende nieuwsgierigheid.

'Een Indiase sari', zei Gunder gewichtig.

Het werd doodstil achter de toonbank. De verkoopster stond blijkbaar in tweestrijd over wat ze moest doen. Ze was niet onontvankelijk voor Gunders charmante koppigheid en ze kon hem niet weigeren te kopen wat hij wilde. Ook al waren er voorschriften, van *Husfliden* bijvoorbeeld, voor wat was toegestaan. Maar niemand van *Husfliden* zou erachter komen dat er in India een vrouw rondfladderde met een Noorse broche op haar feloranje sari. Vandaar dat ze naar de la met de klederdrachtsieraden liep en een middelgrote broche uitzocht, onzeker of de aandringende man op de hoogte was van de prijs.

'Wat kost die?' vroeg Gunder.

'1400 kronen. Deze is bijvoorbeeld uit Hardanger. We hebben ook broches die veel groter zijn, of kleiner. Maar gewoonlijk zit er nogal wat goud op die sari's, dus hij moet wel eenvoudig zijn, bedoel ik. Als hij er tenminste bij moet passen.'

Haar stem klonk een beetje ironisch, maar ze bond in toen ze Gunder aankeek. Hij pakte de tinkelende broche van het fluweel en hield hem tussen zijn grote handen. Hield hem in het licht. Zijn gezicht kreeg een dromerige uitdrukking. Ze werd een beetje sentimenteel. Er was iets met deze man; ondanks alles had deze grote, trage, verlegen man iets charmerends. Hij was op vrijersvoeten.

Gunder wilde geen andere broches meer zien. Dat zou hem alleen maar aan het twijfelen brengen. Dus hij kocht de eerste, die ook de beste was, en liet het sieraad inpakken. Hij zou het pakje thuis openmaken en de broche steeds weer bewonderen. Op weg naar huis trommelde hij op het stuur, hij zag de bruine vingers voor zich die het pakje openmaakten. Het papier was zwart met kleine, gouden stipjes. En er zat een vuurrode band om het doosje. Het lag op de stoel naast hem. Hij moest misschien wat pillen kopen voor de reis. Voor zijn maag. Al dat vreemde eten, dacht hij. Rijst en kerrie. Scherp als de duivel. En Indiaas geld. Was zijn paspoort niet verlopen? Ineens kreeg hij het druk. Hij moest Marie maar even bellen.

*

Het dorp waar Gunder woonde, heette Elvestad. Het had 2347 inwoners. Een houten kerk uit de Middeleeuwen, gerestaureerd in 1970. Een benzinepomp, een school, een postkantoor en een eetcafé. Het café hield het midden tussen een lelijke barak en een traditionele boerenvoorraadschuur, het stond op palen, met een steile houten trap naar de ingang. Als je binnenkwam, keek je recht tegen een jukebox aan. Een oude Wurlitzer die het nog steeds deed. Op het dak van het café stond een rood met wit bord met het opschrift *Einars Kro*. 's Avonds ontstak Einar het licht in het bord.

Einar Sunde was al zeventien jaar uitbater van het café. Hij had een vrouw en kinderen en hij zat tot over zijn oren in de schulden, vanwege een overdreven Tirolervilla net buiten het centrum. Dankzij een tapvergunning slaagde hij er nu eindelijk in zijn schulden af te lossen. Dat was ook de enige reden dat er altijd klanten in Einars Kro zaten. Hij kende de dorpelingen en dreef de zaak met ijzeren vuist. Binnen korte tijd wist hij van de meeste jongeren in welk jaar ze geboren waren en hij legde een hand over de tap als ze te vroeg een poging waagden. Het dorp had ook een dorpshuis, waar bruiloften en andere feesten werden gevierd. De meeste inwoners waren boeren. Bovendien waren er een aantal nieuwelingen, mensen die de stad waren ontvlucht met de geromantiseerde droom van een rustiger leven op het land. Dat hadden ze gekregen. De zee lag op slechts een halfuur afstand, maar de zilte lucht kwam niet tot hier, het rook naar uien en prei, in de lente stonk het naar gier en in de herfst hing hier de zoetige geur van appels. Einar kwam uit de hoofdstad, maar hij had nooit heimwee. Hij was de enige die hier een café had. Zolang híj het café dreef, zou geen hond binnen een straal van tien kilometer hetzelfde proberen. En hij zou hier blijven tot hij erbij neerviel. Omdat hij dronkenschap en knokpartijen buiten de deur wist te houden, durfde iedereen naar binnen. Vrouwen voor koffie met gebak, kinderen voor worstjes en cola, jongeren voor een pilsje. Hij ventileerde de zaak goed, maakte grondig schoon, leegde de asbakken en verving de waxinelichtjes als ze opgebrand waren. Zijn vrouw deed thuis de rood met wit geruite tafelkleedjes in de wasmachine. Het etablissement was misschien niet echt stijlvol, maar hij hield niet van kitsch. Er stonden geen plastic bloemen in de vaasjes. Onlangs had hij een grotere afwasmachine voor de glazen aangeschaft. De keuringsdienst van waren mocht zo zijn keuken komen inspecteren, zowel de apparatuur als de hygiëne voldeed aan alle regels.

Hier, in Einars Kro, hielden de mensen zich op de hoogte van wat er in het dorp gebeurde. Wie er met wie ging, wie er net gescheiden was en welke landbouwers nu elk moment gedwongen waren huis en hof te verlaten. De dorpelingen hadden slechts één taxi tot hun beschikking. Kalle Moe had een witte Mercedes en hij was meestal telefonisch te bereiken, vast of mobiel, altijd nuchter en dienstvaardig. En als hij dat niet was, zorgde hij voor een taxi uit de stad. Zolang Kalles taxi reed, was er in het dorp geen ruimte voor nog een vergunning. Hij was over de zestig. Er stonden verscheidene belangstellenden in de startblokken.

Einar Sunde was zes dagen per week in het café, op doordeweekse dagen tot tien uur 's avonds. Op zaterdag bleef hij open tot twaalf uur, op zondag was de zaak gesloten. Hij was een harde werker, snel, een bonenstaak van een man met rossig haar en lange, dunne armen. De glazendoek die hij in zijn broekband droeg, werd vervangen zodra er vlekken op zaten. Zijn vrouw Lillian, die hem bijna alleen 's nachts zag, leefde haar eigen leven, ze hadden niets meer samen. Ze maakten zelfs nauwelijks nog ruzie. Einar had geen tijd om van een beter leven te dromen, hij moest werken. De Tirolervilla had 1,6 miljoen kronen gekost, inclusief sauna en fitnessruimte, maar hij had geen tijd om die te gebruiken. In het café zat de harde kern van het dorp, of op z'n minst een deel ervan. Die bestond uit jongemannen in de leeftijd van achttien tot dertig, met of zonder vriendinnetjes. Omdat ze in Einars Kro bier konden drinken, gingen ze nooit naar de stad om meisjes van buiten te vinden. Van Einars Kro kon je lopend naar huis, zo groot was het dorp niet. Ze dronken liever nog twee glazen bier, dan dat ze een dure taxi van de stad naar huis moesten nemen. Daarom trouwden ze met meisjes uit het dorp en bleven daar. Maar voordat het zover was, gingen de meisjes van hand tot hand. Dat schiep een merkwaardige verbondenheid, met veel ongeschreven wetten.

Na veel discussies in de gemeenteraad had Elvestad een winkelcentrum gekregen, zodat de plaatselijke kruidenierswinkel naast het Shellstation nu stond te verstoffen. *Gunwalds Landhandel.* In het winkelcentrum had een drieste ondernemer twee zonnebanken geïnstalleerd, was een ander een bloemenzaak gestart en een derde een kleine parfumerie. Op de verdiepingen erboven waren een dokter, een tandarts en *Kapsalon Annie* gevestigd. Geen van de jongeren uit het dorp ging daarheen. Je haar liet je in de stad knippen. Piercings door je navel en je neus kon je ook in de stad laten zetten. Annie kende hun vaders en moeders, ze zou het in haar hoofd kunnen halen te weigeren. Maar de oudjes deden nog trouw hun boodschappen bij Gunwald. Ze kwamen met geruite shoppers op wieltjes en met oude, grijze rugzakken, en ze kochten longhachee en bloedpudding en ouderwetse komijnekaas. Ole Gunwald vond het allemaal prima. Hij had zijn schulden allang afbetaald.

Gunder Jomann zat nooit in het café, maar Einar kende hem wel. Hij kwam een doodenkele keer binnen om een Cornetto met aardbeien te kopen, die hij dan buiten opat, zittend aan een van de plastic tafeltjes, als het weer het toeliet. Einar wist waar Gunder woonde, dat zijn huis ongeveer vier kilometer buiten het centrum lag, langs de weg naar Randskog. Bovendien was er geen boer in het dorp die niet zijn gereedschap bij Gunder kocht. Daar kwam hij net binnen, met zijn hand al op zijn binnenzak.

'Ik kom alleen even vragen,' zei hij verlegen en een beetje gejaagd voor Gunders doen, 'hoe lang je moet rekenen om van hier met de auto naar het vliegveld te rijden?'

'Naar Gardermoen?' vroeg Einar. 'Reken maar op anderhalf uur. Bij een internationale vlucht moet je een uur van tevoren aanwezig zijn. Dus dan moet je op tweeënhalf uur rekenen. En als ik jou was, zou ik er nog maar een halfuurtje bij doen, voor het geval er iets gebeurt.'

Hij stond uitgebreid een driehoekige asbak af te drogen. 'Ochtendvlucht?' vroeg hij nieuwsgierig.

Gunder pakte een Cornetto uit de vrieskist. 'Kwart over tien.'

'Dan moet je vroeg op.' Hij draaide zich om en ging door met zijn werk. Sunde was niet vriendelijk en hij glimlachte ook niet, hij klonk eigenlijk een beetje verongelijkt en hij keek Gunder niet aan. 'Als ik jou was, zou ik om zeven uur vertrekken.'

Gunder knikte en betaalde. Hij kon dit beter aan Einar vragen, dan dat hij blijk gaf van zijn onwetendheid tegenover de mevrouw van de SAS. Einar wist wie Gunder was en hij zou hem niet in verlegenheid brengen. Maar diezelfde avond al zouden de mensen weten dat hij op reis ging.

'Ga je ver weg?' vroeg Einar, terloops, terwijl hij nog een asbak afdroogde.

'Heel ver', zei Gunder vaag. Hij trok het papier van zijn ijsje en ging weer naar buiten. At het op terwijl hij de laatste kilometers naar huis reed. Nu had hij iets om zijn hoofd over te breken, de waard. Gunder vond het best.

Marie was buiten zichzelf van opwinding. Ze wilde meteen in de auto stappen en naar hem toe komen. Haar man Karsten was op reis en ze verveelde zich en wilde alles horen. Gunder stribbelde tegen, want Marie merkte altijd alles en hij had geen zin om ontmaskerd te worden. Ze was echter niet te stoppen. Een uur later stond ze voor de deur. Gunder was bezig met opruimen. Als er op de terugweg iemand bij hem was, moest het huis piekfijn in orde zijn. Marie zette koffie en legde een paar wafels in de oven. In een plastic bakje had ze zure room en jam bij zich. Gunder was geroerd. Ze waren erg aan elkaar gehecht, maar dat lieten ze niet merken. Hij wist niet of ze gelukkig was met Karsten, ze sprak nooit over hem, alsof hij niet bestond. Ze hadden geen kinderen. Maar ze zag er goed uit. Een mooie brunette, net zoals zijn moeder was geweest. Klein en gedrongen, maar vrolijk en bijdehand. Gunder meende dat ze iedereen had kunnen krijgen, maar ze had genoegen genomen met Karsten. Ze zag het boek *Volkeren van de wereld* op dc tafel liggen en legde het op haar schoot. Het boek viel vanzelf open bij de foto van dc Indiase schoonheid. Ze keek haar broer lachend aan.

'Aha, nu zic ik waarom je naar India wilt, Gunder. Maar dit is een oud boek. Zij zal nu een jaar of vijftig zijn, en gerimpeld en lelijk. Weet je dat Indiase vrouwen er tot hun dertigste uitzien of ze vijftien zijn? Daarna worden ze ineens oud. Dat komt door de zon, snap je. Misschien moet je er eentje zoeken die dat proces al achter de rug heeft. Dan weet je wat je krijgt.'

Ze lachte zo hartelijk dat Gunder ook moest grinniken. Hij was niet bang voor rimpels. Maar Marie was dat vermoedelijk wel. Ze had er nog niet één, ook al was ze al achtenveertig. Hij schepte zure room op een wafel.

'Ik ben vooral geïnteresseerd in het eten en de cultuur', zei hij. 'De kunst. De muziek. Dat soort dingen.'

'Ja, dat kan ik me voorstellen', lachte Marie. 'Als ik in het vervolg bij je kom eten, krijg ik waarschijnlijk hutspot die brandt tot in je tenen. En dan hangen de muren vol met draken.'

'Dat sluit ik niet uit', glimlachte hij. Toen zwegen ze een poos, ze aten wafels en dronken koffie.

'Ga daar niet naar buiten met je portemonnee in je achterzak', zei ze, na een lange pauze. 'Koop maar zo'n heuptasje. Of nee, dat hoef je niet te kopen, je kunt dat van mij wel lenen. Dat is heel neutraal, helemaal niet damesachtig.'

'Ik kan toch niet de straat opgaan met een tasje', meende Gunder.

'Jawel, dat moet. In zulke grote steden wemelt het van de zakkenrollers. Stel je voor, een boer als jij, helemaal alleen in een stad met twaalf miljoen mensen.'

'Ik ben geen boer', zei Gunder gekwetst.

'En of je een boer bent', ging Marie rustig verder. 'Jij bent gewoon een boer. En dat is te zien ook. Als je naar buiten gaat, moet je niet zomaar een beetje slenteren.'

'Niet slenteren?' zei hij verwonderd.

'Je moet stevig doorstappen, alsof je op weg bent naar een belangrijke vergadering en je moet er uitzien alsof je het druk hebt. Je bent een zakenman op een belangrijke reis en in de eerste plaats: je kent Bombay als je broekzak.'

'Mumbai', corrigeerde hij. 'Als m'n broekzak?'

'Je kijkt de mensen die je op straat tegenkomt in de

ogen. Je gaat recht op je doel af, zelfverzekerd. Knoop je jasje dicht, zodat het tasje niet te zien is.'

'Ik kan daar geen jasje dragen', zei hij. 'Het is daar in deze tijd van het jaar veertig graden.'

'Het moet', zei Marie. 'Je moet de zon buitensluiten.' Ze likte een klodder room uit haar mondhoek. 'Anders moet je maar zo'n lang overhemd aanschaffen.'

'Een lang overhemd?' giechelde Gunder.

'Waar logeer je?' ging zijn zus verder.

'In een hotel natuurlijk.'

'Ja, maar wat voor hotel?'

'Een goed hotel.'

'Maar hoe heet het?'

'Geen idee', zei Gunder. 'Dat zoek ik wel uit als ik daar ben.'

Ze sperde haar ogen open. 'Heb je geen hotelkamer gereserveerd?'

'Ik heb mijn mond bij me', zei hij, een beetje gepikeerd. Hij keek snel even naar haar op, naar haar witte voorhoofd en de dunne wenkbrauwen die ze met een penseeltje bijtekende.

'Laat eens horen', zei ze, terwijl ze van haar koffie slurpte. 'Eens horen wat je zegt. Je komt uit die enorme, onoverzichtelijke, snikhete, krioelende, chaotische luchthaven, en je gaat op zoek naar een fietstaxi of zoiets. Dan komt er een man naar je toe, hij pakt je bij je arm en brabbelt iets onverstaanbaars, en dan grijpt hij je koffer en loopt ermee naar een of andere onmogelijke brik. En jij bent zo moe en bezweet en in de war dat je amper nog weet hoe je heet, en je horloge loopt verkeerd vanwege het tijdverschil. Je bent kapot en je verlangt alleen nog naar een koude douche. Eens horen wat je dan zegt, Gunder. Tegen dat donkere mannetje.'

Hij liet van pure schrik zijn wafel vallen. Probeerde ze hem in de maling te nemen? Toen vermande hij zich en hij keek zijn zus recht aan. '*Would you please take me to a decent hotel!*'

Marie knikte. 'Ja ja. Maar daarvóór. Wat doe je eerst?'

'Geen idee', zei Gunder.

'Je vraagt wat het kost! Je moet niet in een taxi stappen zonder van te voren een prijs af te spreken. Vraag het na op de luchthaven. Misschien heeft Lufthansa daar een balie, zij staan aan jouw kant.'

Hij schudde zijn hoofd en vermoedde dat ze gewoon jaloers was. Zij was nog nooit in India geweest. Alleen op Lanzarote en op Kreta en zo. Zoals alle Noren en Zweden. Waar de kelners in een soort Scandinavisch: 'Hé, Zweedse meisje' naar haar riepen, wat ze niet prettig vond. Nee, India was iets anders.

'Hoe zit het met malariapillen?' vroeg ze. 'Moet je die hebben?'

'Dat weet ik niet', zei hij.

'Je moet de dokter bellen. Ik wil niet dat je thuiskomt met malaria of tuberculose of hepatitis of zoiets. En je mag geen kraanwater drinken. En geen sap drinken of fruit eten. Pas op dat het vlees goed doorbakken is. En blijf ook uit de buurt van ijsjes, jij houdt zo van ijs, dat is prima, maar in India mag je dat niet eten.'

'Mag ik wel alcohol drinken?' vroeg hij pinnig.

'Dat mag wel. Maar word alsjeblieft niet dronken. Want dan heb je de poppen aan het dansen.'

'Ik ben nooit dronken', zei Gunder. 'Ik ben al vijftien jaar niet dronken geweest.'

'Dat weet ik. En je belt toch wel? Ik moet weten dat je veilig bent aangekomen. Ik zal je brievenbus voor je legen. En de plantjes water geven. Het gazon zal in veertien dagen ook wel een paar keer gemaaid moeten worden. Je kunt de kluis wel zolang bij ons neerzetten. Dan brengt hij hier niemand in de verleiding. Parkeer je de auto bij het vliegveld? Dat zal wel een flinke duit kosten.'

'Dat weet ik niet', zei hij.

'Weet je dat niet? Maar voor lang parkeren moet je van te voren een plaatsje reserveren', legde ze opgewonden uit. 'Je moet morgen bellen. Je kunt niet zomaar naar Gardermoen rijden en je auto ergens neerzetten.'

'O nee?' zei hij. Het was maar goed dat ze gekomen was. Hij raakte hoe langer hoe meer in de war en liep resoluut naar de kast om een fles cognac te pakken. Jazeker.

Marie veegde haar mond af en glimlachte. 'Maar het is allemaal wel spannend, Gunder. Denk je eens in, wat je allemaal te vertellen zult hebben als je thuiskomt. Zit er een filmpje in je fototoestel? Heb je een annuleringsverzekering? Heb je een lijstje gemaakt van alles waar je aan moet denken?'

'Nee', zei hij, van de cognac nippend. 'Kun jij dat niet voor me doen, Marie?'

Toen smolt ze en ze ging haastig op zoek naar pen en papier. Terwijl Gunder de cognac in zijn mond opwarmde, schreef Marie een lijstje. Hij sloeg haar stiekem gade. Ze sabbelde op de pen, tikte er zachtjes mee tegen haar voortanden terwijl ze nadacht. Haar schouders waren zo heerlijk rond. Het was goed dat hij Marie had. Er was nooit iets tussen hen voorgevallen.

Wat er ook gebeurde, hij had altijd nog Marie.

*

Zo zag Gunder eruit toen hij in het vliegtuig zat. Met rechte rug, als een schooljongen. Hij droeg een overhemd met korte mouwen van *Dressmann*, een donkerblauwe blazer en een kakikleurige broek. Hij had nog niet zo vaak gevlogen en was zeer onder de indruk van alles wat hij zag. In het bagagevak stond zijn zwarte tas, met in een binnenvakje de broche in het kleine doosje. In zijn portemonnee had hij Indiase roepia's, Duitse marken en Engelse ponden. Nu sloot hij zijn ogen. Hij hield niet van de enorme zuiging die je voelt als het vliegtuig opstijgt.

My name is Gunder, zei hij bij zichzelf. *How do you do?*

De man naast hem keek naar hem. 'Je ziel blijft altijd achter. Is dat niet raar?' zei hij.

Gunder begreep hem niet.

'Als je zo snel reist als wij nu doen, blijft je ziel achter. Op de luchthaven. Waarschijnlijk ligt hij ergens in de pub, op de bodem van een glas. Ik heb een whisky genomen voor we vertrokken.'

Gunder probeerde zich voor te stellen hoe het was om 's morgens whisky te drinken. Het lukte hem niet. Zelf had hij een kop koffie gedronken, staande aan een lange bar, terwijl hij de voorbijsnellende mensen bekeek. Hij had een beetje op de luchthaven rondgekeken, heel stil op zijn gemakkelijke sandalen. Zijn ziel zat op zijn plaats onder zijn blazer, dat wist hij heel zeker.

'Je zou koffie moeten nemen, in plaats van whisky', zei hij simpel.

De man keek Gunder lachend aan. 'Wat verkoop jij?' vroeg hij toen.

'Is dat zo duidelijk?'

'Ja.'

'Ik verkoop landbouwmachines.'

'En nu ga je naar de Frankfurter Messe?'

'Nee, nee. Deze keer ben ik toerist.'

'Wie gaat er nu naar Frankfurt op vakantie?' vroeg de man verbaasd.

'Ik ga verder dan Frankfurt', zei Gunder vergenoegd. 'Ik ga helemaal naar Mumbai.'

'En waar ligt dat?'

'India. Het vroegere Bombay, als dat je meer zegt.' Gunder glimlachte gewichtig. 'Sinds 1995 heet de stad Mumbai.'

De man hield een stewardess staande en bestelde een whisky on the rocks. Gunder vroeg om een sinaasappelsap en ging met gesloten ogen achterover zitten. Hij had geen zin om te praten. Zijn hoofd zat veel te vol gedachten. Wat zou hij over Noorwegen vertellen? Over Elvestad. Over hoe de Noren waren. Hoe waren ze? En het eten, wat moest hij daarover zeggen? Gehaktballen. Vispudding en bruine geitenkaas. Schaatsen. *Very cold. Down to 40 degrees at the most. Norwegian oil.* Hij kreeg zijn sapje en dronk het langzaam op. Sabbelde op een ijsklontje. Buiten zag hij de wolken langsdrijven, als suikerspinnen. Misschien vond hij helemaal geen vrouw op zijn reis naar India. Als hij thuis niemand trof, waarom zou hij in een vreemd land dan iemand vinden? Maar er gebeurde tenminste iets. Hij was op weg naar iets nieuws. Er was nog nooit iemand uit Elvestad in India geweest, voorzover hij wist. Gunder Jomann. Een bereisd man. Hij bedacht zich dat hij vergeten was de batterijen van zijn fototoestel te checken. Maar die verkochten ze vast wel op de luchthaven. Hoe heetten Indiase vrouwen? Als hij er eentje ontmoette met een onuitspreekbare naam, dan kon hij die misschien verkorten tot een koosnaam. Indira, schoot hem te binnen. Gandhi. Dat was helemaal niet moeilijk. Dat klonk bijna als Elvira. Mensen hebben veel gemeen, troostte hij zichzelf. Uiteindelijk viel hij in slaap. Meteen verscheen ze voor zijn ogen. Haar zwarte ogen fonkelden.

*

Iedere dag ging Marie naar Gunders huis. Ze controleerde deuren en ramen. Haalde de post binnen en legde die op de keukentafel. Stak haar vinger in de bloempotten. Bleef altijd een paar minuten staan, ongerust. Hij was zo goedgelovig, als een groot kind, en nu doolde hij daarginds rond, in de hitte, tussen twaalf miljoen mensen. Ze spraken een taal die hij niet verstond. Maar hij was een serieus mens. Nooit impulsief en absoluut geen drinker. Ze keek naar de muren, naar de foto van hun moeder en die van haarzelf toen ze vijf jaar was, met ronde wangen en mollige knieën. Een foto van Gunder zelf in zijn legeruniform. Een foto van vader en moeder samen, staande voor het huis. Verder had hij een slecht schilderij van een winterlandschap hangen, dat hij een keer op een veiling in het dorpshuis had gekocht. Ze keek naar de meubels. Degelijk en stevig. Een oud wandkleed dat hun moeder nog had geweven. Nergens stof. Glimmende ramen. Als hij ooit een vrouw kreeg, dacht ze, zou hij haar als een prinses behandelen. Hoewel, dat begon er intussen wel een beetje somber uit te zien. Hij was nog steeds een knappe man, vond ze, maar alles aan hem begon uit te zakken. Zijn buik. Zijn kaken. Zijn haar schoof langzaam maar zeker naar achteren op zijn schedel. Zijn vuisten waren groot en grof, net als die van hun vader. Wat zou hij een goede vader zijn geweest. Ze voelde zich een beetje triest. Misschien zou hij in zijn eentje oud worden. Wat moest hij in India? Een vrouw zoeken? Die gedachte was bij haar opgekomen. Wat zouden de mensen zeggen? Zelf zou ze helemaal niets zeggen, alleen aardige dingen. Maar de anderen. De mensen die hem niet zo graag mochten als zij. Wist hij wat hij deed? Vermoedelijk. Zijn stem aan de telefoon, helemaal uit India, met gekraak en geruis. Opgetogen. 'Ik ben er, Marie. De warmte lijkt wel een muur. Voordat ik de vliegtuigtrap af was, had ik al een kletsnatte rug. Ik heb een hotel gevonden. En ik heb al gegeten. In een gezellig restaurantje vlakbij het hotel. Ze spreken overal Engels. De serveerster verstond me prima. Ik zei *chicken* en ze kwam terug met een kip zoals ik nog nooit had geproefd. Je hebt geen kip geproefd, als je nog nooit in India bent geweest', zei hij opgewonden. 'En het is goedkoop. Toen ik er vandaag weer kwam, kwam ze naar mijn tafeltje toe en vroeg ze of ik weer chicken wilde hebben. Dus nu eet ik daar iedere dag. Elke keer met een andere saus, rood en groen en geel. Geen reden om iets anders te zoeken, nu ik dit heb gevonden. Het heet Tandels Tandoori. En de bediening is zo aardig.'

De serveerster, dacht Marie, met een gelaten glimlach. Waarschijnlijk de eerste vrouw die hij had ontmoet en die bovendien aardig tegen hem was. Dat was waarschijnlijk voldoende voor Gunder. Nu ging hij vermoedelijk veertien dagen lang naar dat Tandels Tandoori, zonder nog iets anders te zien. Ze vertelde dat thuis alles in orde was. Maar wist hij dat de hibiscus luis had? Een ogenblik klonk Gunder lichtelijk bezorgd. Toen herstelde hij zich. 'Er staat luizenverdelger in de kelder. Hij wacht maar tot ik weer thuis ben. En anders gaat hij maar dood. Zo eenvoudig is het.'

Marie zuchtte. Het was niets voor haar broer om zo onverschillig over de planten te praten. Als ze doodgingen, trok hij zich dat altijd persoonlijk aan.

Ze zag het boek dat ze hem ooit had gegeven in de boekenkast staan. De rug stak boven de andere boeken uit. Ze nam het in haar handen en het viel automatisch weer op dezelfde bladzijde open. Ze stond een tijdje naar de Indiase vrouw te kijken. Stelde zich haar broers gezicht voor, wanneer zijn blik op de mooie foto rustte. Wat zouden Indiase vrouwen van Gunder vinden? Hij was eigenlijk best indrukwekkend. In de eerste plaats was hij lang en hij had erg brede schouders. En hij had een mooi gebit, dat hij goed verzorgde. Zijn kleren waren altijd schoon, maar ouderwets. Hij boezemde vertrouwen in en ze merkten misschien niet eens dat hij traag was, als ze zich moesten inspannen om te begrijpen wat hij zei. Misschien konden ze hem daardoor juist zien zoals hij was. Eerzaam en met een hart van goud. Bedaard, maar eerlijk. Langzaam, maar wel een harde werker. Voorzichtig, maar toch doelbewust. Hij had mooie ogen. Groot en blauw. De Indiase schone op de foto had ook mooie ogen, bijna zwart. In Gunders blauwe ogen staren, was voor een Indiase vrouw waarschijnlijk iets heel exotisch. En dan had hij nog dat grote, zware lichaam. Indiërs waren tengere, lichte mensen, dacht ze. Hoewel... dat wist ze eigenlijk niet precies. Ze wilde het boek net dichtslaan toen er een briefje uitviel. Een kwitantie van een juwelier. Verwonderd keek ze ernaar. Een broche. Veertienhonderd kronen. Wat zou dat betekenen? Die was niet voor haar, want zij had geen klederdracht. Er was hier blijkbaar meer aan de hand dan ze had gedacht. Ze legde de kwitantie terug in het boek en vertrok. Buiten draaide ze zich nog een laatste keer om en staarde naar de ramen. Toen reed ze naar het centrum. Volgens Gunder en volgens haar man Karsten was Marie een erbarmelijke chauffeur. Ze richtte al haar aandacht op de weg voor haar. Ze keek nooit in het spiegeltje, maar hield het stuur stevig vast en concentreerde zich op de witte lijn aan de rechterkant. Ze hield altijd dezelfde snelheid aan, net onder de zeventig, ook in de bebouwde kom. De vijfde versnelling had ze nog nooit gebruikt. Ook al was zij degene die altijd alles regelde als er iets was, toch was ze niet overal even goed in.

Maar haar broer kende ze door en door. Nu wist ze het zeker. Hij was naar India gegaan om een vrouw te zoeken. En met zijn doelbewustheid en geduld zou het haar niet verbazen als hij over veertien dagen met een donkere vrouw in zijn armen opdook. Met een broche op haar jurk. God sta me bij, dacht ze, terwijl ze over een zebrapad raasde, zodat een vrouw met een kinderwagen verschrikt achteruitweek. Wat zouden de mensen zeggen?

Ze stopte bij Einars Kro om sigaretten te kopen. Einar stond de jukebox op te poetsen. Eerst spoot hij er wat glansmiddel op, dat hij vervolgens met een doek uitwreef. De scholen waren nog gesloten. Aan een van de tafeltjes zaten twee meisjes. Marie kende hen wel, het waren Linda en Karen. Linda was een dun meisje met een hoge, bijna manische lach. Ze had heel licht haar met kleine krulletjes, een smal gezicht en spitse witte tanden. Wanneer Marie Linda zag, dacht ze altijd meteen dat het met dat meisje nooit goed kon aflopen. Ze wist niet waarom ze dat dacht, maar iets in het kind, haar haast abnormaal sprankelende ogen, haar heftige gebaren en haar harde lach, deed Marie denken dat ze iemand was die té veel wilde. Ze was zo ontzettend zichtbaar, als een lamp met een veel te felle gloeidraad. Op een dag zou ze worden weggevaagd. Terwijl het andere meisje, de donkere en rustiger Karen, terughoudender was. Zij praatte met zachte stem, hield haar lichaam voor zichzelf. Einar pakte een pakje John Player en Marie betaalde. Ze mocht Einar niet. Hij gedroeg zich altijd correct, maar toch maakte hij de indruk alsof hij een afschuwelijk geheim had. Hij had geen open en groot gezicht, zoals Gunder, maar strak en smal. Er sprak onwil uit. Gunder mocht hem ook niet. Niet dat hij dat ooit hardop zei, ze spraken nooit neerbuigend over mensen. Als hij niets aardigs te zeggen had, hield hij gewoon zijn mond. Zoals toen ze eens naar die nieuwe jongen op het werk vroeg, de jonge Bjørnsson. Toen keek hij van zijn krant op en zei: 'Het gaat goed met Bjørnsson.' Daarna dook hij weer in zijn krant en hij hield verder zijn mond. Toen wist ze dat hij hem niet mocht. Maar over de taxiondernemer van het dorp kon hij lang praten. 'Kalle Moe heeft per postorder autowas gekocht', kon hij zeggen. 'Zeshonderd kronen voor twee kleine blikjes. Het is toch niet te geloven. Ik denk dat die auto al zeker 500 000 kilometer heeft gereden. Maar dat zie je er niet aan af. Ik geloof dat hij er 's avonds voor zingt', lachte Gunder. Toen wist Marie dat hij Kalle mocht. En Ole Gunwald, de kruidenier. 'Hij heeft last van migraine. Dat is rot voor Gunwald.' Terwijl ze aan al die dingen dacht, hoorde ze Linda's lach weer en ze zag dat Einar een snelle blik op de twee meisjes wierp. Dan had hij tenminste iets om naar te kijken, terwijl hij zijn jukebox stond te poetsen.

'En Jomann is in zijn eentje de wijde wereld in getrokken?' vroeg Einar ineens.

Marie knikte. 'Naar India. Op vakantie.'

'India? Toe maar. Ja, ja. Als hij met een Indiase vrouw thuiskomt, word ik groen van jaloezie', grinnikte hij. Marie schrok. Hadden ze allemaal dezelfde gedachten als zij? Ze verliet het café en reed naar huis, met een gemiddelde snelheid van achtenzestig kilometer per uur. Er brandde een rood lampje op het dashboard. Ze moest eraan denken dat tegen Karsten te zeggen.

*

Gunder transpireerde, maar dat gaf niets. Zijn overhemd was nat, maar hij trok zich er niets van aan. Heel stil zat hij aan het tafeltje naar de Indiase vrouw te kijken. Ze was zo snel en licht, en ze glimlachte zo vriendelijk. Om haar middel droeg ze een heuptasje dat op zijn eigen tasje leek, met wisselgeld erin. Ze droeg een gebloemde jurk zonder mouwen en had gouden ringen in haar oren. Haar lange, blauwzwarte haar was gevlochten en in haar nek opgerold. Hij zat zich af te vragen hoe lang het was. Misschien wel tot haar achterwerk. Ze was jonger dan hij, misschien veertig jaar, en haar gezicht was getekend door de zon. Als ze glimlachte, zag je haar gebit. Haar boventanden stonden ver naar voren. Uit ijdelheid probeerde ze haar glimlach vaak te onderdrukken, maar dat hield ze niet vol. Ze glimlachte veel. Met haar mond dicht was ze mooi, dacht Gunder, en die tanden kon je met een beugel recht laten zetten. Terwijl hij haar zo zat te bekijken, boven een kopje van die vreemde exotische koffie met kaneel en suiker, merkte hij dat ze dat doorhad en het misschien zelfs wel prettig vond. Hij at nu al zes dagen achtereen in dit restaurant. Elke keer had zij hem bediend. Hij wilde iets tegen haar zeggen, maar hij was bang een fout te maken. Misschien mocht ze niet met de gasten praten. Hij voelde zich geremd doordat hij de regels van dit land niet kende. Misschien kon hij op een dag tot sluitingstijd blijven zitten en haar dan volgen. Nee, nee, dat ging toch niet! Hij stak zijn hand op. Meteen kwam ze naar hem toe.

'*One more coffee*', zei Gunder nerveus. Hij naderde iets. Zijn gezicht was ernstig van de spanning en zij zag het. Ze knikte zwijgend en haalde de koffie. Was snel weer terug.

'*Very good coffee*', zei hij en hij hield haar vast met zijn blauwe blik. Daarom bleef ze staan.

'*My name is Gunder*', zei hij uiteindelijk. '*From Norway.*'

Ze schonk hem een stralende glimlach. Haar grote tanden werden zichtbaar. '*Ah! From Norway. Ice and snow*', lachte ze.

Hij lachte ook, terwijl hij bedacht dat ze vast een man

en kinderen had, misschien wel een hele rits kinderen. En oude, hulpbehoevende ouders. Dat het nooit bij haar zou opkomen om hem te volgen, waarheen dan ook. Plotseling werd hij verdrietig. Maar ze stond er nog steeds.

'*Have you seen the city?*' vroeg ze.

Hij staarde verlegen naar de tafel. Dagenlang had hij doelloos rondgewandeld en naar de mensen gekeken. Het wemelde overal van de mensen. Ze sliepen op straat, aten op straat, verkochten hun waren op de stoep. De straten waren markt, speelplaats, ontmoetingsplaats; alles behalve verkeersaders. Hij had geen bezienswaardigheden bezocht. Hij had alleen naar haar gezocht.

'*No*', gaf hij toe. '*Only people. Very beautiful people*', voegde hij eraan toe.

Toen bloosde ze en keek naar de vloer. Ze leek op meer te wachten. Ze ging niet terug naar de keuken, maar bleef nog een tijdje bij zijn tafel dralen. Gunder werd moedig. Hij begon een beetje wanhopig te worden nu hij in tijdnood dreigde te raken, bovendien was hij ver van huis. De overweldigende hitte, het onwerkelijke gevoel. En zijn eigenlijke missie. Hij keek in haar zwarte ogen en zei: '*I came to find a wife.*'

Ze lachte niet. Maar ze knikte langzaam, alsof ze alles begreep. Dat hij steeds weer terugkwam. Naar dit restaurant. Naar haar. Ze had zijn blik opgemerkt en naderhand aan hem gedacht, deze reus van een man met zijn blauwe ogen. De rust die hem omgaf. Zijn waardigheid. Zo vreemd en anders. Ze had zich afgevraagd waarom hij hier was. Hij was duidelijk een toerist, maar toch ook niet.

'*I show you the city?*' vroeg ze voorzichtig. Ze glimlachte nu niet en haar uitstekende tanden waren niet te zien.

'*Yes. Please! I wait here*', zei hij en hij tikte op het tafelblad. '*You work. I wait here.*'

Ze knikte, maar bleef nog even staan. Het was volkomen stil. Alleen een zwak geroezemoes van de andere tafeltjes.

'*Meera nám Poona hè*', zei ze stilletjes.

'Wat?' zei Gunder.

'*Poona. My name is Poona Bai.*' Ze reikte hem een bruine hand.

'Gunder', zei hij. 'Gunder Jomann.'

'*Welcome to Bollywood*', lachte ze.

Hij begreep niet wat ze bedoelde. Maar hij hoorde zijn hart week en voorzichtig slaan. Toen maakte hij een diepe buiging en zij kwam eindelijk tot bezinning en verdween in de keuken.

Die avond belde hij Marie. Hij was erg opgewonden.

'Weet je dat ze deze stad Bollywood noemen?' lachte hij aan de andere kant, ze kon bijna horen hoe warm hij het had. 'Ze zijn de grootste producent van speelfilms ter wereld. Ik heb trouwens een beetje Indiaas geleerd. *Dan ja wád.* Dat betekent dankjewel. India heeft meer dan een miljard inwoners, Marie, moet je toch eens indenken.'

'Ja', zei ze. 'Binnenkort zijn we met zo veel mensen hier op aarde dat we elkaar opvreten.'

Gunder schaterlachte door de hoorn.

'Heb je iemand ontmoet?' vroeg ze toen, argwanend, en onnoemelijk nieuwsgierig.

Ja, natuurlijk ontmoette hij mensen, dat kon ze zich toch wel voorstellen, een miljard mensen, je kon niet over straat lopen zonder voortdurend tegen mensen op te botsen. 'Er is airconditioning in het hotel', ging hij verder. 'Als ik de deur uitga, loop ik tegen een muur van hitte op. Dit is de heetste tijd.'

'Kun je je maag een beetje in bedwang houden?' vroeg ze.

Ja, hij hield zijn maag in bedwang met behulp van tabletten en het ging uitstekend met hem, maar door de warmte moest je alles in slowmotion doen. Marie zag de langzame Gunder voor zich, in de straten van Bombay, in slowmotion.

'Het zal zeker wel fijn zijn om weer thuis te komen?' vroeg ze, want dat wilde ze horen. Ze vond het niet prettig dat haar trage broer plotseling een bereisd man was, en zijn betweterige toon stond haar niet aan.

'Het wordt fantastisch om thuis te komen,' lachte hij, 'en ik heb een cadeautje voor je gekocht. Iets echt Indiaas.'

'Wat is het?' wilde ze weten.

'Nee, nee. Dat is een verrassing.'

'Ik heb het gras vandaag gemaaid. Er zit veel mos tussen. Weet je dat?'

Gunder lachte. 'Dat mos maken we een kopje kleiner', grinnikte hij. 'We willen geen mos in het gazon.'

We? Hij was zo raar vrolijk. Marie herkende haar broer niet. Ze zat aan de telefoon en voelde dat ze hem weer thuis wilde hebben. Ze kon niet op hem letten als hij zo ver weg was.

'Hier is het ook warm', zei ze gewichtig. 'Gisteren was het negenentwintig graden in Nesbyen.'

Gunder schaterde. 'Negenentwintig? Hier is het tweeenveertig graden, Marie. Eergisteren was het nog meer. En als ik de Indiërs vraag of ze daar niet aan gewend zijn, want ze leven immers jaar in jaar uit in die hitte, dan zeggen ze, nee, voor ons is het net zo erg. Vind je dat niet raar?'

'Ja. Als ze onze twintig graden vorst zouden meemaken, dan zouden ze vermoedelijk bevriezen', zei ze droog.

'Dat geloof ik niet', meende Gunder. 'Indiërs werken

hard en daardoor houden ze de warmte vast. Zo eenvoudig is het. Maar gelukkig heb ik vakantie. Ik sjok maar een beetje door de straten, met mijn armen wijd uit.'

'Wijd uit?'

'Ik kan ze niet tegen mijn lichaam hebben', lachte hij. 'Mijn vingers moet ik ook spreiden. Maar het hotel heeft airconditioning', herhaalde hij.

'Dat zei je al', zei ze kort.

Toen zwegen ze allebei. Marie zuchtte, zoals een zus om haar onmogelijke broer kan zuchten.

'Ik moet ophangen', zei Gunder. 'Ik heb met iemand afgesproken.'

'O?'

'We gaan uit eten. Ik bel je over een dag of twee weer.'

Ze hoorde het klikje toen hij ophing. Zag haar broer in gedachten voor zich, rondsjokkend met gespreide vingers en zijn armen wijd uit. In de zinderende hitte. Ze snapte niet dat hij zo gelukkig was.

*

Gunder en Poona trouwden op vier augustus, om twaalf uur precies. In the *City Courthouse*, zoals Poona het noemde. Gunder had voor de noodzakelijke papieren gezorgd en het ministerie van Buitenlandse Zaken had een fax gestuurd om zijn status van ongehuwde man te bevestigen. Het was een eenvoudige, maar zeer plechtige ceremonie. Gunder stond als een pilaar te luisteren en hij hoopte dat hij op de juiste momenten antwoord gaf. Poona straalde. Haar vlecht was tot een grote krakeling in haar nek opgerold. Ze deed geen enkele poging om haar tanden te verbergen, maar glimlachte gelukkig bij alles wat er gebeurde. Gunders Engels werd steeds beter. Ze spraken in korte zinnen met elkaar, aangevuld met handgebaren en glimlachjes en ze begrepen elkaar uitstekend. Vaak, als Gunder halverwege een zin was, maakte zij die af, precies zoals hij zelf van plan was geweest. Het was zo gemakkelijk. Hij verklaarde haar hoe het zat met het Noorse staatsburgerschap. Dat kon nog wel een paar jaar duren. Het is verdorie niet eenvoudig om Noors te worden, dacht hij. Later liepen ze langzaam als man en vrouw door de straten. Zij op gouden sandaaltjes en in een turkooizen sari, met de mooie broche op haar borst. Hij in een nieuw, wit overhemd, een donkere broek en glimmende schoenen. Zijn arm om haar middel geslagen. Ze keek op naar Gunders gezicht, zijn brede gezicht met de stevige kin. Hij was een degelijke en betrouwbare man, maar o zo nederig. Soms bloosde hij, toch had hij een eigen soort zelfvertrouwen en hij sloeg geen acht op de mensen om hen heen. Hij werd geheel door haar in beslag genomen. Ze zag zijn ingehouden vreugde, zijn brede glimlach. Dacht dat deze man een eigen wereld had, die hij zelf bestuurde. En dat was goed.

Het was niet zo dat ze dacht dat hij rijk was. Hij had het tegen haar gezegd: 'Ik ben helemaal niet rijk. Maar ik heb een baan en een huis. Een mooie tuin. Een goede auto. En een aardige zus. Ze zal je vriendelijk ontvangen. We wonen in een klein dorp. Het is er stil, niet veel verkeer. Je kunt helemaal alleen langs de weg lopen, zonder een levend wezen tegen te komen.'

Dit kwam Poona vreemd voor. Zo'n grote stilte, zonder mensen. Ze kende alleen het gewoel in de stad. Stilte had ze alleen op foto's gezien.

'Ik wil graag werken', zei ze beslist.

'Natuurlijk kan dat. Maar daarvoor moet je misschien naar de stad toe. In Elvestad is niets. Als je een baan in de stad krijgt, kun je met mij meerijden.'

'Ik ben een harde werker', ging ze verder. 'Ik word niet snel moe. Ik ben niet zo groot, maar ik ben een doorzetter. Je hoeft mij niet te verzorgen.'

'Nee, nee', zei Gunder toen. 'Het is goed als je werk krijgt. Dan leer je sneller Noors. Het komt allemaal goed, Poona, dat beloof ik je. Noren zijn vriendelijk. Een beetje verlegen misschien, en erg trots, maar vriendelijk.'

Poona's enige familielid was een oudere broer die in Delhi woonde. Ze wilde hem een brief schrijven om te vertellen over hun pas gesloten huwelijk. Bovendien moest ze haar leven in de Indiase stad afwikkelen voor ze naar Noorwegen vertrok. Ze zou een dag of veertien nodig hebben. Gunder bestelde en betaalde haar ticket. Legde alles uit over tussenlandingen en over de luchthaven Gardermoen. Hij gaf haar geld zodat ze zich kon redden. Schreef zijn adres en telefoonnummer met duidelijke letters en cijfers op.

'Word je broer boos, als je hem dit vertelt?' vroeg hij bezorgd.

'Nee, nee', zei Poona heel zeker. 'We zien elkaar bijna nooit. Shiraz leidt zijn eigen leven. Hij heeft een vrouw en vier kinderen. Ik hou van koken', zei ze. 'Ik zal *chicken curry* voor je maken, en voor je zus, als ik in Noorwegen ben.'

'En ik zal *fårikål* koken', lachte Gunder. 'Schapenvlees met witte kool.'

'Is dat heet?' vroeg ze.

'We hebben in Noorwegen geen heet eten. Neem maar veel kruiden mee, Poona. Dan zullen we Marie en Karsten eens laten zweten.'

Ze liep een tijdje na te denken. 'Wat zal je zus zeggen als ik ineens kom?'

'Ze wordt blij', zei Gunder. 'Eerst schrikt ze, maar dan wordt ze blij. Ze vindt het niet prettig dat ik alleen ben. Ze heeft altijd gezegd dat ik wat meer zou moeten reizen. Nu neem ik de hele wereld met me mee naar huis', lachte hij en hij drukte haar stevig tegen zich aan. Toen kon hij het niet laten om een hand op de vlecht in haar nek te leggen. Die was hard en strak, en hij glom als zijde. Als ze hem losmaakte, ontvouwde het haar zich en werd het heel veel. Hoeveel vrouwen in Elvestad hadden zulk haar? dacht hij. Niet een! Ze maakte het alleen 's nachts los. Alleen voor hem. 's Nachts lichtten haar ogen wit op in het donker. Ze hield zijn sterke lichaam voorzichtig in haar dunne armen. Gunder streelde haar zacht over haar rug, met grote, aarzelende handen. Poona was gelukkig. Een grote, mooie man met blauwe ogen had haar uit de warme restaurantkeuken gehaald, hij zou haar weghalen uit deze bloedhete stad, weg van de mensenzee en het gedrang, weg uit het kleine kamertje met de wc op de gang. Gunder had een eigen badkamer met een bad en met zwanen op de muren. Het was ongelooflijk. Vanaf het moment dat ze elkaar voor het eerst zagen, met een mengeling van nieuwsgierigheid en verlangen, hadden ze allebei geweten dat ze dezelfde weg zouden gaan. De eerste keer dat hij zich naar haar toe boog en haar dunne lichaam voorzichtig tegen zich aan drukte, dat hij zag hoe haar zwarte ogen eerst begonnen te glanzen en toen vochtig werden, tot ze ze eindelijk sloot en ze langzaam tegen zijn brede borst leunde, toen wisten ze het al. Die eerste nacht werd er geen woord gezegd, alleen hun harten klopten. Het zijne regelmatig en zwaar, het hare licht en snel. Ze waren in het geheel niet bang, nog niet. Poona zou haar werk opzeggen en het kamertje waarin ze woonde leeghalen. Gunder zou naar huis gaan en het huis en de tuin in orde maken. In het hotel vonden ze iemand bereid om een foto van hen te maken. Ze stonden kaarsrecht naast elkaar, plechtig vanwege het pact dat ze zojuist hadden gesloten. Zij in haar turkooizen sari, hij in zijn sneeuwwitte overhemd. Hij had twee afdrukken van de foto laten maken en haar er eentje gegeven. Vanwege haar werk kon ze hem niet naar het vliegveld brengen. Ze namen afscheid op de stoep voor het hotel en hij vergat een ogenblik zijn schroom en drukte haar stevig en hartstochtelijk tegen zich aan. Hij voelde een steek in zijn hart. Omdat hij haar eindelijk had gevonden en nu al weer zo ver van haar weg moest gaan. De gedachte aan wat er allemaal kon gebeuren beangstigde hem. Ze hief een vinger op en streelde hem over zijn neus. Toen was ze weg. Haar dunne bruine benen verdwenen om de hoek. Later zat hij met de foto in zijn handen in de krappe vliegtuigstoel. Hij voelde zijn hart in zijn borst groeien, voelde dat het meer bloed pompte dan anders. Hij had het zo warm. Poona had hem overal aangeraakt. Zelfs in zijn oren, waar hij alleen nog maar met wattenstaafjes was geweest. Hij voelde haar vingers en tenen, zijn lippen trilden als hij maar aan haar dacht. Alles leek in hem te pulseren en hij had het gevoel dat iedereen het kon zien. Gunder werd bemind. En hij beminde. Hij stond bijna in brand. Hij keek naar de andere passagiers, maar zag alleen Poona. Wat had hij tot nu toe eigenlijk uitgevoerd? Vijftig jaar lang had hij in zijn eentje rondgewandeld en voor zich zelf gezorgd, en een enkele keer voor zijn zus. De rest van zijn leven zou hij voor Poona leven. Ze zouden alles delen. Maar als ze moe of ziek was, mocht ze rusten. Als ze heimwee had, zou ze op vakantie mogen gaan, en als hij met haar mee mocht dan was dat in orde, maar als ze tijd voor zichzelf nodig had, zou ze die ook krijgen. Hij zou luisteren als ze praatte en haar nooit in de rede vallen. Ze zou veel te verwerken krijgen en behoefte hebben aan begrip en zorg, vooral het eerste jaar. Hij verheugde zich al op de kerst, om haar de kerstboom en de kerstmannetjes en de engeltjes te laten zien. Hij verheugde zich op de sneeuw die zou vallen. En op de lente, wanneer de eerste plantjes ontkiemden en door de sneeuw heen drongen. Dat moest voor haar een soort wonder zijn. En dat zou het voor hem ook zijn. Van nu af aan zou alles nieuw en fantastisch zijn.

*

Marie keek verbaasd naar de foto. Naar het trotse gezicht van haar broer en toen weer naar de Indiase vrouw Poona Bai Jomann. Met een Noorse broche op haar borst. Ze was lange tijd sprakeloos. Haar broer was gewoon naar India gegaan om een vrouw te halen. Hij was een tandoorirestaurant binnengelopen, om haar daar binnen enkele uren te veroveren. Wat was zijn geheime wapen dat zij nog nooit had gezien? Het was alsof die vrouw op hem had gewacht, daar in de miljoenenstad Bombay.

'Mumbai', corrigeerde Gunder. 'Ja, zo is het net. Ze zat op mij te wachten. Ze komt de twintigste, ik haal haar van het vliegveld. Kijk eens. De huwelijksakte', zei hij trots.

'Ze heeft natuurlijk een goeie slag geslagen', zei Marie. 'Er zijn in India waarschijnlijk niet veel mannen met een inkomen als het jouwe.'

'Ze weet dat ik niet rijk ben', zei Gunder.

'Ha! Jij bent steenrijk', zei Marie genadeloos. 'Dat heeft ze begrepen.'

Hij keek haar gekwetst aan, maar ze zag het niet, want ze staarde nog steeds naar de foto.

'Karsten krijgt een hartverzakking', zei ze. 'Reken maar dat er flink geroddeld zal worden.' Maar ze was ook ontroerd. Een schoonzus! Wie had dat ooit gedacht.

'Het maakt me niet uit wat de mensen zeggen', zei

Gunder. En ze wist dat dat waar was. Haar broer was zo gelukkig dat niets hem kon raken.

'Jij maakt haar toch wel een beetje wegwijs?' vroeg hij zijn zus. 'Jullie vrouwen moeten zo nu en dan maar lekker rustig wat met elkaar praten. Ze is vrolijk en vriendelijk.'

'Ik vraag me af wat Karsten zal zeggen', herhaalde Marie, nog steeds een beetje zorgelijk.

'Daar trek jij je toch zeker niets van aan?' vroeg Gunder.

'Dat weet ik niet', zei ze en ze haalde haar schouders op. 'Hij zal wel geschokt zijn, in eerste instantie. Ik hoop dat de mensen aardig tegen haar zijn.'

'Natuurlijk', zei Gunder overtuigd. 'Waarom zouden ze niet aardig zijn?'

'Ik denk aan de jongeren. Die kunnen bikkelhard zijn.'

'Daar trekt ze zich niets aan', zei Gunder. 'Ze is achtendertig.'

'Ja, ja. Ik ben alleen een beetje overdonderd. Maar ze is erg mooi. Wat zegt haar familie ervan?'

'Ze heeft alleen een oudere broer in Delhi. Ze hebben niet veel contact.'

'Maar zal ze hier kunnen aarden? In dit ijskoude land?'

'Het is alleen 's winters koud', zei hij snel. 'Om in die hitte daar te leven, is ook niet zo gemakkelijk. Hier is het frisser. Dat heb ik haar verteld. De lucht is hier veel droger. In India is de luchtvochtigheid zo hoog, dat je al nat wordt zodra je de straat opgaat. Ze wil proberen een baantje te vinden. Ze is een harde werker en ze is leergierig. Ze wil het liefst in een restaurant werken. We zullen wel wat vinden.'

Marie zuchtte. Ze streelde de mooie ivoren olifant die Gunder voor haar had meegenomen. Haar broer was zo verschrikkelijk optimistisch, ze had het hart niet om roet in het eten te gooien. Maar ze dacht er zo het hare van. Ze dacht vooral aan de Indiase vrouw die naar dit kleine dorp zou komen, een uithoek van de wereld, bevolkt door boeren en genadeloze tieners. Overal betweterige mensen. Gunder zou het wel aankunnen, maar hoeveel zou deze vrouw kunnen verduren, voor ze naar haar eigen volk terugverlangde?

Gunder bevestigde de foto van Poona en hemzelf op een prikbord boven het bureautje. De foto van Karsten en Marie moest wijken, zijn vrouw moest het mooiste plaatsje krijgen. Elke keer als hij naar de foto keek, werd hij vervuld van een enorm bruisen, alsof een fontein diep binnen in hem omhoogspoot. 'Dit is mijn vrouw', zei hij tegen zichzelf. 'Mag ik je mijn vrouw voorstellen? Ze heet Poona.' Toen ging hij ijverig en omzichtig aan de slag. Nieuwe lakens voor het tweepersoonsbed. Wit, met een kanten rand aan de slopen. Een nieuw tafellaken op de eettafel. Vier nieuwe handdoeken in de badkamer. Alle gordijnen gingen eraf, ze werden gewassen en gestreken. Marie hielp hem. Het zilver werd gepoetst, hun moeder had veel zilver nagelaten. De ramen werden gelapt, ze moesten blinken zodat Poona naar de mooie tuin met rozen en pioenen kon kijken. Het water in het vogelbad werd ververst, hij leegde het badje met behulp van een emmer, er was geen afvoer. Toen schrobde hij de bodem met zeepsop en vulde het opnieuw. Hij ruimde buiten op, gooide afval weg, verwijderde onkruid, harkte het grindpad naar het huis. Voortdurend hoorde hij Poona's stem in zijn oren, hij rook haar geur die langsdreef. Als hij 's avonds naar bed ging, zag hij haar gezicht. Hij voelde nog steeds de zachte aanraking van haar vinger tegen zijn neus.

Op zijn werk waren ze erg nieuwsgierig naar zijn reis. Hij was bruin en tevreden en vertelde hen wat ze wilden horen, maar hij zei niets over Poona. Dat wilde hij nog een tijdje voor zichzelf houden. Ze zouden het vroeg genoeg te weten komen, hun gemompel zou vroeg genoeg kunnen beginnen.

'Je hebt zeker alleen maar in de zon gezeten?' vroeg Bjørnsson, met een goedkeurend knikje.

Gunders blote schedel was net een rood verkeerslicht.

'Geen moment', zei Gunder toen. 'Je kunt daar niet in de zon zitten. Ik heb constant de schaduw opgezocht.'

'Goh', zei Bjørnsson.

Maar in stilte vermoedden zijn collega's toch dat er iets aan de hand was. Hij telefoneerde vaker dan anders. Ging steeds het lege kantoortje binnen en keek hen boos aan als ze de deur openden. Tijdens de lunchpauzes ging hij vaak weg om inkopen te doen. Ze zagen draagtasjes van het *GlasMagasin* en van een zaak die stoffen en beddengoed verkocht. Poona belde hem op zijn kosten. Haar broer was niet erg enthousiast over het huwelijk dat ze was aangegaan, maar daar trok ze zich niets van aan. 'Hij is gewoon jaloers', zei ze. 'Hij is heel erg arm, begrijp je.'

'Als alles rond is, vragen we of hij naar Noorwegen komt. Hij moet zien hoe goed je het krijgt. Ik kan het wel betalen.'

'Dat hoef je niet te doen', zei Poona. 'Hij heeft het niet verdiend, die mopperkont.'

'Hij zal uiteindelijk wel kalmeren. We zullen hem wat foto's sturen. Foto's van jou in de tuin voor het huis. En in de keuken. Zodat hij ziet dat je niets te kort komt.'

Twintig augustus kwam naderbij. Marie belde hem om te vertellen dat Karsten op zakenreis naar Hamburg ging en niet thuis zou zijn als Poona arriveerde. 'Jullie willen de eerste dag vast alleen zijn,' zei ze, 'ik wil er niet meteen tussen komen. Laten we afspreken dat jullie de eenentwintigste komen eten. Dan maak ik reebiefstukjes. En de vierentwintigste is Karsten jarig. Dan kan ze hem ook ontmoeten. Hij houdt zich maar in en doet maar eens aardig.'

'Doet hij niet aardig?' vroeg Gunder verbolgen.

'Je weet toch hoe hij is', zei ze humeurig.

'We moeten allemaal de tijd nemen die we nodig hebben', zei Gunder. 'Poona wel het meest. Zij is degene die alles en iedereen achterlaat, voor iets volkomen nieuws.'

'Ik zal morgen bloemen halen, ik heb de sleutel nog', zei Marie enthousiast. 'Ik zet ze wel in de kamer neer, met een kaartje van Karsten en mij erbij. Dan voelt ze zich welkom. Hoe laat ga je naar het vliegveld?'

'Bijtijds', zei Gunder. 'Het vliegtuig landt om zes uur. Ze is gisteren al in Frankfurt aangekomen en heeft daar vannacht geslapen. Ze wilde nog wat inkopen doen. Ik wil er morgenmiddag voor vijven zijn, ik moet nog een plaatsje voor de auto zoeken en dat soort dingen.'

'Bel je dan even als jullie thuis zijn? Zodat ik weet dat jullie elkaar gevonden hebben.'

'Elkaar gevonden hebben? Waarom zouden we elkaar niet vinden?'

'Het is een lange reis. Er zijn wel eens vertragingen en zo.'

'Natuurlijk vinden we elkaar', zei Gunder. En zijn zus besefte opeens dat hij nooit de mogelijkheid had overwogen dat ze niet zou komen. De gedachte dat ze zich op het allerlaatste moment kon terugtrekken, was nooit bij hem opgekomen. Maar daar had zij wél aan gedacht. Hij had haar geld gegeven en een ticket besteld dat ze misschien weer voor geld kon inwisselen. Een vermogen voor iemand die het niet ruim had. Bovendien kon ze zich onmogelijk een Indiase vrouw in een turkooizen sari in Gunders keuken voorstellen. Dat zei ze niet. Ze vroeg haar broer voorzichtig te rijden, naar het vliegveld.

'Het verkeer is daar verschrikkelijk', zei ze. 'Morgen is niet de dag om een aanrijding te krijgen. Dat zou niet zo goed uitkomen.'

'Dat zou het zeker niet', zei Gunder.

*

20 augustus.

Hij had een vrije dag genomen. Hij stond om zeven uur op en trok het gordijn open. Het was lang mooi weer geweest, maar nu was de lucht zwaar en zwart, en dat ergerde hem. Maar het waaide een beetje, misschien dat het later opklaarde. Gunder was optimistisch. Hij douchte lang en grondig en maakte een stevig ontbijt. Drentelde wat door het huis. Bestudeerde de foto van Poona en hem aan de muur boven het bureau. Keek naar de lucht om te zien of die al veranderde. Om een uur of twee zag hij een klein stukje blauw. Even later brak de zon door, met een schitterende straal. Gunder beschouwde dat als een goed voorteken. Die zonnestraal was voor Poona. Hij zag haar voortdurend voor zich, zoals hij aannam dat zij hem ook zag, alsof hij steeds even haar blik ontmoette. Toen kon hij haar niet meer zien. Hij moest iets om handen hebben en haalde de post op. Hij bladerde de krant door. Nog anderhalf uur, dacht hij, dan ga ik. Maar waarom niet nu? Als ik nu ga, is er minder verkeer. Hij vouwde de krant netjes op en sprong op uit zijn stoel. Zette het raam op een kiertje en wilde net de sleutels van het haakje aan de wand pakken toen de telefoon ging. Onheilspellend. Het zou wel iemand van zijn werk zijn. Ze konden het ook nooit alleen af. Daarom nam hij een beetje geïrriteerd op. Het was een vreemde vrouw, hij kende haar niet, maar hij hoorde de woorden duidelijk door de hoorn. Van het

Centraal Ziekenhuis. Marie Jomann Dahl, was zij familie van hem? Gunder hapte naar adem.

'Ja, dat is mijn zus. Wat is er aan de hand?'

'Een verkeersongeval', antwoordde ze.

Hij keek verward naar de klok. Wat had ze nu weer uitgespookt? 'Is het ernstig?' vroeg hij verdwaasd.

'Ik heb alleen opdracht gekregen om de naaste familie te bellen', zei ze ontwijkend. 'Komt u hierheen?'

'Natuurlijk', zei Gunder. 'Ik kom meteen. Ik ben er over een halfuur.'

Hij voelde een akelige steek in zijn borst. Niet dat hij dacht dat het erg was, ze reed niet hard genoeg om ernstig gewond te raken, maar hij zou immers Poona ophalen. Hij zou het nog wel redden, Marie moest maar begrijpen dat het belangrijk was. Hij greep de sleuteltjes en holde naar buiten. Ongeconcentreerd reed hij naar de stad toe, terwijl hij voortdurend op zijn horloge keek. Hij zag een arm in het gips voor zich en misschien een paar hechtingen. Jammer dan van die reebiefstukjes die je beloofd had, dacht hij. Maar misschien deed de auto het niet meer en moest ze naar huis worden gebracht. En zij had hém nog wel gevraagd voorzichtig te rijden! Hij snoof door zijn neus om te kalmeren. Zocht zich een weg naar het ziekenhuis. Keek koortsachtig uit naar een plaatsje om te parkeren.

'Tiende etage. Afdeling neurologie', zei de receptioniste.

'Neurologie?' hijgde hij. Hij stapte in de lift. Stond daar met bonzend hart. Poona zit in het vliegtuig, dacht hij, ze weet dat ik haar kom halen. Dit duurt niet lang. Er borrelde een gevoel van schuld in hem op, en die vervloekte Karsten die nooit thuis was! Hij begon te transpireren. De lift stopte. Een arts wachtte hem op.

'Jomann?'

'Ja! Hoe is het met haar?'

De arts had het moeilijk. Gunder zag het meteen. De woorden kwamen in voorzichtige brokstukken. 'Voorlopig kunnen we nog niets zeggen', zei hij.

Gunder sperde zijn ogen. Ze wisten toch wel hoe het met haar was?

'Ze is ernstig gewond', ging hij verder, terwijl hij Gunder triest aankeek. 'Ze heeft ernstig hoofdletsel en ligt in coma.'

Gunder zocht steun bij de muur.

'We hebben haar aan de beademing gelegd. Een van haar longen is geperforeerd. We hopen dat ze in de loop van de avond bijkomt. Dan weten we iets meer. Bovendien heeft ze een aantal fracturen...'

'Een aantal fracturen?' Het duizelde Gunder. Tegelijkertijd keek hij op zijn horloge.

'Wat moet ik doen?' vroeg hij wanhopig.

De arts kende Gunders dilemma niet. Hij schudde zacht zijn hoofd. 'Het zou het beste voor uw zus zijn als u bij haar bed gaat zitten. En tegen haar praat. Ook al hoort ze u niet. U kunt vannacht natuurlijk een bed krijgen, als u dat wilt.'

Ik kan hier niet blijven, dacht Gunder. Poona wacht. Hij stond enorm in tweestrijd. Maar hij was maar alleen, hij kon zichzelf niet in tweeën delen. Hij bleef staan omdat de arts bleef staan.

'Haar borst is ingedrukt. Alle ribben zijn gebroken. Haar ene knie is zwaar beschadigd. Als we haar ooit weer op de been krijgen, ben ik bang dat haar knie nooit meer helemaal goed zal functioneren.'

Als we haar weer op de been krijgen?

Ik ben misselijk, dacht Gunder. Zijn ontbijt kwam omhoog. Een brede deur naar een kleine kamer ging open.

Hij zag iets donkers op het witte kussen, maar kon niet zien dat zij het was, zijn zus Marie. Hij bleef bevend voor het bed staan.

'We moeten Karsten vinden', stamelde hij. 'Haar man. Hij is in Hamburg.'

'We zijn blij dat we u te pakken kregen', zei de arts. Hij hielp Gunder in een stoel. Marie was wit, bijna blauw onder haar ogen. Een buisje was met tape aan haar mond bevestigd. Hij hoorde het langzame, sissende geluid van het beademingsapparaat. Het klonk als een reus die heel diep sliep.

'Het belangrijkste, wat ons momenteel het meest bezighoudt,' de arts schraapte zijn keel, 'is haar hoofdletsel. Daarvan kunnen we pas zeggen hoe erg het is, als ze bijkomt.'

Wat bedoelde hij? Was ze niet meer zichzelf? Als ze wakker werd, zou ze hem dan vergeten zijn? Vergeten zijn hoe het was om te praten, of te lachen, of hoeveel twee plus twee was? Zou het mogelijk kunnen zijn, dat ze haar ogen opende en hem aankeek, zonder hem te herkennen? Gunder viel in een diep zwart gat. Maar hij dacht aan Poona. Haar gezicht verscheen aan de rand van deze diepe duisternis, glimlachend. Hij keek voortdurend op zijn horloge. Marie was zo klein in het bed en haar ronde gezicht was helemaal vervormd. Hij moest iemand zijn geheim vertellen, over Poona inlichten. Iemand die hij vertrouwde, die niet zou lachen, die hem wilde geloven. Die bereid was om hem een dienst te bewijzen.

'Marie!' fluisterde hij.

Er gebeurde niets. Hoorde ze hem?

'Ik ben het. Gunder. Ik zit hier bij je bed.' Hij keek hulpeloos naar de arts op. De tranen brandden achter zijn ogen.

'Alles komt weer goed', vervolgde hij. 'Poona en ik zullen je helpen.'

Het hielp om die naam hardop te zeggen. Hij was niet alleen.

De klok tikte door. Hij kon Marie niet alleen laten. Wat zou ze dan denken? Wat zouden de artsen denken, als hij zijn hoofd om de hoek van het kantoortje stak en zei: 'Ik ga er weer vandoor. Ik moet iemand van het vliegveld halen.' Hij probeerde zijn gedachten te ordenen, maar die lieten zich niet ordenen. Zou hij zijn zus verliezen, nu hij eindelijk een vrouw had gevonden? Vertwijfeld verborg hij zijn gezicht in zijn handen. De arts raakte zijn schouder aan.

'Ik ga nu. Bel maar als er iets is.'

Gunder wreef hard in zijn ogen. Wie kon hij vertrouwen? Echte vrienden had hij niet. Die had hij nooit willen hebben. Of hij had ze niet kunnen maken, dat wist hij nu niet meer zo zeker. De tijd verstreek. Het sissende geluid van de beademing stoorde hem, hij had bijna de neiging om het apparaat stil te zetten, om het niet te hoeven horen. Het beïnvloedde zijn eigen ademhaling, waardoor hij bijna ademnood kreeg. Ten slotte liet hij Maries hand los en stond hij met een ruk op. Liep de gang op en vond een telefoonautomaat.

Gunder nam nooit een taxi, maar hij kende het nummer uit zijn hoofd. Dat stond met zwarte cijfers buiten op Kalles Mercedes. Na twee keer overgaan nam hij op.

'Kalle. Met Gunder Jomann. Ik ben in het Centraal Ziekenhuis. Mijn zus heeft een auto-ongeluk gehad!'

Het was volkomen stil aan de andere kant. Hij kon Kalle horen ademen. 'Wat verschrikkelijk', zei hij ernstig. 'Kan ik iets doen?'

'Ja!' riep Gunder. 'Ja. Ik eh... ik verwacht bezoek uit het buitenland. Uit India', ging hij verder.

Nu werd Kalle stil. Hij wist van Gunders reis en begon te vermoeden dat er iets groots aan de hand was.

'Ze komt om zes uur met het vliegtuig uit Frankfurt en ik zou haar ophalen. Maar ik kan Marie niet alleen laten. Ze ligt in coma', kreunde hij.

'O? Is het zo erg?' Kalles stem was bijna onhoorbaar.

'Kun jij haar voor me ophalen?'

'Ik?' vroeg Kalle.

'Jij moet naar Gardermoen rijden en haar ophalen! Jij hebt een taxi, je kunt wel bij de hoofdingang parkeren. Zet de meter maar aan. Maar je moet nu meteen weg, als je op tijd wilt zijn. Als ze de aankomsthal uitkomt en mij niet ziet, gaat ze waarschijnlijk naar de informatiebalie. Ze is Indiaas', herhaalde hij. 'Ze heeft lang, donker haar in een vlecht. Een beetje jonger dan ik. En als je haar niet ziet, moet je haar laten omroepen. Ze heet Poona Bai.'

'Kun je die naam nog eens zeggen?' vroeg Kalle onzeker.

Hij herhaalde de naam.

Kalle had zichzelf eindelijk in de hand. 'Moet ik haar naar jouw huis brengen?'

'Nee, hierheen. Naar het Centraal Ziekenhuis.'

'Ik moet het vluchtnummer hebben', zei Kalle. 'Er landen zoveel vliegtuigen.'

'Dat heb ik thuis laten liggen. Maar het landt om achttien uur precies. Uit Frankfurt.'

Gunder voelde zich steeds wanhopiger worden. Hij dacht aan de angst die Poona zou overvallen, als ze hem niet zou zien.

'Kalle', fluisterde hij. 'Ze is mijn vrouw. Snap je?'

'Nee', zei Kalle geschrokken.

'We zijn op vier augustus getrouwd. Ze komt in Elvestad wonen.'

Kalle staarde met grote ogen door de voorruit. 'Ik ga

nu meteen!' riep hij. 'Blijf jij bij je zus, dan regel ik dit.'

'Dank je wel!' zei Gunder. Van opluchting stonden de tranen in zijn ogen. 'Zeg tegen Poona dat het me spijt.'

Kalle zette de auto in drive, maar schakelde de taximeter niet in. Een paar minuten later jakkerde de witte Mercedes over de E6.

*

Hij ging terug naar Marie. Alles was stil. Vreemd dat ze niet zelf ademde. Hij stelde zich de long voor als een dunne ballon, doorboord met scherpe botsplinters. Ingeklapt en volkomen plat. Ze hadden hem weer in vorm getrokken. De scheurtjes zouden vanzelf weer dichtgroeien, had de dokter gezegd. Dat was ook vreemd. Hij keek op zijn horloge. Geregeld kwam er een verpleegster binnen. Ze keek Gunder glimlachend aan. Zei dat hij even rust moest nemen en wat moest eten.

'Ik heb geen trek', zei Gunder.

'Ik zal iets te drinken voor u halen.'

Langzaam doezelde hij weg. Het beademingsapparaat maakte hem slaperig, het was net een uurwerk. Het zoog de lucht uit Marie, pompte die weer in haar, zoog het eruit. Het werd twee minuten voor zes. Nu landt Poona's vliegtuig, dacht hij. Ik hoop in godsnaam maar dat Kalle er is. Dat hij haar vindt in de menigte. Hij keek naar zijn zus. Het drong tot hem door dat hij geen enkele vraag over de aanrijding had gesteld. Hoe zat het met de andere auto? Met de mensen die erin hadden gezeten? Waarom had niemand iets gezegd? Hij kreeg ineens een afschuwelijke gedachte, dat er misschien mensen dood waren. Dat Marie in een nachtmerrie zou ontwaken. Hij dacht aan Karsten, die nog van niets wist. Zat hij ergens met een glas schuimend bier, in het gejoel van Duitse drinkliederen? Zo dadelijk haalt Poona haar bagage op, dacht hij, en ze weet niet wat er allemaal aan de hand is. Kalle zoekt haar. Hij zag zijn uitgestoken grijze hoofd duidelijk voor zich in de mensenmassa. De verpleegster kwam weer binnen. Gunder vermande zich.

'Wat is er eigenlijk gebeurd?' vroeg hij. 'Bij dat ongeluk. Waar is ze tegenaan gereden? Een andere auto?'

'Ja', zei ze.

'Hoe is het daarmee afgelopen?'

'Niet zo goed', zei ze ontwijkend.

'Ik moet weten hoe het ervoor staat', vroeg hij indringend. 'Als ze bijkomt, vraagt ze er misschien naar. Ik wil weten wat ik moet antwoorden!'

Ze keek hem ernstig aan. 'De bestuurder is hier. Maar we hebben hem niet meer kunnen redden.' Ze boog zich over Marie heen en tilde haar oogleden op. Hij zag de blinde blik en slikte moeizaam. Er was een man dood en misschien was het Maries schuld.

Toen kwam er nog een verpleegster. Zij hield een draadloze telefoon in haar hand. Zijn hart maakte een sprongetje van verwachting. Het was Kalle.

'Ik kan haar niet vinden', zei hij buiten adem. 'Ze moet een andere taxi hebben genomen.'

Gunder raakte in paniek. 'Heb je haar helemaal niet gezien?'

'Ik heb overal gezocht en ze hebben haar omgeroepen, maar ze moet heel snel door de bagage en de douane zijn gekomen. Ik heb bij de receptie gevraagd of iemand met die naam zich had gemeld en ze hebben haar omgeroepen terwijl ik stond te wachten. Maar er kwam niemand.'

'Hoe laat was je er?' stamelde Gunder.

'Dat weet ik niet precies. Ik heb zo hard mogelijk gereden', zei hij ongelukkig.

Gunder had met Kalle te doen, die geheel ten onrechte een slecht geweten had.

'Ze zal wel naar je huis zijn gegaan', meende hij. 'Misschien zit ze voor de deur te wachten. Ik zal er langsrijden.'

'Dank je', zei Gunder.

Hij gaf de telefoon terug. De verpleegsters keken hem vragend aan, maar hij zei niets. Hij was nu niet bij machte om nog meer te praten. Marie hoorde hem toch niet. Pas veel later bereikte hem de boodschap dat Poona helemaal niet bij zijn huis wachtte. Misschien had ze überhaupt niet in het vliegtuig gezeten? dacht hij verward. Hij zou de Lufthansa kunnen bellen. Zij konden bevestigen of ze echt aan boord van het vliegtuig was geweest. Hij liep weer naar de telefoonautomaat en belde de luchthaven. Ze zeiden dat het klopte. Poona Bai was met Lufthansa uit Frankfurt vertrokken. Het vliegtuig was precies om achttien uur geland. Gunder nam de lift weer naar boven. Hij keek naar zijn zus in het bed. Zijn lichaam voelde zwaar en oneindig moe aan. Hij stond onwillig op en verliet de kamer. Bleef in de deur van het kantoortje dralen. Zei dat hij weg moest, omdat er iets was gebeurd, maar hij beloofde terug te komen. Of ze konden bellen als er iets in haar toestand veranderde?

Ze keken hem verbaasd aan. Maar ze zouden natuurlijk bellen. Toen ging hij naar huis. In gedachten verzonken zat hij achter het stuur. Toen hij bijna bij zijn huis was, kwam er van de andere kant een auto aangescheurd. Hij reed dik op de verkeerde weghelft. Gunder stuurde snel naar rechts en hapte naar adem. Een ogenblik stond zijn hart stil. Zo snel konden de dingen gebeuren. 'Je moet maar wat eerder van huis gaan, als je ergens op tijd moet zijn!' snauwde hij in het spiegeltje. De kont van een witte Saab verdween om de bocht.

Het was halftien toen hij thuis de deur openmaakte.

Hij zat in de stoel en keek naar de foto van hemzelf en Poona. Het werd avond en nacht. Alles binnen in hem was in rep en roer. Had ze het niet begrepen? Moest hij de politie bellen? Maar ze konden natuurlijk niet zomaar beginnen te zoeken. Waar moesten ze zoeken? Hij bleef de hele nacht op. Steeds als hij in de verte een auto hoorde, sprong hij op uit zijn stoel en trok hij het gordijn opzij. Er is overal een verklaring voor, dacht hij. Ieder moment kon er een taxi de oprit naar het huis oprijden. Eindelijk zou ze bij hem zijn. Hij staarde naar de telefoon. Die ging niet over. Dat betekende dat Marie nog in coma lag en niets vermoedde, over haar eigen toestand, over de man in de andere auto die dood was. Over Poona die niet was gekomen.

Hij zat al die tijd met de foto in zijn handen. Hij keek naar het grappige, gele tasje dat ze altijd om haar middel droeg. Hij had nooit eerder zo'n tasje gezien. Hij herinnerde zich hoe ze hem op zijn neus had gekust en hoe ze met haar warme handen zijn gezicht had gestreeld. Hoe ze zijn overhemd had opgetild en haar hoofd eronder had verborgen. Zo had ze met haar oor tegen zijn hart zitten luisteren. Hij hield de foto vlak voor zijn ogen. Haar gezicht was zo klein. Het verdween helemaal onder zijn vingertop.

*

De volgende dag, eenentwintig augustus, reed een surveillanceauto langzaam over de rijksweg naar Elvestad. De witte motorkap blonk in de zon. Twee mannen tuurden door de voorruit. In de verte ontwaarden ze een groepje mensen.

'Daar', zei Skarre.

Aan de linkerkant zagen ze een open plek tussen de bomen. Een weiland met veldbloemen, omringd door een dicht bos. Inspecteur Konrad Sejer keek naar de bosrand, waar een grote groep mensen aan het werk was. Het hele veld was afgezet en ze hadden een soort straatje gemaakt waar ze blijkbaar doorheen moesten. De mannen stapten snel uit en liepen het hoge gras in. Dat was al gedeeltelijk platgetrapt. Lang, dacht Sejer, zou dit graspad als een wond blijven bestaan. Er hadden zich wat mensen op de weg verzameld. Een aantal kinderen op de fiets, een paar auto's. En de pers natuurlijk. Voorlopig nog verbannen, maar de zon weerkaatste fel in de cameralenzen. Sejer was iemand die je herkende aan zijn manier van lopen. Zijn lange lichaam bewoog bedachtzaam door het gras. Hij straalde nooit iets jachtigs of overijlds uit. En hij dacht altijd na voordat hij iets zei. Jonge mensen die hem niet kenden, dachten dat hij sloom was. Anderen die zijn rustige verschijning zagen, vermoedden een man die zelden dingen deed waar hij later spijt van kreeg en die nog sporadischer fouten maakte. Zijn grijze haar was heel kort geknipt. Hij droeg een zwarte koltrui en een openhangend bruin, leren jasje. De groep week opzij zodat hij ongehinderd kon doorlopen. Jacob Skarre liep twee meter achter hem, Sejer benam hem het uitzicht. Maar plotseling lag ze voor hun voeten. Skarre haalde heel diep adem. Wat had Holthemann door de telefoon gezegd?

Buitengewoon verschrikkelijk.

Sejer dacht dat hij voorbereid was. Hij ging wijdbeens staan en staarde naar de vrouw in het gras. Wat hij zag, bracht hem in de war. Hij zag een vlecht die zich als een zwarte slang in het gele gras oprolde. De restanten van een gezicht, tot op het bot kapotgeslagen. Niets zat meer op zijn plaats. Haar mond was een gapend, roodzwart gat.

Haar neus was platgeslagen tegen haar wang en haar ogen waren onvindbaar in al het rode vlees. Hij moest zijn blik verplaatsen en zag een gebalde hand. Een gouden sandaaltje. Enorm veel bloed. Het was in haar kleren getrokken en in het droge gras. Waar haar blauwgroene jurk nog schoon was, zag hij de mooie, zijdeachtige stof. En een glimp van haar glinsterende sieraden. Ze had zich mooi gemaakt. Toen hij zijn hoofd ophief, zag hij overal bloedvlekken op het gras, bij de vrouw vandaan, alsof iemand over een grote stuk met haar had huisgehouden. Zonder dat hij het wilde, traden al zijn zintuigen in werking. Hij rook de geur, hoorde het geluid van stemmen, voelde de grond onder zijn voeten wegzakken. Hij keek even omhoog naar de blauwe hemel en liet zijn blik toen weer langzaam zakken.

Ze was erg tenger. Hij zag een smalle voet. Dunne, bruine enkels. Ze had blote voeten in de sandalen. Kleine voeten, glad en mooi. Het was onmogelijk om haar leeftijd te schatten. Ergens tussen de twintig en de veertig, dacht hij. Ze had al haar kleren nog aan. Ze had geen verwondingen aan haar handen.

'Snorrason?' vroeg hij eindelijk.

'Snorrason is onderweg', zei Karlsen.

Sejer keek naar Skarre. Hij stond er merkwaardig verstijfd bij, alleen zijn krullen bewogen lichtjes in de wind.

'Wat hebben we tot nu toe?'

Karlsen deed een stap naar voren. Zijn snor, anders altijd met een elegante krul, zat in de war. Hij had ontsteld over zijn mond geveegd.

'Het lichaam is gevonden door een vrouw. Ze heeft ons vanuit dat huis daarginds gebeld.' Hij wees naar het bos, waar Sejer tussen de bomen een klein huis ontwaarde. Hij zag de ramen door de bladeren heen glinsteren.

'Ze is met een zwaar en hoogstwaarschijnlijk stomp voorwerp geslagen, we weten niet wat. We hebben niets gevonden. Overal zijn bloedsporen aangetroffen, helemaal tot in de hoek daar.' Hij wees naar het bos aan de andere kant. 'En bijna tot aan de weg. Alsof hij haar over de grond heeft gesleept. Verder naar links ligt ook veel bloed. Misschien heeft hij haar daar aangevallen. Toen wist ze even te ontsnappen, maar daarna heeft hij haar ingehaald en is hij doorgegaan. Maar we denken dat ze uiteindelijk hier, waar ze nu ligt, is gestorven.'

Karlsen stopte even. 'Snorrason is onderweg', herhaalde hij.

'Wie woont er in dat huis?' Sejer knikte in de richting van het bos.

'Ole Gunwald. Kruidenier in Elvestad, hij heeft een winkel in het centrum. Hij is vandaag gesloten vanwege migraine. We hebben hem al gesproken. Hij was gisteravond en vannacht thuis. Om een uur of negen heeft hij vaag iemand horen roepen en later heeft hij een auto horen starten. Toen hij opstond, was die al weg. Een tijdje later hetzelfde. Zwak geschreeuw en een autoportier dat dichtsloeg. Bovendien herinnert hij zich dat de hond aansloeg. Die ligt daar aan de lijn op het erf.'

Weer keek Sejer naar de vrouw in het gras. Ditmaal was de schok minder erg en in de massa kapotgeslagen beenderen en spieren ontwaarde hij een schreeuwend gezicht. De huid van haar hals was bijna ongeschonden en hij zag dat die goudbruin was. De zwarte vlecht, net zo dik als haar polsen, leek onaangeroerd. Gaaf en mooi. Het haar werd door een rood haarbandje bijeengehouden.

'En de vrouw die belde?' Hij keek Karlsen aan.

'Die zit in een van onze wagens te wachten.'

'Hoe is het met haar?'

'Redelijk.'

Zijn hand ging nogmaals over zijn mond, zijn snor was nu één grote wirwar. Het was even stil, terwijl iedereen wachtte.

'We moeten een tiplijn in het leven roepen', zei Sejer beslist. 'Nu meteen. En er moet direct een huis-aan-huisonderzoek worden gestart. Ondervraag ook iedereen die daar op de weg staat te gluren, inclusief de kinderen. Skarre. Jij doet schoenbeschermers aan en loopt het hele veld over. In een spiraal. Begin daar bij de weg. Neem Philip en Siw mee. Zij moeten achter je aan lopen. Wat jij over het hoofd ziet, merken zij op. Als je twijfelt of je iets moet meenemen, stop je het toch maar in de zak. Vergeet niet om handschoenen aan te doen. Daarna zetten jullie overal waar jullie bloedsporen of platgetrapt gras zien markeerpaaltjes neer. Om te beginnen blijven hier vandaag en morgen twee mensen de wacht houden. Karlsen! Bel het bureau en vraag of ze een kaart van het district kunnen leveren. Groot en gedetailleerd. Probeer onder de lokale bevolking mensen te vinden die niet-geregistreerde paadjes kennen. Soot! Aan de overkant van de weg gaat een karrenpad het bos in. Zoek uit waar dat naartoe gaat. Gebruik je ogen!'

Iedereen in de groep knikte. Sejer draaide zich weer om naar het lijk. Hij ging op zijn hurken zitten en bekeek haar. Liet zijn blik langzaam over de restanten van haar gezicht glijden. Hij probeerde alles in zich op te nemen. Probeerde niet te ademen. Ze was gekleed in een vreemdsoortig tuniek, blauwgroen. Een dunne jurk met lange mouwen over een dunne wijde broek. De stof leek zijde. Maar wat vooral zijn aandacht trok, was een fraai sieraad. Een broche. Een Noorse klederdrachtbroche. Dat verwonderde hem. Zo bekend, maar tegelijkertijd zo vreemd op de exotische dracht. Omdat haar gezicht zo kapot was en hij geen gelaatstrekken kon onderscheiden, was het moeilijk te zeggen waar ze misschien vandaan kwam. Ze kon in Noorwegen geboren en getogen zijn, maar ze kon hier net zo goed voor het eerst zijn. Een van de gouden sandaaltjes was van haar voet gevallen. Hij vond een stokje in het gras en draaide het schoentje om. Er zat bloed onder de zool, maar hij kon drie letters lezen. NDI. De kleren deden hem aan India of Pakistan denken. Hij pakte zijn mobiele telefoon uit zijn zak en belde het bureau. Er was geen melding binnengekomen van een vermiste vrouw. Nog niet. Een paar meter van het lijk lag een geel tasje. Een grappig, pluchen ding, in de vorm van een banaan. Het had een ritssluiting en kon om je middel worden gebonden. Als door een wonder was het nog helemaal schoon. Met het stokje spietste hij het tasje vast aan de grond en hij trok met twee vingers de ritssluiting open. Lippenstift. Spiegeltje. Papieren zakdoekjes. Munten. Verder niets. Geen agenda of papieren. Niets dat kon vertellen wie ze was. In haar ene oor droeg ze een dikke ring met een kogeltje eraan. De andere was weg, als ze er twee had gehad. Haar vingernagels waren vuurrood gelakt. Ze droeg twee zilveren ringen, niet erg waardevol. De jurk had geen zakken, maar misschien zaten er merkjes in haar kleding. Op dit moment kon hij echter niets aanraken. Ze is de dode vrouw, dacht hij. Tot iemand belt en naar haar vraagt. Over de ether, op de radio en de televisie en in alle kranten heet ze voorlopig: 'De dode vrouw'.

Toen hij over het paadje tussen het rood met witte afzetband terugliep, wierp hij een blik op de drie agenten die over het veld stapten. Het waren net drie kinderen die in ganzenpas achter elkaar aan liepen. Steeds als Skarre bleef staan en bukte, bleven de andere twee ook staan. Hij kon Skarres doorzichtige plastic zak zien, daar zat al het een en ander in. Toen zette hij koers naar de surveillanceauto. De vrouw die het lijk had gevonden zat op hem te wachten. Hij groette, stapte in en reed honderd meter verder. Daar keerde hij de auto. De mensen op de weg keken nieuwsgierig toe. Hij opende het raampje, zodat er frisse lucht naar binnen stroomde.

'Vertel me precies wat er gebeurde', zei hij resoluut.

Zijn vaste stem hielp haar. Ze knikte en sloeg een hand voor haar mond. De angst voor de woorden die ze moest vinden en hardop moest zeggen schitterde in haar ogen.

'Helemaal vanaf het begin?' vroeg ze.

'Graag', zei hij rustig.

'Ik ging paddestoelen plukken. Er groeit veel russula rond het huis van Gunwald. Het maakt hem niet uit dat ik ze pluk, hij doet er zelf niets mee. Hij is vaak ziek', verklaarde ze. 'Ik had een mand aan mijn arm. Ik ben om even na negenen van huis gegaan.' Ze zweeg even en ging toen door: 'Ik kwam van die kant.' Ze wees in de richting van het dorp. 'Ik ben van de weg afgegaan en langs de bosrand gelopen. Het was overal volkomen stil. Toen zag ik een eindje verderop iets donkers in het gras liggen. Dat verontrustte me wel. Maar ik liep verder en begon paddestoelen te plukken. De hond van Gunwald sloeg aan, dat doet hij altijd als hij iemand hoort. Ik dacht aan dat donkere ding. Ik was er een beetje door van slag en bewoog me met mijn rug ernaartoe. Het is raar om daaraan te denken. Alsof ik het meteen al vermoedde, maar het niet wilde geloven. Ik vond veel russula... Waar is mijn mand trouwens?' Ze raakte van haar apropos en keek Sejer verward aan, tot ze zichzelf weer onder controle kreeg en verder vertelde.

'Niet dat ik me zorgen maak om de russula. Dat bedoelde ik niet. Ik moest alleen ineens aan de mand denken...'

'We vinden uw mand wel', zei hij zacht.

'Ik vond ook cantharellen. En ik zag dat er vrij veel bosbessen waren. Ik dacht nog dat ik daar een andere keer voor terug moest komen. Ik ben een halfuur bezig geweest. Toen wilde ik weer weggaan. Om de een of andere reden wilde ik niet langs datgene wat er in het gras lag. Dus ik bleef aan de rand van het grasveld.'

'Ja?' zei hij.

'Maar toen keek ik toch. Het leek een grote vuilniszak, zo'n zak van zwart plastic. Ik wilde verder gaan, maar stopte weer. Het leek alsof er wat afval uit was gevallen. Of misschien was het een groot, dood dier, dacht ik. Ik deed een paar stappen terug. Ik weet niet hoe ver ik van haar vandaan was toen ik haar lange vlecht zag. Daarna zag ik het haarbandje. En toen begreep ik wat het was.' Ze zweeg en schudde ongelovig haar hoofd. Sejer wilde haar niet onderbreken.

'Een haarbandje. En toen ben ik weggerend', zei ze. 'Meteen naar Gunwalds huis. Ik klopte hard op de deur. Schreeuwde dat we moesten bellen. Dat er een dode vrouw op het veld lag. Gunwald werd zo bang. Hij is niet zo jong meer. Ik heb bij hem op de bank zitten wachten. Hij zit nog steeds binnen, in zijn eentje. Het is niet ver van zijn huis. Ze moet toch geschreeuwd hebben?'

'Hij heeft alleen vaag iemand horen roepen.'

'Hij zal de tv wel aan hebben gehad', zei ze angstig.

'Misschien. Waar woont u?'

'Meer naar het centrum van Elvestad.' Hij knikte en gaf haar zijn mobiele telefoon.

'Moet u misschien iemand bellen?'
'Nee.'
'U moet mee naar het bureau. Dat kan wat tijd kosten. Maar we brengen u naar huis.'
'Ik heb de tijd.'
Hij keek haar aan en schraapte voorzichtig zijn keel. 'Heeft u onder uw schoenen gekeken?'
Ze keek hem verward aan, begreep het niet. Toen bukte ze zich en deed haar schoenen uit, het waren dunne zomerschoenen met een witte, rubberen zool.
'Er zit bloed aan', zei ze angstig. 'Dat begrijp ik niet. Ik stond er een heel eind vandaan.'
'Wonen er mensen van buitenlandse origine in Elvestad?' wilde hij weten.
'Twee gezinnen. Een uit Vietnam en een uit Korea. De families Thuan en Tee. Ze wonen hier al jaren. Iedereen kent hen. Maar het kan niemand van hen zijn.'
'O nee?' vroeg hij.
'Nee', zei ze beslist en ze schudde haar hoofd. 'Het kan niet iemand van hen zijn.'
Ze staarde weer naar het grasveld. 'En ik dacht nog wel dat het een vuilniszak was', zei ze.

*

's Ochtends zat Gunder nog steeds in zijn stoel. Hij had in een onmogelijke houding zitten slapen. Hij schrok zich wezenloos toen de telefoon ging, stormde erop af en griste de hoorn naar zich toe. Het was Bjørnsson van het werk.
'Werk je vandaag ook thuis?'
'Nee', zei hij buiten adem. Hij moest zich aan het bureau vastgrijpen. Hij was te schielijk opgestaan.
'Ben je ziek?' vroeg Bjørnsson.

Gunder keek naar de klok, schrok ervan hoe laat het al was. Er klopte iets in zijn hoofd.

'Nee. Mijn zus', zei hij. 'Ze ligt in het ziekenhuis. Ik moet er nu heen', ging hij verder, zonder dat hij dat eigenlijk bedoelde, want in zijn hoofd was het één grote chaos en hij had geen idee hoe hij deze dag moest beginnen.

'Ik bel wel als ik meer weet.'

Toen liep hij wankelend naar de badkamer. Trok zijn kleren uit. Douchte met de deur wijd open, in de hoop dat hij de telefoon zou horen als die weer overging. Maar die ging niet. Daarna belde hij het ziekenhuis. Er was nog geen verandering ingetreden. Ze lag nog steeds in coma, maar haar toestand was stabiel, zeiden ze. Niets is nog stabiel, dacht Gunder vertwijfeld. Hij kreeg geen hap door zijn keel, maar zette een kan koffie. Toen ging hij weer in de stoel zitten wachten. Waar had Poona de nacht doorgebracht? Waarom belde ze niet? Hij zat hier als een hond bij de telefoon. Zo bleef hij lange tijd zitten, meer slapend dan wakend. Marie kon elk ogenblik bijkomen en er zat niemand bij haar bed. Poona kon ieder moment bellen en zeggen: 'Ik ben blijkbaar verdwaald. Kun je me komen halen?' En dan haar lach, een beetje beschaamd misschien, aan de andere kant. Maar de tijd verstreek en niemand belde. Ik moet de politie bellen, dacht hij wanhopig. Maar dat zou hetzelfde zijn als erkennen dat er iets was gebeurd. Hij zette de radio aan, maar liep naar het bureautje en bleef daar staan. Zacht hoorde hij hoe de narigheid van de wereld op de radio werd voorgelezen. Het geluid stond zacht, maar hij verstond toch een paar woorden, zonder dat de betekenis ervan tot hem doordrong. Toen hij toch zijn hoofd met een ruk ophief, was dat omdat hij de naam Elvestad hoorde. Helder en duidelijk. Dus hij richtte zich op en ging vlakbij het toestel staan. Zette het geluid harder. 'Een vrouw van buitenlandse origine. Zeer ernstig toegetakeld.'

Hier in Elvestad? dacht Gunder verbolgen. En toen een politie-inspecteur. 'De identiteit van de vrouw is nog onbekend. Ze is niet als vermist opgegeven.' Gunder luisterde intens. Wat hadden ze gezegd?

Van buitenlandse origine. Zeer ernstig toegetakeld.

Hij leunde op de tafel en bleef bevend staan. Toen snerpte de telefoon door de kamer, maar hij durfde hem niet op te nemen. Hij hield de rand van de tafel stevig vast, terwijl de telefoon maar bleef rinkelen. Alles draaide voor zijn ogen. Toen werd het eindelijk stil. Hij probeerde zijn lichaam op te richten. Voelde zich stijf en vreemd. Hij draaide zijn hoofd om en keek naar de telefoon, meteen kwam het bij hem op dat hij Marie wilde bellen. Dat deed hij altijd als er iets was. Maar dat kon nu niet. Hij liep de gang in om de autosleuteltjes te pakken. Poona was waarschijnlijk in een of ander hotel in de stad. Vroeg of laat zou ze opduiken. Met die andere vrouw, waar ze het op de radio over hadden, had hij niets te maken. Er was immers constant moord en doodslag. Hij kon een briefje schrijven en dat op de deur hangen, voor als ze kwam terwijl hij weg was. Mijn vrouw Poona. Hij zag zijn eigen gezicht in de spiegel en schrok. Zijn ogen keken hem met een grote, naakte angst aan. Toen ging de telefoon weer. Dat was Poona natuurlijk! Nee, dacht hij, het is het ziekenhuis. Marie is dood. Of misschien is het Karsten uit Hamburg, die wil weten hoe het met haar is, hij is op weg naar het vliegveld, om het eerste het beste vliegtuig naar huis te nemen. Het was Kalle Moe. Gunder bleef met de hoorn in zijn hand over het bureau gebogen staan.

'Gunder', zei Kalle. 'Ik wilde alleen even informeren.' Zijn stem klonk bedeesd.

Gunder kon geen woord uitbrengen. Hij had niets te vertellen. Het kwam bij hem op om te liegen, om te zeggen: Ja, ze zit hier. Was verdwaald natuurlijk. Een taxi uit de stad die hier niet zo goed bekend was.

'Hoe is het gegaan?' vroeg Kalle.

Gunder gaf nog steeds geen antwoord. Het bericht van de radio zoemde door zijn hoofd. Misschien had Kalle het ook gehoord en nu had die idioot zich iets in zijn hoofd gehaald. Maar zo waren de mensen, natuurlijk, ze dachten altijd meteen het ergste. En Kalle was een angstige man.

'Ben je daar nog, Gunder?'

'Ik was net op weg naar het ziekenhuis.'

Kalle kuchte. 'Hoe gaat het met je zus?'

'Ik heb niets gehoord. Dus dan is ze nog niet bijgekomen. Ik weet het niet', voegde hij eraan toe.

Het werd weer stil. Het leek of Kalle iets wilde zeggen. Maar Gunder zou hem niet te hulp schieten.

'Ik, eh', zei Kalle, 'ik werd een beetje bang. Ik weet niet of je het nieuws hebt gehoord, maar er is een vrouw gevonden op Hvitemoen.'

Gunder hield zijn adem in. 'Ja?' zei hij.

'Ze weten niet wie ze is', zei Kalle. 'Maar ze zeggen dat ze buitenlands is. En ze is, ja... ze hebben dus het lijk van een vrouw gevonden, dat wilde ik even zeggen. Daarom werd ik een beetje bang, je kent mij toch. Niet dat ik dacht dat er een verband was, maar het is ten slotte niet zo ver van jouw huis. Ik dacht dat het misschien die vrouw was, die ik gisteren zocht. Maar zij is goed aangekomen?'

'Ze komt in de loop van de dag', zei Gunder beslist.

'Heb je haar te pakken gekregen?'

Gunder hoestte. 'Ik moet nu weg, naar het ziekenhuis.'

'Juist ja.'

Hij hoorde Kalles twijfel door de hoorn heen. 'Ik moet

je nog voor de rit betalen', zei Gunder haastig. 'Ik spreek je binnenkort!'

Hij legde de hoorn met een knal neer. Bleef nog even staan, aarzelend. Een briefje voor Poona, dat moest hij nu eerst doen. Hij kon ergens een sleutel neerleggen. Legden ze in India ook de sleutel onder de mat? Hij zocht pen en papier, maar toen besefte hij dat hij geen Engels kon schrijven. Alleen een beetje praten. Het loopt wel los, dacht hij, hij ging naar buiten, deed de deur niet op slot en stapte in de auto.

Hvitemoen lag één kilometer in de richting van Randskog. Op weg naar het ziekenhuis kwam hij daar niet langs en daar was hij blij om. Hij had het idee dat er meer mensen op straat waren dan anders. Hij kwam twee busjes van de Noorse radio en twee politieauto's tegen. Voor Einars Kro stond het vol met auto's. En fietsen en mensen. Hij keek er geschrokken naar toen hij erlangs reed. Eenmaal bij het ziekenhuis nam hij de lift naar boven. Hij liep meteen naar Maries kamer. Er stond een verpleegster over het bed gebogen. Ze richtte zich op toen hij de kamer binnenkwam.

'Wie bent u?' vroeg ze sceptisch.

'Gunder Jomann', zei hij snel. 'Ik ben haar broer.'

Ze boog zich weer over Marie heen. 'Alle bezoekers moeten zich bij de receptie melden voordat ze naar de patiënten toegaan', zei ze. Gunder verstomde. Hij bleef verward en schuldbewust bij het bed staan en wreef onzeker in zijn handen.

'Ik heb hier gisteren de hele dag gezeten', zei hij beschaamd. 'Dus ik dacht dat het wel goed was.'

'Dat kon ik niet weten', zei ze met een halfslachtig glimlachje. 'Ik had gisteren geen dienst.'

Hij gaf geen antwoord. De woorden hoopten zich als

een haarbal in zijn keel op. Eigenlijk wilde hij haar vragen of er enige verandering was. Maar hij voelde zijn lippen trillen en wilde niet dat ze zou zien dat hij bijna stond te huilen. Voorzichtig ging hij op het uiterste randje van de stoel zitten, met zijn handen in zijn schoot. Mijn vrouw is weg, dacht hij vertwijfeld. Hij wilde het tegen haar schreeuwen, de vrouw die daar bij het bed een druppelteller instelde, hoe moeilijk het allemaal was. Marie, zijn enige zus, in coma, en Karsten in Hamburg. En Poona die van de aardbodem verdwenen leek. Verder had hij niemand. Hij wilde dat ze wegging. En niet meer terugkwam. Liever die blonde die hier gisteren was, dacht hij. De vrouw met de vriendelijke glimlach, die iets te drinken voor hem had gehaald.

'Weet u dat familieleden hier in het ziekenhuis kunnen overnachten?' vroeg ze ineens.

Gunder schrok. Ja, dat hadden ze gezegd. Maar hij moest Poona immers vinden. Dat wilde hij haar niet vertellen. Eindelijk ging ze weg. Hij boog zich over Marie heen. De slang in haar mond maakte een zacht rochelend geluid. Dat betekende dat er speeksel in zat, zoals die andere, de blonde, hem had uitgelegd. Maar als hij aan het snoer van de bel trok, kwam die zuurpruim misschien weer binnen. Daar had hij geen zin in. Hij zat een tijdje naar het geluid van het beademingsapparaat te luisteren, dat in lange, sissende teugen lucht in Marie perste. Als het rochelen erger werd, moest hij toch maar bellen, dacht hij. Dan moest hij het maar nemen zoals het kwam.

Ze hadden gezegd dat hij tegen haar moest praten, maar hij had geen woorden meer. De vorige avond had hij zich ondanks alles op het weerzien met Poona verheugd. 'Marie?' fluisterde hij. Toen gaf hij het op, hij liet zijn hoofd zakken. Hij wilde vooruit denken. Plotseling zou

Karsten in de deuropening staan en al deze zorgen van hem overnemen. Hij zag een radio boven het bed staan. Kon hij die aanzetten? Zou Marie daar geen last van hebben? Hij boog zich over het hoofdeinde heen en pakte de radio op. Die was met wit linnen overtrokken. Eerst zocht hij de volumeknop en zette die laag. Hij hield de radio bij zijn oor en hoorde een zwak geruis. Zocht tot hij Radio 4 vond, daar was ieder heel uur nieuws en het was bijna tien uur. Hij wachtte gespannen tot een stem door de muziek heen brak en het nieuws aankondigde. 'Inspecteur Konrad Sejer meldt dat de dode vrouw van Hvitemoen nog niet is geïdentificeerd. Iedereen die inlichtingen kan verstrekken, wordt dringend verzocht zich te melden. De politie informeert verder dat de vrouw het slachtoffer is geworden van grof geweld met een stomp voorwerp, maar wil geen nadere details geven. Bronnen waar Radio 4 contact mee heeft gehad, beweren dat het lichaam ernstig was toegetakeld, in een mate die nog maar zelden in de Noorse criminele geschiedenis is voorgekomen. De politie heeft een telefoonnummer geopend voor tips van het publiek en vraagt iedereen die gistermiddag, -avond of -nacht in de buurt van Hvitemoen in Elvestad is geweest, zich te melden. De politie heeft belangstelling voor iedereen die zich in het gebied heeft opgehouden. Een vrouw uit Elvestad heeft het lijk gevonden toen ze paddestoelen ging plukken.' Er werd een telefoonnummer genoemd. Een nummer dat gemakkelijk te onthouden was en tegen wil en dank zette het zich vast in Gunders geheugen. Het gerochel van Maries slangetje drong door zijn gedachten heen. Het werd erger. Als hij belde en die donkere zuurpruim kwam aangerend, zou ze misschien denken dat hij dacht dat ze haar werk niet goed deed. Maar er moesten toch meer mensen dienst hebben, misschien kwam die donkere helemaal niet. Toen ging de deur vanzelf open en tot zijn vreugde zag hij de blonde verpleegster binnenkomen. Ze liep naar zijn stoel toe en legde haar hand op zijn schouder. 'Uw zwager is op de hoogte gesteld. Hij is onderweg naar huis.'

Gunder begon bijna te huilen van opluchting. De verpleegster liep naar Maries bed om het speeksel uit het slangetje te verwijderen. Gunder stond zichzelf even toe zijn ogen te sluiten. Hij liet zijn schouders zakken.

'Is alles gisteren goed gegaan?' vroeg ze plotseling, terwijl ze Gunder over het bed heen aankeek. Hij opende zijn ogen. Zijn stem wilde niet dragen.

'U zei dat er problemen waren', zei ze.

'Ja, dat wil zeggen... ik weet het niet', stamelde hij.

Ze boog zich weer over het bed. Maar ze luisterde toch. Hij had het gevoel dat zij hem begreep, ook al dacht hij dat dat onmogelijk was.

'Alles wordt beter als uw zwager komt', zei ze. 'Dan staat u er niet meer alleen voor.'

'Ja,' zei hij, 'dan wordt het beter.' Toen vatte hij moed, hij keek haar recht aan. 'Wordt ze weer wakker?' vroeg hij dunnetjes.

Ze keek naar Marie. Pas nu zag hij haar naambordje.

'Ja, dat denk ik wel', zei zuster Ragnhild. 'Ik denk wel dat ze weer bijkomt.'

*

In de open mond van de vrouw zag Sejer nog drie of vier tanden op hun oorspronkelijke plaats zitten. Wat had de arts gedacht toen deze kapotgeslagen vrouw aan hem werd voorgelegd?

Bardy Snorrason werkte al jaren aan deze stalen werkbank. Die voorzien was van opstaande randen en een afvoer, zodat bloed en vocht van het dode lichaam konden worden gespoeld en in de afvoerpijp konden verdwijnen. Er kwam een straffe, rottende geur van het lichaam. Haar borst en buikholte waren geopend.

'Ik wil dat je hardop denkt', zei Sejer, terwijl hij de patholoog-anatoom aankeek.

'Ja, dat zou je wel willen.' Snorrason trok zijn bril omlaag op zijn neus en keek Sejer over de rand van het montuur aan. 'Dit gezicht spreekt voor zich.' Hij keerde hem de rug toe en begon in een stapel papieren te bladeren. Mompelde zacht voor zich uit. 'Hiervan zou je zin krijgen om bij wijze van uitzondering een keer je mond te houden.'

Sejer wist dat hij niet moest zeuren. De aanwezigheid van de vrouw was oorverdovend. Wat tijdens haar laatste minuten uit haar keel moest zijn gekomen, weergalmde tussen de wanden. Hij moest zijn woorden voorzichtig kiezen. Op een bepaalde manier moest hij haar een soort respect tonen, zoals ze daar lag, naakt, met geopende borst en een felle werklamp op haar kapotte hoofd gericht. Omdat het bloed van haar was afgespoeld, waren de verwondingen op een andere manier zichtbaar dan toen ze nog in het gras lag.

'Ze droeg een soort zijden tuniek', zei Snorrason. 'Voorzover ik kan zien, is het zijde van zeer hoge kwaliteit. De kleren zijn in India gemaakt. Haar sandalen zijn van plastic. Haar Timex-polshorloge is ook van geringe kwaliteit. Eenvoudig ondergoed, van katoen. In haar tasje zaten een aantal munten, Duitse, Noorse en Indiase. Aan de onderkant van de sandalen staat bovendien "Miss India"', voegde hij eraan toe.

Weer een pauze. De papieren ritselden. 'Haar hoofd en

gezicht zijn verscheidene slagen toegebracht', vervolgde hij.

'Kun je bij benadering vaststellen hoeveel?' vroeg Sejer.

'Nee. Ik zeg "verscheidene slagen" omdat ze onmogelijk te tellen zijn. Maar we hebben het over zeer harde klappen. Misschien tussen de tien en de vijftien.'

Hij liep naar de werkbank en ging achter het vernielde hoofd van de vrouw staan. 'Haar schedel is stukgeslagen alsof het een kruik was', zei hij. 'Je kunt je niet meer voorstellen hoe de oorspronkelijke vorm was. De schedel is breekbaar', ging hij verder. 'Maar als je tegen de bovenkant slaat is hij toch vrij stevig. Je richt meer schade aan als je tegen het achterhoofd of de slaap slaat. We hebben het hier over een zeer destructieve kracht. De dader heeft een enorme frustratie van zich af geslagen.'

'Hoe oud is ze?'

'Tegen de veertig.'

Sejer was verrast. Haar lichaam was zo strak en slank.

'En waarmee is ze geslagen?' vroeg hij.

'Met een groot en zwaar, mogelijk stomp of glad voorwerp, dat met veel geweld is gebruikt. Ik probeer mezelf ermee te troosten, en misschien jou ook,' hij wierp Sejer een blik toe, 'dat de meeste slagen haar na haar dood zijn toegebracht. Je kunt over de dood zeggen wat je wilt,' zei hij, 'maar hij bespaart ons wel een hoop ellende.'

Er ontstond een lange pauze. Sejer voelde zich een beetje buiten zichzelf, alsof hij zweefde. Hij vermoedde dat er een lange periode met weinig slaap en veel zorgen voor hem lag. Dat de vrouw hem niet zou loslaten. Dat hij haar geen moment zou kunnen vergeten, haar ieder uur van de dag bij zich zou hebben. Het als een stomme roep in zijn hoofd zou voelen. Hij staarde in de toekomst, tot aan het moment waarop de dader gevonden en opgebracht zou zijn. Hij wist dat hij dichtbij hem zou zitten, zo dichtbij dat hij zijn geur kon ruiken en de vibratie kon voelen wanneer hij zich in dezelfde ruimte bevond. Dat hij hem een hand zou geven. Begrijpend zou knikken. Dat hij hem vriendelijk tegemoet zou treden. Hij voelde een zwakke prikkeling in zijn nek. Snorrason ritselde weer met de papieren.

'Zoals ik al zei. Ze is ongeveer veertig jaar oud, misschien iets jonger. Lengte één meter zestig. Gewicht vijfenveertig kilo. Voorzover ik kan vaststellen, was ze gezond. Op haar linkerschouder heeft ze een onbeduidend litteken van vier hechtingen. De broche hoort trouwens bij de klederdracht van Hardanger.'

'Dat is snel!' complimenteerde Sejer hem.

'Ik heb een assistente. Zij heeft er precies zo een.'

Hij piekerde even. 'Over het hele grasveld zijn sporen van een gevecht gevonden. Heeft hij met haar gespeeld, als een kat met een muis?'

'Ik weet het niet', zei Sejer. 'Maar ik snap niet hoe hij het heeft gedurfd. Om negen uur is het nog licht. Ole Gunwald woont vlakbij aan de rand van het bos. De rijksweg loopt erlangs. Er spreekt een overmoed uit, die mij doet vermoeden dat de dader een chaoot is. Zonder enig inschattingsvermogen.'

'Zijn er al tips binnengekomen?' vroeg Snorrason toen.

'Er zijn een paar auto's gesignaleerd. Maar het enige wat ik nu wil weten, is wie ze is.'

'Je moet alle juweliers in de wijde omgeving benaderen. Zij zullen het zich wel herinneren als een buitenlandse vrouw een Hardanger-broche heeft gekocht. Dat is niet zo gebruikelijk.'

'Ze zullen wel bijhouden wat ze verkopen', meende Sejer. 'Maar ik kan moeilijk geloven dat ze hem zelf heeft gekocht. Ik denk dat het een cadeautje was van iemand in

Noorwegen. Misschien van een man. En in dat geval een man die van haar houdt.'

'Jij weet uit weinig veel te halen', zei Snorrason met een glimlach.

'Ik denk hardop. Toen ik haar in het gras zag liggen, in die mooie jurk, glinsterde die broche bijna als een liefdesverklaring.'

'Tja', zei Snorrason. 'Misschien is de liefde omgeslagen in iets anders. Dit ziet er niet erg liefdevol uit.'

Sejer liep een rondje door het vertrek. 'Mag ik je eraan herinneren dat het mogelijk is om iemand uit liefde te doden?' zei hij.

Snorrason knikte onwillig.

'Bel je als het rapport klaar is?'

'Natuurlijk. Dit krijgt prioriteit.'

Sejer deed zijn schoenbeschermers uit. Een tijdje later zat hij samen met Skarre in zijn kantoor. De inhoud van de plastic zak werd op zijn bureau uitgestrooid. Sejer verspreidde het met zijn vingers.

Hij zocht de berg kleine dingen door en vond een oorbel die hij meteen herkende.

'Jullie zijn echt grondig te werk gegaan. De dode vrouw miste er zo eentje.'

'Hij is helemaal plat', zei Skarre. Plotseling liep hij naar de wastafel, waar hij een enorme hoestbui kreeg.

'Doe maar rustig aan.'

Skarre draaide zich om en keek hem aan. 'Ik ben klaar', zei hij. 'Ik wil aan het werk.'

*

Taxi-eigenaar Kalle Moe was geen roddelaar. Maar nu werd het hem te veel. Hij zat in zijn witte Mercedes na te denken, met een diepe rimpel in zijn voorhoofd. Na een paar minuten liep hij de trap naar Einars Kro op. Er zaten binnen meer mensen dan anders. Einar keerde twee hamburgers om en legde er een plakje kaas op. Hij knikte naar Kalle.

'Koffie', zei Kalle.

De damp van de koffie verwarmde zijn gezicht. Plotseling klonk de hoge lach van Linda in de hoek.

'Heerlijk om jong te zijn', zei Kalle. 'Zelfs de dood doet hen niets. Het is net vette kweekzalm.'

Einar schoof hem over de bar een schaal suikerklontjes toe. Zijn smalle gezicht was net zo gesloten als altijd.

'Afschuwelijk, hè', ging Kalle verder, terwijl hij stiekem naar Einars gezicht loerde.

'Waarom zou ons iets bespaard blijven?' vroeg Einar, die zijn schouders ophaalde.

'Wat bedoel je?' Kalle kon hem niet volgen.

'Ik bedoel, wat er gebeurd is. Dat gebeurt immers overal.'

'Niet naar wat ik heb gehoord. Het schijnt echt heel verschrikkelijk te zijn.'

'Dat zeggen ze altijd.'

Kalle nipte van zijn koffie. 'Eerst werd ik bang. Want ik moest meteen aan Tee en aan de familie Thuan denken.'

'Het is niemand van hen', zei Einar snel.

'Dat weet ik. Maar ik moest meteen aan hen denken.'

Weer klonk Linda's lach door de ruimte.

'Prinsesje Glansoog', zei Einar, met een gelaten blik in haar richting. 'Zo noemen de jongens haar. En dat is geen compliment.'

'O?' zei Kalle. Weer stilte. 'Dus ze hebben geen idee wie ze is?'

Einar legde de hamburgers netjes op een broodje en legde de andere helft er boven op. Toen hij de zaak in floot, kwam een tienerjongen aangerend.

'Ik heb niks gehoord', antwoordde hij. 'Maar de journalisten stromen toe. Ze zeggen dat de tiplijn roodgloeiend staat.'

'Maar goed ook', meende Kalle.

Hij dacht aan Gunder. Maar iets weerhield hem. Toch... als hij het niet vertelde, zou Einar het van anderen horen. Misschien een slechtere versie. Kalle was een oprecht mens, hij overdreef niet. Maar hij popelde om het te vertellen. Om Einar te horen zeggen 'Nee, ben je gek, man! Is Jomann getrouwd? In India?' Hij wilde net iets gaan zeggen, toen de deur openging en er twee mannen binnenkwamen. Ze droegen allebei een groene tas over hun schouder.

'Journalisten', zei Einar. 'Niet mee praten!'

Kalle was verbaasd over Einars reactie. Het klonk als een commando, hij durfde er niets tegenin te brengen. De twee kwamen naar de bar toe, groetten Kalle en Einar en namen vervolgens de zaak in ogenschouw. Einar knikte afgemeten en nam de bestelling van cola en twee broodjes gebraden tartaar op. Hij werkte snel, met zijn rug naar hen toe. Kalle stond nog bij de bar met zijn koffie. Hij voelde zich plotseling kwetsbaar, niet langer beschermd door Einar.

'Verschrikkelijke zaak', zei een van de mannen, hem aankijkend. Kalle knikte, maar gaf geen antwoord. Hij bedacht dat hij een rittenboekje in zijn zak had. Dat haalde hij nu tevoorschijn en hij begon met geconcentreerd gezicht zijn vaste ritten te bestuderen.

'Zo'n tragedie heeft waarschijnlijk het effect van een aardverschuiving, in zo'n klein dorp als dit. Hoeveel mensen wonen hier?'

Dat was een simpele vraag. De meisjes in de hoek waren stilgevallen, ze keken nieuwsgierig naar de twee journalisten. Kalle moest wel antwoorden. 'Een paar duizend', zei hij afgemeten, terwijl hij in zijn boekje keek.

'Maar ze komt hier niet vandaan, toch?'

De ander stak zijn hoofd naar voren. Einar draaide zich om en zette met een klap twee bordjes op de bar. 'Als de politie niet eens weet wie ze is, kun je niet verwachten dat wij het weten', zei hij droog. De journalist glimlachte zuinig.

'Er is altijd wel iemand die iets weet', zei hij duister en hij wierp Einar een minzaam glimlachje toe. 'En het is ons werk om daar achter te komen.'

'Dan zul je ergens anders naartoe moeten gaan', zei Einar. 'Hier komen de mensen om te eten en te ontspannen.'

'Fraaie broodjes', zei de ander met een buiginkje. Ze trokken een wenkbrauw op naar elkaar en slopen naar een tafeltje bij het raam. Ondertussen keken ze naar de twee meisjes.

'Als Linda zich nu maar niet laat paaien', zei Einar zacht. 'Zij weet niet wat goed voor haar is.'

Kalle begreep Einars korzelige toon niet. Maar misschien had hij meer door dan de meeste mensen en begreep hij het beste hoe je deze hyena's uit de stad moest behandelen. Hij greep naar de kan koffie om zijn kop nog eens bij te schenken.

'Heb je dat gehoord van de zus van Gunder?'

Einar keek hem niet-begrijpend aan.

'Ze ligt in het ziekenhuis, in coma. Aan de beademing', verklaarde Kalle.

Einar fronste zijn voorhoofd. 'Waarom? Heb je hem gesproken?'

'Hij belde me. Ze heeft een auto-ongeluk gehad.'

'O ja?' zei Einar aarzelend. 'Belde hij jou om dat te vertellen? Jullie zijn toch niet bevriend?'

'Nee.' Kalle aarzelde. 'Maar Gunder verwachtte namelijk bezoek uit het buitenland. In plaats van naar het vliegveld te gaan, moest hij naar zijn zus in het ziekenhuis. Daarom belde hij mij. Hij vroeg of ik naar Gardermoen wilde rijden om dat... bezoek op te halen.'

'Goh?' zei Einar. Er gebeurde iets onder zijn rode haar. Kalle wist niet zeker wat het was. De twee journalisten hielden hen in de gaten. Kalle praatte zo zacht mogelijk.

'Je weet dat Gunder in India is geweest?' vroeg hij.

Einar knikte. 'Dat vertelde zijn zus. Ze was hier om sigaretten te kopen.'

'Maar weet je wat hij daar heeft gedaan?'

'Vakantie gevierd, toch?'

'In zekere zin. Maar hij is daar namelijk getrouwd. Met een Indiase.'

Nu hief Einar zijn hoofd op. Zijn ogen waren groot van oprechte verbazing.

'Jomann? Met een Indiase?'

'Ja. Daarom belde hij. Omdat die vrouw met het vliegtuig zou komen. Dus hij stuurde mij om haar te halen. Omdat hij bij zijn zus moest zijn.'

Einar keek Kalle geschokt aan.

Die werd nu wat loslippiger. 'Hij vertelde me alles, met welk vliegtuig en zo. Haar naam en hoe ze eruit zag. Hij was ten einde raad omdat hij er niet zelf heen kon. Dus ik ben er naartoe gereden' – Kalle slikte en hij keek Einar aan – 'maar ik heb haar niet gevonden.'

'Je hebt haar niet gevonden?' zei Einar onthutst.

'Ik heb overal gezocht, maar ik kon haar niet vinden.'

Einar staarde hem nu openlijk aan. Impulsief draaide Kalle zich om. De journalisten hielden hen nog steeds in de gaten. Hij dempte zijn stem nog meer.

'Dus ik heb Gunder in het ziekenhuis opgebeld en uitgelegd wat er aan de hand was. We dachten dat ze waarschijnlijk een andere taxi had genomen en direct naar zijn huis was gereden. Dat ze daar stond te wachten. Ze had immers zijn adres. Maar daar was ze ook niet.'

Nu ontstond er een lange pauze. Einar begreep waar Kalle heen wilde. Hij zag er gekweld uit.

'Toen hoorde ik op het nieuws over die dode vrouw op Hvitemoen. Ik schrok me wild. Er zijn hier niet veel buitenlandse vrouwen. Dus toen heb ik hem gebeld.'

'Wat zei hij?' vroeg Einar snel.

'Hij klonk vreemd. Antwoordde ontwijkend, dat ze vast wel zou komen. Ik heb zo het idee dat zij het is. Dat iemand haar heeft vermoord terwijl ze onderweg was naar Gunder. Hvitemoen is niet ver van Gunders huis. Een kilometer maar.'

'Een kilometer verder', zei Einar. 'Maar als dat zo is, weet jij dus haar naam?'

Kalle knikte ernstig.

'Je moet de politie bellen', zei Einar beslist.

'Ik vind niet dat ik dat kan doen', zei Kalle. 'Gunder zou zelf moeten bellen. Maar ik denk dat hij het niet durft. Hij doet alsof er niets aan de hand is.'

'Je moet met hem praten', zei Einar.

'Hij is in het ziekenhuis', zei Kalle.

'Ja maar... en zijn zwager dan?'

'Die is in Hamburg', zei Kalle. Hij voelde zich plotseling erg moe.

'Die tiplijn,' zei Einar, 'die kun je anoniem bellen.'

'Nee, áls ik bel, dan noem ik mijn naam. Ik doe ten slotte niets verkeerds door te bellen. Maar dan stiefelen ze meteen op zijn huis af.'

'Ze vinden hem toch niet als hij in het ziekenhuis zit?'

'Vroeg of laat vinden ze hem wel. Stel dat ik me vergis?'

'Dat zou toch alleen maar goed zijn, als jij je vergist', meende Einar.

'Ik weet het niet. Ik ken Gunder niet zo goed. Hij is zo gesloten. Zegt niet veel. Kan jij niet bellen?'

Einar sloeg zijn ogen ten hemel. 'Ik? Dat kan niet', zei hij afwijzend. 'Jij bent immers degene die dit heeft meegemaakt.'

Kalle zette zijn kopje op de bar.

'Je moet gewoon bellen', meende Einar. 'Daar vergaat de wereld niet door.'

De snijdende lach van Linda weerklonk weer. Een van de journalisten stond over het tafeltje van de meisjes gebogen.

'Ik moet erover nadenken', zei Kalle.

Einar stak een sigaret op. Hij keek naar de journalisten, die druk met Linda en Karen in gesprek waren.

Later deed hij de deur van zijn kantoortje open. Het kleine kamertje, waar hij rustte of de boekhouding bijhield. Achter het kantoortje was een koelruimte, waar hij de etenswaren bewaarde. Ook die deur deed hij open. Hij stond een tijdje besluiteloos in de smalle ruimte te kijken. Zijn geplaagde ogen rustten op een grote, bruine koffer.

*

Het wemelde van de persmensen, ze liepen rond met een air alsof het hele dorp van hen was. Ze waren allemaal constant op jacht, met hun mond als wapen. Ze hadden allemaal hun persoonlijke invalshoek, op zoek naar de meest originele krantenkop. Ze namen dramatische foto's waar helemaal niets op te zien was, omdat ze niet bij de onheilsplek werden toegelaten. Toch hadden ze op hun buik in het gras gelegen, inzoemend, met de lens ingegraven tussen riet en stro. Zodat de slechtheid van de mens in al zijn onbegrijpelijkheid naar voren trad, in de vorm van een stuk wit zeildoek, met een paar verwelkte bloemen op de voorgrond. Ze hadden een talent voor meelevende gezichten en ze kenden de behoefte van de mensen om een ogenblik in de schijnwerpers te staan.

Maar de jongeren vonden het wel leuk. 'Nu hebben we tenminste iets om naar te kijken', zei Karen. Linda's voorkeur ging uit naar de lui in uniform. 'Die krantenmensen zijn zo slordig', klaagde ze. Ze giechelden nu niet meer. Beiden hadden een uitdrukking van volwassen afschuw aangenomen. Ze praatten gedempt over de verschrikkelijke moord, maar ontkenden ten stelligste dat er iemand uit het dorp achter zou staan. Ze woonden hier tenslotte al hun hele leven en kenden iedereen.

'Waar waren jullie gisteravond rond negen uur?' vroeg een van de journalisten. Hij keek naar de jonge hoofden, hoe ze in hun herinnering groeven.

'Ik was bij háár', zei Linda, naar Karen wijzend.

Karen knikte. 'Je ging om kwart voor negen weg. Hoezo negen uur?' vroeg ze.

'De moord is waarschijnlijk om een uur of negen gepleegd', lichtte hij haar in. 'De kruidenier die vlakbij de plek woont, heeft verteld dat hij in de verte iemand heeft horen roepen en een auto hoorde starten. Tijdens het Journaal.'

Linda zweeg. Je kon zien dat ze in haar chaotische gedachten zocht. Waar ze zojuist nog zo om hadden zitten giebelen, kwam weer boven. Toen ze van Karen naar huis fietste, was ze langs Hvitemoen gekomen. In gedachten was ze daar nu terug. Ze suisde er geluidloos op haar fiets langs. Ze zag een geparkeerde auto in de berm staan en moest uitwijken om er omheen te rijden. Ze keek naar het veld en zag daar twee personen. Ze renden achter elkaar aan, alsof ze een duizelingwekkend spel speelden, een man en een vrouw. Hij greep haar vast en trok haar omver. Ze zag armen en benen zwaaien en begreep ineens, perplex, wat ze zag. Twee mensen die een nummertje wilden maken. Zomaar, heel openlijk, in Gods vrije natuur, terwijl zij er op haar fiets langsreed en het allemaal kon zien. Een beetje beschaamd, maar ook opgewonden over wat ze zag, terwijl ze zich tegelijkertijd ergerde omdat ze zelf nog maagd was. De angst dat ze misschien als een oude vrijster zou doodgaan, knaagde al enige tijd aan haar. Daarom zorgde ze er altijd voor bereidwillig over te komen, klaar voor wat er komen zou. Maar die twee mensen! Linda piekerde. De journalisten wachtten. Er kwam een verwarrende gedachte in haar op. Stel dat ze helemaal geen spel hadden gespeeld. Stel dat hij achter haar aan had gezeten, dat wat zij had gezien helemaal geen spel was geweest, maar het misdrijf zelf. Hoewel, het had er niet als een misdrijf uitgezien. De man rende achter de vrouw aan. De vrouw viel. Armen en benen. Ze werd ineens misselijk en nam een paar grote slokken van haar limonade.

'Ben je langs Hvitemoen gefietst?' vroeg de journalist. 'Rond negen uur?'

'Ja', zei Linda. Karen merkte Linda's verwarring op en zag de ernst ervan in, omdat ze haar kende.

'Wat een afschuwelijk idee. Misschien is het vlak daarna gebeurd.'

'Maar je hebt niets gezien? Langs de weg of in de buurt?'

Linda dacht aan de rode auto. Ze schudde beslist haar hoofd. 'Geen mens', zei ze.

'Als je nog iets te binnen schiet, moet je de politie bellen', zei de journalist.

Ze haalde haar schouders op en wilde niets meer zeggen. De twee mannen stonden op en laadden hun foto-uitrusting op hun schouders. Ze wierpen nog even een blik op Einar die bij de bar stond. Karen boog zich over de tafel heen.

'Stel dat zij het waren!' Haar stem beefde.

'Maar die twee die ik zag, die waren ergens anders mee bezig!' wierp Linda tegen.

'Ja. Maar misschien hadden ze eerst seks en heeft hij haar daarna vermoord. Komt dat niet veel vaker voor?'

Linda had iets zeer gewichtigs gekregen om over na te denken.

'Ik vind dat je moet bellen', zei Karen beslist.

'Ik heb bijna niets gezien!'

'Maar als je goed nadenkt? Misschien herinner je je dan meer.'

'Er stond een auto langs de weg.'

'O!' riep Karen uit. 'Ze zijn juist op zoek naar auto's. Alle voertuigen die in de buurt waren. Ze willen alle mensen die in het gebied zijn geweest in kaart brengen. Wat voor auto was het?'

'Een rode.'

'Weet je verder niks meer?'

'Ik lette op de weg, ik moest om die auto heen', zei Linda.

'Maar wat zag je dan? Hoe zagen ze eruit?'

'Ik weet het niet meer. Een man en een vrouw.'

'Maar blond of donker, dik of dun? Zulke dingen?'

'Ik weet het niet', zei Linda. Ze zwegen even. Einar was aan het werk.

'En die auto dan? Als je goed nadenkt. Oud of nieuw. Groot of klein?'

'Niet zo heel groot. De lak glom. Rood.'

'Is dat alles wat je erover kunt zeggen?'

'Ja. Maar als ik er weer zo eentje zie, dan herken ik hem meteen. Denk ik.'

'Ik vind dat je moet bellen', herhaalde Karen. 'Praat met je moeder, zij helpt je wel.'

Linda trok een lelijk gezicht bij de gedachte. 'We kunnen toch samen bellen? Stel dat ik een flater sla. Moet ik mijn naam zeggen?'

'Dat weet ik niet. Maar je slaat heus geen flater. Ze schrijven gewoon op wat je zegt en vergelijken dat met andere dingen. Als meer mensen een rode auto hebben gezien, dan zoeken ze naar een rode auto. Of zoiets.'

Linda twijfelde nog hevig. Ze stond in tweestrijd tussen de wens echt iets gezien te hebben en de angst om zichzelf voor de gek te houden. Toch... Het was wel verleidelijk: 'De politie heeft een belangrijke getuige gevonden van de moord op Hvitemoen. De getuige heeft een auto waargenomen en kan een grove beschrijving geven van twee personen die zich in het gebied bevonden.'

Hoe hadden ze er eigenlijk uitgezien? Ze herinnerde zich iets blauws, misschien donkerblauw, en iets wits. De man had een wit overhemd. De vrouw droeg iets donkers. Ze wilde naar huis, het nieuws horen.

'Ik moet erover nadenken', zei ze.

Karen knikte. 'Voor je belt moet je alles opschrijven, zodat je weet wat je moet zeggen. Ze vragen vast van alles. Waar je vandaan kwam, waar je naartoe ging en wat je zag. Hoe laat het was.'

'Ja', zei Linda. 'Ik schrijf het op.'

Ze dronken hun glas leeg en riepen dag tegen Einar. Hij had een afwezige blik in zijn ogen.

*

Gunder had Maries hand losgelaten. Hij sliep nu diep, met zijn kin op zijn borst. Hij droomde van Poona. Van haar glimlach en haar grote witte tanden. Hij droomde van Marie als klein meisje, veel molliger dan nu. Terwijl hij sliep, ging de deur open en reden twee verpleegsters een bed naar binnen. Gunder werd wakker en knipperde verward met zijn ogen.

'Ik vind dat u wat moet gaan liggen', zei Ragnhild met een glimlach. 'Kijk eens. Een paar broodjes. En koffie, voor als u daar trek in heeft.'

Hij richtte zich met een ruk op. Keek naar het bed en het eten. De donkere zuurpruim keek hem niet aan. Ze controleerden de druppelteller en maakten het slangetje schoon. Gaan liggen? Hij haalde een hand over zijn voorhoofd en voelde de vermoeidheid als een stuk lood in zijn hoofd. Stel dat Karsten binnenkwam terwijl hij lag te slapen? Hij snurkte zelfs wel eens. Hij zag zijn zwager al voor zich, bleek van bezorgdheid, na de lange reis uit Hamburg. En hij zag zichzelf, snurkend in het bed, of met zijn mond vol brood. Hij keek nog eens naar het eten. Leverpastei en ham met komkommer en een glas melk. Een beetje koffie dan misschien?

'Ik vind dat u wat moet gaan liggen', herhaalde Ragnhild.

'Nee', zei Gunder ontstemd. 'Ik moet proberen wakker te blijven. Voor het geval er iets gebeurt.'

'Het duurt nog wel even voor uw zwager komt. We kunnen u over een uurtje wakker maken, als u dat wilt. Maar u moet in ieder geval iets eten.'

Hij keek naar het schone bed.

'U helpt uw zus niet door u volkomen uit te putten', zei ze vriendelijk. De donkere zei niets. Zij maakte een raam open en rammelde met de haken. Haar bewegingen waren hard en beslist. Hij dacht aan de mogelijkheid dat hij in het bed in slaap viel en door deze zwarte heks gewekt zou worden.

'Doet u maar wat u wilt', zei Ragnhild. 'Maar bedenk dat wij zijn er ook nog zijn.'

'Ja', zei Gunder.

Toen vertrokken ze. Hij keek naar het eten. Het was volkorenbrood. Hij pakte het blad en balanceerde het op zijn knieën. At langzaam. Het eten smaakte hem en dat verbaasde hem. Daarna werd hij slaperig. Hij dronk in hoog tempo twee koppen koffie, voelde het in zijn slokdarm branden. Het was lekkere koffie. Het beademingsapparaat werkte. Maries handen leken gelig op het witte laken. Hij zette het blad op een tafeltje bij het raam. Ging even op de rand van het bed zitten. Misschien was Poona nu gekomen. Misschien zat ze thuis aan de Blindvei op hem te wachten. De deur was niet op slot, dacht hij toen. Dat hij van huis was gegaan zonder de deur op slot te doen, dat was niets voor hem. Hij wreef stevig in zijn ogen. Wipte zijn schoenen uit. Draaide zich om en keek naar het witte dekbed met de scherpe vouwen. Gewoon even het lichaam strekken, dacht hij. Dat was stijf en stram na al die tijd in de stoel. Hij ging achterover liggen en sloot zijn ogen. De volgende seconde was hij vertrokken.

Hij werd met een schok wakker. Karsten stond in de kamer naar hem te kijken. Gunder richtte zich zo snel op dat hij er duizelig van werd, en zakte hulpeloos terug.

'Het was niet mijn bedoeling je te laten schrikken.' Zijn zwager zag er moe uit. 'Ik zit hier al een tijdje. Ze hebben me alles verteld. Je bent zeker doodop?'

Gunder richtte zich voor de tweede keer op, nu heel voorzichtig. 'Nee. Ik ben vannacht thuis geweest. Maar ik heb in een stoel zitten slapen. Ik ben blijkbaar ingedut', zei hij beteuterd.

'Je hebt een hele tijd geslapen.' Karsten stond hulpeloos zijn handen te wringen. 'Ga jij maar naar huis, Gunder. Ik blijf hier nu zitten. Ik blijf hier vannacht.'

Ze keken elkaar aan. Karsten leek ouder dan anders, toen hij in de stoel bij het bed plaatsnam. 'Ik weet niet hoe dit moet aflopen', mompelde hij. 'Stel dat het helemaal mis is met haar hoofd? Wat moet er van ons worden?'

'Dat weten ze nog niet', zei Gunder.

'Maar stel dat ze voorgoed zo blijft liggen?' Hij sloeg zijn handen voor zijn gezicht.

'Ze denken dat ze weer bijkomt', zei Gunder.

'Hebben ze dat gezegd?'

'Ja.'

Karsten keek de broer van zijn vrouw zwijgend aan. Zijn koffer en een aktetas stonden op de vloer.

'We waren een boottochtje aan het maken', mompelde hij. 'Mijn mobiele telefoon stond niet aan.'

'Ik begrijp het', zei Gunder. 'Je moet jezelf geen verwijten maken.' Doordat zijn zwager er nu was en hij had gerust, voelde Gunder zich beter. De gedachte aan Poona kwam nu in alle helderheid terug. En die aan de dode vrouw op Hvitemoen.

'En jij bent in India geweest?' zei Karsten. 'Bent daar getrouwd en zo. Ze is nu zeker wel gekomen?' Hij klonk verlegen.

'Heb je het nieuws gehoord?' vroeg Gunder gespannen.

Zijn zwager schudde zijn hoofd.

'Er is een moord gepleegd op Hvitemoen. Een buitenlandse vrouw. Ze weten niet wie ze is.'

Zijn zwager verbaasde zich over Gunders merkwaardige afdwaling. Op dat moment zakte Gunder ineen en hij steunde zijn hoofd in zijn handen.

'Ik moet je iets vertellen.'

'Ja?' zei Karsten vragend.

Toen ging de deur open en de donkere zuurpruim kwam de kamer binnen.

'Nee, het kan wel wachten.'

Hij stond abrupt op en knoopte zijn jasje dicht.

'Ga maar naar huis, een beetje rusten', zei Karsten.

Bij de oprit naar zijn huis stopte hij. Hij zat met zijn handen aan het stuur door de voorruit te staren. Zonder dat hij snapte waarom, reed hij verder in de richting van Hvitemoen. Hij wilde er langzaam langsrijden, de plek zien waar iedereen het over had. Hij wist precies waar het was. Aan de overkant van het veld liep een karrenpad omlaag naar een meertje. Het meertje dat Norevann werd genoemd. Als jongetje had hij daar samen met Marie gezwommen. Of beter gezegd: zij had gezwommen. Zelf had hij op een ondiepe plaats wat rondgeplast. Hij had nooit leren zwemmen. Dat weet Poona niet, dacht hij, plotseling verlegen. Toen hij de plek naderde, begon hij naar links te kijken, om er niet ineens voorbij te zijn. Toen hij de bocht om kwam zag hij twee politieauto's staan. Hij stopte en bleef even zitten kijken. Twee agenten stonden een beetje verveeld bij de bosrand. Hij zag overal rood met witte plastic banden en in zijn ontsteltenis reed hij snel achteruit, zodat de auto schuilging achter een paar bomen. Hij wist niet dat de rode Volvo al was opgemerkt. Hij bleef heel stil zitten en ging na wat hij voelde. Als het iets met Poona te maken had, wat er op het veld was gebeurd, zou hij dat toch moeten voelen, nietwaar? Hij stak zijn hand in zijn binnenzak en haalde de trouwakte tevoorschijn die hij altijd op zijn hart droeg. Las de paar zinnen en de namen op het papier, steeds weer. *Miss Poona Bai, born on the 1th of June 1962, and Mr. Gunder Jomann, born on the 10th of October 1949.* Het was een mooi stuk papier. Champagnegeel, met een fraaie rand. Het embleem van het gerechtshof bovenaan. Het bewijs. Nu was er waarschijnlijk niemand die hem nog geloofde. Hij zuchtte diep en zakte een beetje in elkaar. Hij schrok van een plotseling geluid en draaide zich snel om. Een politieman tikte tegen zijn raampje. Gunders gezicht gloeide van schrik. Hij vouwde het papier op.

'Politie', zei de man.

Alsof het nodig was zich zo te presenteren, dacht Gunder, plotseling geïrriteerd. De man droeg tenslotte een uniform.

'Is alles in orde?'

Gunder keek hem niet-begrijpend aan. Er was helemaal niets in orde.

Maar hij besefte dat het geen rare vraag was. Hij voelde dat hij er morsig uitzag. Zijn kleren waren kreukelig na de uren in het ziekenhuisbed. Hij was uitgeput en ongeschoren. Hij had de auto in de berm gezet, en zat daar nu als de eerste de beste armoedzaaier een beetje te suffen.

'Ik wilde even wat rusten. Ik woon hier in de buurt', zei hij snel.

'Mag ik uw rijbewijs en autopapieren zien?' vroeg de agent. Gunder keek hem onzeker aan. Waarom? Dacht hij misschien dat hij gedronken had? Zo zag het er vermoedelijk uit. Hij kon best in het apparaat blazen, hij had sinds hij in Mumbai was niet meer gedronken. Hij vond de autopapieren in het handschoenenkastje en pakte zijn portefeuille. De agent hield hem de hele tijd in de gaten. Toen werd hij onderbroken door het gekraak van zijn portofoon. Hij draaide zich om en mompelde iets wat Gunder niet kon verstaan. Daarna maakte hij een aantekening. De agent hing de portofoon weer aan zijn riem en bestudeerde het rijbewijs.

'Gunder Jomann, geboren in 1949?'

'Ja', zei Gunder.

'U woont hier in de buurt?'

'In de richting van het centrum. Een kilometer hiervandaan.'

'Waar was u naartoe onderweg?'

'Eh, ik ben op weg naar huis.'

'Dat is de andere kant op', zei de agent, de hele tijd met een onderzoekende blik.

Gunder stamelde.

'Ik weet het', zei hij gedwee. 'Ik was alleen nieuwsgierig', voegde hij er toen aan toe. 'Naar wat er is gebeurd.'

'Wat bedoelt u?' vroeg de agent. Nu werd Gunder echt wanhopig. Stond hij hem hier voor de gek te houden?

'Die buitenlandse vrouw. Ik hoorde het op de radio.'

'Het gebied is afgezet', vertelde de agent.

'Ik zie het. Ik ga maar naar huis.'

Hij kreeg zijn papieren terug en wilde wegrijden. De agent boog zich omlaag naar het raampje, alsof hij in de auto wilde kijken. Gunder verstijfde.

'Ik weet dat ik er moe uitzie', zei hij snel. 'Maar mijn zus ligt in het ziekenhuis. Ze ligt in coma. Ik heb bij haar gewaakt. Ze heeft een auto-ongeluk gehad', zei hij zacht.

'Juist ja', zei de agent. 'Gaat u thuis maar wat rusten.'

Gunder bleef nog even zitten, terwijl de zwarte rug verdween. Toen reed hij ongeveer tien meter verder, keerde de Volvo op het karrenpad en zette koers naar huis. De agent volgde hem met zijn ogen. Hij zei iets in zijn portofoon.

'Gedroeg zich een beetje merkwaardig. Leek ergens bang voor te zijn. Ik heb voor de zekerheid zijn persoonsgegevens genoteerd.'

Het huis was leeg. Geen koffer in de gang, geen Poona in de kamer. De kamers waren donker, hij was bij daglicht vertrokken, zonder de lampen aan te doen. Hij zat een hele tijd in zijn stoel voor zich uit te staren. De gebeurtenis op Hvitemoen zat hem dwars. Hij had het gevoel dat hij iets doms had gedaan. De agent had zich vreemd gedragen. Niemand had er toch iets mee te maken of hij een eindje ging rijden en niemand had er iets mee te maken waar hij stopte. Gunder voelde zich verdoofd. Dit met Poona, wat er allemaal in India was gebeurd, was misschien maar een droom. Iets wat hij had verzonnen, terwijl hij in Tandels Tandoori zat. Wie ging er nu naar een ver land om een vrouw op te pikken, zoals anderen in de herfst bessen plukten? Het moet door dat boek komen, dacht hij, *Volkeren van de wereld*, dat had zijn hoofd op hol gebracht. Hij zag de rode kaft in de boekenkast. Dwong zich een lamp aan te steken. Zette de televisie aan. Over een halfuur was het Journaal. Tegelijkertijd was hij bang, hij wilde verder niets weten. Maar hij móést het weten! Ineens zou er iets gezegd worden, waardoor het uitgesloten was dat het Poona betrof. De dode vrouw blijkt uit China te komen. Of uit Noord-Afrika. De dode vrouw, die begin twintig is, de dode vrouw, die nog niet is geïdentificeerd, heeft een heel bijzondere tatoeage op haar rug. Zijn fantasie ging met hem op de loop. Buiten was alles stil.

*

Konrad Sejers markante gezicht lag altijd correct in de plooi. Heel weinig mensen hadden hem openlijk zien lachen, nog minder mensen hadden hem woedend gezien. Toch lag er een spanning in zijn gelaatsuitdrukking, een waakzaamheid in zijn grijze ogen, die getuigde van ernst, interesse en gedrevenheid. Hij hield zijn collega's op een afstand. Uitgezonderd Jacob Skarre. Sejer was twintig jaar ouder dan Skarre. Toch kon je deze twee voortdurend druk in gesprek zien. Skarre kauwend op een tumtum, Sejer sabbelend op een Fisherman's Friend. Skarre was bovendien de enige op het bureau die het voor elkaar had gekregen om de inspecteur na werktijd voor een biertje mee te lokken. Op een gewone doordeweekse dag. Sommige mensen meenden dat Sejer brommerig en arrogant was. Skarre wist dat hij schuchter was. Een bijzonderheid die tot uiting kwam doordat hij zijn collega in gezelschap van anderen aansprak bij zijn achternaam, Skarre. Maar als ze alleen waren, noemde hij hem Jacob.

Nu bleef Sejer even bij een drinkfonteintje staan. Hij boog zich over de straal en slurpte het koude water naar binnen. Hij voelde een vage onrust. De man die hij zocht kon een aardige man blijken te zijn. Met dezelfde wensen en dromen in het leven als hijzelf had gehad. Hij was ooit een kind geweest. Iemand hield van hem. Hij had een band met mensen, hij had verplichtingen en verantwoordelijkheden, en een positie in de maatschappij die hij binnenkort kwijt zou raken. Sejer liep verder. Hij wijdde niet veel gedachten aan zichzelf en zijn eigen zaken. Maar diep in het innerlijk van deze correcte verschijning lag een grote belangstelling voor mensen. Voor wie ze waren en waarom ze handelden zoals ze deden. Als hij de schuldige te pakken kreeg en echt zou begrijpen dat hij gedwongen was te handelen zoals hij deed, kon hij de zaak voor zichzelf afsluiten en archiveren. Maar ditmaal wist hij het niet. De vrouw was niet alleen vermoord, ze was verwoest en volledig tot moes geslagen. Iemand van het leven beroven was op zich al dramatisch genoeg. Het lichaam daarna ook nog verwoesten, was beestachtig. Hij had veel tegenstrijdige gedachten rond het begrip criminaliteit en was in de eerste plaats geïnteresseerd in alles wat ze nog niet wisten. Er was een vrouw in zijn leven. Psychiater Sara Struel. Ze was vaak bij hem, ze had een eigen sleutel. Er was altijd een lichte spanning in zijn lichaam als hij de twaalf verdiepingen van het flatgebouw had bedwongen en de bovenste trede bereikte. Aan de smalle, donkere spleet tussen de deur en de sponning kon hij zien of ze er was of niet. Bovendien had hij zijn hond Kollberg. Zijn persoonlijke losbandigheid. 's Nachts kroop het enorme dier soms stiekem bij hem in bed. Dan deed hij alsof hij sliep en niets merkte. Maar Kollberg woog zeventig kilo en het bed kraakte vervaarlijk als hij aan het voeteneind ging liggen.

Hij liep de meldkamer binnen en knikte kort naar Skarre en Soot, die aan de tiplijn zaten.

'Weten we al wie ze is?'

'Nee.'

Hij keek op zijn horloge. 'Wie bellen er?'

'Vooral lui die publiciteitsgeil zijn.'

'Dat hoort erbij. Zit er iets interessants tussen?'

'Er zijn een paar auto's gezien. Twee mensen hebben een rode auto in de richting van Hvitemoen zien rijden. Één persoon heeft een zwarte taxi heel snel naar de stad zien rijden. Behalve tussen vier en zes is er bijna geen verkeer op die route. Veel mensen klagen over de journalisten. Verder nog nieuws?'

'De verslagen van het huis-aan-huisonderzoek worden momenteel geschreven. Alle monsters zijn naar het laboratorium gestuurd', zei Sejer. 'Ze hebben beloofd er prioriteit aan te geven. We werken er met veertig man aan. Hij mag niet ontkomen.'

Hij bestudeerde de lijst van binnengekomen telefoontjes. De nummers begonnen allemaal met dezelfde vier cijfers, wat betekende dat de meeste mensen uit Elvestad of uit de regio kwamen. Terwijl hij daar stond, werd er weer gebeld. Skarre drukte de luidsprekerknop in. Een stem klonk door de kamer.

'Ja, ik bel uit Elvestad. Mijn naam is Kalle Moe. Spreek ik nu met de politie?'

'Inderdaad.'

'Het gaat om die kwestie op Hvitemoen.'

'Ik luister.'

'Het betreft een vriend van me. Of... laat ik zeggen een bekende. Het is echt een prima kerel, dus ik ben eigenlijk een beetje terughoudend, ik ben bang dat ik hem in problemen breng.'

'Maar u belt toch. Kunt u ons helpen?'

Sejer knoopte de stem van de man in zijn oren. Hij was al wat ouder en erg nerveus.

'Misschien. Het is zo, begrijpt u, dat die bekende van me, die woont alleen, al jaren. Hij is een tijdje geleden op vakantie geweest. Naar India.'

Bij het woord India was Sejer ineens opmerkzaam.

'Ja?'

'En toen kwam hij weer thuis.'

Skarre wachtte. Het was een poosje stil. Soot schudde moedeloos zijn hoofd.

'Dus... op twintig augustus belde hij mij 's middags op omdat hij hulp nodig had.'

'Hij had hulp nodig?' vroeg Skarre, om een beetje voortgang in het trage verhaal te krijgen.

'Zijn zus was naar het ziekenhuis gebracht, na een ernstige aanrijding. Zwaar gewond.'

De man nam weer een pauze. Skarre sloeg zijn ogen ten hemel. Sejer legde een vinger op zijn mond.

'Hij moest er natuurlijk meteen naartoe. Verschrikkelijk allemaal. Maar hij belde mij, omdat hij eigenlijk naar Gardermoen moest.'

'Naar de luchthaven?' vroeg Skarre nieuwsgierig.

'Hij verwachtte bezoek uit het buitenland. En geloof het of niet, maar toen vertelde hij dat hij in de veertien dagen dat hij in India was geweest was getróúwd!'

Er verscheen een glimlach op Skarres gezicht. De reactie van de man op zoiets abnormaals, bleek duidelijk uit een enthousiast crescendo.

'Dus hij vroeg me of ik die vrouw kon ophalen, zíjn vrouw dus, met andere woorden. Zijn Indiase vrouw.'

Sejer en Skarre wisselden een blik.

'Juist', zei Skarre met een glimlach, aangestoken door zijn enthousiasme.

'Maar nu wil het geval, dat ik haar niet kon vinden.'

De drie mannen luisterden gespannen. De man werkte zich moeizaam door zijn omstandige verhaal heen. Ze vermoedden dat dit belangrijk was, de allereerste stap op weg naar een antwoord.

'Ze zou om zes uur landen', zei de stem. 'Maar ze dook niet op.'

'Waarom belt hij zelf niet?' vroeg Skarre.

'Daar maak ik me nou juist zorgen over. Ik heb hem later opgebeld, om te horen of ze nog gekomen was. Misschien met een andere taxi. Ik heb namelijk een taxibedrijfje in Elvestad, snapt u. Het enige', voegde hij eraan toe. 'Of dat ze misschien een hotel had gevonden, of zoiets. En toen antwoordde hij zo ontwijkend. Ik geloof dat hij er niet aan durft te denken. Hij is niet helemaal zichzelf, lijkt het wel, het zal hem allemaal wel te veel zijn geworden, dat met zijn zus en zo. Daarom bel ik.'

'Hoe heet hij?' vroeg Skarre, die een pen pakte.

'Gunder Jomann. Hij woont een paar kilometer van het centrum van Elvestad, aan de Blindvei 2. Het enige huis. Ik weet niet of hij nu thuis is, het kan zijn dat hij in het ziekenhuis is. Maar zoals ik al zei, ik werd een beetje ongerust. Misschien heeft ze geprobeerd op eigen houtje hierheen te komen, omdat ze niet door Jomann werd opgehaald, zoals ze verwachtte. En dat er onderweg iets is gebeurd.'

'Ik begrijp het', zei Skarre. 'Weet u hoe ze heet?'

'Ja', herinnerde hij zich. 'Dat staat ergens op een briefje. Maar ik heb nu een ander overhemd aan. Ik had het in mijn borstzakje gedaan.'

'Kunt u het nog vinden?' vroeg Skarre.

'Dat hemd zit geloof ik in de wasmachine. Verdorie!' voegde hij eraan toe. 'Jullie gaan er nu toch niet meteen op af?' ging hij verder. 'Misschien heb ik het helemaal mis.'

'Absoluut niet', zei Skarre beslist. Soot naast hem schudde weer gelaten met zijn hoofd.

Skarre bestudeerde het adres. 'We zijn u zeer erkentelijk voor uw hulp. We zullen het natrekken.'

Hij legde de hoorn neer. Ze keken elkaar aan.

'Erop af', zei Sejer.

De felle koplampen van een auto kwamen op het huis af. Gunder schrok. Was dat Karsten? Hij streek met zijn handen over zijn glimmende schedel en haastte zich naar de gang. Aarzelend opende hij de deur. Toen hij de politieauto zag, deinsde hij terug. Sejer kwam met uitgestoken hand de trap op.

'Jomann?'

'Ja?'

Zijn handdruk was stevig.

'Kunnen we even binnenkomen?'

Gunder ging hen voor, in de kamer bleef hij staan. Hij keek naar de twee mannen. De een was bijna twee meter lang en ongeveer net zo oud als hijzelf. De ander was beduidend jonger, met grote blonde krullen.

'U weet misschien waarom we hier zijn?' vroeg Sejer.

Gunder stamelde. 'Het zal wel iets met het ongeluk te maken hebben?'

'Van uw zus, bedoelt u?'

'Ja.'

'Het is verdrietig wat er met uw zus is gebeurd', zei Sejer. 'Hoe gaat het met haar?'

'Haar man is uit Hamburg teruggekomen. Hij zit nu bij haar. Hij heeft beloofd me te bellen. Ze ligt nog in coma.'

Sejer knikte. 'Wij zijn hier vanwege iets anders.'

Gunder voelde dat zijn kin troosteloos naar beneden hing. 'Gaat u toch zitten', zei hij zacht. Hij hief een beetje hulpeloos zijn handen op. Zijn lichaam was gespannen. Het leek alsof hij wilde wegrennen. Sejer en Skarre gingen op de bank zitten en bekeken de opgeruimde, keurige kamer. Plotseling liep Gunder naar het bureau. Sejer zag dat hij even in de weer was met iets wat daar aan de wand hing.

'Sorry', zei Gunder, toen hij zich weer omdraaide. 'Ik moest even iets belangrijks opschrijven. Het is me een beetje te veel momenteel, wat er allemaal gebeurt, ik ben anders heel ordelijk, weet u, maar soms komen de gebeurtenissen als hagelbuien op je neer en een arme drommel raakt dan volkomen uit zijn... uit zijn...'

Hij beet op zijn lip en keek hen angstig aan.

Sejer keek Jomann strak aan. 'We zijn hier vanwege uw vrouw. Is ze goed aangekomen?'

Gunder slikte. 'Mijn vrouw?'

'Ja', zei Sejer. 'Uw Indiase vrouw. We hebben begrepen

dat u haar de twintigste op Gardermoen verwachtte en dat u een bekende heeft gevraagd om haar op te halen. Is ze aangekomen?'

Sejer wist het antwoord al. Gunder aarzelde. Zijn immense wanhoop maakte indruk.

'Heeft Kalle gebeld?' vroeg hij dunnetjes.

'Ja', zei Skarre. 'Kunnen we u misschien ergens mee helpen?'

'Tja, helpen', zei Gunder. 'Hoe zou u me kunnen helpen? De laatste dagen loopt alles mis. Ik ben ook al een paar dagen niet naar mijn werk geweest. Niemand weet of Marie weer bijkomt. En hoe haar hoofd is als ze überhaupt nog wakker wordt. Ik heb alleen haar', voegde hij eraan toe.

'Ja', zei Sejer. 'En uw vrouw. U bent pas getrouwd, nietwaar?'

Gunder zweeg weer. Sejer liet hem in stilte zitten.

'Ja, dat klopt', zei hij toen zachtjes.

'U bent tijdens een reis naar India getrouwd?'

'Ja.'

'Hoe heet ze?' vroeg Sejer vriendelijk.

'Poona', zei Gunder. 'Poona Bai Jomann.'

Er klonk een vleugje trots door in zijn stem.

'Heeft u een verklaring waarom ze niet volgens afspraak is gekomen?'

Gunder moest een ogenblik uit het raam kijken. 'Eigenlijk niet.'

'Wat heeft u tot nu gedaan om haar te vinden?'

'Niet zo veel. Ik weet niet goed wat ik moet doen. Moet ik naar buiten gaan om haar te zoeken? En dan dat met mijn zus, het werd me allemaal te veel.'

'Heeft uw vrouw familie?'

'Alleen een oudere broer. In Delhi. Maar ik weet zijn

naam niet meer.' Hij schaamde zich plotseling. Stel je voor, de naam van je eigen zwager te vergeten.

Sejer voelde een zeurend onbehagen in zijn buik. 'Wat denkt u dat er met haar is gebeurd?'

'Nee, dat weet ik niet!' riep hij, plotseling heftig. 'Maar ik begrijp dat u denkt dat zij de vrouw is die op Hvitemoen is gevonden!'

Gunder begon enorm te beven. Skarre sloeg zijn ogen neer. Tegelijkertijd dacht hij: we kennen deze man niet. Hij is diep wanhopig, maar we weten niet waarom hij zo wanhopig is.

'Dat denken we helemaal niet', zei Sejer. 'Wat wij nu in eerste instantie willen, is haar uitsluiten. Soms werken wij zo. We weten niet wie de dode vrouw is en dat zit ons dwars. Daarom wilden we u een paar eenvoudige vragen stellen. Vermoedelijk kunnen we hier dan meteen bepalen of er nog verder onderzoek gedaan moet worden.'

'Ja', zei Gunder. Hij probeerde te bedaren.

'Ten eerste. Heeft u een foto van uw vrouw?'

Gunders ogen schoten heen en weer. 'Nee', loog hij.

'Niet?'

'We hadden geen tijd om een echte trouwfoto te maken. Je kunt niet alles doen in veertien dagen', zei hij ontwijkend.

'Nee. Natuurlijk. Maar ik dacht meer aan een gewoon kiekje. Een foto die u misschien in een ander verband van haar heeft genomen?'

'Nee. Die heb ik niet.'

Hij liegt. Hij wil hem niet aan ons laten zien.

'Maar u kunt ons natuurlijk vertellen hoe ze eruitziet. Misschien is dat voldoende.'

Gunder sloot zijn ogen. 'Ze is mooi', zei hij en er verscheen een brede glimlach om zijn mond. 'Heel slank en licht, geen grote, zware vrouw. Indiase vrouwen zijn niet zo groot. Niet zo groot als Noorse vrouwen, bedoel ik.'

'Inderdaad', glimlachte Sejer. Hij was gecharmeerd van de verlegen man en de eenvoudige manier waarop hij zich uitdrukte.

'En ze heeft bruine ogen en lang, zwart haar. Helemaal tot op haar achterwerk. Ze draagt het altijd in een lange vlecht.'

De twee mannen knikten. Sejer had een bezorgde uitdrukking gekregen.

'Hoe kleedde ze zich?'

'Heel gewoon. Net als Noorse vrouwen. Tenzij er een speciale gelegenheid was. En ze droeg sandalen. Ze dragen daar niet anders. Lage, bruine sandalen. Ze werkte in een tandoorirestaurant en moest iets stevigs aan haar voeten hebben. Maar als ze zich opdofte, droeg ze andere kleren en andere schoenen. Toen we trouwden, droeg ze een sari en gouden sandaaltjes.'

Het werd nu helemaal stil in de kamer van Gunder.

'Aan de andere kant,' zei hij snel, omdat de stilte hem beangstigde, 'hebben veel Indiase vrouwen lange vlechten en gouden sandaaltjes.'

'Inderdaad', zei Sejer luid. 'En verder?' vroeg hij. 'Wilt u iets over uw verblijf in India vertellen?'

Gunder keek hem niet-begrijpend aan. Maar het was prettig om over Poona te kunnen vertellen, tegen iemand die wilde luisteren.

'Hoe heeft u de bruiloft gevierd?' vroeg Sejer.

'In alle eenvoud. Alleen wij tweeën. We zijn naar een heel chique restaurant gegaan dat Poona kende. Daar hebben we gegeten, met dessert en koffie toe. Daarna hebben we in een park gewandeld en hebben we plannen gemaakt voor wat we hier allemaal gaan doen met het huis en de tuin. Poona wil graag werken. Ze spreekt goed Engels en houdt van werken. Er zijn niet veel Noorse meisjes met zo'n tempo, laat ik dat gezegd hebben.'

Gunder werd warm en rood in zijn gezicht. 'Ze had een cadeau voor me gekocht. Een liefdestaart, die ik helemaal moest opeten. Verschrikkelijk zoet en klef, maar ik kreeg hem weg. Ja, voor Poona zou ik een Indiase olifant hebben verorberd, als ze me dat had gevraagd.'

Hij bloosde even bij deze ontboezeming. Sejer voelde een diepe triestheid.

'Wat heeft ze van u gekregen?' glimlachte Skarre.

'Ik moet toegeven dat ik me had voorbereid', zei Gunder. 'Ik dacht: misschien ontmoet ik wel iemand. Ik wist immers wat ik kon verwachten, ik wist hoe mooi de Indiase vrouwen zijn. Ik heb tenslotte boeken gelezen. Ik had een sieraad bij me. Een Noorse broche', zei hij.

Er klonk geen enkel geluid in de kleine kamer.

'Jomann', zei Sejer zacht. 'Om helemaal niets over het hoofd te zien in deze ernstige zaak, vraag ik u met ons mee te komen.'

Gunder verbleekte. 'Maar het is al laat', mompelde hij. 'Kan dat morgen niet?'

Ze vroegen hem een jas aan te trekken. Wachtten buiten en waarschuwden het bureau. Gunder Jomann zou de sieraden van het slachtoffer bekijken. De oorbellen, de ringen. En de broche. De twee mannen stonden op het erf te wachten, toen ze een auto langzaam zagen langsrijden. De auto stopte bij Gunders brievenbus en ze zagen dat de chauffeur het naambordje las.

'Journalisten', zei Sejer, met toegeknepen ogen. 'Er ontgaat hen niet veel.'

'Ze slapen in hun auto', zei Skarre duister. Toen keerde hij zich om naar Sejer. 'Hij was nogal trots op zijn Indiase vrouw.'

Sejer knikte.

'Waarom heeft hij niet gebeld?'

'Omdat hij weigert het onder ogen te zien.'

Gunder kwam naar buiten. Hij had een bruin tweedjasje aangetrokken. Hij stond even met de knopen te frunniken en leek een groot, tegendraads kind dat niet weg wilde. Hij zou dus naar een paar sieraden kijken. Hij kon waarschijnlijk niet weigeren. Toch was hij geïrriteerd. Bovendien was hij moe en had hij te veel aan zijn hoofd. Maar het was natuurlijk erg, dat niemand wist wie die vrouw was.

Er werd niet veel gesproken tijdens het halfuur dat ze nodig hadden om van Elvestad naar het politiebureau te rijden. Sejer stapte uit en maakte het portier voor hem open. Als Gunder er goed over nadacht, kon hij zich niet herinneren ook maar één keer in zijn leven met een politieman te hebben gesproken. Vóór die sikkeneurige vent op Hvitemoen dan, dacht hij. Maar deze twee waren aardig. De jongeman was open en vrolijk, de oudere was beleefd en correct. Hij was ook nog nooit in het politiebureau geweest. Ze namen de lift omhoog. Gunder dacht aan Karsten en hij hoopte dat hij een beetje kon slapen. Ik moet weer naar mijn werk, dacht hij. Dit gedoe kan zo niet doorgaan.

Ze waren in Sejers kantoor. Hij deed een lamp aan en toetste een nummer in op de telefoon. 'We zijn er. Je kunt komen.'

Hij wees Gunder een stoel. Gunder voelde de diepe ernst in de kamer, hij loerde naar de deur, naar wat er ging komen. Alleen maar een paar sieraden. Hij vergat te ademen. Hij begreep niet waarom hij zo gespannen was, want hij zou alleen maar naar een paar sieraden kijken en zeggen dat hij ze nooit eerder had gezien. Nooit. Skarre wilde zijn jasje aannemen, maar Gunder hield het liever aan. Er kwam een agente binnen. Het viel Gunder op dat haar schouders door de kleppen op haar uniformhemd nogal breed leken. Ze droeg stevige, zwarte veterschoenen. In haar hand had ze een bruine, papieren zak en een smalle gele envelop. Die bruine zak was groot genoeg om een brood te kunnen bevatten, dacht Gunder. Wat was dat nou? Ze legde alles op Sejers bureau en verliet de kamer. Wat zat er in de smalle envelop? En in de bruine zak? Wat dachten ze van hem? Wat was de eigenlijke reden geweest voor hun komst? Hij voelde zich duizelig. In de kamer was alleen de bureaulamp aan en die scheen fel op het tafelblad, op Sejers bureauonderlegger, die een wereldkaart voorstelde. Sejer schoof de onderlegger opzij, die bleef aan het tafelblad plakken en er klonk een naar, schurend geluid toen hij hem lostrok. Daarna pakte hij de envelop, die met een paperclip was gesloten. Gunders hart bonsde. Alle geluid in de kamer verdween, alleen zijn hart sloeg. Toen hield Sejer de envelop ondersteboven en zacht rinkelend vielen de sieraden eruit. Ze bleven in het licht van de lamp liggen schitteren. Een oorbel met een balletje eraan. Die deed trouwens wel een beetje denken aan een paar dat Poona gedragen had, toen ze op een dag samen de stad in waren gegaan. Twee kleine ringen, heel anoniem, en een rood elastiekje, een haarbandje vermoedelijk. Maar iets anders, groters, dat gedeeltelijk schuilging onder de ringen, werd langzaam in al zijn schoonheid zichtbaar. Een fraaie klederdrachtbroche. Gunder snikte even. Sejer hief zijn hoofd op en keek hem aan.

'Ziet dit er bekend uit?'

Gunder sloot zijn ogen. Toch zag hij de broche. Hij zag hem tot in het kleinste detail, omdat hij hem al zo vaak had gezien. Maar toen herinnerde hij zichzelf eraan dat er veel van zulke broches bestonden, die precies eender waren. Dus waarom zou dit juist Poona's broche zijn?

'Ik kan het onmogelijk met zekerheid zeggen', zei Gunder met gebroken stem. 'Die broches lijken zo op elkaar.'

Sejer knikte. 'Ik begrijp het. Maar kunt u deze broche uitsluiten? Kunt u zeggen dat dit absoluut niet de broche is die u aan uw vrouw heeft gegeven?'

'Nee.' Hij hoestte in zijn hand. 'Hij lijkt er wel op. Misschien', voegde hij eraan toe.

Skarre knikte zwijgend en wierp een blik op zijn chef.

'De vrouw in kwestie,' zei Sejer, 'zou, voorzover wij hebben kunnen vaststellen, uit India afkomstig kunnen zijn.'

'Ik begrijp dat jullie denken dat zij het is', zei Gunder, iets fermer. 'Dan zit er niets anders op. Ik zal haar moeten bekijken. Die dode vrouw. Zodat we dit eens en voor altijd uit de wereld hebben.' Zijn stem werd nu zo verstoord door zijn onregelmatige ademhaling, dat hij staccato hakkelde.

'Helaas. Dat is niet mogelijk.'

'Waarom niet?' vroeg Gunder verbaasd.

'Ze kan niet geïdentificeerd worden.'

'Ik snap niet wat u bedoelt', zei Gunder ongerust. 'Als het mijn vrouw is, dan zie ik dat meteen. En als ze het niet is, dan zie ik dat ook.'

'Nee', zei Sejer. Hij wierp een blik op Skarre, alsof hij hem om hulp vroeg.

'Ze is niet herkenbaar, na wat er met haar is gebeurd', zei Skarre voorzichtig.

'Niet herkenbaar?' Gunder bleef zitten, hij staarde naar zijn schoot. Eindelijk begreep hij wat ze bedoelden. 'Ja maar, hoe moeten we er dan achter komen?' Zijn ogen waren groot van angst.

'De broche', zei Sejer. 'Is dit de broche die u aan uw vrouw heeft gegeven?'

Gunder zwaaide heen en weer.

'Als u denkt dat dit haar broche is, moeten we contact zoeken met haar broer in Delhi en hem om hulp vragen. We hebben haar papieren niet gevonden. Maar misschien kunnen we ergens haar gebitsgegevens vinden.'

'Ik geloof niet dat ze zo vaak naar de tandarts ging', zei Gunder hulpeloos.

'Hoe zit het met andere kenmerken?' vroeg Sejer. 'Littekens en moedervlekken. Had ze die?'

Gunder slikte. Ze had een litteken. Omdat ze een keer een glassplinter uit haar schouder had laten verwijderen, had ze een mooi, dun litteken dat lichter was dan de rest van haar huid. Op haar linkerschouder. Ze had vier hechtingen gehad. Gunder dacht hieraan, maar hij zei niets.

'Had ze littekens?' vroeg de inspecteur. Weer keek hij Gunder scherp aan. 'De dode vrouw had een litteken op haar linkerschouder.'

Toen brak Gunder. 'Maar haar koffer dan? Je gaat toch niet zonder koffer van India naar Noorwegen!'

'We hebben geen koffer gevonden', zei Sejer. 'Die heeft de dader waarschijnlijk laten verdwijnen. Maar ze had een tasje. Een heel bijzonder tasje.' Hij begon de bruine zak open te maken. Langzaam werd het gele tasje zichtbaar. Op dat moment dankte Sejer het verder zo afschuwelijke noodlot. Het tasje was schoon, niet besmeurd met bloed.

Gunder had zich zo lang aan zijn hoop vastgeklampt, dat het vreemd, bijna prettig was om zich nu te laten vallen.

'Jomann', zei Sejer. 'Is dit tasje van uw vrouw?'

*

Het beeld van de gebroken man achtervolgde hem. Het moment toen hij het eindelijk opgaf. Zijn stem toen hij bad en smeekte om zijn dode vrouw te mogen zien. 'Daar heb ik toch recht op', had Jomann gezegd. 'Kunt u mij dat echt weigeren?'

Dat kon hij niet. Hij kon hem alleen verzoeken zichzelf te ontzien. 'Ze zou niet gewild hebben dat u haar zo zag', zei hij indringend. Gunder was nog slechts een schaduw van zichzelf, toen hij door de gang liep. Een agente zou hem naar huis brengen. Naar een leeg huis. Zoals die man op haar had moeten zitten wachten! Hij had zich verheugd als een kind. Sejer herinnerde zich de trouwakte die hij hen trots had laten zien. Dat belangrijke document, het bewijs van zijn nieuwe status.

'Ze heet Poona Bai', zei Sejer later, in de deuropening van de meldkamer. 'Uit India. Voor het eerst op bezoek in Noorwegen.'

Soot, die de tiplijn bemande, sperde zijn ogen. 'Wordt dat aan de pers vrijgegeven?'

'Nee. We hebben geen papieren. Maar een man in Elvestad verwachtte haar. Ze zijn op vier augustus in India getrouwd. Ze was naar hem onderweg.'

Hij boog zich naar voren en las wat er op het computerscherm stond. 'Wat heb je daar?'

'Een jong meisje', zei Soot opgewonden. 'Belde net. Je moet maar een auto regelen. Linda Carling, zestien jaar. Fietste op de twintigste langs Hvitemoen, 's avonds even na negenen. Er stond een rode auto op de weg geparkeerd en op het veld waren een man en een vrouw bezig.'

'Bezig?' vroeg Sejer. Hij was ineens klaarwakker.

'Ze had moeite om de juiste woorden te vinden', zei Soot. 'Ze dacht dat ze een nummertje maakten. Ze renden achter elkaar aan, alsof ze speelden. Daarna rolden ze door het gras. Later bedacht ze dat ze misschien het slachtoffer en de dader had gezien. Dat ze misschien eerst seks hadden gehad en dat hij haar daarna had vermoord. Ze hebben haar niet gezien.'

'Ze hebben geen seks gehad', zei Sejer snel. 'Maar hij kan het wel geprobeerd hebben. Wat voor auto?' Zonder het te merken balde hij zijn handen.

'Een rode auto. En die rode auto is interessant', zei Soot. 'Karlsen was hier net. Vanavond had een man in een rode Volvo zijn auto bij de plaats delict geparkeerd. Hij zat daar wat te loeren. Ze hebben voor de zekerheid zijn persoonsgegevens opgenomen. Hij gedroeg zich vreemd.'

'Naam?' vroeg Sejer.

'Gunder Jomann.'

Het werd doodstil in de meldkamer. 'Dat is haar man', zei Sejer. 'En ik denk niet dat hij het heeft gedaan.'

'Kunnen we daar zo zeker van zijn?'

'Als ik het bij het rechte eind heb, was hij in het Centraal Ziekenhuis. Daar ligt zijn zus. Ik zal het natrekken. Skarre, jij gaat naar Linda Carling. Je moet voorzichtig te werk gaan. Ze heeft de auto gezien!'

'Begrepen', zei Skarre. 'Maar het is al erg laat.'

'In deze zaak wordt niemand gespaard. Verder nog wat?' Hij keek naar Soot.

'Niets wat echt van belang is.'

'Er is iets vreemds', zei Skarre, terwijl hij zijn armen in de mouwen van een leren jasje stak. 'Het wapen. Waar heeft hij haar mee geslagen? Er liggen daar geen stenen in het gras. Als hij met de auto was en daar gereedschap in had, kan ik niets bedenken dat bij haar verwondingen past. Wat hebben mensen zoal in de auto?'

'Een krik misschien', zei Sejer. 'Een kruissleutel. Wat klein gereedschap. Dat soort dingen. Snorrason zegt dat het iets groots en zwaars is geweest. Het hele gebied moet opnieuw doorzocht worden. Er ligt een meertje aan de andere kant. Het Norevann. Daar kan hij het wapen gedumpt hebben. De koffer ook. En we moeten haar broer vinden.'

'Haar broer?' vroeg Soot.

'Haar enige familielid. En Jomanns zwager. We moeten hem zo snel mogelijk hierheen laten komen.'

'We zijn begonnen!' zei Skarre enthousiast.

Linda's behoefte aan aandacht was grenzeloos. Onder de mensen zijn, voortdurend gezien worden, was voor haar van levensbelang. Als ze alleen was, stond ze in de schaduw. Maar nu zou ze voor het voetlicht treden. Er was een politieman naar haar onderweg! Ze drentelde onrustig rond op zoek naar haar haarborstel. Douchte zich met haar moeders Lagerfeld. Toen rende ze weer naar buiten en tuurde naar de weg. Nog geen auto te zien. Ze zette het raam open om hem eerder te horen en ruimde de salontafel op. Het meisjesblad *Girls* lag opengeslagen op de middenpagina, met een foto van Leonardo Di Caprio. Ze legde het blad in de krantenbak. Wipte haar pantoffels uit en liep op blote voeten rond, terwijl ze nog eens overdacht wat ze moest zeggen. Het was belangrijk om het hoofd koel te houden en precies te vertellen wat ze had gezien, niet wat ze dacht te hebben gezien. Maar ze herinnerde zich niet zo veel en dat ergerde haar. Ze nam de fietstocht in gedachten door en formuleerde voor zichzelf een paar zinnen. Het weinige dat ze hem te bieden had. Want er zou natuurlijk een man komen, het kwam niet bij haar op dat het een vrouwelijke agent kon zijn, ook al wist ze dat die bestonden. Toen ze eindelijk een auto hoorde en banden die over het grind knarsten, maakte haar hart een sprongetje. Ze hoorde de deurbel, maar treuzelde een beetje, ze wilde niet als een kind naar de deur rennen. Toen bedacht ze dat ze zich te veel had opgetut en ze rende naar de badkamer om haar haren snel nog even in de war te brengen. Toen de deur eindelijk openging, keek Skarre naar een meisje dat warm en buiten adem was, met rode wangen en een warrige bos haar. Ze rook zwaar naar parfum.

'Linda Carling?' vroeg hij glimlachend.

Op dat moment gebeurde er iets in Linda's hoofd. Ze staarde als betoverd naar de jonge politieman. De buitenlamp scheen op Skarres blonde krullen. Zijn zwarte leren jack glom. Zijn blauwe ogen bliksemden. Het duizelde haar. Ze was ineens belangrijk. Ze verloor haar spraakvermogen en spande haar lichaam, dat als een gespannen boog in de open deur stond.

Skarre keek haar nieuwsgierig aan. Dus dit meisje kon Hvitemoen gepasseerd zijn, op het moment dat het misdrijf plaatsvond. Was zij een betrouwbare getuige? Hij wist dat vrouwen betere getuigen waren dan mannen. Ze was jong, misschien had ze goede ogen. Bovendien was het om negen uur nog licht. Ze was er op de fiets langsgekomen, niet in een auto. Met de auto zou je er binnen vier of vijf seconden voorbij zijn geweest. Hij wist ook dat wat ze nu vertelde, vermoedelijk alles was wat ze zich herinnerde. Als ze later nog iets bedacht, was er alle reden om daaraan te twijfelen. De mens had een ingewortelde drang om het beeld aan te vullen tot een geheel. Een innerlijke harmonie. Wat nu brokstukken van een gebeurtenis waren, zou later meer kunnen blijken te zijn. En hij zag haar ijver om behulpzaam te zijn. Skarre kende zijn psychologie, hij wist waar de beleving van wat iemand in feite ziet door wordt beïnvloed. 'De relativiteit van de indruk.' Leeftijd, geslacht, cultuur en gemoedstoestand.

De manier waarop hij de vraag stelde. Bovendien leek ze een beetje ongeconcentreerd, onrustig en nerveus. Haar lichaam was constant in beweging, ze maakte heftige gebaren en schudde met haar hoofd. Het zware parfum golfde op hem af.

'Ben je alleen thuis?'

'Ja', zei Linda. 'Mamma is vrachtwagenchauffeur. Ze is bijna nooit thuis.'

'Vrachtwagenchauffeur? Goh! Heb je zelf ook zo'n carrière in gedachten?'

'Noem je dat een carrière?' lachte ze. 'Nooit van m'n leven.' Ze schudde haar hoofd.

Skarre dacht aan watten, toen hij haar witte haar zag. Ze gingen in de kamer zitten.

'Waar was je geweest?'

'Bij een vriendin. Karen Krantz. Ze woont in de richting van Randskog.'

'Is ze een goede vriendin van je?'

'We kennen elkaar al tien jaar.'

'Zitten jullie in dezelfde klas?'

'Ik begin over twee dagen aan de kappersopleiding. Karen doet algemeen vormend. Maar verder hebben we altijd bij elkaar in de klas gezeten.'

'Wat hebben jullie bij Karen thuis gedaan?'

'Een video gekeken', zei Linda. '*Titanic*.'

'Ah', zei Skarre. 'Met Di Caprio. Nogal romantische film, toch?'

'Heel romantisch', zei Linda met een glimlach. Hij zag haar ogen glinsteren.

'Je was, met andere woorden, in een bepaalde stemming toen je bij Karen wegging?'

Ze haalde koket haar schouders op. 'Dat kun je wel zeggen. In de romantische hoek.'

Daarom dacht je dat het een spelletje was, dacht Skarre. Je zag wat je wilde zien, daar waren je hersenen op ingesteld. Een man die achter een vrouw aanrent om te vrijen.

'Waar dacht je aan, toen je daar fietste? Kun je daar antwoord op geven?'

'Tja', ze aarzelde verlegen. 'Ik dacht natuurlijk aan die film.'

'Kwamen er auto's van de andere kant?'

'Geen een', zei ze beslist.

'Toen je bij Hvitemoen kwam. Wat zag je toen het eerst?'

'De auto', zei ze. 'Eerst zag ik de auto. Een rode auto, die scheef geparkeerd stond. Alsof hij plotseling was gestopt.'

'Ga door', zei Skarre. 'Probeer vrijuit te vertellen. Vergeet dat ik hier zit te luisteren.'

Linda keek hem verbaasd aan. Dat was toch volstrekt onmogelijk. 'Ik keek om me heen of ik iemand zag. Die auto moest toch van iemand zijn. Toen zag ik twee mensen op het veld, vlakbij het bos. Ze renden. In de richting van het bos. Ik zag de man het duidelijkst, want hij liep achteraan. Hij had iets wits aan. Een wit shirt. Hij zwaaide wild met zijn armen. Ik dacht dat hij haar voor de gein aan het schrikken wilde maken.' Ze zweeg, want in gedachten had ze haar hoofd weer afgewend, omdat ze de auto naderde.

'Wat zag je van die andere persoon?'

'Zij was kleiner dan hij. Donker.'

'Donker. Op wat voor manier?'

'Alles was donker. Haar haar en haar kleren.'

'Weet je heel zeker dat het een vrouw was?'

'Ze rende als een vrouw', zei Linda eenvoudig.

'Heb je de handen van de man gezien? Had hij iets in zijn handen?'

'Dat geloof ik niet.'

'Verder.'

Skarre maakte geen aantekeningen. Alles wat ze zei werd in zijn geheugen gegrift.

'Ineens stond die auto in de weg. Ik moest eromheen sturen. Toen ik nog eens keek, had de man haar ingehaald, en ze vielen. Ze vielen in het gras.'

'Dan waren ze waarschijnlijk niet goed zichtbaar meer vanaf de weg. Of kon je ze nog steeds zien?'

'De man lag, eh, bovenop', zei ze en ze bloosde even. 'Ik zag armen en benen. Maar toen begon mijn fiets te zwabberen en moest ik weer op de weg letten.'

'Heb je nog iets gehoord?'

'Een hond die blafte.'

'Verder niets? Geroep of geschreeuw? Of gelach, misschien?'

'Verder niets.'

'Die auto', zei Skarre. 'Kun je je die voor de geest halen?'

'Ja. Hij was rood.'

'Er zijn veel soorten rood. Wat voor rood?'

'Knalrood. Zo rood als een brandweerauto.'

'Goed', zei Skarre. 'Heb je nog details gezien toen je de auto passeerde? Zaten er mensen in?'

'Nee, hij was leeg. Ik heb naar binnen gekeken.'

'Kenteken?'

'Noors. Maar ik weet het nummer niet.'

'Maar hij stond met de voorkant naar je toe, alsof hij uit Elvestad was gekomen?'

'Ja', zei ze. 'Maar hij stond scheef.'

'Waren de deuren open?'

'Die aan de kant van de passagier.'

'Heb je de binnenkant van de auto gezien? Was de bekleding donker of licht?'

'Donker, geloof ik. Dat weet ik niet goed. De lak glom.'

'Heb je enig idee van merk of model?'

'Nee.'

'En je weet heel zeker dat niemand jou heeft gezien?'

'Heel zeker', zei ze. 'Ze hadden alleen aandacht voor elkaar. En een fiets maakt natuurlijk niet veel lawaai.'

Skarre dacht even na. Toen glimlachte hij tegen haar. 'Als je nog iets wilt zeggen, kun je me op het bureau bereiken. Op dit nummer.'

Hij gaf haar zijn kaartje. Ze pakte het gretig aan. Jacob, stond er. Skarre. Ze vond het helemaal niet leuk dat hij nu alweer wegging, het had bij elkaar nog geen tien minuten geduurd. Hij gaf haar een hand om haar te bedanken. Een warme, stevige hand.

'We moeten je vragen om ons morgen de plek te wijzen waar die mensen waren. En ook waar de auto stond. Zo precies mogelijk. Is dat goed?'

'Nou en of!' flapte ze eruit.

'Dan sturen we in de loop van de ochtend een paar mensen hierheen.'

'Oké, goed', zei ze teleurgesteld.

Ze klemde het kaartje in haar handen. Ze wist dat er niets meer was. De herinnering was flakkerend, onhelder en vaag. Ze bad een schietgebedje dat er in haar droom nog iets meer, iets heel cruciaals tot haar zou komen. Ze moest deze man weer ontmoeten! Hij was van haar. Op zo iemand had ze gewacht. Alles klopte. Zijn gezicht, zijn haar, de blonde krullen. Zijn uniform. Ze hield haar hoofd schuin en sloeg haar ogen verlegen neer, zoals ze zo goed kon.

Als je nog iets wilt zeggen!

Wat bedoelde hij daarmee? Hij kon er van alles mee bedoelen. Ze deed de deur achter hem dicht en trippelde naar de kamer. Verscholen achter het gordijn volgde ze hem met haar ogen. We sturen een paar mensen. Puh! Ze liep naar de badkamer en poetste haar tanden. Rende de trap op. Bleef op haar kamer voor de spiegel staan en borstelde haar haren met lange slagen. Het werd elektrisch en begon te knetteren.

'Hij heet Jacob', zei ze tegen de spiegel. 'Hoe oud hij is? Ergens in de twintig. Zeker nog geen dertig. Natuurlijk is hij knap. We gaan zaterdag uit, naar de Beurs waarschijnlijk. Kom ik daar niet binnen? Met een politieman kom ik overal binnen! Of ik verliefd ben? Ik ben echt smoor.' Ze keek naar haar blozende wangen. 'Dit zeg ik je, Karen, deze keer is het serieus! Deze keer zal ik er alles aan doen om te krijgen wat ik wil. *Echt alles!*'

Ze hoorde weer een auto op het erf. Een zware, dreunende dieselmotor, bekend en plotseling ongewenst. Haar moeder. Ze deed het licht uit en schoot onder het dekbed. Ze had nu geen zin om te praten. Als ze hier achterkwam, zou ze alles van haar afpakken. Het voor haar regelen. Zíj was de getuige. Hoe noemden ze dat? Kroongetuige. Ik ben Jacobs kroongetuige, dacht ze en ze sloot haar ogen. Haar moeder kwam binnen, ze hoorde het klikje van het slot. Linda ademde zo regelmatig als ze kon, toen haar moeder haar hoofd om de deur stak. Daarna was het weer stil. In gedachten was ze bij Karens huis. 'Ik ga! Ik bel je morgen.' Toen stapte ze op haar fiets. Het eerste stuk ging zwak omlaag naar de rijksweg. Het was lekker weer. Haar fiets maakte geen geluid toen ze het asfalt opreed. Ik fiets in het mooie weer. Hou je hoofd koel, je mag niets missen, er is bos aan de rechterkant en bos aan de linkerkant, geen mens op de weg. Ik ben helemaal alleen en de vogels zwijgen, want het is avond, maar nog niet donker, en daar ga ik de bocht om en ik nader het veld van Hvitemoen. In de verte zie ik de voorkant van een rode auto. Wat staat er op de nummerplaat? Ik kan het niet zien! Verdomme! Ik kom dichterbij en moet eromheen rijden. Er is een beweging aan de rechterkant, in de verte, er zijn mensen op het veld, wat doen ze? Ze rennen als kinderen rond, ook al zijn ze volwassen! De vrouw probeert weg te rennen, maar hij houdt haar arm vast. Hij is sneller, het ziet eruit alsof ze spelen, het lijkt wel een dans, dan wijk ik uit en rij langs de auto, die is leeg, maar ik zie iets wits op de zijruit. Een sticker. Ik rij midden op de weg, vlak voor de bocht, en ik moet weer uitwijken, maar ik kijk nog een keer naar het veld, waar de twee net in het hoge gras omvallen. De man ligt bovenop de vrouw. Ik zie een arm die zich uitstrekt, de man buigt zich over haar heen, en ik denk: God! Ze gaan het met elkaar doen, midden tussen de bloemen, ze zijn niet goed wijs! Hij draagt een wit shirt, zij heeft donker haar. Hij is groter dan zij, breder. Zijn haar, dat is toch blond? Ik ben er al langs en kijk nog een laatste keer. Ze zijn verdwenen in het gras. Maar de man was blond en er zat een sticker op het autoraam. Ik móét Jacob bellen.

Gunder wilde niet terug naar zijn lege huis. Hij was het liefst op het politiebureau gebleven, de hele nacht, in het kantoor van Sejer. In de buurt van de sieraden. In de buurt, voor als er plotseling iemand met doorslaggevende inlichtingen over de dode vrouw zou komen. Het kon Poona niet zijn! Hij had haar immers niet gezien. Ik ben laf, dacht Gunder, ik had mijn zin moeten doordrijven. Hij bedankte de agent en liep langzaam het trapje naar zijn voordeur op. Hij deed de deur niet op slot. Liep de kamer binnen. Haalde de foto van hemzelf en Poona uit de la, waar hij hem had opgeborgen. Hij keek naar het gele tasje. Stel dat ze zich vergisten? Er was niet maar één bananentasje gemaakt, er waren er honderden of duizenden gemaakt. Marie, dacht hij. Mijn werk. Alles stort in. Wat had de man in het vliegtuig ook alweer gezegd? Je ziel blijft achter op Gardermoen. Plotseling begreep Gunder wat hij bedoelde. Hij was een kreukelig omhulsel, zoals hij hier in de stoel zat. Hij stond op en ging weer zitten, drentelde rusteloos door het huis. Een rondfladderende mot die naar licht zocht.

*

Het hele politiebureau kookte. Dertig mensen werkten onder hoogspanning. Ze waren allemaal ziedend over wat er gebeurd was. Een buitenlandse vrouw, een bruid nog bijna, was met een traditionele Noorse broche op haar borst naar Noorwegen gekomen. Iemand had haar vlak bij haar plaats van bestemming kapotgemaakt. Dit zouden ze oplossen, deze man zouden ze krijgen. Een stilzwijgende afspraak, die hen vastberaden en vastbesloten maakte. Er werd een persconferentie gehouden. Die nam waardevolle tijd, maar tegelijkertijd zouden ze de Noorse bevolking in de ogen zien en zeggen: wij zullen dit oplossen. Sejer was er liever niet bij geweest. Er waren reporters en camera's. Een metalen woud van microfoons op de tafel. Hij voelde een onheilspellende jeuk. Hij had eczeem en dat werd erger als hij zich slecht op zijn gemak voelde. Links van hem zat afdelingschef Holthemann en rechts Karlsen. Er was geen ontkomen aan. De pers en de bevolking stelden om de een of andere reden een hele reeks eisen. Ze eisten foto's, strategieën, progressie, inlichtingen over de samenstelling van het team, over hun ervaring en over de zaken die ze eerder behandeld hadden.

Toen barstte het los. Was er een mogelijke verdachte?

Zagen ze al een soort motief? Was de vrouw seksueel misbruikt, was ze geïdentificeerd, waren er op de plaats delict zaken van betekenis gevonden, hadden ze al ontdekt waar de vrouw vandaan kwam en hoe oud ze was? Hoeveel tips hadden ze gekregen, was er een huis-aan-huisonderzoek gehouden en hoe groot was de mogelijkheid dat de dader nogmaals zou toeslaan?

Hoe moet ik dat in godsnaam weten? ging het door Sejer heen.

Hoe zit het met het wapen? Kon hij überhaupt iets zeggen? Was het mogelijk om iemand dood te slaan zonder sporen achter te laten? En die getuige op de fiets, kwam die uit het dorp? Ze schreven zodat de vonken eraf spatten. Sejer stopte een Fisherman's Friend in zijn mond. De tranen sprongen hem in de ogen.

'Is het sectierapport al klaar?'

'Nee. Dat wordt vrij omvattend.'

'Onmogelijk om een foto van haar te nemen?'

'Volstrekt onmogelijk.'

Stilte, terwijl iedereen zijn fantasie de vrije loop liet.

'Betekent dat, dat jullie deze zaak als bijzonder gruwelijk bestempelen? Vergeleken met andere Noorse misdrijven?'

Sejer keek de zaal in. 'Ik zou ervoor moeten waken om verschillende misdrijven met elkaar te vergelijken, wat de mate van gruwelijkheid betreft. Alleen de dode heeft dat recht. Maar inderdaad. Er is hier sprake van een graad van woede, waar ik tot op heden tijdens mijn loopbaan bij de politie van verschoond ben gebleven.'

Hij zag de koppen al voor zich. Ondertussen dacht hij aan wat hij allemaal had kunnen doen gedurende het uur dat de persconferentie duurde.

'Wat de dader betreft,' bracht iemand in, 'gaan jullie ervan uit dat de man, of mannen, uit het dorp komen? Of uit de buurt?'

'Dat houden we open.'

'Hoeveel weten jullie wat jullie ons niet vertellen?' vroeg een vrouw.

Sejer kon niet nalaten te glimlachen. 'Een paar kleinigheden.'

Toen zag hij Skarre achterin de zaal. Zijn haar stond rechtovereind. Sejer probeerde rustig te blijven, terwijl de resterende vragen werden beantwoord. Holthemann naast hem had Skarre ook ontdekt. Hij boog zich naar Sejer toe en fluisterde: 'Skarre heeft iets. Moet je die rooie kop van hem zien.'

Toen was het eindelijk voorbij. Sejer trok Skarre mee door de gang.

'Vertel', zei hij buiten adem.

'Ik heb eindelijk beet. Bij de taxicentrale. Een van hun wagens is op de twintigste om 18.40 uur van Gardermoen naar Elvestad gereden. Via de eigenaar heb ik de naam van de chauffeur gekregen. Zijn vrouw nam op, hij komt zo thuis. Ze vraagt hem meteen te bellen.'

'Als die man een horloge heeft, had hij allang moeten bellen. Hoe heet hij?'

'Anders Kolding.'

'Een taxi van Gardermoen naar Elvestad. Dat kost toch zeker een vermogen?'

'Tussen de duizend en de vijftienhonderd kronen,' zei Skarre, 'maar Jomann had haar immers geld gegeven. Zowel Noors als Duits geld.'

Ze wachtten, maar er belde niemand. Sejer gaf hem dertig minuten en draaide toen het nummer. Een man nam op.

'Kolding.'

'Politie. We wachten op u.'

'Ik weet het. Ik weet het.' Een jonge stem. Hectisch. Luid kindergehuil op de achtergrond.

'We willen u graag op het bureau hebben.'
'Nu meteen?'
'Op staande voet, als het kan. Vertel me over die rit vanaf Gardermoen.'
'Ik heb een buitenlandse dame naar Elvestad gebracht. Hoe heette het ook alweer? De Blindvei. Maar er was niemand thuis. Dus ze stapte weer in en vroeg me in het centrum van Elvestad te stoppen. Bij een café.'
'Ja?'
'En daar is ze uitgestapt.'
'Stapte ze uit bij het café?'
'Ze ging naar binnen toe, om precies te zijn. Einars Kro', wist hij zich te herinneren.
'Heeft u haar daarna nog gezien?'
'Nee. Ik ben teruggereden.'
'Had ze bagage?'
'Een grote, bruine koffer. Ze kreeg hem maar amper de trap opgesleept.'
Sejer dacht even na. 'Dus u heeft haar niet geholpen?'
'Hè?'
Nog steeds luid gekrijs op de achtergrond.
'U heeft haar dus niet geholpen de koffer omhoog te dragen?'
'Nee. Ik moest nog terug naar de stad. Dat zijn een heleboel lege kilometers.'
'En dat was het laatste wat u van haar heeft gezien?'
'Dat was het laatste.'
'Dan reken ik erop u hier te zien, Kolding. Ik heb een stoel voor u klaargezet.'
'Maar ik heb verder niets te melden. Mijn vrouw moet weg en we hebben hier een hysterisch kind. Het komt heel slecht uit.'
'U bent vader geworden, begrijp ik?'

‘Drie maanden geleden. Een jongetje.’ Hij klonk niet erg gelukkig.

‘Die neemt u dan maar mee’, zei Sejer. ‘Zo eenvoudig is het.’

‘Het kind meenemen?’

‘U heeft vast wel een reiswieg.’ Hij hing op en keek Skarre aan. ‘Ik neem Anders Kolding’, zei hij. ‘Jij gaat naar Einars Kro.’

*

Gunder sleepte zichzelf naar de telefoon. Hij draaide het nummer van zijn werk en kreeg Bjørnsson aan de lijn.

‘Het zit zo,’ zei hij stotterend, ‘dat ik een paar dagen thuis moet blijven. Ik ben niet helemaal in vorm. En mijn zus ligt nog steeds in coma. Ik zal een ziekmelding regelen.’

Bjørnsson was verbaasd. ‘Heb je misschien iets opgelopen in India?’

‘Het was daar natuurlijk erg heet. Misschien wel.’

Bjørnsson wenste hem beterschap en zag een kansje om een paar van zijn klanten weg te kapen. Gunder belde het ziekenhuis en trof de vriendelijke blonde verpleegster.

‘Er is helaas nog geen verandering’, zei ze. ‘Haar man is net vertrokken, hij moest thuis een paar dingen regelen.’

‘Dan kom ik nu meteen.’

‘U komt als u dat aankunt’, zei ze. ‘We bellen wel als er iets gebeurt.’

‘Ik weet het,’ zei hij moeizaam, ‘maar ik kom.’

Hij had zijn zus nodig. Moest in haar buurt zijn, ook al kon ze hem niet helpen. Hij had verder niemand. Met Karsten was hij nooit vertrouwelijk geweest. Hij wist niet eens van Poona en wat er allemaal was gebeurd. Hij had hem alleen maar vragend aangekeken en had niet verder durven vragen. Hij had ook geen zin om het te vertellen, het kwam slecht uit. Wat zou hij moeten zeggen? Het was maar het beste om het stil te houden tot ze iets meer zekerheid hadden. Want het was immers niet zeker. Gunder was bang dat Kalle Moe weer zou bellen. Misschien had hij last van zijn geweten omdat hij de politie had gebeld. Hij dwong zichzelf naar de badkamer te gaan. Hij had geen zin om te douchen, maar hij schoor zich en poetste zijn tanden. Hij had al lang niets meer gegeten, zijn hoofd suisde. Toen haalde hij de auto uit de garage en reed naar de stad.

Marie lag er nog net zo bij. Alsof de tijd stilstond. Hij pakte haar hand die op het laken lag. Plotseling voelde hij hoe goed het was om hier zo te zitten, heel stil, met de hand van zijn zus in de zijne. Ze hadden hem gevraagd tegen haar te praten, maar hij wist niets te zeggen. Als Poona er was geweest en bij hem thuis in de keuken had rondgescharreld, of in de tuin bezig was geweest, dan had hij daarover kunnen vertellen. Nu is Poona met de rozen bezig. Die zijn nu op hun allermooist. Of: vandaag maakt Poona kip voor me. Rode kip. Maar hij had niets te vertellen. Gunder zat heel stil bij het bed. Zo nu en dan kwam er een verpleegster binnen, er was weer een nieuwe, een klein dikkerdje met een paardenstaart.

'U moet de hoop niet opgeven', zei ze. 'Soms duurt het een tijdje.'

Het extra bed stond er nog. Misschien had Karsten daar vannacht geslapen. Gunder voelde dat alles nu anders was, hij zou nu ook weer in het bed gaan liggen als hij moe werd. Na een paar uur ging hij naar buiten om een dokter te bellen. Hij ging nooit naar de dokter en moest diep nadenken. Wie moest hij bellen? Niet de dokter in Elvestad, hij moest er maar eentje in de stad zoeken. Toen drong het tot hem door dat hij zich feitelijk in een ziekenhuis bevond. Ze hadden gezegd dat hij het moest zeggen als er iets was. Hij aarzelde, liep weer terug en bleef voor het kantoortje staan. De blonde verpleegster stond meteen op.

'Ik vroeg me iets af', zei hij zacht, zodat de anderen het niet konden horen. 'Ik heb een ziekmelding nodig. Ik moet een paar dagen vrij hebben om dit te verwerken. Kan ik dat hier regelen, of moet ik ergens anders naartoe?'

'Ik zal met de arts spreken. Gaat u maar weer naar uw zus, dan komt hij zo wel even langs.'

Hij bedankte en liep terug. Het beademingsapparaat werkte gestaag door en het stelde hem gerust dat Marie gewoon kon rusten, terwijl de machine haar in leven hield. De machine werd niet moe. Die deed zijn werk met de onvermoeibare kracht die mensen ontbeerden. Later kwam de dokter binnen, hij vulde de noodzakelijke papieren in. Hij had een plastic zak bij zich met Maries spullen. Dingen die ze bij zich had gehad in de auto. Een tas en een ingepakte bos bloemen. Hij maakte de verpakking open. Het waren rode rozen. Met een kaartje erbij. *Lieve Poona. Welkom in Elvestad.*

Als Poona Einars Kro was binnengegaan, moest iemand haar gezien hebben. En die moest naderhand hebben begrepen wie ze was. In ieder geval de caféhouder zelf. Maar hij had niet gebeld. Waarom niet? Skarre zag twee geparkeerde auto's voor het café staan, een groene stationwagen en een rode Toyota. Wijnrood, dacht Skarre automatisch, niet rood als een brandweerauto. Toen hij de deur opende, zag hij de jukebox staan. Hij bleef een ogenblik staan om hem te bewonderen, nieuwsgierig naar de muziek die erin zat. Verrast zag hij dat alles oud was. Bijna twee keer zo oud als hijzelf. Toen rukte hij zich los en liep naar de bar. Bij het raam zaten twee vrouwen met een kopje koffie. Achter de bar zat een roodharige, slungelige man met een krant op schoot.

'Is dit een huis-aan-huisactie?' vroeg Einar snel.

'Zou kunnen', zei Skarre glimlachend. Omdat hij altijd glimlachte leek hij ongevaarlijk en vrij van iedere vorm van argwaan.

'Kunnen we ergens ongestoord praten?'

'Is het zo erg?' Einar Sunde opende een schot om Skarre door te laten. Ze gingen Einars kantoortje binnen. Het was een rommelig kamertje en er was nauwelijks ruimte, maar Einar trok een stoel voor Skarre naar voren. Zelf ging hij op een bierkrat zitten.

'Ik heb vandaag met de taxicentrale gesproken', begon Skarre. 'Het resultaat bracht mij hier.'

Einar was meteen op zijn hoede.

'Op twintig augustus heeft een chauffeur een vrouw vanaf Gardermoen hierheen gebracht. Hij heeft haar hier bij het café afgezet. Het laatste wat hij zag, was dat de vrouw haar koffer hier de trap opsleepte.'

Einar zat stil te luisteren.

'Die vrouw kwam uit India. Ze droeg een donkerblauwe jurk met een zelfde kleur broek eronder. Ze had een lange vlecht op haar rug.'

Einar knikte weer. Hij leek naarstig na te denken.

'Dus nu is mijn vraag,' ging Skarre verder, 'of hier op de avond van de twintigste zo'n vrouw binnen is geweest.'

'Ja, dat klopt', zei Einar onwillig. 'Dat herinner ik me.'

'Wil je mij dan misschien vertellen wat daarover te vertellen is?' vroeg Skarre met een glimlach.

'Niet zo veel. Ze dumpte de koffer bij de jukebox en bestelde een kop thee', herinnerde hij zich. 'Ging daar in de hoek zitten. Ik had alleen Lipton. Maar dat was blijkbaar goed.'

'Heb je met haar gepraat?'

'Nee', zei hij beslist.

'Heb je haar koffer gezien?' vroeg Skarre.

'Haar koffer? Ja, eh, ik zag een bruine koffer. Ze zette hem bij de jukebox neer. Daarna kwam ze naar de bar en vroeg om thee. Ze zag er een beetje gespannen uit. Alsof ze op iemand wachtte.'

Skarre probeerde zich een beeld van Einar te vormen. Gesloten. Onbeweeglijk. En waakzaam. 'Hoelang heeft ze hier gezeten?'

'Misschien een kwartiertje.'

'Juist. En toen?'

'De deur sloeg dicht en toen was ze weg.'

Het werd stil, ze dachten allebei na.

'Betaalde ze de thee met Noors geld?'

'Ja.'

'En nu, naderhand, wat zijn je gedachten dan over die vrouw?'

Einar haalde gelaten zijn schouders op. 'Tja, zij zal het wel geweest zijn. Die vrouw die ze op Hvitemoen hebben gevonden.'

'Precies', zei Skarre. 'Zo eenvoudig is het. Is het nooit bij je opgekomen om ons te bellen?'

'Ik wist toch niet dat zij het was. Er komen hier veel mensen.'

'Niet veel Indiase vrouwen, toch?'

'We hebben hier verscheidene buitenlanders, of vluchtelingen of hoe ze zich ook noemen. Ik zie niet zo makkelijk het verschil. Maar het is duidelijk, ik had de mogelijkheid waarschijnlijk moeten overwegen. Dus dat spijt me', zei hij nors. 'Maar nu ben je er dus zelf al achtergekomen.'

'We komen er meestal wel achter', zei Skarre, terwijl hij Einar recht aankeek. 'Dus. Welke kant ging ze op?'

'Geen idee. Ik heb niet uit het raam gekeken en het interesseerde me ook niet.'

'Waren er op dat moment nog andere mensen binnen?'

'Niemand', zei hij. 'Het was te laat voor de koffiedrinkers en te vroeg voor de bierdrinkers.'

'Sprak ze Engels?'

'Ja.'

'Maar ze stelde geen vragen? Helemaal niets?'

'Nee.'

'Ze vroeg ook niet of ze mocht bellen of zo?'

'Nee.'

'Wat dacht je van haar? Wie ze was en waar ze naartoe ging? Een buitenlandse vrouw, alleen, ergens in de provincie, 's avonds, met een grote koffer?'

'Niets. Mensen interesseren mij niet zo. Ik bedien ze, dat is alles.'

'Was ze mooi?' vroeg Skarre. Hij keek Einar recht aan.

Einar keek verward terug. 'Wat een rare vraag.'

'Ik ben gewoon nieuwsgierig', zei Skarre. 'Ik heb haar niet gezien.'

'Heb je haar niet gezien?'

'Pas toen het te laat was.'

Einar knipperde met zijn ogen. 'Och, mooi...' Hij keek naar zijn handen. 'Ik weet het niet zo. Ja, ergens wel. Exotisch. Klein en slank. Ze kleden zich tenminste als vrouwen, als je begrijpt wat ik bedoel. Geen spijkerbroek of joggingpak, van die hobbezakken waar ze hier in rondlopen. Haar tanden stonden nogal naar voren.'

'En verder. Hoe gedroeg ze zich? Zelfverzekerd? Angstig?'

'Dat zei ik toch. Ze zag er gespannen uit. Een beetje ontheemd', voegde hij eraan toe.

'En de tijd? Hoe laat is ze weer weggegaan?'

Hij fronste zijn voorhoofd. 'Misschien om half negen of ergens in die buurt.'

'Dank je', zei Skarre. Hij stond op en verliet het kantoortje. Opende het schot en liep het café in. Keek een ogenblik om zich heen. Einar volgde hem. Hij pakte een doekje, begon hier en daar een tafel af te nemen.

'Als je achter de bar staat, kun je het tafeltje bij de jukebox niet zien', zei Skarre langzaam.

'Nee. Dat zei ik toch. Ik heb haar niet zien weggaan. Ik hoorde de deur dichtslaan.'

'Maar die koffer. Je zei dat die bruin was. Hoe wist je dat?'

Einar beet op zijn lip. 'Eh... ik ben denk ik een keer de zaak ingelopen. Ik weet het niet meer zo precies.'

'Nou ja', zei Skarre. 'Tot zover bedankt.'

'Ja, goh, dat zou er nog maar aan ontbreken.'

Skarre deed vier passen en bleef toen weer staan. 'Nog één klein dingetje.' Hij hief zijn wijsvinger naar zijn mond. 'Heel eerlijk. Na herhaaldelijke oproepen in de pers en op de televisie, dat absoluut alle inlichtingen over een buitenlandse vrouw in Elvestad op de twintigste van belang zijn. Waarom heb je in vredesnaam niet gebeld?'

Einar liet het doekje los. Een lichte angst gleed even over zijn gezicht. 'Ik weet het niet', zei hij. Zijn ogen schoten rusteloos heen en weer.

First we take Manhattan, dacht Skarre. *Then we take Berlin.*

Linda werd in de krant omschreven als een belangrijke getuige. Zonder naam, natuurlijk. Maar toch. Ze fietste op de bonnefooi rond om zich te vertonen. Niemand wist het, alleen Karen. En haar moeder. Die zeurde haar de oren van het hoofd.

'Maar jezus, wat heb je dan gezien?'

'Bijna niets', zei Linda. 'Maar misschien herinner ik me nog wat.' Ze had Jacob opgebeld met het laatste nieuws. Het blonde haar. Die sticker op het raampje van de auto. Ze had geproefd aan de bijzondere waarde die ze eindelijk had. Ze fietste naar het centrum, met Gunwalds winkel aan de rechterkant. Buiten stond een oude brommer geparkeerd. Hoewel ze nooit iets bij Gunwald kocht, zou ze naar binnen kunnen gaan om een praatje te maken. De woorden zouden als een vlinder van oor tot oor fladderen, dat zij, Linda Carling, die fietsende getuige was. De mensen zouden naar haar kijken, naar haar toe komen en over haar praten.

Linda heeft de moordenaar gezien.

In de winkel hing een speciale geur. Van brood en koffie en zoete chocolade. Ze knikte naar de kruidenier en liep naar de diepvrieskist met de ijsco's. Ze nam de tijd. Gunwald woonde naast het veld. Als hij bij het raam had gestaan, zou hij hetzelfde hebben gezien als zij, alleen van dichterbij. Tenzij hij bijziend was. Hij had dikke brillenglazen. Gunwald had niet die nieuwe gave ijsjes, alleen pin-ups en cornetto's. Ze koos een pin-up, scheurde het papiertje eraf en zette het ijsje klem tussen haar scherpe voortanden. Daarna zocht ze in haar zak naar geld.

'Zo, is Carling op pad?' vroeg Gunwald. 'Iedere keer als ik je zie, ben je weer een halve meter gegroeid, maar ik ken je heus wel. Je loopt net als je moeder.'

Linda kon dat soort opmerkingen niet uitstaan, maar ze glimlachte toch en legde het geld op de toonbank. De krant lag opengeslagen naast de kassa, hij las net over de moord. Een gruweldaad zonder weerga.

'Dit gaat mijn verstand te boven', zei Gunwald, terwijl hij naar de krant wees. 'Hier. In Elvestad. Zoiets. Dat had ik nooit kunnen denken.'

Linda legde haar lippen rond het laagje chocolade zodat het smolt.

'Denk je die man eens in! Hij loopt gewoon rond en kan over zichzelf in de krant lezen!' ging hij verder. Linda's voortanden beten door het zachte laagje chocolade heen.

'Vandaag krijgt hij een verrassing', zei ze.

'O ja?' De kruidenier schoof zijn bril naar het puntje van zijn neus.

'Vandaag kan hij lezen dat hij is gezien. Op het moment van de moord bijna.'

Gunwald zette grote ogen op.

'Wat zeg je? Dat staat hier niet.' Hij keek weer naar de tekst.

'Jawel. Daar onderaan.' Ze boog over de kassa heen en wees. 'Er heeft zich een belangrijke getuige bij de politie gemeld. De persoon in kwestie passeerde de plaats van het misdrijf op de fiets op een zeer interessant tijdstip en zag een man en een vrouw op het veld waar later het slachtoffer is gevonden. Bovendien is er een rode auto gezien, die aan de kant van de weg geparkeerd stond.'

'Nou ja!' zei Gunwald. 'Die getuige, zou dat iemand van hier zijn?'

'Ja, vast', zei Linda knikkend.

'Maar dan hebben ze misschien een signalement en zo. Dan zullen ze hem wel vinden. Dat zeg ik, ondanks alles zijn er niet veel die met zoiets wegkomen.'

Hij las nog steeds. Linda at haar ijsje.

'Ze heeft vast iets gezien', zei ze. 'De politie vertelt ook niet alles. Misschien heeft ze veel meer gezien dan wat daar staat. Ze moeten zulke getuigen beschermen, neem ik aan.'

Ze zag Jacob al voor zich, bij hun in de kamer, verantwoordelijk voor haar leven. Zalige rillingen liepen langs haar rug.

Gunwald keek naar haar op. 'Zij? Is het een vrouw?'

'Staat dat er niet?' vroeg Linda onschuldig.

'Nee. Alleen "een getuige" en "de persoon in kwestie".'

'Hm', zei Linda. 'Dan stond dat zeker in een andere krant.'

'Het komt vast aan het licht', zei Gunwald. Hij keek weer naar Linda en naar het ijsje dat al half op was.

'Ik dacht dat jullie meisjes geen ijs aten', zei hij lachend. 'Jullie zijn altijd zo bang dat je te dik wordt.'

'Ik niet', zei Linda. 'Ik heb daar geen problemen mee.' Toen ging ze naar buiten, likte het stokje schoon en stapte op haar fiets. Misschien zaten er een paar bekenden in het café. Buiten stonden twee auto's. De stationwagen van Einar, die er altijd stond, en de rode auto van Gøran. Ze stalde haar fiets en keek een poosje naar Gørans auto. Die was niet groot, maar ook niet klein. Pas gewassen en mooi in de lak. En rood als een brandweerauto. Ze liep naar de auto toe en bekeek hem beter. Op het linkerraam zat een ronde sticker. Daar stond ADONIS op. Toen bedacht ze dat ze wat meer afstand moest nemen, om hem op dezelfde manier te zien als ze de auto bij Hvitemoen had gezien. Ze stak de straat over naar Modes Shellstation en bleef daar staan kijken. Het kon best zo'n auto zijn geweest. Wat voor eentje het ook was. Maar veel auto's leken op elkaar. Haar moeder zei altijd dat geen enkele auto nog iets eigens had. Maar dat klopte niet helemaal. Ze liep weer terug naar de auto. Gøran reed met een Golf. Dat wist ze dan. En veel mensen hadden stickers op hun auto. Haar moeder had bijvoorbeeld de gele sticker van de Luchtambulance op de achterruit van haar auto. Ze ging het café binnen, waar een groepje mensen zat, Gøran en Mode en Noedel en Frank. De jongen die Frank heette, had een bijnaam, die de mensen gebruikten als ze zich laatdunkend, of met goedaardige ironie, over hem uitlieten: Margits prestatie. Omdat zijn moeder Margit zich tijdens haar hele zwangerschap jammerend had aangesteld, verlamd van angst bij de gedachte aan de geboorte. De arts had gezegd dat het kind buiten proporties groot was, hij woog meer dan zes kilo. Hij was nog steeds zo groot. Ze knikten naar haar en ze knikte terug. Einar was net zo nors als anders, zijn gezicht even gesloten. Ze kocht een cola en liep naar de jukebox, gooide er een kroon in. Het apparaat accepteerde alleen van die oude, grote kronenstukken, die op een schoteltje ernaast lagen en steeds opnieuw werden gebruikt. Als de munten op waren, leegde Einar de box en legde hij ze weer op het schoteltje. Het werd nooit minder. Een wonder, vond Linda. Ze zocht een titel uit: *Eloise*. Terwijl ze daar zo stond, kwam Gøran naar haar toe. Hij bleef staan en keek haar nijdig aan. Ze zag dat hij krabben in zijn gezicht had. Snel sloeg ze haar ogen neer.

'Wat stond je daar naar mijn auto te kijken?'

Linda schrok. Ze had niet gedacht dat iemand haar had gezien.

'Naar je auto?' vroeg ze bang. 'Ik heb nergens naar gekeken.'

Gøran keek haar scherp aan, ze zag een aantal rode strepen op zijn gezicht en op een van zijn handen. Hij liep terug naar de tafel. Beteuterd bleef ze naar de muziek staan luisteren. Had Gøran met iemand gevochten? Hij was nooit zo chagrijnig. Hij was een bijdehante, spraakzame vent met veel zelfvertrouwen. Misschien had hij ruzie gehad met Ulla. Ze zeiden van Ulla dat ze nog erger was dan een Tasmaanse duivel, als ze kwaad was. Linda wist niet wat dat was, maar blijkbaar iets met klauwen. Gøran en Ulla hadden al een jaar verkering en Karen zei altijd dat dan de conflicten begonnen. Ze haalde haar schouders op en ging bij het raam zitten. De lui verderop keken een andere kant op, ze voelde zich niet welkom. Verward dronk ze van haar cola en staarde uit het raam. Zou ze Jacob bellen en over dit voorval vertellen? Was het belangrijk? Dat moest hij maar beoordelen. Hij had gezegd dat ze moest bellen als haar nog iets te binnen schoot. Nu had ze Gørans auto gezien, gezien dat hij leek op de auto bij Hvitemoen.

Goeiemorgen, met Linda.

Ha, Linda. Bel je weer? Dat betekent zeker dat je nog iets te melden hebt?

Het is vast niet belangrijk. Maar het gaat over die auto. Ik vraag me af of het misschien een Golf was.

Heb je er eentje gezien die erop lijkt?

Ja. Daarnet.

In Elvestad?

Ja. Die is het niet, want ik ken de eigenaar, maar hij lijkt erop. Als je begrijpt wat ik bedoel.

Ze droomde weg. Peinsde. Hoeveel rode auto's waren er in Elvestad? Ze dacht na. Gunder Jomann had een rode Volvo. Maar verder? Ze pijnigde haar hersens. De dokter. Die had een rode stationwagen, bijna net zo een als die van Einar. Ze nam slokjes van de cola en keek naar buiten. Luisterde naar de stemmen aan de andere tafel. Eloise was afgelopen. Einar rinkelde met asbakken en glazen. Ze wist bijna zeker dat Einar thuis ook met een doekje rondliep. Hij veegde ermee over stoelen en tafels en vensterbanken en over zijn vrouw en zijn kinderen en over alles wat er was. Maar Gøran met de rode schrammen. Hij boezemde haar angst in.

Anders Kolding was vijfentwintig. Tenger gebouwd, met bruine ogen en een kleine mond. Hij droeg een taxiuniform dat veel te groot was en witte tennissokken in zwarte instappers. Zijn ogen waren rooddoorlopen.

'Je kind?' vroeg Sejer.

'Die ligt in de auto te slapen. Ik wilde niet het risico nemen hem nu wakker te maken. Hij heeft last van darmkrampjes', verklaarde hij. 'En ik heb wisseldiensten. Tussen de ritten door slaap ik in de taxi.' Hij legde een versleten, leren geldbuidel op het bureau.

'Die moord in Elvestad... heb je daarover gehoord?'

'Ja.' Hij keek Sejer schuldbewust aan.

'Is het ooit bij je opgekomen dat het die vrouw kon zijn, die jij vanaf Gardermoen in de auto had gehad?'

'Eigenlijk niet', zei Kolding snel. 'Ik bedoel, niet meteen. Ik rij zo veel mensen. Veel buitenlanders ook.'

'Vertel me alles wat je je van die vrouw en die rit herinnert', zei Sejer. 'Zonder ook maar iets over te slaan.' Hij ging goed in zijn stoel zitten. 'Als je een egel zag oversteken toen je Elvestad naderde, dan noem je die ook.'

Kolding grinnikte. Hij ontspande een beetje en pakte de geldbuidel weer op. Zat eraan te frunniken, terwijl hij nadacht. Dat met die Indiase vrouw had hem tot in zijn dromen achtervolgd. Maar dat zei hij niet.

'Ze kwam met een grote, bruine koffer naar de auto toe. Het leek bijna alsof ze het eigenlijk niet wilde. Ze keek de hele tijd achterom, alsof ze helemaal geen zin had om te vertrekken. Ik pakte de koffer aan en wilde hem achterin leggen, maar toen protesteerde ze. Ze was volkomen overstuur. Keek op haar horloge. Keek over haar schouder, naar de ingang. Dus ik wachtte geduldig. Bovendien was ik moe, wat mij betreft had ik wel even een dutje willen doen. Ik opende het portier, maar ze wilde niet instappen. Toen ik vroeg of ze op iemand wachtte, knikte ze. Ze bleef een tijdje staan, met het portier in haar hand. Toen moest ze weer in de kofferbak zijn. Ik maakte hem open en ze rommelde wat met de koffer. Er zat een bruine tas aan het deksel vastgeklikt, een soort aktetas. Ze haalde hem eraf en stapte uiteindelijk in. Ze zat op het puntje van de stoel uit het raam te staren. Staarde naar de deur van de aankomsthal, keek naar de rij bij de taxistandplaats en steeds op haar horloge. Ik raakte er zelf ook van in de war. Wilde ze nou een taxi of niet?'

Kolding moest even pauzeren. Sejer schonk een glas mineraalwater in en reikte hem dat aan. Kolding dronk en zette het glas op Sejers bureauonderlegger, ongeveer ter hoogte van het Panamakanaal.

'Toen draaide ik me om en vroeg waar ze naartoe moest. Ze maakte de rits van de bruine tas open en haalde er een briefje met een adres uit. Een adres in Elvestad. "Dat is een heel eind", zei ik. "En erg duur. Dat is ongeveer anderhalf uur rijden." Ze knikte en haalde een paar bankbiljetten tevoorschijn om te laten zien dat ze geld had. Ik ben daar niet bekend, dus ik zei dat we onderweg de weg moesten vragen. Ze zag er vermoeid uit. Ik bekeek haar in mijn spiegeltje, ze had een wanhopige blik in haar ogen. Ze rommelde alsmaar in die tas, alsof ze iets zocht. Een tijdje zat ze de restanten van haar vliegticket te bestuderen, alsof er iets mis mee was. Ze wilde niet praten. Ik probeerde het een paar keer, maar ze antwoordde alleen met eenlettergrepige woorden, in redelijk Engels. Ik herinner me haar lange vlecht die over haar schouder hing en tot op haar schoot reikte. Ze had een dik, rood elastisch bandje om de vlecht, ik herinner me zelfs dat er dunne gouddraadjes in zaten.'

Je bent een goudmijntje, dacht Sejer. Was jij het maar, die langs Hvitemoen was gefietst!

Kolding hoestte met zijn hand voor zijn mond, haalde zijn neus op en vervolgde: 'Er staan daar niet veel huizen en ze hebben niet allemaal een huisnummer. Toen we een paar kilometer van het centrum waren, vond ik eindelijk de Blindvei. Ze zag er ontzettend opgelucht uit. Ik reed het grindpad op en was net zo opgelucht als zij. Voor het eerst glimlachte ze en ik herinner me dat ik dacht dat het zonde was van die tanden. Die stonden namelijk heel ver naar voren. Maar verder was ze mooi. Als ze haar mond dicht had, dus. We stapten allebei uit. Ik wilde de koffer pakken, maar ze gebaarde dat ik moest wachten. Toen belde ze aan. Er werd niet opengedaan. Ze belde nog een paar keer. Ik slenterde wat over het erf en wachtte. Nu werd ze nog wanhopiger. Ik had het idee dat ze zo kon beginnen te huilen. "Weten ze dat u komt", vroeg ik. "Ja", zei ze. "Er moet iets gebeurd zijn. *Something is wrong.*"

Ze stapte weer in. Zei geen woord. Ik wist niet wat ze wilde en wachtte ook. En de taximeter liep maar door, er stond al een vrij groot bedrag op. "Kunt u niet iemand bellen", vroeg ik, maar ze schudde haar hoofd. Toen vroeg ze me weer naar het dorp te rijden. In het centrum vroeg ze me te stoppen. Bij het café. Ze zei dat ze daar wilde wachten. Ik haalde de koffer uit de auto en ze betaalde. De rit kwam op veertienhonderd kronen. Ze zag er volkomen uitgeput uit. Het laatste wat ik zag, was dat ze die zware bagage de trap opsleepte. Ik reed naar de overkant om te tanken. Daar was een Shell-station. Daarna ben ik naar huis gereden. Ik kon haar niet uit mijn gedachten zetten. Ik dacht aan de verre reis die ze had gemaakt en dat ze toen voor een gesloten deur stond. Iemand had haar grondig voor de gek gehouden. Het is toch verschrikkelijk', besloot Kolding. Hij legde de geldbuidel weer neer en keek Sejer aan.

'Nee, ze was niet voor de gek gehouden. Maar de man die haar van de luchthaven zou halen, was verhinderd. Ze is nooit te weten gekomen waarom. Maar als ze het had geweten, zou ze hem vergeven hebben.'

Kolding keek hem nieuwsgierig aan.

'Onderweg van Elvestad naar het huis... is je toen nog iets opgevallen? Mensen langs de weg? Geparkeerde auto's?'

Kolding had niets gezien. Er was weinig verkeer geweest. Op verdere vragen antwoordde hij dat hij nu twee jaar taxi reed, getrouwd was en dat huilkind van drie maanden had. Verder kon hij een paar tijdstippen bevestigen.

'Je hebt getankt', schoot Sejer te binnen. 'Wie stond er achter de kassa? Van het tankstation?'

'Een jong meisje. Blond.'

'Heb je verder nog iets gekocht?'

Kolding keek hem verbaasd aan. 'Iets gekocht? Iets te eten, bedoelt u?'

'Wat dan ook.'

'Ik heb een accu gekocht', zei hij uiteindelijk.

Sejer dacht daar even over na. 'Je hebt bij het benzinestation in Elvestad een accu gekocht?'

'Ja. Ze hadden een aanbieding. In de stad vind je niet zulke goedkope accu's', zei Kolding.

'En... die accu, waar is die nu?'

'In de auto natuurlijk. In mijn privé-auto.'

Sejer dacht aan een accu, hoe zwaar die was. Met harde, vlakke zijkanten. Als je zo'n ding tegen iemands hoofd liet aankomen, kon dat flinke schade toebrengen. Bij die gedachte keek hij nauwlettend naar Koldings gezicht. Hij dacht eraan dat Poona in zijn auto had gezeten.

'Wat heb je nog meer bij het benzinestation gedaan?'

'Niet zo veel. Ik heb een cola gedronken. De cd's bekeken. Even een krant doorgebladerd.'

'Dus je hebt daar wel even wat tijd doorgebracht?'

'Een paar minuten maar.'

'Je hebt die Indiase vrouw niet meer naar buiten zien komen?'

'Nee, nee.'

'En daarna. Waar ben je naartoe gegaan?'

'Terug naar de stad. Je krijgt in Elvestad geen vrachtje terug. Het is gewoon een kwestie van leeg terug.'

'De taxi waar je in rijdt. Wat is dat voor auto?'

'Ik rij een zwarte Mercedes.'

*

'Hoeveel mensen wonen er in Delhi?'

Ze zaten in de kantine. Sejer prikte wat in zijn eten.

'Ettelijke miljoenen, waarschijnlijk', dacht Skarre. 'En we weten niet eens zijn voornaam.'

Sejer vond het geen prettige gedachte dat Poona Bai's broer nog van niets wist. Hij plukte het garnituur van zijn broodje. Ze aten zwijgend.

'De tijd verstrijkt', zei hij eindelijk.

'Ja', zei Skarre. 'Zo gaat dat meestal.'

'De schuldige gebruikt de tijd goed. Hij bouwt een verdediging om zich heen. Ontdoet zich van sporen.'

'De koffer, bijvoorbeeld', zei Skarre, kauwend.

'En de kleren die hij aanhad. Zijn schoenen. Eventuele verwondingen na de worsteling kunnen weer dichtgroeien. Vertel eens over Einar Sunde.'

Skarre dacht na. 'Knorrig. Onwillig. Totaal geen behoefte om voor het voetlicht te treden.'

'Of bang', reageerde Sejer.

'Dat kan. Maar hij was alleen in het café toen de moord werd gepleegd. Ik denk niet dat hij de deur op slot heeft gedaan, weggereden is en Poona heeft doodgeslagen, om dan weer terug te komen om hamburgers te bakken.'

'We hebben alleen zíjn woord dat hij alleen was.' Sejer veegde met het servet zijn mond af. 'Dit wordt zo'n zaak waarin mensen doodsbang zijn om te praten', zei hij. 'Alles kan later tegen hen worden gebruikt. Maar ik denk aan dat meisje Linda. Dat ze er echt langsfietste en hen zag. En toch niet meer heeft gezien dan een wit shirt.'

'Dat kan voorkomen.'

'Er moet een manier zijn om haar geheugen op te frissen.'

'Je kunt je niet iets herinneren wat je eigenlijk niet hebt gezien', wierp Skarre tegen. 'Er kunnen een heleboel indrukken zijn geweest, maar als die niet door de hersenen zijn geduid, kan ze ze nooit oproepen.'

'Hoe weet je dat allemaal?'

'Elementaire psychologie', zei Skarre.

'O! Dat hadden wij niet.'

'Jullie hadden toch wel psychologie?'

'Één lezing. Van twee uur. Dat was alles.'

'In je hele opleiding?'

'Ik heb het allemaal zelf moeten uitvinden.'

Skarre keek zijn chef met een ongelovig gezicht aan. 'Het is treurig om te moeten zeggen,' ging hij verder, 'maar ik weet niet goed hoe serieus ze is. Ze is te gedreven.'

'Als het psychologen lukt om mensen zich dingen te laten herinneren die tientallen jaren geleden zijn gebeurd, dan moeten ze bij Linda toch de herinnering kunnen oproepen van twee mensen die vier dagen geleden op een veld liepen.'

'Je begint onserieus te worden', zei Skarre droog.

'Ik weet het.' Hij hield zich in. 'Ik heb een uurtje over. Ik rijd even naar Hvitemoen. Kollberg zit in de auto, hij heeft frisse lucht nodig.'

Ze droegen de dienbladen weg. Sejer liep naar buiten, het parkeerterrein op. Toen hij dichterbij kwam, zag hij dat de auto enorm deinde. De zware Leonberger sprong naar buiten. Niet zo soepel meer als vroeger, merkte Sejer op. Maar het was dan ook geen jonge hond meer.

Hij veegde wat koperrode hondenharen van zijn broek. Liet de hond in de struiken zijn behoefte doen. Toen reed hij richting Elvestad. Bij Hvitemoen parkeerde hij waar Linda de rode auto had gezien. De plek werd gemarkeerd door twee oranjekleurige kegels. Hij liet de hond weer uit de auto en begon de licht hellende weg op te lopen, naar de bocht waar Linda op haar fiets was komen aanrijden. Daar draaide hij zich om en keek omlaag. Van een afstandje kon hij nu zijn eigen auto bestuderen. De zon scheen op de motorkap, die daardoor zilverkleurig leek, hoewel hij in feite blauw was. Hij liep met grote passen terug met de hond naast zich. Na een paar meter draaide hij zijn hoofd en wierp een blik op het grasveld, waar ze de vrouw hadden gevonden. Door de afstand en het hoge gras zou vermoedelijk alleen iemands bovenlichaam maar zichtbaar zijn. Hij keek weer naar de auto. Wat zag hij eigenlijk? Dat de auto groot en breed was, en dat de lak metallic was. In een flits kon hij voor zilver doorgaan, of grijs. Een auto die rood leek, kon bruin blijken te zijn. Of oranje. Ontmoedigd keek hij of het gras langs de weg droog was en ging toen zitten. De hond kwam naast hem zitten en keek hem afwachtend aan. Begon aan zijn zakken te snuiven. Hij zocht in zijn zakken. Hij diepte een hondenkoekje op en vroeg de hond om een poot. Een grote, zware poot. Kollberg slokte het koekje weg.

'Je moet niet zo gulzig zijn', zei hij zacht.

Kollberg blafte.

'Nee. Ik heb niet meer. Je ziet er rommelig uit', zei hij peinzend. Hij tilde de hondenkop op en staarde in de zwarte ogen. 'Ik ben er ook niet gelukkig mee. Met wat er is gebeurd.' Hij staarde weer naar het veld. Naar de zwarte muur van dennenbomen, waarachter Gunwalds huis gedeeltelijk schuilging. Het zonlicht weerkaatste in een raam. Hoe had hij het gedurfd? Het drong tot hem door dat het niet vooraf gepland kon zijn. Er was sprake van een man die onverwachts een vrouw was tegengekomen. Ze had misschien gelift, of ze liep langs de weg, en hij was er met de auto langsgereden. En toen had zij, als vrouw, met haar exotische voorkomen, iets in hem losgemaakt. Hij had niet langer rationeel kunnen denken, er niet bij nagedacht dat het nog licht was en dat er iemand zou kunnen langskomen. Zoals Linda was komen aanfietsen. Hoe kon een man zoveel woede ontwikkelen, tegen iemand die hij waarschijnlijk niet eens kende? Hoewel... dat wisten ze niet. Tenzij hij haar had gezien als representant voor een andere vrouw. Of alle andere vrouwen. Een verongelijkte man die zijn zin niet had gekregen, een groot, afgewezen kind. Een man met veel kracht, of met een extreem wapen, hoewel hij niet snapte wat dat kon zijn geweest. Wat had hij bij zich gehad in die rode auto? Sejer voelde dat daar een stukje van de oplossing lag. Het wapen zou hen iets kunnen vertellen over wie hij was. Waren het echt de twee die Linda had gezien? Dat moest haast wel, het klopte met de tijd. Het vliegtuig was om 18.00 uur geland. Ze was om 18.40 uur in Koldings taxi gestapt. Ze waren om 20.00 uur bij Jomanns huis geweest en om 20.15 uur bij Einars Kro. Sunde had gezegd dat ze rond 20.30 uur weer was vertrokken. Alleen, naar buiten. Daar was ze iemand tegengekomen. Had ze met die zware koffer langs de weg lopen zeulen? Anders Kolding had gezegd dat het een grote koffer was, die ze zo ongeveer het café had binnengesleept. Er was iemand komen aanrijden. In gedachten zag hij een rode auto, en de chauffeur, die de donkere vrouw in de gaten kreeg. Een zielig hoopje mens, zo verleidelijk. Een tengere vrouw in mooie kleren. Waar had ze gedacht naartoe te gaan? Terug naar Jomanns huis waarschijnlijk, dat was dezelfde kant op. Was ze van plan geweest om op de trap te gaan zitten wachten? Als ze onderweg niet was tegengehouden, zou ze Jomann in feite getroffen hebben. Hij was om halftien weer thuis geweest. Maar ze was nooit aangekomen. Na de lange reis uit India was ze duizend meter van zijn huis gestorven. Hij zag voor zich hoe de man stopte en haar aansprak. Misschien wees hij naar haar koffer en vroeg hij waar ze naartoe moest.

Ik kan je brengen, ik moet dezelfde kant op. Toen pakte hij de koffer en zette hem achterin. Maakte het portier voor haar open. Ze voelde zich veilig, ze was in Gunders vaderland, het kleine, veilige Noorwegen. Ze reden weg. Hij vroeg wat ze bij Gunder kwam doen. Misschien vertelde ze dat hij haar echtgenoot was. Sejer probeerde het beeld vast te houden, maar het ontglipte hem, want hij wist niet waar de woede en de aanval door waren ontketend. De auto reed van hem weg. Verdween om de bocht. De hond duwde zijn snuit tegen hem aan.

'In een dorp als dit,' mompelde Sejer, terwijl hij om zich heen keek naar het bos en het grasveld en Gunwalds huis, 'in een dorp als dit beschermen de mensen elkaar. Zo is het altijd. Ook als ze iets hebben gezien wat ze niet begrijpen, durven ze het niet te vertellen. Ze gaan ervan uit dat ze zich vergissen, want met hem ben ik opgegroeid en met hem heb ik gewerkt en bovendien is het mijn neef. Of mijn buurman. Of mijn broer. We zaten samen op school. Dus ik zeg niets, want het klopt toch niet. Zo zijn wij mensen. En dat is natuurlijk een goed ding, nietwaar,

Kollberg?' Hij keek naar de hond. 'We hebben het hier niet over kwade wil, het is juist de goede wil die de mensen belet te zeggen wat ze weten. Hij bleef nog een tijdlang zitten en staarde naar het veld, luisterde of hij geluiden hoorde. Linda had helemaal niets gehoord. Zijn pieper ging af en hij herkende het nummer van Snorrason. Hij pakte zijn mobiele telefoon en belde.

'Ik heb iets gevonden', zei Snorrason. 'Het kan belangrijk zijn.'

'Ja?' zei hij.

'Minuscule sporen van een wit poeder.'

'Ga door.'

'Op haar tas en in haar haar. Heel weinig, maar we hebben het geïsoleerd en naar het lab gestuurd.'

Sejer bedankte. Kollberg was opgestaan. Een wit poeder. Iets dat kon worden geanalyseerd. Drugs? Hij wierp een laatste blik in de richting van het bos. Was de vrouw zelf het veld opgerend, omdat ze Gunwalds huis had gezien en gedacht had dat dat haar redding kon zijn? Ze kon nergens anders heen. Waarom had ze niet geschreeuwd? Gunwald had alleen wat vaag geroep gehoord. Maar misschien was hij een beetje doof. Waarom had hij de auto juist hier neergezet, waar het zo overzichtelijk was? Had ze misschien tijdens het rijden de deur geopend om weg te komen? Volgens Linda stond het portier aan de kant van de passagier open. Had ze het weggetje aan de overkant gezien en had ze daarheen willen rennen? Naar het Norevann. Hij liet de hond in de auto en stapte achter het stuur. Sloot zijn ogen. Dat deed hij vaak. Dan verdween het echte landschap en doken er andere beelden in zijn bewustzijn op. Ze schoten als een flikkerend beeld langs, scherp en licht. *Statistisch gezien een man tussen de twintig en de vijftig. Waarschijnlijk met vast werk, maar niet bijzonder hoog op-*

geleid. Een man die niet kan verwoorden wie hij is en wat hij voelt. Hij heeft misschien vrienden, maar hij hecht zich aan niemand. Een onduidelijke houding ten opzichte van vrouwen. Een verongelijkt mens.

Sejer draaide van de weg af en reed langzaam omlaag naar het meertje. Na ongeveer vijfhonderd meter kwam hij bij een smalle baai met een stenig strandje. Geen huizen, zelfs geen vakantiehuisjes. Hij liep naar het meer toe. Stond een tijdje naar de overkant te turen. Er was geen mens te zien. Hij stak een hand in het water, dat was steenkoud. Streek met zijn natte hand over zijn voorhoofd. Rechts was een dicht, ondoordringbaar bos. Verder naar links was een smalle landtong in het water. Hij liep naar het uiteinde. Vond de overblijfselen van een kampvuur, woelde er even met zijn voet in. Het water was zwart, mogelijk diep. Hij had zich van haar kunnen ontdoen. Velen deden dat, ze gooiden ze in het water, begroeven ze. Er was niets gedaan om de moord te verdoezelen. Een ongeorganiseerde dader, gekenmerkt door verwarring en gebrek aan controle.

Toen reed hij terug naar het bureau.

*

Skarre kwam meteen aangestormd. Zoals gewoonlijk kauwend op een tumtum.

'Hoe zit het met Kolding?' vroeg hij hoopvol. 'Is hij onze man?'

'Ik geloof het niet. Tenzij hij haar heeft vermoord met een accu die hij volgens eigen zeggen bij het Shell-station in Elvestad heeft gekocht. Ik zal er langsgaan om met hen te praten. We hebben trouwens de onaangename taak om eerdere zedendelinquenten te checken.'

'Hij heeft zich toch niet aan haar vergrepen?'

'Maar misschien was dat wel zijn intentie. Het is rot om te zeggen, maar ik zou willen dat het hem gelukt was. Dan was er meer te vinden geweest.'

'Hoe groot is de kans dat hij al eens eerder gepakt is?'

'Vrij groot. Maar hij kan jong zijn en nog niet zover gekomen zijn.'

'Is hij jong?'

'Die woede, zo intens... daar is iets jongs aan. Ik ben vijftig', zei hij peinzend. 'Ik geloof niet dat hij vijftig is. Hooguit dertig.'

'Dertig, en sterk.'

'En dodelijk gekwetst. Misschien door een vrouw, of door alle vrouwen. Je wordt sterk als je boos bent. En hij had een krachtig wapen. Wat heb jij allemaal in de auto, Jacob?'

Skarre krabde zich in zijn krullen. 'Een metalen gereedschapskist, met wat klein gereedschap. Een krik. Een gevarendriehoek. Zulke dingen. Af en toe een kleerhanger voor mijn colbertje.'

'Goh!'

'Een thermosfles, als ik ver moet. Een zaklantaarn.'

'Te klein.'

'De mijne is groot. De grootste Maglite die er is, die is veertig centimeter lang.'

'Die is te langwerpig en zou ander letsel hebben veroorzaakt.'

'Verder heb ik veertig cassettes in het handschoenenkastje en soms een tas met lege flessen achterin die ik altijd vergeet in te leveren. Wat heb jij in de auto?'

'Kollberg', zei Sejer. Hij liep naar het raam. Skarre kwam naast hem staan. Ze stonden een tijdje zwijgend te denken.

'Hij telt de uren', zei Sejer.

'Hij spaart ze', zei Skarre.

'De klok wordt een obsessie voor hem. Iedere ochtend de krant. En het nieuws. Alle informatie die naar buiten komt. Hij volgt het, er ontgaat hem niets. Hij probeert er achter te komen wat we weten.'

'Zoveel weten we niet', zei Skarre. 'Hoe zit het met Jomann?'

'Hij heeft het ziekenhuis omstreeks negen uur verlaten. Dat bevestigen ze. Hij doet er een halfuur over naar huis.'

'En hij is niemand tegengekomen?'

'Een witte Saab. In vliegende vaart. Ze konden elkaar maar ternauwernood ontwijken.'

'Ik geef ook altijd wat meer gas op de provinciale weg', glimlachte Skarre.

*

Er kwam een man de kamer binnen. Gunder liet Maries hand los. Hij herkende Sejer en dacht ineens dat het allemaal een afschuwelijk misverstand was. Er waren waarschijnlijk vele duizenden exemplaren van het bananentasje gemaakt. Sejer bleef staan en keek naar de uitgebluste man.

'Hoe gaat het?' vroeg hij.

Gunder keek hem mistroostig aan. 'Ik weet niet hoe dit moet aflopen. Ze zeggen dat ze binnenkort het slangetje naar haar hals moeten verplaatsen, omdat haar keel zo gevoelig wordt. Ze maken gewoon een gaatje in haar hals en steken het slangetje erin. Ik weet niet hoe dit moet gaan', herhaalde hij.

Het was een tijdje stil tussen de twee mannen.

‘Hebben jullie haar broer gevonden?’ vroeg Gunder.

‘Nee,’ zei Sejer, ‘maar we zoeken door. Er wonen veel mensen in Delhi, we moeten zeker weten dat we de juiste vinden.’

‘Hij wilde niet dat ze wegging’, zei Gunder verdrietig. ‘Ik zal trouwens zijn ticket betalen. Zeg dat maar tegen hem. Ik ben verantwoordelijk.’

Sejer beloofde het te zeggen. Gunder wreef met een koude hand langs zijn nek. ‘Jullie zeggen het wel als ik haar kan begraven?’ vroeg hij.

Sejer aarzelde. ‘Dat zal nog wel even duren. Er moet nog een heleboel worden opgehelderd. We moeten met haar broer afspreken waar ze begraven moet worden. U moet er misschien op voorbereid zijn dat hij haar mee naar huis wil nemen. Naar India.’

Gunder werd lijkbleek. ‘O nee! Nee, ze moet hier begraven worden, bij de kerk van Elvestad. Ze is tenslotte mijn vrouw’, zei hij bezorgd. ‘Ik heb de trouwakte hier.’ Hij sloeg met zijn hand op zijn zak.

‘Ja’, zei Sejer. ‘Ik zeg het om u te waarschuwen. Het moet allemaal nog blijken. Maar het kan even duren.’

‘Ze is míjn vrouw. Ik beslis.’ Gunder wond zich op. Dat deed hij anders nooit. Heel zijn zware lichaam trilde.

‘In India is het de traditie om de doden te cremeren, is het niet zo?’ vroeg Sejer voorzichtig. ‘Welk geloof had ze?’

‘Ze was hindoe’, zei hij zacht. ‘Maar niet praktiserend. Ze zou hier bij mij willen liggen. Dat weet ik zeker.’

Ze zwegen weer.

‘Maar als haar broer haar mee wil nemen naar India, wat moet ik dan doen?’ vroeg hij wanhopig.

‘Er zijn vast regels voor dit soort situaties. U heeft natuurlijk rechten. Een jurist kan u helpen, daar moet u nu niet aan denken. Denk aan uzelf en aan uw zus’, zei hij. ‘U kunt niets meer voor uw vrouw doen.’

'Jawel! Ik kan ervoor zorgen dat ze een mooie begrafenis krijgt. Ik zal alles regelen. Ik heb me ziek gemeld. Daarom zit ik hier de hele dag. Voor mij maakt het niet uit waar ik zit. Ik heb ook een bed...' Hij wees naar het bed bij het raam. 'Karsten houdt het hier niet uit. Karsten is haar man', legde hij uit. 'Arme Karsten. Hij is zo bang.'

'Ik zat vaak zo bij mijn moeder', zei Sejer. 'Ze is twee jaar geleden overleden. De laatste tijd lag ze stil voor zich uit te staren. Ze herkende me niet meer. Op de een of andere manier merkt ze toch dat ik hier ben, dacht ik. Al weet ze niet dat ík het ben, ze voelt dat er iemand bij haar bed zit. Ze voelt dat ze niet alleen is.'

'Wat deed u al die tijd?' vroeg Gunder.

'Ik zat een beetje in mezelf te kletsen', glimlachte Sejer. 'Over van alles en nog wat. Soms praatte ik tegen haar, andere keren alleen tegen mezelf. Ik dacht hardop. Als ik wegging, had ik echt het gevoel dat ik haar bezocht had. Dat ik iets had gedaan. Als je alleen maar stil zit en niets zegt, is het moeilijker.' Hij keek Gunder aan. 'U moet maar gewoon een eind weg praten. Niemand kan u hier binnen horen. Vertel haar over Poona', zei hij. 'Vertel haar wat er allemaal is gebeurd.'

Gunder boog zijn hoofd. 'Ik weet niet of ik dat kan.'

'Het is een manier om het te begrijpen. Misschien bent u niet iemand voor een psycholoog. U heeft een zus. Vertel haar alles.'

'Maar ze hoort niets!'

'Weet u dat zeker?'

Sejer gaf Jomann een klopje op zijn schouder. 'Ik weet dat u veel heeft om over na te denken. Als u iets wilt vragen, dan moet u bellen. Op dit kaartje staat mijn telefoonnummer, zowel thuis als op mijn werk.'

'Dank u', zei Gunder.

Sejer liep naar de deur.

'Ik moet u iets vertellen.' Gunder schraapte verlegen zijn keel.

'Ja?'

'Ik heb een foto van Poona. Ik had hem voor jullie verstopt.'

'Mag ik die van u lenen?'

'Als ik hem terugkrijg.'

*

De tiplijn verstomde. De artikelen in de krant krompen in tot kleine berichtjes. Poona was niet langer voorpaginanieuws. Op verzoek van Jomann was zijn naam niet genoemd. Toch lekte het uit. Hij had niet anders verwacht. Sejer kreeg eindelijk rust om na te denken. Het witte poeder, wat was dat? Piekerend stond hij naar de wandkaart van Elvestad en omgeving te staren. Het kruispunt, met het Shell-station, Einars Kro, Gunwalds winkel. De weg naar Hvitemoen, het veld en het Norevann. Een rood kruisje dat Poona markeerde, precies op de plaats waar ze haar hadden gevonden. De rode auto aan de kant van de weg. Linda op haar fiets. Alles was er. Hij is uit het centrum gekomen, dacht Sejer, de auto stond met zijn neus in de richting van Randskog. Nee, dat hoeft niet. Misschien was hij van de andere kant gekomen. Hij zag haar, passeerde en keerde toen. De man had alleen in de auto gezeten en werd gegrepen door een ingeving. Hij had iets zwaars bij zich in de auto. Poona woog vijfenveertig kilo, de man kon twee keer zo zwaar zijn. Linda, dacht hij, wat zag je? Je kent de meeste mensen die in Elvestad wonen. Kende je hem? Weet je iets wat je niet durft te vertellen?

Hij begon iets op een blocnote te krabbelen. Uit het

vliegtuig. Door de aankomsthal. Naar Kolding. Naar Einar. Alleen naar buiten.

Ik heb haar niet zien weggaan. Ik hoorde de deur dichtslaan.

Sprak Einar de waarheid? Waarom was ze weggegaan? Naar buiten, met die zware koffer. Omdat ze wanhopig was? Iemand die weggaat, is op zoek naar een oplossing. Het Noorse landschap met zijn gele akkers moest haar vertrouwen hebben ingeboezemd, ze kwam uit een grote stad met twaalf miljoen inwoners. Straten die zo vol waren, dat je bijna geen kant op kon. Hier buiten liep ze alleen. De donkere vrouw, als een exotische bloem tussen wilgenroosjes en paardebloemen. Hij verliet de vergaderkamer en ging naar zijn kantoortje. Pakte het dossier uit de la. Bladerde en las. Zijn eigen rapporten, Skarres rapporten, getuigenverklaringen. De telefoon ging. Het was Snorrason.

'Zeg dat je goed nieuws hebt', zei Sejer.

'Dat witte poeder. Het is magnesium.'

'Ik ben slecht in scheikunde. Waar wordt dat voor gebruikt?'

'We kunnen niet met zekerheid zeggen waar dit poeder precies voor heeft gediend. Je kunt het waarschijnlijk voor een aantal dingen gebruiken. Maar ik heb wel wat ideeën. Anders moeten we wat mensen vragen wat zij denken. Magnesium wordt trouwens ook medicinaal gebruikt, maar dan in een andere samenstelling.'

'Neem contact op als je wat weet. En hou het buiten de pers.'

'Dat zal ik doen', zei Snorrason.

Hij legde de hoorn neer en sloot het dossier. Magnesium, dacht hij. In poedervorm. Wie had er magnesium bij zich? Iemand die met iets chemisch werkte misschien. Zei dat iets over zijn werk? Hij dacht eraan dat Kolding een accu had gekocht. Tegenover Einars Kro, op een tijdstip dat Poona daar was, slechts enkele meters van hem verwijderd. Hij liep naar de auto en reed naar het Shell-station. Mode Bråthen stond achter de kassa. Hij bekeek Sejer met bedaarde nieuwsgierigheid en leek van de situatie te genieten. Deze grijze boom van een man die met al zijn vragen voor zijn balie stond. De meeste mensen deinsden automatisch een beetje terug. Mode leunde naar voren en nam hem als een zeldzame gast in ogenschouw.

'Ik was er niet', zei hij, met een humoristische glimlach. 'Zoals ik al zei tegen die vent die hier gisteren was, ik had die avond vrij. Naar de bowlingbaan. Torill had dienst. Ze woont hier recht tegenover. Ik kan haar bellen en vragen te komen.'

'Ha,' zei Sejer en hij keek Mode strak aan met zijn grijze ogen, 'dat noem ik nog eens service.'

'Precies', glimlachte Mode. 'Dit is een Shell-station.'

Twee minuten later kwam er een meisje de zaak binnen.

'Het is hier stil. Vooral 's avonds. Dus ik herinner me hem nog goed', zei ze ijverig. 'Hij tankte diesel en kocht een cola', herinnerde ze zich.

'Verder niets?' vroeg Sejer.

'Ja. Een accu. En hij heeft de krant ingekeken, maar niet gekocht.'

'Dus hij was hier wel een paar minuten?'

'Ja', herinnerde ze zich. 'Maar hij zei niets. Slenterde wat rond.'

'Hoe laat ging hij weg? Weet je dat nog?'

'Tja', zei ze aarzelend. 'Misschien rond halfnegen.'

'Heb je hem zien wegrijden?'

'Ja. Hij had blijkbaar een rit gekregen. Het lampje ging uit toen hij wegreed.'

'Een rit? Hier? Reed hij in de richting van de stad?'

'Nee', zei ze. 'Hij sloeg linksaf in de richting van Randskog.'

Sejer fronste zijn voorhoofd. 'In de richting van Hvitemoen, met andere woorden?'

'Ja.'

Hij keek de jonge Torill ernstig aan. 'Je weet heel zeker dat hij linksaf ging? En niet naar rechts, naar de stad?'

'Ja, heel zeker. Ik zag zelfs zijn knipperlicht.' Ze keek hem met een glasheldere blik aan. 'Honderd procent zeker.'

Wel heb je ooit, dacht hij. Buiten bleef hij even naar Einars Kro aan de overkant staan staren. Stel dat Kolding in het benzinestation had getreuzeld om te zien of Poona weer naar buiten zou komen? Misschien was de Indiase vrouw door zijn hoofd blijven spelen, met de garantie dat ze alleen en hulpeloos was. Misschien was ze de trap afgekomen, de koffer achter zich aan slepend. Kolding kon haar gevolgd zijn en haar hebben opgepikt. Met de accu in de bagageruimte. Of herinnerde Torill het zich verkeerd? Haar woord tegen het zijne. Zo ging het vaak. Maar Torill had niets te verbergen. Kolding had in de warme auto gezeten, met Poona op de achterbank. Hij had in zijn spiegeltje naar haar gekeken. Hij was jong. Gevangen in een huwelijk met een huilbaby die hem duidelijk op de zenuwen werkte. Uitgeput, misschien uit balans. En ondanks alle oproepen had hij de politie niet gebeld. Sejer reed langzaam naar huis. De beelden wisselden elkaar af in zijn hoofd. Koldings rooddoorlopen ogen. Zijn nerveuze handen die met de geldbuidel prutsten. Een spicht van een man. Maar met een accu had hij geen spieren nodig.

*

Linda haalde een stapel oude kranten van de keldertrap. Ze ging ermee aan de keukentafel zitten en bladerde ze langzaam door. Er was veel gepubliceerd over de moord op Hvitemoen. Ze zocht een schaar en begon te knippen. Er waren veel foto's van politiemensen, maar niet één van Jacob. Zijn gezicht begon te vervagen. Maar ze herinnerde zich zijn stem en zijn ogen.

Dat met die auto zat haar dwars. Iedere keer als ze aan de rode auto dacht, voelde ze een vage angst. Ze had Jacob niet opgebeld. Het was misschien toeval en helemaal niet belangrijk. Als ze nu gewoon belde en zei: *Misschien was het een Golf*. Verder niets, niet stelliger dan dat. Dan konden ze andere merken uitsluiten. Het was bijvoorbeeld geen Volvo en ook geen Mercedes. De schaar sneed door het papier, ze kreeg een mooie stapel artikelen en foto's bij elkaar. Die legde ze vervolgens op chronologische volgorde en stopte ze in een plastic mapje. Heel even had ze de neiging om een paar zinnen te onderstrepen. *Een getuige op de fiets beweert op de plaats delict twee mensen te hebben gezien, die het slachtoffer en haar moordenaar kunnen zijn geweest.* Of: *Nieuwe belangrijke getuige in de Elvestad-zaak.* Maar zo kinderachtig was ze niet. Ze liep naar de woonkamer en ging met Jacobs kaartje in haar hand bij de telefoon zitten. Ze streelde met het kaartje over haar wang, rook eraan en maakte een kusmondje. Koket kuste ze zijn naam drie keer. Het maakte niet uit wat je deed, zolang niemand het zag. In feite een heel aantrekkelijke gedachte. Uiteindelijk draaide ze het nummer. Toen hij opnam begon ze te trillen en ze moest zich inspannen om zeker en doordacht over te komen, iets wat ze nog nooit was geweest. Ze probeerde het kort te houden, had besloten om alleen te zeggen dat het misschien een Golf was geweest. Maar daar was Jacob niet tevreden mee. Ze was niet op het verloop van het gesprek voorbereid en verloor de controle. Kon zich niet terugtrekken, niet de hoorn neerleggen, dan zou Jacob verdwijnen.

'Ken je iemand die een rode Golf heeft?' vroeg hij.

Ze reageerde aanvankelijk offensief en heel snel. 'Nee.'

'Heb je zo'n auto in Elvestad gezien?'

'Misschien,' zei ze toen, 'maar niet van iemand die ik goed ken.'

'Maar je kent dus iemand in Elvestad met een rode Golf?'

Linda beet op haar lip. 'Hij heeft niets met de moord te maken,' zei ze, 'zijn auto lijkt er alleen maar op.'

'Dat begrijpen we', zei Skarre rustig. 'Maar ik wil graag weten hoe je hier nu ineens bij komt. Dat het misschien een Golf was. Daarom vraag ik het. Als je een naam hebt, wil ik die graag weten.' Linda keek naar buiten, naar de tuin en de bomen. Met hun spitse kruinen waren het net krijgshaftige soldaten. Haar hart bonsde. Kwam hij niet naar haar toe? Zou ze hem niet nog eens zien? Een angstig gevoel nam bezit van haar. Het gevoel iets op gang te brengen. Bij de gedachte alleen al begon het binnen in haar te trillen. Maar zijn naam? En hoe zat het met die wonden? Het leken lange, nijdige krabben.

'Ben je daar nog, Linda?' vroeg Jacob door de telefoon. Ze werd meteen week. Nu hield hij bedelend zijn hand op.

'Gøran', zei ze. 'Gøran Seter. Hij is ook door iemand in zijn gezicht gekrabd.'

Op dat moment flitste er een intens wit licht aan de hemel, als bliksem. Er was geen donder te horen, alleen een zwak geruis. Weerlicht, dacht ze ademloos. Alleen een weerlicht. Het is herfst.

Toen Skarre het trillende meisje zag, dacht hij onmiddellijk aan een boterham met rosbief. Flinterdun en rauw, om zo naar binnen te schrokken. Hij vroeg God vergiffenis om deze gulzige gedachte en glimlachte zo vriendelijk als hij maar kon.

Linda vond het niet prettig dat alles wat ze vertelde werd opgeschreven en dat ze het zelf moest nalezen en haar naam eronder moest zetten.

'De naam van Gøran kunnen we toch wel weglaten?' vroeg ze angstig.

'Natuurlijk', zei hij. 'En laat ik je een kleine raad geven. Houd dit voor je. Dan krijg je later geen problemen. Met het geklets van de mensen valt niet te spotten, met de pers ook niet. Zijn die hier trouwens al geweest?'

'Nee', zei ze. Hoe ze die moest weerstaan, als ze met hun camera's en alles voor de deur zouden staan, wist ze niet. Ze had helemaal niemand over de Golf verteld en haar blik was op dat moment zo vast, omdat dat echt waar was. Ze probeerde naarstig uit te vinden hoe ze verder nog indruk op Jacob kon maken. Hij vouwde het papier op en stond op. Ze deed een laatste, wanhopige poging.

'Als jullie de man vinden die het gedaan heeft, moet ik dan als getuige voor de rechtbank verschijnen?'

Hij keek haar glimlachend aan. 'Dat kan ik me niet voorstellen, Linda. Daar zijn je observaties niet zeker genoeg voor.'

Ze was ontzettend teleurgesteld. Toen was hij weer weg. Ze bleef ze in de kamer staan, met haar hand voor haar lippen. Ze voelden groot aan. Ze pakte de telefoongids. Zocht bij de S en vond Skarre, Jacob, in de Nedre Storgate 45, en zijn telefoonnummer, dat ze tot twee keer toe in haar hoofd prentte. Daarna stond het in haar geheugen gegrift. Ze pakte het mapje met de krantenknipsels en ging naar haar kamer. Stond een tijdje voor de spiegel. Daarna las ze alles nog eens door. Ze moest het warm houden. Erop blazen, zoals je op gloeiende kooltjes blaast. Het was iets geworden wat haar leven zin gaf, bijna een soort levenstaak. Ze herinnerde zich een rechercheur die van een zaak werd gehaald omdat hij een verhouding begon met een getuige en later met haar trouwde. Het was niet eens een belangrijke getuige geweest, niet zo belangrijk als zij. Ze werd warm en rood bij de gedachte wat ze allemaal tot stand kon brengen. Ze dacht aan wat Jacob had gezegd, dat ze met niemand moest praten, en dat zou ze niet doen ook. Alleen met Karen.

*

De geruchten zoemden rond. Overal waar een kier was, drongen ze naar binnen. De dode vrouw was Gunder Jomanns echtgenote, uit India gehaald! Als Poona heelhuids was aangekomen, zou ze er niet zo gemakkelijk van af zijn gekomen. Ze zouden haar genadeloos hebben aangestaard. Maar de dood had ze niet verdiend en Gunder kreeg sympathie voor zijn amoureuze uitspatting. Maar wat hen veel meer bezighield, was dat iemand de auto van Gøran Seter vlakbij de plaats van de moord had gezien. Ze waren op de geruchten voorbereid en ze geloofden absoluut niet dat Gøran iemand had vermoord, hij was een aardige jongeman, iedereen kende hem. Ze werden meer in beslag genomen door de vraag wie er niet alleen zo'n auto had gezien, maar bovendien de politie had gebeld. En Gørans naam had doorgegeven. Ze zaten in Einars Kro te drinken. Frank, Margits prestatie, een bleke, jonge vent die ze Noedel noemden en Mode van het Shell-station. Frank legde zijn enorme onderarmen op de tafel. 'Waarom verdenken ze mij bijvoorbeeld niet? Ik heb een rode Toyota en ik zie eruit als een wildeman.'

Dat was Einar met hem eens. 'Maar jouw Toyota is bruin', zei hij, vanaf de bar.

'Roestbruin', beweerde Frank. 'Van een afstandje lijkt hij rood.'

'Maar eigenlijk denk ik dat jij het was, Einar. In de kranten staat dat ze hier thee heeft gedronken.'

Einar tilde een mandje met friet uit het kokende vet. 'Nou en of. Ze kwam hier met koffer en al naar binnen gestrompeld en toen heb ik haar in de auto gegooid en ben ik naar Hvitemoen gereden, daar heb ik moes van haar gemaakt en toen ben ik teruggeracet om me op de hamburgers te werpen. Voor zoiets draai ik mijn hand niet om.' Hij snoof.

'Het zal die oude Gunwald wel zijn geweest', meende Noedel. 'Hij woont tenslotte vlak bij de plek van de moord en hij is al een eeuwigheid weduwnaar. Toen hij die vrouw in sari over de weg zag trippelen, is hij met grote passen met zijn snikkel uit zijn broek naar buiten gerend.'

Die opmerking maakte algemeen gelach los. Einar schudde zijn hoofd. 'Het was geen sari. Het was meer een soort broekpak. Donkerblauw of blauwgroen. Nee, het moet iemand van buiten zijn.'

'Ja, want wij zijn natuurlijk veel beter dan alle anderen', zei Frank.

'Persoonlijk denk ik dat hij van hier is. Er wonen hier een paar duizend mensen. Je kunt er donder op zeggen dat ze hier zoeken.'

'Nee, ik denk dat Mode het heeft gedaan', zei Einar. 'Hij zat de boekhouding te doen en zag dat ze het café verliet. Toen sprong hij in zijn Saab en sjeesde er achteraan.'

'Ik heb een witte auto', zei Mode rustig. 'Bovendien stond Torill in de winkel. Ik was in Randskog om te bowlen.'

Einar keek hem aan. 'Is het waar dat je nu een eigen bal hebt?'

'Ja!' schreeuwde Noedel. 'En niet zomaar eentje. Hij is doorzichtig als glas. Weegt eenentwintig pond. En in het midden van de bal zit een kleine zwarte schorpioen. Hij noemt zich Scorpio op het scorebord.'

'Jezus, wat een aanstellerij', schreeuwde Frank.

Mode werd volgens de regels van de kunst gepest. Het ketste op hem af. Hij was goed in bowlen, met een persoonlijke score van tweehonderd dertig.

Einar grijnsde. 'We weten niet eens of het een rode auto was. Een of andere idioot heeft er zo een gezien en bedacht dat het misschien een Golf was.'

'Een idioot van hier. Aangezien de geruchten het over Gøran hebben', zei Frank.

'Vast die meid die altijd fietst', dacht Noedel. 'Prinsesje Glansoog met het witte haar. Ze stond hier laatst trouwens naar Gørans auto te staren. Toen ze daarna het café binnenkwam, is hij nog naar haar toe gegaan om te vragen waar ze naar stond te kijken.'

'Linda Carling?' vroeg Einar.

'Precies. Die in de aanbieding is, weet je wel. Zij heeft godverdomme vast de kit gebeld. Ik wed dat zij het is.'

Het was een tijdje stil, iedereen dronk van zijn bier. Frank rolde een krom shagje, Einar strooide grillkruiden over de gebakken aardappelen en bracht het bord naar hem toe.

'Wat zegt Gøran ervan?'

Frank klapte zijn Zippo-aansteker dicht en rook aan het eten. 'Gøran is een kouwe. Hij zegt dat ze met iedereen praten.'

'Ik bedenk net iets', zei Mode. 'Gøran was hier in het café, op die dag. Nee, de dag erna. Hij had krabben in zijn gezicht.'

'Vast van Ulla', grinnikte Frank. 'Die is nog erger dan een kat.'

'Nee maar... shit, man. Ik vraag me af of de kit dat heeft gezien.'

'Die zijn allang weer dichtgegroeid', zei Einar. 'Of bijna.'

'Nu zijn ze dichtgegroeid, ja. Maar de mensen hebben het immers gezien', wierp Noedel tegen.

Frank keek hem kil aan. 'Dus als ze bij jou komen met hun kruisverhoor, dan ga je dat in ieder geval vertellen, bedoel je? Dat hij in zijn gezicht was gekrabd?'

'Natuurlijk niet. Ik ben niet gek.'

'Waarom zou hij het niet vertellen?' vroeg Mode rustig. 'Ben je bang dat hij het misschien heeft gedaan?'

'Natuurlijk heeft hij het niet gedaan.'

'Waarom zouden we dan niks over die krabben zeggen?'

'Om hem veel gelazer te besparen. Het is natuurlijk een dood spoor.'

Op dat moment viel de deur dicht. Gøran kwam samen met zijn hond binnen. Het werd doodstil bij de tafel. Op hun gezichten stond schuld te lezen. Gøran keek hen afgemeten aan.

'De hond', zei Einar. 'Naar buiten ermee.'

'Hij kan toch wel onder de tafel liggen', meende Gøran, die een stoel naar zich toe trok. De poten schraapten hard over de vloer.

'Naar buiten met die hond', herhaalde Einar.

Gøran stond met tegenzin op en ging naar buiten. Hij bond de hond aan het hek vast en kwam weer naar binnen. Einar tapte een groot glas bier voor hem.

'Je moet het er maar van nemen zolang het nog kan', grinnikte Noedel.

'Ja, nou,' zei Gøran, 'want binnenkort zit ik achter de

tralies. Nee, zo erg is het ook weer niet. Ze wilden weten waar ik die dag was geweest. Ze hebben wat aantekeningen gemaakt en zijn toen weer vertrokken. Er zijn veel rode auto's hier in Elvestad. Ze krijgen het nog druk.'

'Ja, ja. Ik heb in ieder geval een alibi', bromde Frank. 'Ik was die avond naar de bioscoop. Heb zelfs het kaartje nog bewaard. Nu gooi ik het verdomme helemaal niet meer weg. Je kunt die lui niet vertrouwen. Er worden aan de lopende band mensen onschuldig veroordeeld.'

'Over het algemeen pakken ze de juiste wel', meende Noedel.

'Weet je al wie jouw naam heeft doorgegeven?' vroeg Frank, terwijl hij Gøran aankeek.

'Nee. Daar heb ik schijt aan.'

'Het zal Linda wel zijn. Die met dat albinohaar.'

Gøran staarde in zijn bier. 'Die mogelijkheid heb ik ook al overwogen.'

'Ze heeft ze verdomme zelfs gezien, daar op het veld.'

'Ze heeft alleen hun omtrekken gezien', corrigeerde Frank.

'Wie zegt dat?' vroeg Gøran snel.

'Karen.'

'God mag weten wat ze eigenlijk gezien heeft.'

Gøran klokte zijn bier naar binnen. 'Ze zou zich koest moeten houden. Verdomme nog aan toe. Als er hier een gek rondloopt en zij kletst de hele tijd maar met de politie, dan kan er van alles gebeuren. Als ik haar was, zou ik me maar gedeisd houden.'

'Dat meisje heeft zich nog nooit gedeisd gehouden', meende Einar.

'Als ze echt iets belangrijks had gezien, zou de kit al verder zijn. Ze weten niet eens zeker of het wel dat stel was, dat ze heeft gezien.'

'Dat zeggen ze, ja!' Noedel zwaaide opgewonden met

zijn armen. 'Denk je eens in wat de kit allemaal weet, maar wat ze niet vertellen. Misschien zeggen ze dat ze alleen maar twee gedaantes heeft gezien, gewoon om haar te beschermen. Terwijl ze eigenlijk veel meer heeft gezien.'

'Dat betwijfel ik', zei Einar weer. Hij zette lege bierglazen in de afwasmachine.

'Zo doen ze dat', beweerde Noedel. 'Ze laten een paar kruimeltjes naar de pers lekken om ze op een afstand te houden, terwijl ze eigenlijk ik weet niet wat weten.'

'Dan ben jij in ieder geval onschuldig, Gøran,' zei Einar, 'anders hadden ze je allang opgepakt. Linda weet immers precies wie je bent. Als ze jou had gezien, zou ze dat allang hebben gezegd.'

'Zulke albino's zijn bijziend', zei Gøran argeloos.

'Ze is geen albino. Ze is alleen heel erg blond. Maar ze kijkt niet verder dan haar neus lang is. Waarom is Ulla niet bij je?'

'Ulla ligt met het een of ander in bed', zei Gøran afwijzend. 'Ik krijg echt de zenuwen van meiden.' Hij dronk langzaam van zijn bier. Hij staarde voor zich uit. De anderen bekeken hem stiekem. In zijn gezicht en op de hand die het glas vasthield, waren nog steeds dunne rode strepen te zien.

'We dachten dat jullie misschien kwestie hadden gehad', zei Frank. 'Aangezien je nog steeds een beetje, wat zullen we zeggen, streperig in je gezicht bent?'

Gøran glimlachte. 'Dat was de hond. We meten soms onze krachten. Je moet dat beest er voortdurend aan herinneren wie de baas is.'

'Zo? Wat zei de politie?'

'Ze gaan met iedereen praten. Dus wees maar voorbereid.' Gøran klemde het glas tussen zijn vuisten.

'Hoorde je dat, Einar?'

'Ze zijn hier al geweest.' Hij haalde onverschillig zijn schouders op. 'Ze stuurden een krullerige schooljongen. Ik moet zeggen dat ik het in mijn broek deed van angst.'

'Dezelfde die bij mij was', zei Gøran. 'Lijkt me niet zo'n slimme.'

'De slimme verdwijnen naar de landelijke recherche', meende Frank.

Mode dacht ergens diep over na. 'Ik vraag me af of ze zo'n daderprofiel maken', zei hij. 'Dat is tegenwoordig immers in de mode. Het ergste is dat ze gewoonlijk kloppen.'

'Zeg', zei Noedel. 'Dit is niet bepaald Chicago.'

'Nee. Maar toch.' Mode had een dromerige manier van praten, alsof hij hardop nadacht. 'Ik vraag me trouwens ook af of moordenaars een voorkeur hebben voor bepaalde automerken. Ik bedoel: zeg mij waar je in rijdt en ik zal zeggen wie je bent.'

De anderen lachten, want ze kenden Modes voorliefde voor snelle conclusies als het erom ging in welke auto's mensen rondreden.

'Neem bijvoorbeeld Volvo', zei Mode. 'Een Volvo is een typische jongensauto. Hetzelfde geldt voor Mercedes. Kijk naar Jomann en naar Kalle Moe, dan zie je dat het klopt. Terwijl iemand die in een Franse auto rijdt, tenminste nog een zekere stijl en gevoel voor comfort en elegantie heeft. Maar hij is niet erg praktisch. Franse auto's zijn mooi, maar onmogelijk om aan te sleutelen. Mensen die in een Japanner rijden, zijn juist wel praktisch aangelegd, maar ze missen stijl en elegantie.'

Dit ontketende algemeen gelach bij de gedachte aan Franks auto.

'Jij hebt een BMW', zei Mode peinzend. 'Dat zijn de jongens die te veel willen. Een BMW is niet meer dan een demonstratie. Terwijl in Engelse auto's vaak vrouwelijke mannen rijden. En dan heb je nog Opel', zei hij. 'Opel getuigt zowel van stijl, een praktische instelling, als van zelfvertrouwen. En laten we de Saab niet vergeten!'

Weer klonk er hard gelach rond de tafel. Mode had zelf een Saab.

Hij dronk van zijn bier en staarde Gøran aan. 'Over Skoda en Lada wil ik het liefst helemaal niets zeggen.'

'Dan blijft alleen nog de Golf over', zei Noedel en hij keek naar de anderen.

Gøran luisterde met zijn armen over elkaar.

'Een Golf', zei Mode, 'is zeer interessant. Golfrijders zijn mensen met temperament. Voor hen moeten de dingen snel gaan en ze zijn voortdurend in beweging. Ze zijn zowel met het pedaal als verder ook snel. Een beetje driftig misschien.'

'Ik vind dat je je diensten aan de politie moet aanbieden', zei Einar vanaf de bar. 'Met jouw kennis van mensen en auto's ben je van onschatbare waarde.'

'Ik weet het', grijnsde Mode.

Einar deed de afwasmachine dicht en knipperde drie keer met het licht. De jongemannen gromden ontevreden, maar leegden haastig hun glazen en liepen ermee naar de bar. Niemand tartte Einar. Af en toe verwonderde hen dat.

Het werd al laat. Het werd langzaam donkerder en de bomen waren al tot zwarte silhouetten geworden. Gunwald deed de hond aan de lijn en wandelde door het bos. Hij wilde het veld niet oversteken en bleef daarom aan de bosrand. De beagle hijgde met zijn tong uit zijn bek.

'Kom op, dikzak', zei Gunwald. 'Je hebt lichaamsbeweging nodig, net als ik.'

Ze liepen omlaag in de richting van het Norevann. Na

honderd meter bleef hij staan en draaide hij zich om. Hij staarde naar het veld. De stilte plaagde hem en hij begreep niet waarom. Maar hij was zo geschokt door wat er was gebeurd. Hij kende iedereen in het dorp. Nu had een vreemde van buiten dood en verderf gebracht. Als het tenminste een vreemde was. Gunwald was nooit bang in het donker geweest. Hij schudde zijn hoofd en liep verder. Het was zijn vaste route, die hij iedere avond liep. Die gaf hem het gevoel zijn plicht te hebben gedaan tegenover de dikke hond. Die hond was nu eenmaal prettig gezelschap. Hij had misschien geen sterk karakter. Het was geen tentoonstellingshond en hij was ook niet gehoorzaam. Alleen dat zwijgzame gezelschap. Drentelende poten. De bekende waarschuwing als er iemand te dicht in de buurt van het huis kwam. De weg stopte en hij liep verder over het gras naar het water. Zijn voetstappen werden nu geluidloos. De hemel boven hem ademde, hij voelde de haren op zijn hoofd bewegen. Plotseling hoorde hij een bekend geluid. Het geronk van een automotor, nog zwak, maar het kwam snel naderbij. Hij keek op zijn horloge. Een auto bij het Norevann, laat op de avond, dat begreep hij niet. Hij dook weg tussen de bomen en wachtte terwijl de hond zijn behoefte deed. Gunwald begreep niet waarom hij onmiddellijk zo'n angst voelde. Het was belachelijk, hij liep hier al jaren, net als veel anderen, met of zonder hond. Hij luisterde intens naar de auto. Die reed langzaam omlaag, bijna aarzelend, over het karrenpad. Stopte. De lampen schenen met een koud, blauwwit halogeenlicht over het water. Toen doofden ze, en het werd weer donkerder. Hij zag een gedaante die iets achter uit de auto haalde en in de richting van de landtong liep. Gunwald trok zich verder terug tussen de bomen. Hij dacht: nu slaat de hond aan. Maar dat deed hij niet, hij stond ook te luisteren. In het verdwijnende licht van de hemel zag Gunwald het silhouet van een man. Hij stond op het puntje van de landtong en droeg iets in zijn handen, iets groots en zwaars. Het leek verdorie wel een koffer, dacht hij. De man draaide zich om en keek om zich heen. Toen maakte hij ineens een grote zwaai met zijn arm en er klonk een krachtige plons. Gunwald voelde zijn hart bonzen. De hond stond gebiologeerd naast hem. De man liep haastig terug naar de auto. Het had vast niets te betekenen, dat iemand iets in het water gooide, dacht Gunwald. Toch trilde hij. De auto die uit het niets opdoemde, de man die zo haastig over zijn schouder keek, het beangstigde hem. Hij was weer bij de auto. Hij staarde even voor zich uit in de schemering, terwijl Gunwald kromgebogen tussen de bomen stond. De hond leek als het ware besmet door de angst van zijn baasje en stond stokstijf stil. Zijn oren stonden rechtovereind. De man stapte in. Startte en reed achteruit terug. Hij maakte een krappe bocht en kwam weer in het goede spoor. Verdween omhoog naar de rijksweg. Gunwald wist het honderd procent zeker. De man was Einar Sunde.

Hij bleef lang in zijn stoel zitten denken. Moest hij dit aangeven? Hij meende zich te herinneren dat er iets over een vermiste koffer in de kranten had gestaan. Maar dit was Einar, iemand die hij kende. Die hij al jaren kende. Een hardwerkend gezinshoofd van een onbesproken gedrag. Weliswaar ging het gerucht dat zijn huwelijk niet zo goed ging en dat zijn vrouw geheimen had. Maar Gunwald was ruimhartig, hij veroordeelde niemand om zoiets. Vermoedelijk had hij wat afval weggegooid en dat was strikt genomen verboden, maar om zoiets belde je niet de politie. Als hij belde, wilden ze weten wie hij was.

Het zou later tegen hem kunnen worden gebruikt. Einar had natuurlijk geen weerloze vrouw vermoord. Daar was hij van overtuigd. Maar misschien was het toch belangrijk. Waarom zou iemand een koffer in het water gooien? Als het al een koffer was. Hij kon anoniem bellen, dat scheen te mogen. Hij sloot zijn ogen en zag de contouren weer voor zich. Hij kreeg het ineens koud. Stond op en liep naar de kast, waar hij een fles Eau de Vie had staan. Schonk zich een groot glas in. In dit soort dingen wilde hij niet verwikkeld raken. Die jonge Linda Carling, zij was langs Hvitemoen gefietst en had zonder voorbehoud verteld wat ze wist. Maar zij was jong en onverschrokken. Zelf was hij oud, dik over de zestig. Maar als hij nou belde en zei: Er stond iemand op het puntje van de landtong die iets in het Norevann gooide. Ik liet de hond uit. Ik heb niet gezien wie het was en ook niet wat hij gooide. Maar het kan een koffer zijn geweest. Dan zouden ze misschien het meertje afdreggen en iets vinden. En als het dan een zak met vuilnis bleek te zijn, was er immers geen vuiltje aan de lucht. Snel bellen en alleen dat zeggen. Niet Einars naam noemen. Hij dronk nog wat Eau de Vie. Bovendien, als het Einars auto was, was het nog niet gezegd dat hij achter het stuur zat. Hij had een zoon die de auto zo nu en dan leende. Ellemann. Het kon Ellemann Sunde zijn geweest. Maar die was kort en dit was een lange man. Het was heel zeker Einars auto. Hij had niet op de nummerplaat gelet, maar hij had de achterkant herkend, aangezien die auto altijd met zijn kont naar de weg voor het café stond. Een Sierra stationwagen. Hij zag hem dagelijks vanuit zijn eigen zaak. Was die tiplijn nu open, zo laat op de avond? Hij dronk nog wat Eau de Vie. Het was vervelend om nu naar bed te gaan en het aan niemand te kunnen vertellen. Einar zou trouwens nooit afval in het water gooien, bedacht hij. Naast het café had hij een enorme container staan, die eens per maand door Vestengen Transport werd geleegd. Gunwald had nog nooit gezien dat dat ding vol was. Er lagen kartonnen bekertjes en plastic bordjes en koffiefilters in. Hij keek omlaag naar de hond. Aaide hem over zijn kop. 'We moeten morgen maar bellen. Het is nu nacht. Je hebt niet geblaft', fluisterde hij ongelovig. 'Ik snap bij god niet waarom. Je bent immers zo'n blaffer.'

*

Het water was ongeveer vijf meter diep en erg troebel. Twee duikers waren druk aan het werk. Sejer stond op het puntje van de landtong en zag de vage gedaanten als grote vissen kronkelen. Skarre kwam naast hem staan.

'Vertel me over Gøran Seter', zei Sejer.

Skarre knikte. 'Knappe vent. Jong. Negentien jaar. Enig kind van Torstein en Helga Seter. Woont thuis bij zijn ouders. Werkt in een timmerwerkplaats. Was de twintigste 's avonds aan het trainen in de stad, fitnesscentrum Adonis. Hij is rond halfnegen langs Hvitemoen gereden.'

'En daarna?'

'Was hij bij zijn vriendin Ulla. Ze pasten op het kind van haar zus.'

'Hoe reageerde hij op je vragen?'

'Hij antwoordde overal gewillig op. Maar ik zag een paar rode strepen op zijn gezicht. Wonden die gedeeltelijk waren dichtgegroeid.'

Sejer keek op. 'O? Heb je ernaar gevraagd?'

'Hij had met de hond gespeeld. Hij heeft een rottweiler.'

'Dat trainen... doet hij dat op grote schaal?'

'Heel zeker. We hebben het over één bonk spieren. Tegen de honderd kilo, vermoedelijk.'

'Vond je hem aardig?'

Skarre glimlachte. Sejer stelde soms vreemde vragen. 'Ja. Eigenlijk wel.'

'We moeten zijn vriendin spreken.'

'Inderdaad.'

'Ik heb wat bedacht', zei Sejer nu. 'Wie loopt er 's avonds buiten? Laat op de avond, hier bij dit meertje. Mensen met honden?'

'Vast', zei Skarre.

'Als ik woonde waar Gunwald woont, zou ik juist hierheen gaan om de hond uit te laten.'

'Ik geloof niet dat hij hem uitlaat. Hij is moddervet, die hond.'

'Maar we moeten wel met hem praten. Als hij diegene is die heeft gebeld, knapt hij als een ballonnetje. Hij is niet zo'n taaie.'

'Een ballonnetje?'

'We moeten maar afwachten wat we vinden.'

'Hij klonk raar aan de telefoon', zei Skarre. 'Zei een uit zijn hoofd geleerd lesje op en gooide toen de hoorn weer op de haak. Hij had het Spaans benauwd.'

'Waarom, denk je?'

'Ik denk dat hij loog. Hij zei dat hij alleen maar de contouren van een man had gezien. In werkelijkheid heeft hij misschien gezien wie het was. En dat heeft hem bang gemaakt. Omdat het misschien iemand is die hij kent?'

'Precies.' Sejer staarde in het water. Luchtbellen stegen op en knapten aan het oppervlak. Een van de duikers kwam boven en zwom naar de kant. 'Er ligt daar iets. Het lijkt een soort kist.'

'Kan het een koffer zijn?' vroeg Sejer.

'Zou kunnen. Hij is zwaar. We moeten touw hebben.'

Hij kreeg een tros nylontouw en verdween weer. De mannen aan de kant hielden hun adem in. Sejer stond voorovergebogen te staren en spande zijn ogen zo in dat hij er duizelig van werd.

'Ze komen omhoog. Ze zijn klaar.'

Twee technici haalden met korte rukken op wat er aan het touw zat. Al snel zagen ze iets onder het wateroppervlak verschijnen. Ze zagen het handvat waar het groene touw aan was vastgemaakt. Sejer sloot verheugd zijn ogen. Hij pakte het handvat en hielp mee om de grote koffer aan land te trekken. Die lag een tijdje kletsnat in het gras te glimmen. Het was een oude koffer van bruin kunstleer met een stevig handvat. Aan de koffer was een bruine aktetas van hetzelfde materiaal vastgebonden. Er was een naamkaartje aan het handvat bevestigd, maar het schrift was onleesbaar geworden door het water. Hij knielde in het gras en bekeek de koffer. Onwillekeurig dacht hij aan Jomann.

'Hoeveel water is er binnengedrongen?' vroeg Skarre.

'Vrij veel. Hij is oud en versleten.'

Sejer tilde de koffer op. 'Jeminee, die is zwaar. Ik snap niet dat ze hiermee langs de weg kan hebben gewandeld.'

'Als ze dat tenminste gedaan heeft. Ze zat in het café thee te drinken. Alleen Einar Sunde heeft haar zien weggaan.'

'Maar ze is heel zeker vermoord op de plaats waar ze is gevonden', herinnerde Sejer hem.

'Maar als ze nou eens met zijn tweeën waren? Als er een klant in het café zat toen Poona kwam?'

'Dat ze zich allebei aan haar hebben opgedrongen en dat een van hen met haar is weggereden en het heeft afgemaakt?'

'Ja. Zoiets.'

Sejer zette de koffer voorzichtig in de auto. 'Skarre. Wij gaan de inhoud hiervan controleren. Jij checkt het vriendinnetje van Gøran Seter.'

'Tot uw dienst, chef.'

Sejer sloeg zijn ogen ten hemel.

'Ze werkt in het winkelcentrum, in de parfumerie daar', zei Skarre. 'Mooie combinatie, nietwaar? Een bonk spieren en een barbiepop, helemaal volgens het boekje.'

'Wegwezen', commandeerde Sejer.

'Vanwaar ineens die haast?'

'Je zegt dat hij in zijn gezicht was gekrabd. Check zijn alibi.'

De koffer zat niet op slot. Voor de zekerheid waren er twee brede, stevig aangetrokken riemen omheen gespannen. Sejer drukte de knipsloten opzij. Er klonken twee harde klikken. Toen tilde hij het deksel op. Natte kleren en schoenen werden zichtbaar. Hij stond een tijdje naar de exotische kleuren te staren. Turkooisgroen, citroengeel, oranje. En ondergoed. Het zag er nieuw uit en was in doorzichtige plastic zakken verpakt. Twee paar schoenen. Een gebloemde toilettas. Een zak met haarbandjes in verschillende kleuren. Een haarborstel. Een ochtendjas, roze en glanzend als zijde. De kleren waren netjes en zorgvuldig ingepakt. De weinige bezittingen zagen er in de vergaderkamer verlaten en merkwaardig misplaatst uit. De spullen overweldigden hem. Ze zou deze dingen in de laden in Jomanns slaapkamer leggen. De borstel op de commode, de toilettas in de badkamer. De schoenen in een kast. In gedachten had ze voor zich gezien hoe ze haar spullen uitpakte, terwijl haar man haar hielp. Ze had nog duizend meter te gaan toen ze stierf.

In de bruine aktetas vonden ze Poona's papieren. Reisverzekering en paspoort. Op de foto was ze erg jong en leek ze bijna een tienermeisje. Ze glimlachte niet op de foto.

'Dit zijn Jomanns eigendommen', zei Sejer. 'Wees er voorzichtig mee. Het is alles wat hij nog heeft.'

De mannen knikten. Sejer dacht aan zijn vrouw Elise. Haar haarborstel lag nog steeds op het planchet onder de spiegel, die had daar dertien jaar lang gelegen en mocht niet worden weggedaan. Al het andere was weg. Kleren en schoenen. Sieraden en tassen. Maar niet de haarborstel. Misschien zou Jomann deze borstel ook op een planchet onder de spiegel leggen. Dat dingen zo belangrijk konden worden. Hij verliet de vergaderkamer en belde het ziekenhuis. Ze bevestigden dat Jomann bij zijn zus aan het bed zat.

*

Het was druk in het winkelcentrum. Vreemd dat Gunwald kon overleven, dacht Skarre. Hij spiedde rond naar de parfumerie en zag een toonbank ingeklemd tussen een wolwinkel en een sleutelmaker. Achter de toonbank zat een meisje te lezen. Skarre liet zijn ogen langs flesjes en potjes en tubes en doosjes gaan. Waar gebruiken ze het allemaal voor, dacht hij. Er was een bescheiden schap speciaal voor mannen. Hij bestudeerde de flesjes en keek naar het jonge meisje Ulla.

'Wat zou je mij adviseren,' vroeg hij, 'als ik een beetje lekker wil ruiken?'

Ze snelde op hem af en nam hem professioneel in ogenschouw.

'Hugo Boss is goed. En Henley. Ligt eraan of je wilt opvallen of niet.'

'Ik wil graag opvallen', zei Skarre ijverig.

Ze koos een flesje uit het schap. Maakte het open en sprenkelde een paar druppels op zijn pols. Hij rook er gehoorzaam aan en glimlachte naar haar.

'Allemensen', zei hij lachend. 'Die is ondeugend. Wat kost die?'

'Driehonderd negentig', antwoordde ze.

Skarre verslikte zich bijna.

'Je moet bedenken dat er jarenlang onderzoek aan zo'n luchtje ten grondslag ligt', zei ze zakelijk. 'Een eeuwigheid van testen en afkeuren, voordat hij eindelijk goed is.'

'Mm', zei Skarre. 'Ben jij Ulla?'

Ze keek hem verrast aan. 'Ja. Dat ben ik.'

'Politie', zei hij. 'Je snapt vast wel waarom ik hier ben.'

Ulla had tamelijk brede schouders en een imposante boezem. Die er echt uitzag. Verder was ze smal en had ze lange benen en was ze zeer kunstzinnig opgemaakt.

'Dan moet ik je helaas teleurstellen', zei ze. 'Ik weet niets van wat er op Hvitemoen is gebeurd.'

'Daar rekende ik ook niet op,' glimlachte Skarre, 'maar zo werken wij. We draaien stenen om.'

'Onder mij kruipt niets', zei ze, gemaakt beledigd. Hier moest Skarre een beetje beschaamd om lachen.

'Vast niet. Ik probeer alleen maar indruk te maken, maar dat lukt niet altijd even goed. Kunnen we ergens rustig praten?'

'Ik kan hier niet weg', zei ze snel.

'Is er niemand die je kunt vragen, voor eventjes?'

Ze keek om zich heen in de grote hal. Bij de bakker stonden twee meisjes, die niet veel te doen hadden. Ze wenkte er eentje, die meteen kwam aangerend.

'Er is daarginds een koffiehoekje. Daar kunnen we gaan zitten.'

De stoelen waren afschuwelijk, van gietijzer. Skarre loste het probleem op door op het uiterste puntje te gaan zitten en voorover te leunen.

'Voor de goede orde: we zijn in een stadium waarin we mensen uitsluiten. Begrijp je? We proberen uit te vinden waar men zich feitelijk bevond, op de avond van de twintigste. En wat ze gezien kunnen hebben.'

'Juist ja. Maar ik heb helemaal niks gezien.' Ze keek hem afwachtend aan.

'Maar toch vraag ik het je. Waar was jij op de avond van de twintigste?'

Ulla dacht na. 'Eerst ben ik naar Adonis geweest om te trainen. Samen met een jongen die ik ken.'

'Welke jongen?'

'Iemand die Gøran heet.'

Skarre vond dat ze een merkwaardige woordkeuze had, als ze over haar vriendje sprak, maar hij zei er niets van.

'We waren ongeveer rond achten klaar, misschien. Ik heb de bus genomen naar mijn zus, die tien kilometer van Elvestad woont. Ze is getrouwd en heeft een zoontje van twee. Ik heb op hem gepast', zei ze.

'Ja? Hoelang ben je daar geweest?'

'Tot twaalf uur ongeveer.'

'En... die Gøran. Was hij bij je?'

'Nee', zei ze kort. 'Ik heb niemand nodig om op een kind van twee te passen. Ik heb televisie gekeken en ben met de laatste bus naar huis gegaan.'

'Dus je vriendje was niet bij je?'

Nu keek ze hem koppig aan. 'Mijn vriendje? Wie zegt dat?'

'Gøran', zei Skarre.

'Ik heb geen vriendje', zei ze.

Skarre steunde zijn kin in zijn handen en keek haar

aan. Ze had een mooie ring met een zwarte steen aan haar ene hand. 'Je hebt geen verkering met Gøran Seter?' vroeg hij rustig.

'Gehad', zei ze en hij meende een teleurstelling in haar stem te horen.

'Is het uit?'

'Ja.'

'Sinds wanneer?'

'Sinds die dag', zei ze. 'De twintigste, na de training. Ik had er geen zin meer in.'

Lange, tikkende seconden trokken voorbij, terwijl Skarre de inlichting verwerkte en vaag de betekenis ervan vermoedde.

'Ulla,' zei hij zacht, 'vergeef me dat ik je misschien een impertinente vraag stel. Maar ik moet een paar details weten over de breuk met Gøran.'

'Waarom?' vroeg ze onzeker.

'Dat kan ik niet zeggen. Vertel me alsjeblieft wat je kunt. Precies wanneer en hoe gebeurde het?'

'Ja maar, waarom moet ik daarover praten?'

'Ik snap dat je denkt dat ik daar niets mee te maken heb. Maar dat heb ik wel.'

'We hebben geen van beiden iets met die moord te maken. Ik heb er geen zin in.' Ze sloot zich weer af.

Skarre probeerde tot haar door te dringen. 'Je hoeft niet in detail te treden. Je hoeft alleen maar kort te schetsen hoe het ging.' Hij priemde zijn blauwe ogen in Ulla's groene. Meestal werkte dat en zij was geen uitzondering.

'We hadden bijna een jaar verkering. We gingen altijd samen naar Adonis om te trainen, twee of drie keer per week. Ik train geen drie keer, maar Gøran wel. Dan haalt hij mij op en rijden we er samen heen. We trainen een paar uur en dan gaan we weer. Op de avond van de twintigste waren we naar Adonis en ik had besloten om het uit te maken. Ik wachtte tot we klaar waren met trainen. Toen gingen we ieder naar onze kleedkamer. Ik zag er tegenop als tegen een berg', gaf ze toe. 'Besloot om het uit te stellen. Een betere gelegenheid af te wachten. Maar toen flapte het er zomaar uit. We zagen elkaar zoals gewoonlijk bij de uitgang. Hij kocht een cola, ik een sprite, die we buiten staande opdronken. Toen zei ik het tegen hem. Dat ik niet meer wilde. En dat ik de bus zou nemen.'

Skarres gedachten schoten alle kanten op. 'Ulla,' zei hij, 'wat had hij aan? Na de training. Weet je dat nog?'

Ze keek hem onzeker aan. 'Wat was het ook alweer. Een poloshirt, zo eentje met een kraagje. Wit. En een Levi's broek. Zwart. Die draagt hij altijd.'

'Hoe reageerde hij?'

'Hij werd helemaal bleek in zijn gezicht. Maar hij kon natuurlijk niets doen. Als het over is dan is het over. Dus hij zei niets. Liep alleen boos weg en stapte in de auto.'

'Zei hij waar hij heen ging?'

'Nee. Maar ik stond hem nog een tijdje na te kijken. Hij belde iemand, weet ik nog. Met zijn mobieltje. Toen reed hij weg. Met gierende banden.'

'Ulla', zei Skarre rustig. 'We komen bij je terug. Maar je hoeft je geen zorgen te maken. Begrijp je me?'

'Ja', zei ze ernstig.

'Ga maar weer terug naar je werk', zei hij. Daarna verliet hij het winkelcentrum en stapte in de auto. Trommelde een hele tijd met zijn vingers op het stuur. Gøran Seter had niet samen met Ulla opgepast. Hun verkering was uit. Hij was afgewezen. Op weg naar huis was hij Hvitemoen gepasseerd. Hij had in zijn eentje in de rode Golf gezeten en hij had een wit shirt aangehad.

*

Linda had Karen al een paar keer geprobeerd te bellen. Maar haar moeder zei dat ze er niet was. Het was alweer een paar dagen geleden dat ze elkaar hadden gesproken. De mensen keken naar haar als ze in het café zat of langsfietste. Ze leken vijandig. Ze stond bij het raam naar de donkere tuin te staren. Er werd nu vrijuit gesproken over wie door de politie was bezocht en vooral waar ze vaker dan een keer waren geweest. Haar moeder was niet erg enthousiast geweest bij het idee dat Linda de politie had gebeld. Ze zag vooralsnog geen mogelijkheid om Jacob nog eens te ontmoeten. Ze wist niet wat ze moest verzinnen om hem naar haar huis te lokken. Ze had voortdurend in de verwarrende glimp van haar herinnering naar meer details gezocht. De twee mensen op het veld, dat vreemde spel. Als ze eraan dacht, leek het nog steeds een spel. Maar Jacob had gezegd dat je zag wat je wilde zien. Niemand wilde een moord zien. Een man rent achter een vrouw aan, zoals zo vaak gebeurt. Daarom had ze het zo uitgelegd. Gøran had haar in het café gemeen aangestaard, toen ze naar zijn auto had gekeken. Nu zou hij het verband wel snappen. Niet dat ze bang voor Gøran was, maar ze wilde hem geen narigheid bezorgen. Ze wilde alleen maar over de auto praten. Veel mensen hadden een Golf. Die twee mensen hadden overal vandaan kunnen komen. Nu was het te laat. Zowel Gøran als Ulla waren ondervraagd. Toen dacht ze aan Gørans gezicht, aan de wonden in zijn gezicht. Er moesten toch meer mensen zijn die dat hadden gezien. Iemand anders zou het gewoon hebben gezegd. Nu zou ze niets meer zeggen, geen woord. Maar ze moest Jacob weer zien! Ze bleef bij het raam staan en dacht diep na. Haar moeder was naar Holland om tulpen te halen. Alles was stil in huis, het was over elven. Plotseling rende ze naar de gang en deed de deur op slot. Ze schrok van het harde klikken van het slot.

Ze ging aan de keukentafel zitten. Toen de telefoon ging, schrok ze zo erg dat ze een klein gilletje slaakte. Misschien was het Karen die eindelijk contact opnam. Ze pakte de hoorn op en riep haar naam. Maar niemand antwoordde. Ze hoorde iemand ademen. Verward bleef ze met de hoorn in haar handen staan.

'Hallo?'

Geen antwoord. Alleen de zoemtoon in haar oor. Met trillende handen legde ze de hoorn weer neer. Nu wilden ze haar ook al bang maken. Ze ging op de bank zitten en beet op haar nagels. Buiten ruiste het zacht in de bomen. Als ze schreeuwde zou niemand het horen. De angst dreigde bezit van haar te nemen. Ze zette de televisie aan, maar deed hem meteen weer uit. Als er iemand aan de deur kwam, zou ze het door het lawaai niet kunnen horen. Ze besloot om naar bed te gaan. Poetste snel haar tanden en rende de trap op. Trok het gordijn dicht. Trok haar kleren uit, kroop onder het dekbed. Bleef liggen luisteren. Ze had sterk het gevoel dat er buiten iemand was. Stom. Er was nooit iemand buiten voor het huis geweest, behalve de reeën die de afgevallen appels onder de boom opaten. Ze knipte haar lampje uit en kroop diep weg onder het dekbed. De man die zoiets verschrikkelijks had gedaan, zou nooit naar haar huis toe komen. Hij hield zich vast ergens schuil. Driehonderd mensen hadden de tiplijn gebeld. Stel je voor, zij was slechts één van de driehonderd. Toen hoorde ze een geluid. Het was heel duidelijk en geen inbeelding. Een zachte bons tegen de buitenmuur. Ze schoot overeind. Bleef ademloos zitten luisteren. En daarna, een soort slepend geluid. Linda werd misselijk. Ze zat voorovergebogen in bed en hield haar armen voor haar borst. Er was iemand buiten! In de tuin. Ze zette haar voeten op de vloer, klaar om weg te rennen.

Zo dadelijk zou er iemand aan het slot van de buitendeur morrelen. Het suisde in haar oren, ze kon niet nadenken. Toen was het weer stil. Ze stond op en bleef staan, bevend. Het was volkomen donker in de kamer. Ze liep naar het raam en stak twee vingers tussen de gordijnen. Staarde door de smalle kier naar buiten. Eerst zag ze alleen duisternis. Maar daarna wenden haar ogen aan het donker en zag ze de contouren van de bomen en het gedempte licht van de keuken dat zacht op het gazon viel. Toen zag ze een man. Hij keek omhoog naar haar raam. Ze schoot een hoek in, bleef daar staan, hijgend. Dit is mijn straf, dacht ze. Nu kwam hij zich wreken omdat ze had gebeld. In blinde paniek rende ze haar kamer uit, de trap af naar beneden. Greep de telefoon en draaide het nummer van Jacob, zijn privé-nummer in de Nedre Storgate dat ze uit haar hoofd kende. Ze snikte in de hoorn toen hij opnam.

'Er is hier iemand!' fluisterde ze vertwijfeld. 'Hij staat buiten in de tuin naar mijn raam te loeren.'

'Sorry,' hoorde ze, 'met wie spreek ik?'

'Linda!' riep ze. 'Ik ben alleen thuis. Er staat een man in de tuin!'

'Linda?' zei Skarre. 'Waar heb je het over!'

Het was een grote opluchting om zijn stem te horen. Ze begon te huilen. 'Een man. Hij probeerde zich achter een paar bomen te verstoppen, maar ik heb hem gezien.'

Skarre had eindelijk door waar het om ging en nam een zakelijke en kalmerende toon aan. 'Je bent alleen thuis en je denkt iemand gezien te hebben?'

'Ik héb iemand gezien! Heel duidelijk. En ik heb hem ook gehoord. Hij was helemaal bij de muur.'

Jacob Skarre had nog nooit van zijn leven iets dergelijks meegemaakt. Hij dacht even na. Besloot om haar al pratend te kalmeren, ze was waarschijnlijk overspannen.

'Hoe kom je aan mijn privé-nummer?' vroeg hij.

'Uit de telefoongids.'

'Ja, natuurlijk. Daar heb je gelijk in. Maar weet je, ik heb nu geen dienst.'

'Nee. Maar stel je voor dat hij probeert binnen te komen!'

'Heb je de deur op slot gedaan?'

'Ja.'

'Linda', zei hij. 'Loop naar het raam. Kijk of hij er nog steeds staat.'

'Nee!'

'Doe wat ik zeg.'

'Ik durf niet!'

'Ik wacht hier. Ik hang niet op.'

Linda sloop naar het raam en tuurde de tuin in. Die was leeg en verlaten. Een tijdje bleef ze verward staan gluren, toen liep ze langzaam terug.

'Was hij er nog?'

'Nee.'

'Misschien verbeeld je het je. Omdat je bang bent?'

'Je denkt dat ik hysterisch ben. Maar zo ben ik niet!'

'Dat denk ik niet. Maar waar je bang voor bent, gebeurt niet, Linda.'

'Iedereen weet wat ik heb gezegd', snufte ze. 'Iedereen in het dorp.'

'Doen ze onaardig tegen je?'

'Ja!' Ze kneep zo hard ze kon in de hoorn. Hij mocht niet ophangen. Ze wilde tot de ochtend met Jacob praten.

'Linda, luister naar me', zei Skarre indringend. 'Veel mensen zijn te laf om te bellen. Ze zien dingen, maar ze willen voor geen goud ergens in verwikkeld raken. Jij bent moedig geweest, jij hebt gezegd wat je weet. En ons een mogelijk automerk gegeven, verder niets. Niemand kan jou ergens van beschuldigen.'

'Nee. Maar ik denk aan Gøran', zei ze. 'Hij is vast kwaad.'

'Daar heeft hij geen enkele reden toe', zei Skarre. 'Weet je wat? Ik stel voor dat je nu naar bed gaat en zo snel mogelijk gaat slapen. Morgen kijk je weer heel anders tegen de dingen aan.'

'Kom je het niet onderzoeken?'

'Dat hoeft vast niet. Maar ik kan het bureau bellen en vragen om iemand te sturen, als je dat echt nodig vindt.'

'Ik wil het liefst dat jij komt', zei ze zacht.

Skarre zuchtte. 'Ik ben vrij', zei hij rustig. 'Probeer te ontspannen, Linda. Mensen lopen nu eenmaal buiten, weet je. Misschien was het een nachtelijke wandelaar die door jullie tuin is gelopen.'

'Ja. Het spijt me.' Ze drukte de hoorn zo hard tegen haar oor, dat ze het gevoel had dat Skarre in haar hoofd zat. 'Nu zeg ik in ieder geval niets meer', zei ze koppig.

'Maar je hebt toch al gezegd wat je weet?'

'Ja', zei ze zacht.

'Nou dan. Ga nu naar bed. Ik snap best dat je bang bent. Het is verschrikkelijk wat er is gebeurd', zei Skarre.

Niet ophangen! schreeuwde het binnen in haar. Jacob. Niet doen!

'Welterusten, Linda.'

'Welterusten.'

*

Gunder was mager geworden in zijn gezicht. Hij had zich niet geschoren en de kraag van zijn overhemd vertoonde een donkere rand. Het is maar goed dat Marie mij niet kan zien, dacht hij. Hij staarde naar Poona's spullen die op de tafel lagen uitgespreid. De kleren waren droog, maar vlekkerig door het vieze water. Toch kon je nog zien hoe mooi ze waren. Daar liggen de kleren van mijn vrouw, dacht hij. Haar nachthemd en haar haarborstel. Toen hij zijn ogen sloot, herinnerde hij zich hoe ze haar haren over haar schouder tilde om ze te borstelen.

'Zodra het kan, zullen we dit bij u thuis afleveren', zei Sejer.

Gunder knikte. 'Het is fijn om in ieder geval iets te hebben', zei hij dapper.

'Nog iets', zei Sejer toen. 'We hebben een brief gekregen van de politie in Delhi. U kunt hem zien als u dat wilt.'

Hij knikte en pakte de brief aan. Had een beetje moeite met de Engelse tekst.

Mr. Shiraz Bai, living in Delhi, confirms one sister Poona, born on the first of June 1962. Left for Norway on the 19th of August. Mr. Bai will come to Oslo on the 10th of September, to take his sister home.

Gunder snakte naar adem. 'Terug? Naar India? Maar ze is *míjn* vrouw! Ik heb de trouwakte hier. Ben ik niet haar naaste familie? Mag hij dat?'

Gunder was zo verontwaardigd dat hij niet stil kon blijven staan. Zijn blauwe ogen flikkerden angstig en de brief trilde in zijn handen.

Sejer probeerde hem te kalmeren. 'We zullen u hiermee helpen. We vinden vast een oplossing.'

'Ik heb toch zeker wel rechten? Een huwelijk is een huwelijk.'

'Dat is zo', zei Sejer. Hij trok een la van zijn bureau open. 'Maar deze wil ik in ieder geval aan u meegeven.' Hij gaf Gunder een smalle envelop. 'Haar broche.'

Gunder moest een traan wegvegen toen hij het mooie sieraad zag. 'Hiermee wordt ze begraven', zei hij beslist. Hij stopte de broche voorzichtig in zijn binnenzak en trok zijn jasje dichter om zich heen.

'We werken non-stop aan deze zaak', zei Sejer. 'Hij zal opgehelderd worden.'

Gunder staarde naar de vloer.

'Al begrijp ik dat u andere dingen aan uw hoofd heeft', ging Sejer verder. 'U bent weduwnaar geworden.'

Toen tilde Gunder zijn hoofd weer op. Sejer noemde hem een weduwnaar. Dat was een eerherstel. Hij ging naar huis en belde zijn zwager om over Marie te vertellen. Dat deed hij altijd als hij uit het ziekenhuis kwam. Er was niet veel te vertellen.

'Het is raar dat iemand zo stil kan liggen,' zei hij tegen Karsten, 'zonder ook maar een ooglid te bewegen. Stel dat ze haar stem heeft verloren.'

'Die is waarschijnlijk alleen een beetje hees', meende Karsten. 'Met wat oefening wordt die vast weer goed.'

'Ze zal alles moeten oefenen', zei Gunder bedroefd. 'De spieren gaan langzaam achteruit. Ze zeggen dat het lichaam helemaal zacht wordt. Ze zeggen...'

'Ja, ja. We moeten maar afwachten. Ik heb geen zin meer om al dat gepraat te aanhoren. Ik snap er toch niets van.' De angst steeg in zijn stem.

Karsten zei geen woord over Poona, ook al was het nu uitgelekt wie de dode vrouw eigenlijk was. Dat kwetste Gunder diep. Hij bleef aan het gedraaide telefoonsnoer staan frunniken. Karsten ging niet vaak naar het ziekenhuis. Zelf zat Gunder graag bij het bed van zijn zus. Hij praatte zacht en verdrietig tegen haar over wat er allemaal was gebeurd. 'Nu hebben ze de koffer gevonden, Marie. Met haar kleren. En haar broer komt. Ik zie er zo tegenop. Ik heb hem zijn zus afgenomen. Poona zei wel dat ze elkaar niet zo na stonden, maar toch. Hij raadde haar af weg te gaan. En hij kreeg gelijk.'

Zo zat hij te praten. Zo ordende hij zijn gedachten, de een na de ander.

Hij was nog steeds ziek gemeld en wilde niet naar zijn werk. De dagen verstreken, af en toe belde Bjørnsson om een praatje te maken. Hij leek het aardig naar zijn zin te hebben. Eindelijk kon hij laten zien wat hij werkelijk waard was, nu de eerste verkoper weg was. Maar boer Svarstad had naar hem gevraagd. En volgens Bjørnsson had hij met open mond in de deuropening gestaan, toen hij het hele verhaal hoorde. Dat had hij nooit gedacht, dat Jomann moedig genoeg was om naar een vreemd land te reizen om een vrouw te zoeken.

'Je hebt in een eerder gesprek met een van onze medewerkers, Jacob Skarre, gezegd dat je op twintig augustus 's avonds bij je vriendin Ulla was.'

Sejer keek Gøran Seter aan, die gewillig glimlachte. De wonden in zijn gezicht waren nu gereduceerd tot vage strepen.

'Dat klopt.'

'Maar na een gesprek met haar is gebleken dat ze niet langer je vriendin is en ze heeft de avond niet samen met jou doorgebracht. Van zes tot bijna acht uur hebben jullie samen in Fitnesscentrum Adonis getraind. Jullie hebben wat gedronken, staande bij de uitgang. Daarna heeft ze het uitgemaakt. Waarna jij kwaad bent weggereden. Alleen. Dat betekent dat je ergens tussen halfnegen en negen langs Hvitemoen bent gekomen.'

Gøran Seter zette grote ogen op. Hij was een zeer krachtig gebouwde en gedrongen man met blond haar, met een paar knalrode plukjes. Die rechtovereind stonden. Zijn ogen lichtten fel op. Sejer moest aan bolletjes kwik denken.

'Dus Ulla heeft het weer uitgemaakt?' Hij lachte een verbaasd lachje. 'Dat doet ze wel vaker. Dat gebeurt aan de lopende band. Ik neem het niet eens meer serieus.'

'Ik ben er niet in geïnteresseerd in hoeverre jullie tweeën nog steeds een vaste verhouding hebben of niet.

Jij hebt gezegd dat je die avond bij haar was, bij haar zus, en dat klopt niet.'

'Hoor eens, waarom moet ik hier op antwoorden?'

'Wij onderzoeken een moord. Heel veel mensen moeten heel veel vragen beantwoorden. Jij bent, met andere woorden, slechts een van de velen. Als dat een troost is.'

'Ik heb geen behoefte aan troost.'

Gøran was sterk en overtuigend. Zijn glimlach verdween niet van zijn gezicht.

'Ulla is nogal verstrooid', verklaarde hij.

'Niet volgens mijn collega.'

'Hij zal wel hooguit een paar minuten met haar hebben gepraat. Ik ken haar al een jaar heel goed.'

'Zo. En jij beweert nog steeds dat je de avond samen met haar hebt doorgebracht?'

'Ja. We hebben opgepast.'

'Waarom zou Ulla daarover liegen? Tegen een politieman?'

'Als hij aantrekkelijk was, is dat waarschijnlijk reden genoeg. Ze probeert iedereen voor zich te winnen. Wilde graag vrij overkomen, waarschijnlijk.'

'Dat klinkt niet erg overtuigend, vind ik.'

'U heeft geen idee wat meisjes allemaal verzinnen om interessant over te komen. Wat dat betreft kennen ze geen grenzen. En Ulla is geen uitzondering.'

'Ben je wel vaker in het huis van die zus geweest?'

'Ja.'

Zijn glimlach werd nog breder. 'Dus ik kan zowel de kamer als de keuken als de badkamer voor u beschrijven. Irritant, nietwaar?'

'Wat had je aan toen je bij Adonis wegging?'

'Een poloshirt. Wit waarschijnlijk. Zwarte Levi's. Dat draag ik meestal.'

'Je hebt gedoucht na de training?'

'Natuurlijk.'

'Toch nam je daarna nog een douche?'

Korte pauze. 'Wat weet u daarvan?'

'Ik heb je moeder gesproken. Je kwam om elf uur thuis. En je ging meteen onder de douche.'

'Dat zal dan wel.'

Weer die glimlach. Geen angst of bezorgdheid. Zijn grote lichaam rustte in de stoel, zorgvuldig gevormd.

'Waarom?'

'Had ik blijkbaar zin in.'

'Je moeder vertelde ook dat je, toen je die avond thuiskwam, een blauw T-shirt en een grijze joggingbroek droeg. Heb je je onderweg omgekleed?'

'Mijn moeder heeft geloof ik niet zo'n goed geheugen.'

'Ben jij de enige in dit dorp die alles op een rijtje heeft, Gøran?'

'Nee. Maar echt waar, zoiets ziet ze niet. Ik train in een blauw T-shirt en een grijze sportbroek.'

'Dus je hebt Adonis verlaten in een schoon wit shirt en voordat je thuis was, heb je die bezwete sportkleren weer aangetrokken?'

'Nee, zeg ik. Mijn moeder vergist zich.'

'Wat voor schoenen had je aan?'

'Sportschoenen. Deze hier.'

Hij stak zijn voeten naar voren en liet ze zien.

'Die zien er nieuw uit?'

'Helemaal niet. Ik ben er netjes op.'

'Mag ik de onderkant eens zien?'

Hij tilde zijn voeten op. De zolen van de schoenen waren krijtwit.

'Wie heb je gebeld?'

'Gebeld? Wanneer?'

'Je hebt vanuit de auto iemand opgebeld. Dat zei Ulla.'

Voor het eerst werd Gøran ernstig. 'Ik heb een bekende gebeld. Zo eenvoudig is het.'

Sejer dacht even na. 'Jouw situatie is momenteel als volgt: je bent met de auto op een belangrijk tijdstip langs de plaats delict gereden. Je rijdt in een rode Golf. Een dergelijke auto is bij de plaats delict gesignaleerd, aan de kant van de weg. Een getuige heeft een man met een wit shirt op het veld gezien. Hij was samen met een vrouw. Je liegt over waar je 's avonds was. Verscheidene getuigen hebben gezien dat je schrammen in je gezicht had toen je de eenentwintigste, de dag na de moord, in Einars Kro verscheen. Die heb je nog steeds. Je begrijpt zeker wel dat ik een verklaring voor deze dingen moet hebben?'

'Ik heb met de hond gevochten. En ik rand geen vrouwen aan. Dat hoef ik niet. Ik heb Ulla.'

'Zij zegt van niet, Gøran.'

'Ulla zegt zoveel.' Hij glimlachte niet meer.

'Dat geloof ik niet. Ik kom nog bij je terug.'

'Nee. Ik heb geen zin meer in dit gezeur aan de deur. Verdomme.'

'In deze zaak hou ik met niemand anders rekening dan met die dode vrouw', zei Sejer.

'Mensen als jullie houden met niemand rekening.'

Sejer liep het erf op. Hij had sterk het gevoel dat Gøran Seter iets te verbergen had. Maar dat heeft iedereen, dacht hij, en dat hoefde niet per se moord te zijn. Daarom was dit werk zo moeilijk, iedereen had wel een zweempje schuld dat hem in een slecht daglicht stelde, soms volkomen onterecht. Dat meedogenloze spitten in de levens van anderen was het onderdeel van het werk waar hij het minst van hield. Daarom sloot hij zijn ogen en riep hij het verschrikkelijke beeld van Poona's kapotgeslagen hoofd op.

*

Sara zat met een kan koffie op de bank op hem te wachten. De hond Kollberg lag aan haar voeten. Hij droomde blijkbaar dat hij ergens op jaagde, zijn poten maakten grappige bewegingen, alsof hij ontzettend hard wegrende. Sejer vroeg zich af of honden hetzelfde nachtmerrieachtige gevoel hadden in hun dromen als mensen, dat je rende zonder maar een stap van je plaats te komen.

'Hij wordt nooit volwassen', zei Sejer peinzend. 'Hij is gewoon een uit zijn krachten gegroeide pup.'

'Dan is er iets in zijn jeugd gebeurd', lachte Sara, terwijl ze koffie voor hem inschonk. 'Wat weet je over Kollbergs eerste weken?'

Sejer dacht terug. 'Hij was niet rap genoeg. Kwam te laat bij de etensbak. Werd gedomineerd door de andere puppy's. Het waren er heel veel, dertien stuks.'

'Dan is hij ondervoed wat aandacht betreft. En jij hebt de pup gekozen die je juist nooit moet kiezen.'

Hij deed alsof hij dat laatste niet had gehoord. 'Maar later heeft hij veel te veel aandacht gekregen. Zo'n ondervoeding gaat toch wel over?'

'Zoiets gaat nooit over', zei Sara.

Ze deden de lampen uit en zaten in de schemering. Op de tafel brandde stilletjes een kaars. Sejer dacht aan Poona.

'Waarom moest hij haar gezicht kapotslaan?' vroeg hij. 'Wat betekent dat?'

'Dat weet ik niet', zei ze.

'Het zal toch wel ergens een uiting voor zijn?'

'Misschien vond hij haar lelijk.'

Sejer keek haar ongelovig aan. 'Waarom zeg je dat?'

'Zo simpel kan het zijn. Je bent verdomme nog lelijk ook, denkt hij, zijn woede is gewekt en hij wordt furieus.' Ze nam een slok van haar koffie. 'Wat denk je nu? Is hij diep wanhopig?'

'Dat hoeft niet. Maar ik wil graag geloven dat het zo is.'

'Je bent zo integer', glimlachte ze. 'Je wilt graag spijt zien.'

'Dat zou hier ook volkomen op zijn plaats zijn. Maar als we hem pakken, zal hij in de allereerste plaats in de nieuwe situatie proberen te overleven. Zich verontschuldigen. Zich verdedigen. Dat recht heeft hij in feite.'

Sara stond op en liet zich naast Kollberg op de vloer zakken. Ze begon hem over zijn rug te krauwen. Hij zag het enorme dier tevreden onder haar handen kronkelen.

'Hij heeft een bult onder zijn vacht', zei ze plotseling. 'Hier. Op zijn rug.'

Sejer keek haar onzeker aan.

'Nog meer', zei ze toen. 'Drie, vier stuks. Had je dat al gemerkt, Konrad?'

'Nee', zei hij zacht.

'Je moet met hem naar de dierenarts.'

Er verscheen een zweem van angst in zijn anders zo rustige gezicht.

'Weet je,' ging ze verder, 'hij is op een leeftijd dat hij dingen krijgt. En een hond van zijn formaat... hoe oud is hij nu?'

'Tien jaar.' Hij zat nog steeds op de bank. Wilde die bulten niet voelen. Hij werd koud van angst. Hij stond met tegenzin op en zocht met zijn vingers door de dikke vacht. 'Ik zal morgenvroeg bellen.' Hij ging weer zitten en pakte zijn pakje tabak om een shagje te draaien. Zijn dagelijkse quotum was één whisky en één shagje.

Sara keek hem liefdevol aan. 'Je hebt echt een geweldige zelfdiscipline.'

Sejer had haar buitengesloten. Was haar met de hond ontvlucht, ergens anders in. Ze zag het aan zijn ogen.

'Er is weinig doorgaand verkeer op die weg', zei hij afwezig.

'Waar ben je nu?' vroeg Sara verward.

‘In Elvestad. De kans is groot dat hij uit het dorp komt.’

‘Dat is toch positief. Er wonen daar toch niet zo heel veel mensen?’

‘Meer dan tweeduizend.’

‘Ik maak morgen wel een afspraak bij de dierenarts. Of ik ga er naartoe. Jij hebt zoveel aan je hoofd.’

Hij stak het shagje op. Dat was nogal dik uitgevallen.

‘Je zou net zo goed twee dunne kunnen draaien’, plaagde ze.

‘Het zullen toch wel gewoon cystes zijn? Van die vochtbulten?’

Ze hoorde de vrees in zijn stem en hoe hij die angst wegschoof. Het waren geen vochtbulten, daar was ze van overtuigd.

‘We moeten het laten onderzoeken. Hij heeft ook moeite met de trappen.’

‘Het zou best kunnen dat we al met de dader hebben gesproken’, zei hij afwezig.

Sara schudde zachtjes haar hoofd. Ze aaide Kollberg over zijn rug. De hond leek suf. Hij wilde het niet zien. Hij had een diepe frons in zijn voorhoofd. Die bulten deden hem ergens aan denken. Hij bevond zich in een kamer die voor haar gesloten was.

‘Hij is ook magerder geworden. Hoelang geleden heb je hem voor het laatst gewogen?’

‘Hij weegt zeventig kilo’, zei Sejer eigenwijs.

‘Ik haal de weegschaal uit de badkamer.’

‘Je lijkt wel niet goed wijs.’ Hij fronste zijn voorhoofd. Toen ze de kamer uit was, sprong hij van de bank op. Hij viel op zijn knieën, tilde de zware hondenkop op en tuurde in de zwarte ogen.

‘Je bent toch niet ziek, ouwe dibbes? Je wordt gewoon een jaartje ouder. Net als ik.’ Hij legde zijn hoofd voorzichtig op de voorpoten van de hond.

Sara kwam binnen met de weegschaal.

'Zeg', zei hij onzeker. 'Hij is geen circusolifant.'

'We proberen het', zei ze. 'Ik haal een koude aardappel.'

De hond vermoedde dat er iets ging gebeuren en stond met een zeker enthousiasme op. Ze stelden de weegschaal in op nul en duwden hem erop. Toen schoven ze zijn poten bij elkaar, terwijl Sara hem aan de zijkanten steunde. Ze wist dat hij eten rook en daarom wilde meewerken. Na verscheidene aanmaningen gaf Kollberg een poot, terwijl hij wankelend op de overige drie bleef staan. Sejer keek naar het digitale display. Vierenvijftig komma negen.

'Hij is vijftien kilo afgevallen', zei Sara ernstig.

'Dat is zijn leeftijd', zei hij snel.

Kollberg slokte de aardappel naar binnen en ging weer liggen.

Sara kroop tegen Sejers borst aan. 'Vertel me een mooi sprookje', vroeg ze.

'Ik ken geen sprookjes. Alleen waargebeurde verhalen.'

'Dan kies ik een waar verhaal.'

Hij legde zijn shagje op de rand van de asbak. 'Jaren geleden hadden we zo onze problemen met een kleine crimineel die Martin heette. Zo heette hij niet echt, maar ik heb net als jij geheimhoudingsplicht.'

'Martin is prima', zei ze.

'Hij was een recidivist. Haalde van alles en nog wat uit. Autodiefstal, kleine zwendelarij, stal uit garages van mensen. Hij had een tamelijk zwak karakter en zat een eindeloze reeks straffen uit, van meestal zo'n drie of vier maanden. Bovendien dronk hij behoorlijk. Afgezien daarvan was hij een uiterst charmante kerel. Met een afschuwelijk slecht gebit. Hij had alleen nog een paar rotte stompjes over. Hij lachte altijd met zijn hand voor zijn mond. Maar we mochten hem en maakten ons zorgen om hem. We waren bang dat hij op een dag echt crimineel zou worden. We bespraken wat we konden doen om hem te laten veranderen. Toen dachten we aan zijn rotte gebit, of het wellicht mogelijk was daar iets aan te doen.'

Sejer zweeg even. Sara lachte om die rotte tanden.

'We namen contact op met de Sociale Dienst en vroegen om een subsidie om zijn hele gebit te laten saneren, hij had immers zelf geen geld. Ze vroegen ons een schriftelijk verzoek in te dienen en dat hebben we gedaan. Schreven dat dit belangrijk was met het oog op zijn resocialisatie. Je weet, tanden zijn belangrijk. En we kregen het verzoek nog gehonoreerd ook. Martin moest eraan geloven. Tijdens zijn detentie ging hij drie keer per week naar de tandarts en toen hij uiteindelijk klaar was, had hij een rij gave, spierwitte tanden. Net als jij, Sara.'

Hij snuffelde aan haar haar. 'Martin werd een ander', herinnerde hij zich. 'Hij rechtte zijn rug. Verzorgde zich goed en knipte zijn haar. En toen was er toevallig een vrouw die in de gevangenisbibliotheek werkte. Ze woonde alleen met een dochter en deed dat werk om wat extra geld te verdienen. En je gelooft het of niet, maar ze werd tot over haar oren verliefd op Martin. Toen zijn straf erop zat, trok hij bij haar in. Daar woont hij nu nog en hij is als een vader voor haar kind. Sindsdien heeft hij de wet nooit meer overtreden.'

Sara glimlachte. 'Dat was bijna mooier dan een sprookje', zei ze.

'En bovendien echt waar', antwoordde hij. 'Maar degene met wie we nu te maken hebben, heeft grotere problemen dan Martin.'

'Ja', zei Sara triest. 'Hij heeft meer nodig dan een nieuw gebit.'

*

10 september.

Shiraz Bai was in Noorwegen aangekomen. Op Gunders kosten had hij zijn intrek genomen in het Park Hotel.

Sejer draaide het nummer van Gunder Jomann.

'Als u wilt, kunnen we een ontmoeting op het bureau regelen, dan hoeft u niet alleen met hem te zijn. Hij heeft vast vragen die moeilijk te beantwoorden zijn. Hij spreekt Engels, maar niet zo goed.'

Gunder stond bij de telefoon te piekeren. Hij keek naar de foto van Poona. Zou hij op zijn zus lijken? Hij is mijn zwager, dacht hij. Natuurlijk moet ik erheen. Maar hij had geen zin. Hij stelde zich een eindeloze reeks pijnlijke beschuldigingen voor. Waar moest hij de moed vandaan halen?

Plotseling was het belangrijk om er netjes uit te zien. Hij douchte en trok een schoon overhemd aan. Ruimde alle kamers op. Misschien wilde Bai het huis zien dat Poona's nieuwe thuis had moeten worden. De mooie keuken en de badkamer met de witte zwanen. Langzaam reed hij naar de stad. Skarre stond bij de receptie op hem te wachten. Echt heel attent, dacht Gunder. Ze waren zo begripvol. Dat had hij niet verwacht. Hij ging het kantoor binnen en zag hem onmiddellijk staan. Een magere man, niet erg lang, die zo op zijn zus leek dat Gunders adem stokte. Hij had zelfs dezelfde uitstaande tanden. Zijn gezicht was getekend en zijn huid was donkerder dan die van Poona. Hij droeg een mooi blauw shirt en een lichte broek. Zijn haar was niet geknipt en erg vet. Hij had een ontwijkende blik. Gunder kwam voorzichtig naderbij toen Sejer hen aan elkaar voorstelde. Hij keek naar het sombere gezicht van zijn zwager. Hij zag geen beschuldigingen, zijn blik was volkomen gesloten. Alleen een kort knikje. Zijn handdruk was een ongewenste aanraking. Sejer bood de twee mannen een stoel aan, maar Bai bedankte. Hij bleef bij het bureau staan alsof hij alles wat er te gebeuren stond maar zo snel mogelijk achter de rug wilde hebben. Gunder was al gaan zitten. Hij werd ineens vervuld van een enorme zwaarmoedigheid. Hij stond op het punt om alles op te geven. Marie lag nog steeds in coma. De hele wereld leek stil te staan.

Skarre, die beter Engels sprak dan Sejer, voerde het woord. 'Mr. Bai,' zei hij, 'is er iets wat u tegen Jomann wilt zeggen?'

Bai keek Gunder schuins aan. 'Ik wil mijn zus mee naar huis nemen. Ze is immers nooit aangekomen. *Home is India*', zei hij zacht.

Gunder staarde naar de vloer. Naar zijn voeten. Hij was vergeten zijn schoenen te poetsen, ze waren grijs van het stof. Het schreeuwde binnen in hem, smeekbedes die hij niet kon uiten. Misschien kon hij hem omkopen. Met geld wellicht. Poona had gezegd dat hij erg arm was. Toen schaamde hij zich diep.

'We kunnen er toch over praten', zei hij voorzichtig.

'*No discussion*', zei Bai kort en hij kneep zijn mond dicht.

Hij zag er kwaad uit. Niet bedroefd om zijn zus, niet kapot van verdriet. Niet verbijsterd over wat er was gebeurd, wat de politie hem tot in de kleinste details had verteld. Hij was boos. Het was stil terwijl de vier mannen in de kamer op elkaar wachtten. Gunder was niet bij machte om over zijn rechten als echtgenoot te beginnen, of justitie en de Noorse en Indiase wetgeving erbij te halen, of zijn eigen bloedende hart. Hij was machteloos.

'Ik heb een wens', zei hij uiteindelijk. Zijn stem wilde bijna niet dragen. 'Slechts één wens. Dat je met me meegaat en Poona's nieuwe huis ziet. Dat ik haar wilde geven!'

Bai gaf geen antwoord. Zijn gezicht was hard. Gunder boog het hoofd. Skarre keek Shiraz Bai indringend aan. Het klonk alsof hij hem sommeerde, op de grens van een bevel, toen hij vroeg: 'Wilt u Mr. Jomanns huis zien? Het is belangrijk voor hem om dat aan u te laten zien.'

Bai haalde zijn schouders op. Gunder wenste dat de vloer openscheurde en dat hij in een eindeloze duisternis zou vallen, misschien helemaal naar Poona. En dat hij dan eindelijk rust zou vinden. Weg van deze moeilijke man met zijn boze gezicht. Van alles wat moeilijk was. Marie, die misschien zou bijkomen en zou kwijlen als een zwakzinnige. Het suisde in zijn hoofd. Ik val flauw, dacht hij. Terwijl ik nog nooit van mijn leven ben flauwgevallen. Maar hij viel niet flauw. Hij voelde dat zijn gezicht ook gesloten en hard werd.

'*Would you like to see Mr. Jomann's house?*' herhaalde Skarre. Hij sprak overdreven duidelijk, als tegen een kind.

Bai knikte eindelijk, een onverschillig knikje.

'Dan gaan we meteen', zei Gunder nerveus en hij stond snel op. Hij had een belangrijke missie te vervullen en hij moest handelen nu hij zich daartoe nog in staat voelde.

Bai aarzelde.

'*We go in my car*', zei Gunder ijverig. '*I take you back to hotel.*'

'Is dat goed?' vroeg Skarre, Bai aankijkend, die weer knikte. Toen vertrokken de twee mannen, naast elkaar door de gang. De zware, brede Gunder met zijn kale kruin en de donkere, magere Bai met zijn dikke, blauwzwarte haardos.

Skarre deed een schietgebedje dat Bai zou ontdooien. Het kwam wel eens voor dat zijn gebeden werden verhoord.

Hij ging Sejers kantoor weer binnen en viste een zakje tumtum uit zijn jas. Het plastic kraakte toen hij het zakje opentrok.

'Hoe zit het, vertrouw je nog op God?' vroeg Sejer, die hem onderzoekend maar niet onvriendelijk aankeek.

Skarre pakte een snoepje uit het zakje. 'De groene zijn het lekkerst', zei hij ontwijkend.

'Begint het misschien wat te tanen?'

'Toen ik klein was,' zei Skarre onaangedaan, 'stopte ik altijd een tumtum in mijn mond en dan liet ik hem daar liggen tot het suikerlaagje was gesmolten. Als ik hem er dan uithaalde, was hij helemaal helder, als gelei. Zonder suiker zijn ze veel mooier', zei hij peinzend.

Hij sabbelde een eeuwigheid op het tumtummetje en haalde het toen weer uit zijn mond. 'Kijk maar!'

Het snoepje dat hij tussen zijn vingers hield, was helemaal helder.

'Lafaard', glimlachte Sejer.

'En jij?' vroeg Skarre, zijn chef aankijkend. 'Hoe staat het met jouw kracht?'

'Wat bedoel je?' Hij trok zijn wenkbrauwen op.

'Je hebt een keer gezegd dat je in een kracht geloofde. Goddeloos als je bent, heb je er iets anders voor in de plaats gevonden. Merkwaardig, eigenlijk. Dat we blijkbaar toch iets nodig hebben.'

'Ja. Ik geloof in een kracht. Maar wij fungeren als twee onafhankelijke grootheden', zei Sejer. 'We converseren niet met elkaar.'

'Vervelende zaak, met andere woorden. Je kunt nergens om vragen, maar je kunt ook niet schelden en tekeergaan.'

'Dus dat doe jij tijdens je avondgebed?'

'Dat ook.' Hij pakte een rood tumtummetje.

'Bid voor Gunder', zei Sejer. Hij stak zijn armen in de mouwen van zijn jasje en liep naar de deur. Deed het grote licht uit.

'*May the force be with you*', zei Skarre.

Gunder maakte het portier voor Bai open. Hij was ineens erg toegewijd. Poona zou gewild hebben dat hij haar broer goed ontving. Als zij hen nu zou zien, deze kinderachtige weerspannigheid tussen hen kon zien, zou ze haar voorhoofd fronsen. Hijzelf met opeengeklemde kaken. Haar broer met toegeknepen ogen. Het is nu snel voorbij, dacht Gunder, hij had niet het idee dat het lot hem ooit nog zou toelachen. Maar hij beloofde zichzelf een echte poging te doen. Ze reden de stad uit. Het was een mooie herfstdag en het landschap buiten maakte een zeer exotische indruk op Bai. Gunder begon te praten. Korte zinnen in het Engels, die Bai verstond. 'Ik ben hier opgegroeid. Ik woon hier al mijn hele leven. Het is een rustig dorp. Iedereen kent iedereen. Mijn huis is van 1920. Niet zo groot, maar goed onderhouden. Een tuin. Uitzicht. En een hele mooie keuken', zei hij. Bai keek naar buiten en kwam ogen te kort.

'We hebben winkels en een bank en een postkantoor en een koffiehuis. Een school en een crèche. Een mooie kerk. Ik zal je de kerk laten zien.'

Bai zei niets. Diep van binnen moest hij echter vermoed hebben wat Gunders bedoeling was. Ze reden naar de kerk van Elvestad. Een mooie, houten kerk met een zwak oplopend kerkhof, nog steeds groen en welig. Er bloeiden nog wat bloemen. De kerk was bescheiden, maar lichtte op in de omgeving, verblindend wit in het donkere groen. Gunder parkeerde de auto en stapte uit. Bai bleef zitten. Maar Gunder gaf zich nog niet gewonnen. Hij was nu op dreef, dit was zijn laatste zet, alle krachten die hem nog restten werden gemobiliseerd voor dit ene project. Zijn dode vrouw te mogen behouden. Hij opende het portier aan de andere kant, bleef dwingend staan wachten. Bai stapte met tegenzin uit de auto. Tuurde naar de kerk en de graven.

‘Als Poona mag blijven, komt ze hier te liggen. Ik zal haar graf iedere dag bezoeken. Bloemen planten en verzorgen. Ik heb tijd genoeg. Poona krijgt alle tijd die ik over heb.’

Bai zweeg, maar hij luisterde. Als hij de plek al mooi vond, liet hij dat in ieder geval niet blijken. Hij zag er nogal verbaasd uit. Gunder begon tussen de graven door te lopen. Bai volgde hem op een afstandje. Hij zag dat Gunder bij een graf bleef staan en kwam voorzichtig naderbij.

‘*My mother*’, zei Gunder stilletjes. ‘*Poona would not be alone.*’

Bai staarde zwijgend naar de steen.

‘*Do you like it?*’ vroeg Gunder en hij keek hem aan. Bai haalde zijn schouders op. Gunder haatte het dat hij aldoor zijn schouders optrok. Poona deed dat nooit, zij gaf helder en duidelijk antwoord.

‘Nu gaan we naar mijn huis’, zei Gunder en hij liep terug naar de auto. Nog steeds doelbewust, maar het vergde veel van zijn kracht. Ze reden het erf op. Bai keek naar de tuin en het uitzicht.

‘*Apples*’, zei Gunder, naar de bomen wijzend. ‘*Very good apples.*’

Bai knikte. Ze liepen de gang in. Hij liet hem de woonkamer zien, liep rond, wees de dingen aan, nam hem mee naar de keuken en de badkamer, en naar de bovenverdieping. Er waren twee slaapkamers. Een grote die voor hem en Poona zou zijn geweest en een kleinere logeerkamer. Daar sliep Marie altijd als ze op bezoek was. Daar had ze altijd geslapen.

‘*Your room. If you came to visit*’, zei Gunder. ‘*We wanted to invite you.*’

Bai bekeek het eenvoudige kamertje. Er stond een bed klaar, met een gehaakte sprei. Er waren blauwe gordijntjes en een lampje op het nachtkastje. Als Bai al onder de indruk was, toonde hij dat niet. Ze liepen verder door de rest van het huis. Gunder zou graag gehad hebben dat Bai praatte, maar hij zei niets. Ze waren klaar, ze hadden alles gezien. Gunder zette koffie en haalde *lefse* uit de vriezer. Die had Marie gemaakt, met boter en suiker en kaneel. Ze gebruikten veel kaneel in India, wist Gunder, misschien dat Bai het gebak lekker vond. Maar hij raakte het niet aan. Hij deed erg veel suiker in de koffie en vond die ook niet lekker. Weer werd Gunder moedeloos.

'*I must take my sister home*', zei Bai. Zijn stem was niet langer hard, maar toch beslist. Toen kon Gunder niet meer. Hij zakte snikkend ineen in zijn stoel. Het maakte hem niet uit wat deze man van hem dacht. Zijn ogen stroomden over. Hij had geen enkel woord meer over, ze waren allemaal gebruikt. Bai zweeg terwijl Gunder huilde. De klok aan de wand tikte genadeloos.

Gunder wist niet hoe lang hij daar zo zat. Vaag merkte hij een beweging op de bank op. Bai stond op. Misschien wilde hij uit protest het huis verlaten en het hele eind naar de stad lopen. Maar dat deed hij niet. Hij wandelde door het huis. Gunder liet hem zijn gang gaan. Hij gluurde maar zoveel hij wilde. Vanuit zijn ooghoek zag hij dat Bai de foto van Poona en hemzelf boven het bureautje had gevonden. Daarna ging hij naar de keuken. Gunder zat stil in de stoel, de tranen stroomden maar door. Bai liep de gang in en naar boven. Gunder hoorde zijn voetstappen, lichte, voorzichtige voetstappen. Hij kwam weer naar beneden en ging naar buiten, het erf op. Gunder zag hem in de tuin staan. Hij stond onder de appelbomen en bekeek het uitzicht. Eindelijk kwam hij weer binnen. De koffie in de twee kopjes was koud geworden. Bai ging op het puntje van de bank zitten.

'*My sister can stay*', zei hij eenvoudig. Gunder kon zijn oren niet geloven en keek hem verbluft aan.

'She can stay', herhaalde Bai. *'And you must pay. For everything.'*

'Natuurlijk', stotterde Gunder. *'I will pay for everything. Only the best for Poona!'* Hij straalde van opluchting en sprong op uit zijn stoel.

Bai begon een beetje onhandig in het zakje van zijn overhemd te graven en viste er uiteindelijk een envelop uit. Die gaf hij aan Gunder.

'Letter from my sister. All about you', zei hij.

Gunder haalde de brief uit de envelop en vouwde het papier open. Poona's schrift, sierlijk als borduursel, met een zwarte pen. Maar hij begreep er geen woord van.

'Het is in het Indiaas', zei hij verward. *'Do not understand.'*

'Is written in Marathi', zei Bai. *'Get someone to translate.'*

Toen stond hij op, hij knikte naar Gunder. *'Back to Park Hotel'*, zei hij toen.

Gunder wilde zijn hand pakken. Bai aarzelde. Maar toen gaf hij hem toch, een magere en knokige hand. Hij drukte iets steviger dan de eerste keer. *'Very nice house'*, zei hij met een buiging.

Gunder was plotseling vol energie. Hij moest Poona's begrafenis regelen en had duizend dingen te doen. Hij had nog geen datum gekregen, maar er waren veel dingen te plannen. Welke onderneming zou hij kiezen? Wat moest ze aan hebben in de kist? De broche.

Hij stond met zijn zwagers hand in de zijne en stroomde over van dankbaarheid.

'I have a sister too', zei hij stilletjes. *'In hospital.'*

Bai keek hem vragend aan.

'Car accident', zei Gunder ernstig. *'She is not awake.'*

'Very sorry', zei Bai zacht.

'If you ever need anything,' ging Gunder verder, aangemoedigd door dit sprankje sympathie, *'you call me.'*

'I have a better picture', zei Bai. *'Beautiful picture of Poona. I send it to you.'*

Gunder knikte. Ze verlieten het huis. Hij zette Bai af bij het hotel. Toen reed hij rechtstreeks door naar het ziekenhuis. Ging bij Maries bed zitten en pakte haar hand. Voor het eerst in heel erg lange tijd voelde hij rust.

*

Gunwald stond babyvoeding op te stapelen. Het gerucht ging nu echt dat de politie verscheidene malen bij Gøran Seter was geweest. Dat snapte hij niet. Hoe zat het dan met die koffer? Niet dat Einar van het café die arme Indiase vrouw had vermoord, maar toch. 'Ik heb mijn plicht gedaan', zei hij tegen zichzelf en hij schikte de potjes in perfecte rijen.

Iedere dag las hij de krant nauwkeurig door. Na de moord op Hvitemoen kocht hij soms zelfs verschillende kranten. En daarbij deed hij een merkwaardige ontdekking. Dat was nieuw voor hem, aangezien hij altijd maar één krant had gelezen. Maar het liep enorm uiteen, wat ze schreven. In de ene krant stond dat de politie geen enkel belangrijk spoor had. Een andere schreef dat ze een belangrijk aanknopingspunt hadden en dat ze een spoor volgden. Wat moest je dan geloven? Maar die koffer zat hem dwars. Die zat vol met Indiase vrouwenkleren. Zou hij nog een keer bellen en zeggen dat het Einar was? Hij maakte de doos plat en bracht hem naar het achterplaatsje. Gooide hem in de container. Hij wilde geen deel uitmaken van deze geschiedenis, op geen enkele manier. Toen hij weer binnenkwam, stond Mode van het benzinestation in de krant te bladeren.

'Heb je krentenbollen?' wilde hij weten. Gunwald haalde ze.

'Die zaak wordt nooit opgelost', zei Mode stellig.

'Waarom denk je dat?' vroeg Gunwald.

'Als ze hem niet meteen pakken, dan pakken ze hem nooit. Binnenkort moeten ze mensen van het onderzoek halen en kort daarna wordt de zaak geseponeerd. Ondertussen wordt er een andere stakker vermoord, die dan alle prioriteit krijgt. *That's life.*'

Gunwald schudde zijn hoofd. 'Soms worden zulke zaken jaren later nog opgelost.'

'Zelden', zei Mode, die de zak openmaakte. Hij stopte een krentenbol in zijn mond. Gunwald vond het geen prettig idee dat de man die achter deze verschrikkelijke moord zat misschien nooit zou worden opgepakt.

'Als het maar niet iemand is die we kennen', zei hij somber.

'Die we kennen?' zei Mode twijfelend. 'Het is vast niet iemand van hier. Wie zou dat moeten zijn?'

'Dat weet ík toch niet', zei Gunwald met afgewend hoofd.

Mode kauwde op de krentenbol. 'Er komt een scheiding in de Tirolervilla', zei hij plotseling.

Gunwald zette grote ogen op. 'Wie zegt dat?'

'Iedereen. Lillian is al aan het pakken. Ik denk dat Einar het huis moet verkopen en in het café moet gaan wonen. Hij zal de zaak vierentwintig uur per dag open moeten houden, wil hij overleven. Ik zie hem al voor me, in een slaapzak in het achterkamertje. Die vrouw is niet goed snik', zei hij genadeloos.

'Einar is ook nooit zo'n lieverdje geweest', meende Gunwald, terwijl hij zich afvroeg welke gevolgen dit allemaal zou hebben. 'Misschien verkoopt hij het café en gaat hij verhuizen', zei hij plotseling. 'En dan komt er een Chinees restaurant voor in de plaats.'

'Mij best', vond Mode. Hij pakte nog een krentenbol uit de zak. Het was net een spons die je in verschillende vormen kon drukken. 'Nog iets over Jomann gehoord?' vroeg hij toen.

'Ziek gemeld', zei Gunwald. 'Moet je je eens indenken wat die allemaal heeft meegemaakt. Hij schijnt het grootste deel van de tijd in het ziekenhuis te zitten. Verschrikkelijk dat met die zus. De kans bestaat dat ze, als ze bijkomt, in het stadium van een tweejarige verkeert. Haar man houdt zich afzijdig. Hij gaat gewoon naar zijn werk en wacht op een telefoontje.'

'Veel meer kun je ook niet doen', zei Mode. 'Maar na zo'n tijd zal ze wel niet meer bijkomen. Ze komen altijd ofwel snel weer bij, of ze worden nooit meer wakker.'

'Ik heb van mensen gehoord die jarenlang in coma hebben gelegen', wierp Gunwald tegen.

'Dat gebeurt alleen in Amerika', zei Mode met een knipoog.

Daarna slenterde hij terug naar het Shell-station. Gunwald bleef zitten nadenken. Hij had het gevoel dat het dorp was bezet. Een vreemde aanwezigheid, die overal naar binnen drong en de mensen uit hun gewone doen bracht. Die hen opgetogen maakte, maar tegelijkertijd angstig, die hen in het beste geval bijeenbracht en hen het gevoel gaf iets samen te hebben, en die er in het ergste geval voor zorgde dat de angst hen 's nachts te pakken kreeg, in het donker onder het dekbed. Tegelijkertijd ging het leven door, maar het stond in een nieuw licht. Zo observeerden ze meer dan voorheen, alsof ze alles voor het eerst zagen. Zoals Gunwald het gevoel had dat hij Einar voor het eerst zag en zich afvroeg wie hij was. Gøran. En Jomann, die helemaal alleen naar een vreemd land was gereisd en daar een vrouw had gevonden. Linda op de fiets, die door iedereen op een andere manier werd nagekeken, zodat ze was begonnen te wankelen. Ze was altijd al een beetje manisch geweest, maar nu schoten haar ogen onrustig heen en weer. Het was duidelijk wat de mensen ervan vonden. Ze had haar mond moeten houden. Gunwald schudde onrustig zijn hoofd. Het was de taak van de politie om deze zaak op te lossen, met of zonder zijn hulp. Hij liep naar het achterplaatsje en controleerde de waterbak van de hond. Die was bijna leeg. Hij vulde hem en zette hem op de grond.

'Af en toe denk ik aan jou', zei hij. 'Jij stond buiten in de tuin. Jij moet gezien hebben wat er op het veld gebeurde. Als je toch eens kon praten. Als je toch eens in mijn oor kon fluisteren en kon zeggen: "Ik ken hem, ik ken zijn geur. De volgende keer als ik hem tegenkom zal ik heel hard blaffen, dan weet je wie hij is." Zo doen ze dat in de film', zei Gunwald ernstig, terwijl hij de zijdezachte vacht aaide. 'Maar dit is geen film. En jij bent niet zo slim.'

*

Wanneer ben je oud geworden? vroeg Sejer zich af, terwijl hij Kollberg gadesloeg. Vroeger rende je altijd tien meter voor me uit. Sprong je als een jonge hond de trappen af.

De hond stond op een tafel te piepen. Het dunne papier scheurde onder zijn klauwen. De dierenarts zocht naar de bulten en vond er vier. Sejer probeerde het neutrale gezicht van de arts te duiden.

'Ze voelen stevig aan, het is geen vocht. Duidelijk afgebakende gezwellen.'

Zijn handen groeven door de rode pels.

'Juist ja', zei Sejer. Inspecteur en moordonderzoeker, in de bloei van zijn leven. Bijna twee meter lang en tamelijk breed geschouderd. Hij was zo nerveus als een kind.

'Om hier duidelijkheid over te krijgen, zal ik ze moeten openmaken.'

'Dan doen we dat', zei Sejer knikkend.

'Het probleem is dat deze hond groot en zwaar en oud is. Tien jaar is veel voor een Leonberger. Om een dergelijke hond onder narcose te brengen is op zich al een risico.'

'Ik dacht dat narcose altijd riskant is', mompelde Sejer.

'Ja, op zich wel. Maar in dit geval zou je wellicht moeten overwegen of een dergelijke ingreep hem bespaard zou moeten blijven.'

'Waarom?' vroeg hij hard.

'Ik weet niet of hij er weer bovenop komt. Die gezwellen zouden hoe dan ook verwijderd moeten worden, ook als ze goedaardig zijn. Ze drukken op de zenuwen in zijn achterlijf, waardoor hij zich minder goed kan bewegen. Het is een zware ingreep voor een dier als dit. En dan is er nog het risico dat ik een zenuw raak, waardoor hij gedeeltelijk verlamd kan raken en er straks nog erger aan toe is dan nu. Misschien komt hij er nooit meer bovenop, maar kan hij alleen nog liggen. Het kan in sommige gevallen beter voor de hond zijn om de natuur zijn gang te laten gaan.'

De woorden hagelden op Sejer neer. Hij probeerde tijd te winnen, zodat de brok in zijn keel omlaag kon zakken en zijn stembanden kon bevrijden. Langzaam drong het tot hem door wat de arts had gezegd. Hij kon zich een bestaan zonder de hond niet voorstellen. Hun woordeloze gesprekken. Zijn zwarte blik. De geur van zijn natte vacht. De warmte van de hondensnuit als hij in zijn stoel ging zitten en de hond zijn zware kop op zijn voeten legde. De dierenarts zweeg. Kollberg was gaan liggen. Hij vulde de hele tafel.

'U hoeft niet nu te beslissen', zei de dierenarts. 'Ga naar huis en beraadslaag met uzelf, en met de hond. Dan hoor ik het wel. En laat ik u dit zeggen: geen enkele beslissing is hier de juiste. U heeft de keus tussen twee kwaden. Dat komt voor.'

Sejer aaide Kollberg over zijn buik.

'Maar als u uit ervaring spreekt, zijn zulke bulten dan vaak kwaadaardig?'

'De vraag is of de hond het aankan.'

'Hij is altijd sterk geweest', zei Sejer, koppig als een kind.

'Zoals gezegd,' zei de dierenarts, 'neem de tijd. Ze zitten er al een tijdje.'

Later, in de auto, zat hij te peinzen. *Ze zitten er al een tijdje.* Hield dat een beschuldiging in? Ging hij zo op in zijn werk, dat hij geen aandacht meer had voor degenen voor wie hij verantwoordelijk was? Waarom had hij het niet eerder opgemerkt? Hij voelde zich schuldig en moest even blijven zitten om weer op verhaal te komen. Daarna reed hij langzaam naar huis. Met wie houd ik rekening als ik hem laat opereren? dacht hij. Met Kollberg of met mezelf? Is het niet toegestaan om iemand van wie je houdt bij je te houden? Wordt er van mij verwacht dat ik hard ben en hem behandel als het dier dat hij in feite is? Dat ik doe wat voor hém het beste is en niet voor mij? Maar hij voelde zich geliefd door dit borstelige beest. Hoewel... dieren kunnen niet liefhebben. Dat schreef hij de hond zelf toe. Aanhankelijkheid dan? Dat toch wel. Heel het borstelige hondenlichaam sidderde als hij de deur van de flat opendeed. Die waakzaamheid, het enthousiasme, het dierenhart dat alleen voor hem sloeg. Dat sowieso sloeg. Hij keek in het spiegeltje. Kollberg lag stil.

'Wat zegt je hart?' vroeg Sara.

'Dat is wel duidelijk', zei hij duister. 'Ik wil alles aan hem laten doen, als dat betekent dat ik hem nog een paar jaar kan houden.'

'Dan neem je het risico van een operatie', zei ze eenvoudig. 'Dan sta je achter die beslissing, ongeacht het resultaat.'

'Moet ik alleen met mijn eigen wil en gevoelens rekening houden?' vroeg hij schaapachtig.

'Ja, dat moet je. Het is jouw hond. Jij beslist.'

Hij belde de dierenarts. Hij luisterde naar zijn stem en probeerde nuances in zijn toon te vinden die erop konden duiden dat hij het eens was met de beslissing. Hij meende absoluut dat de dierenarts tevreden was. Het tijdstip van de operatie werd vastgesteld. Daarna knielde hij bij de hond neer en begon hij zijn lange vacht te borstelen. Hij borstelde en borstelde met lange streken en voelde de bulten zonder enige moeite. Het knaagde aan hem dat hij ze niet eerder had opgemerkt. Sara glimlachte troostend naar hem.

'Kollberg heeft geen benul van jouw schuldgevoel', zei ze. 'Hij vindt het heerlijk om geborsteld te worden. Hij houdt van je. Op dit moment heeft hij het naar zijn zin, want hij heeft een liefdevol baasje dat hem borstelt. Hij is niet zielig.'

'Nee. Alleen ik ben zielig', fluisterde hij.

*

Linda had dagenlang geprobeerd Karen te bellen. 'Karen is niet thuis', zei haar moeder. 'Nee, ze gaat net de deur uit. Ik weet niet hoe laat ze thuiskomt.' Er was iets aan de hand. Ze voelde een diepe angst binnen in zich. Ze waren altijd met zijn tweeën geweest. Nu ontliep Karen haar en ging ze met anderen om. Met Ulla en Noedel en de rest in het café. Linda was in de war en bang, maar ze behield nog een restje woede. Overal merkte ze dat de mensen haar aanstaarden. Waar was ze in de fout gegaan? Zolang ze alleen die rode auto had gezien, was alles in orde geweest. Maar ze was te ver gegaan toen ze Gørans naam noemde. Alsof de politie niet uit zichzelf alle rode auto's in het dorp zou onderzoeken. En dan zouden ze er ook achtergekomen zijn dat hij op een kritiek tijdstip langs Hvitemoen was gereden. Zo was hij in het net verstrikt geraakt en nu worstelde hij om los te komen. Maar Gøran was vast onschuldig en dan had hij dus niets te vrezen. Het was behoorlijk stom om tegen de politie te liegen, vond Linda. Hij had het allemaal alleen aan zichzelf te danken. Ze benutte de tijd om een plannetje te smeden hoe ze Jacob kon strikken. Twee keer al was ze naar de stad gegaan en had ze voor het huis aan de Nedre Storgate gestaan. Hij woonde op de tweede verdieping. Ze had omhoog gekeken naar zijn ramen. Er stond een klein beeldje op de vensterbank, maar ze kon niet zien wat het voorstelde en had niet gedurfd haar moeders verrekijker mee te nemen. Dat ze in de stad op straat omhoog stond te kijken naar een raam, trok niet bijzonder de aandacht, maar het was ondenkbaar om daar met een verrekijker te staan. Het beeldje leek een beetje op een naakte vrouwenfiguur en dat vond ze geen prettig idee. Het was wit en glad en leek te stralen wanneer de zon door het raam naar binnen scheen. Ze was natuurlijk dodelijk gekwetst dat ze niet serieus was genomen ten aanzien van de man in de tuin, die avond. Ze had niets tegen haar moeder gezegd. Het was zo al erg genoeg. Op haar gezicht stond duidelijk te lezen dat ze te ver was gegaan. Ze hadden naar elkaar gesnauwd en Linda had gegild dat als je die moord met eigen ogen had gezien, dan had je zeker ook gedacht dat je maar het beste je mond kon houden. Om er niet bij betrokken te raken. Zo laf zijn mensen! Ze had geschreeuwd en gestampvoet. Haar moeder had haar lippen opeen geperst. Eigenlijk was ze gewoon bang.

Het was laat op de avond. Linda zat te piekeren. Karen zou nu thuis moeten zijn. Buiten was het koud en guur en een genadeloze wind veegde in lange, dreigende vlagen rond de hoek van het huis. Ze hield van dit weer, want ze zat binnen, waar het licht en warm was. De gordijnen waren dichtgetrokken. Ze zou geen enkele keer de tuin in kijken. Maar hoe moest dat nu met Jacob? Ze moest achter zijn dienstrooster zien te komen, hoe laat hij van zijn werk kwam. Ze zou om de hoek staan wachten, hem op de stoep zien aankomen en met gebogen hoofd op hem af hollen. Tegen hem aan lopen. Misschien had ze iets in haar handen dat bij de botsing op de grond viel, zodat hij moest hurken om het op te pakken. Een zak appels. Die zouden alle kanten op rollen. Ze zag Jacob en zichzelf op de stoep rondkruipen, op zoek naar glimmende, rode appels. Zijn mond, en zijn ogen. Zijn handen die haar zouden liefkozen, ze waren vast warm en sterk. Hij was tenslotte een politieman.

Nee maar, Linda, zou hij roepen. *Wat doe jij hier? O, ik moet naar de tandarts.* Of zoiets. Dan zou hij zijn verontschuldigingen aanbieden omdat hij haar niet had geloofd, die avond aan de telefoon. Ze zou in zijn blauwe ogen kijken en hij zou begrijpen dat hij haar had miskend. Ze was helemaal geen hysterische tiener, zoals hij leek te denken. Ze zat diep in gedachten verzonken, toen ze buiten plotseling een bons hoorde. Ze stond onmiddellijk midden in de kamer. Luisterde ademloos. Maar nu hoorde ze alleen de wind. Die ruiste hard door de loofbomen. Toen weer een bons. Ze rende naar de keuken. Waar kwam het vandaan? Was het hetzelfde geluid als de vorige keer of iets anders? Ze staarde naar de telefoon, maar bedacht zich. Ze kon Jacob nu onmogelijk opbellen. Nog een bons, heel hard nu, gevolgd door een trillende dreun. Alsof iemand met een moker ergens tegenaan sloeg. Ze loerde bang naar de ramen. Het gebonk ging door, in een onregelmatig ritme. Het klonk het hardst als ze in de gang stond, dus kwam het van de voorkant van het huis. Gelukkig zat de deur met twee sloten dicht. Toen luisterde ze nog eens goed. Het leek verdorie wel de deur van de schuur, zoals die altijd sloeg als ze vergeten waren de haak aan de binnenkant vast te zetten. Was dat alles? Nog meer gebonk. Ze rende naar de woonkamer en tilde het gordijn op. In het licht van de buitenlamp zag ze vaag de omtrekken van de rode schuur met de witte deuren. Inderdaad. Die stonden enorm te klapperen in de harde wind. Ze haalde opgelucht adem. Maar goed dat ze Jacob niet had gebeld met een vals alarm. Maar ze had de haken toch vastgezet, toen ze haar fiets binnenzette? Dat wist ze bijna zeker. Toch zette ze het van zich af en ze haalde de oude kranten van de keldertrap. Ze ging in de kamer zitten en knipte uit wat er over de moordzaak was geschreven. Het werd steeds minder, maar ze wilde alles verzamelen. Dit zou ze met zich meenemen. Als ze eenmaal met Jacob was getrouwd, zou ze het tevoorschijn halen en terugdenken aan hoe het allemaal was begonnen, hoe ze elkaar hadden ontmoet. De deuren sloegen. Het irriteerde haar, maar ze weigerde om in dit noodweer naar buiten te gaan om ze vast te zetten. Ze knipte naarstig door. Hoewel ze nu wist waar het lawaai vandaan kwam, zat het haar toch dwars. Moest ze de hele nacht wakker blijven vanwege die stomme deuren? Ze legde de schaar neer en slaakte een diepe zucht. Hoelang zou het duren om haar laarzen aan te trekken, het erf over te rennen, de haken aan de binnenkant vast te zetten, de deur van buiten dicht te doen en weer naar binnen te rennen? Één minuut, misschien. Zestig seconden buiten in het donker. Ze stond op en liep naar de gang. Aarzelde nog even. Trok toen haar moeders laarzen aan, omdat die het dichtstbij stonden. Ze waren veel te groot. Ze draaide de sleutel om. Hoorde de regen regelmatig ruisen. Toen maakte ze het veiligheidsslot los. Ze haalde drie keer diep adem, trok de deur open en rende de buitentrap af. Niets om zo'n ophef over te maken, dacht ze, terwijl ze het erf over ploeterde in de grote laarzen. De deuren stonden wijd open. Binnen was het aardedonker. Ze pakte de deuren vast en zwaaide ze naar binnen toe. De haak zat hoog, boven aan de deuren. Ze had geen licht, er was nooit elektriciteit in de schuur aangelegd. Dus rekte ze zich uit om naar de haak te grijpen en op datzelfde moment raakte ze ineens in paniek omdat ze een geluid hoorde. Het kwam uit de schuur. Ze draaide zich snel om en hapte naar adem. Stond daar niet iemand naar haar te kijken? Ze meende dat ze achter in de hoek een oog zag oplichten. Ze voelde afwisselend angst en woede toen ze met een uiterste krachtsinspanning probeerde de haak te pakken. Ineens werd ze hard naar achteren getrokken en voelde ze hoe een paar handen haar keel dichtknepen. Al haar kracht stroomde weg. Aan de rand van haar gezichtsveld zag ze haar eigen armen vertwijfeld door de lucht maaien. Iemand snauwde iets in haar oor en het werd haar helemaal zwart voor de ogen. Ze voelde haar lichaam niet meer, maar wel een felle pijn in haar nek. Er stroomde iets warms en nats in haar kleren. Haar benen zwabberden onder haar, als de benen van een lappenpop.

'Voortaan hou je je bek!'

Ze zakte in elkaar en beschermde haar hoofd met haar handen, terwijl ze voelde hoe de armen haar ronddraaiden en op haar buik legden. *Mamma!* schreeuwde het binnen in haar, *mamma, ik ga dood!*

Hij zette een laars op haar rug en duwde haar omlaag, maar hij liet haar keel los. Ze voelde een scherpe pijn in haar strottenhoofd en tastte hulpeloos in het stof. *Is het Gøran?* schoot het door haar heen. *Gaat hij me nu vermoorden?* Ze huilde niet. Ze durfde niet te ademen. Hij had haar losgelaten en deed nu iets anders. Hij giet benzine over me heen, dacht ze, want er stond een jerrycan benzine voor de grasmaaier in de schuur. Hij giet benzine over me heen en steekt het aan. Later zouden ze haar vinden, zwart en verkoold, met alleen haar tanden nog over. Toen sloegen de deuren ineens dicht. Alles werd stil. Hij had de deuren van buiten afgesloten. Ze lag doodstil te luisteren, dacht dat hij nu de hele schuur in de fik zou zetten, met haar erin. Haar lichaam trilde ongecontroleerd. Ze kon niet geloven dat het allemaal voorbij was. Ze stonk en ze begreep dat ze het in haar broek had gedaan. Ze werd overvallen door een ernst die ze zich nooit had kunnen voorstellen. Ze lag volkomen stil. Hoorde geen voetstappen, geen auto starten, niets, alleen de wind in de bomen en het harde ruisen van de regen. Ze bleef nog een eeuwigheid zo liggen, met haar gezicht vol zand en vuil. Ze wilde niet zo blijven liggen, maar ze durfde ook niet op te staan, als een geparalyseerd konijn in de schijnwerpers van een auto. Toen kwam ze weer tot zichzelf. Ze stond voorzichtig op, kwam wankelend en op trillende benen overeind. Het was aardedonker. Ze tilde haar handen op, die schokten en beefden. Ze duwde tegen de deur. Die gaf een klein beetje mee. Het was een oude deur met een eenvoudig slot aan de buitenkant. Daardoor waren ze natuurlijk ook opengewaaid. Of had hij ze opengemaakt om de deuren te laten slaan, zodat zij naar buiten zou komen? Hoe wist hij dat ze alleen was? Ze was vaak alleen thuis, besefte ze, en veel mensen wisten dat. Ze duwde hard tegen de deur. Misschien zou het slot gewoon losgaan en op de grond vallen. Het was een korte metalen stang die in een ring stak. Als ze de deuren maar genoeg kon laten bewegen, zou hij er vanzelf uit glijden. Plotse-ling schoot de deur open en ze schrok terug. Recht voor zich zag ze het huis. De buitendeur stond wijd open. Was hij naar binnen gegaan? Ze sloop het grindpad op en luisterde. Deed de deuren achter zich dicht. Liep aarzelend het trapje op, kromgebogen als een oud vrouwtje. Loerde de gang in. Nee, daar kon hij niet zijn. Ze pakte een paraplu van de plank en sloeg een paar keer op de vloer. Als hij binnen was, zou hij bij het geluid van een mens naar buiten stormen. Maar er kwam niemand. Ze deed de deur dicht en liep de woonkamer in. Niemand. En boven? Ze liep langzaam de trap op. Maakte de deuren van de slaapkamers open. Niemand te zien. Ze ging weer naar beneden, alsof ze slaapwandelde, naar de badkamer. Trok haar kleren uit. Ten einde raad stopte ze ze meteen in de wasmachine en stelde de kookwas in. Ze hield van het geluid van de wasmachine en de geur van zeep en wasverzachter. Daarna douchte ze lang. Ze sloot haar ogen onder het warme water. Trok een ochtendjas aan. Bekeek zichzelf in de spiegel. Ze zag zo wit als een doek. Haar nek vertoonde rode striemen.

Voortaan hou je je bek! Wiens stem was het? Hij leek verdraaid, hees en onherkenbaar. Hij was langer dan zij. Veel langer. Gøran is niet zo lang, besefte ze. Ze wilde Jacob opbellen. Ze wilde bescherming hebben. Ze was nu niet veilig meer. Wat zou Jacob zeggen als ze belde? Misschien geloofde hij haar nu ook niet. Verward ging ze naar bed, met de lampen aan. Lag stil, met gesloten ogen. Ze was overvallen en ze wist dat ze het iemand moest vertellen, maar hij had gezegd dat ze haar bek moest houden. Als ze nog meer zei, zou hij haar misschien vermoorden. Dit was slechts een waarschuwing. Ze staarde naar het plafond. Herinnerde zich dat ze samen met haar moeder de slaapkamer hadden opgeknapt en aan het plafond toe waren, dat eierschaalwit geverfd zou worden. Ze stonden ieder op een stoel met de roller boven hun hoofd te verven. Ze had een spin zien zitten en had hem een tijdje staan bewonderen. Het eerste wat bij haar opkwam, was hem met haar vingers weg te knippen. Maar toen kwam ze op het idee om hem te laten zitten. Hij was niet zo groot, maar had een rond, dik lichaam en lange, zwarte poten. Hij zat daar net zo roerloos als zij nu in haar bed lag. Snel ging ze met de roller over hem heen. Toen de verf nog nat was, was er niets van te zien. Ze lachte hysterisch samen met haar moeder bij de gedachte aan de spin. Maar toen de verf opdroogde, kwam het insect duidelijk onder het wit tevoorschijn, perfect gefixeerd, met gespreide poten. Ze vroeg zich af hoe het was om zo te sterven. Ze staarde naar de spin en dacht aan zulke dingen, terwijl ze op de slaap wachtte.

Maar die wilde niet komen. Steeds als ze haar ogen sloot, kreeg ze het benauwd. Tussendoor huilde ze zachtjes in haar kussen. Haar nek deed pijn. Het zou nu niet lang meer duren tot haar moeder thuiskwam uit Kopenhagen. Of was het Göteborg? Ze wist het niet meer. Ten slotte stond ze op. Ze trok haar ochtendjas aan en liep de trap af naar de kamer. Staarde koppig naar de telefoon. Waarom zou ze Jacob sparen? Ze draaide zijn nummer, snel, zonder erbij na te denken. Toen hij opnam, zag ze op de klok dat het twee uur was. Hij klonk slaperig.

'Linda?' hoorde ze. Zijn stem klonk duidelijk geïrriteerd, maar daar was ze op voorbereid. Het was tenslotte midden in de nacht.

'Het was geen inbeelding', zei ze ademloos in de hoorn. Opgelucht dat ze eindelijk met iemand kon praten. 'Hij heeft me overvallen. Daarnet. Vannacht!'

Het was doodstil aan de andere kant.

'Bij jou thuis? Binnen?'

'Ja! Nee, in de schuur.'

Weer stil.

'In de schuur?' Er klonk twijfel in zijn stem. 'Linda,' hoorde ze, 'het is midden in de nacht en ik heb nu geen dienst.'

'Dat weet ik!' riep ze.

'Wanneer is het gebeurd?'

Linda keek weer op de klok.

'Dat weet ik niet precies. Misschien om twaalf uur.'

'En dan bel je nu pas?'

Plotseling vervloekte ze zichzelf omdat ze niet meteen had gebeld. Maar ze had toch eerst haar kleren moeten uittrekken. Voor het geval er iemand kwam.

'Als je echt iets hebt aan te geven, moet je het alarmnummer van de politie bellen', zei Skarre. 'Maar nu je me toch aan de lijn hebt, moet je mij maar vertellen wat er is gebeurd.'

Hij was nu wakker. Zijn stem klonk helderder. Ze begon te vertellen over de klepperende deuren en dat ze naar buiten was gegaan om ze dicht te doen. Over de man die uit het donker naar voren was gesprongen en haar in een wurggreep had genomen, en hoe hij haar op de grond had gelegd en tegen de grond had gedrukt. En de waarschuwing. Dat ze niets meer mocht zeggen. Ze begon te huilen terwijl ze praatte. Wreef over haar pijnlijke nek.

'Ben je gewond?' wilde Skarre weten. Ze vond dat zijn stem raar klonk.

'Nee', zei ze. 'Niet echt. Maar als hij had gewild, had hij mij ter plekke kunnen vermoorden. Hij was verschrikkelijk sterk.'

'Maar je moeder', zei hij. 'Waar is je moeder?'

'Aan het werk', piepte Linda.

'Is ze nog niet thuis?'

'Ze komt morgenvroeg.'

'Heb je haar gebeld en dit verteld?'

'Nee', zei Linda.

Skarre zweeg weer. Linda hoorde hem in de hoorn ademen.

'Hoeveel heb je van die man gezien?'

'Niets. Het was pikdonker in de schuur. Maar hij was lang, geloof ik. Erg lang. Ik geloof dat ik bescherming nodig heb', zei ze. 'Hij zit achter me aan. Hij zal er alles aan doen om te voorkomen dat ik getuig.'

'Maar je hoeft helemaal niet te getuigen', zei Jacob. 'Zo belangrijk is het niet, wat je hebt gezien.'

'Maar dat weet híj toch niet!' riep ze. Ze beet op haar lip en zweeg weer, was bang dat hij nog korzeliger zou worden dan hij al was.

'Waarom heb je je moeder niet gebeld?' vroeg Skarre ernstig.

Linda trok haar neus op. 'Ze zegt altijd dat ik overdrijf.'

'Doe je dat?'

'Nee!'

'Dan moet je haar nu meteen bellen en vertellen wat er is gebeurd. Heeft ze telefoon in de wagen?'

'Ja. Kun je niet hierheen komen?'

'Linda. Je hebt mij weer privé gebeld en dan kan ik niets doen. Ik kan iemand anders sturen...'

'Dat wil ik niet!'

Skarre zuchtte diep. 'Probeer je moeder te pakken te

krijgen. Dat lukt vast. Dan praat je met haar en samen beslissen jullie dan of je aangifte wilt doen.'

Linda voelde iets groots en zwaars over zich neerdalen.

'Je gelooft me niet', zei ze met een piepstemmetje.

'Ik snap dat je bang bent', zei Skarre diplomatiek. 'Er zijn verschrikkelijke dingen in Elvestad gebeurd. Dan wordt iedereen bang. Dat is heel normaal.'

Linda had een brok in haar keel, zo groot dat ze niet meer kon praten. Hij geloofde haar niet. Ze hoorde het aan zijn stem. Hij was geïrriteerd, praatte tegen haar als tegen een leugenachtig kind, maar wilde haar tegelijkertijd niet voor het hoofd stoten. Ze voelde zich ontzettend slap en moest steun zoeken bij de tafel. Haar knieën begonnen te trillen. Alles ging fout, wat ze ook deed. Ze had de waarheid verteld, dat ze twee mensen op het veld had gezien, ze had gezegd dat het leek alsof ze speelden. Ze had nooit gezegd dat ze een moord had gezien. Ze had gezegd dat de auto op die van Gøran leek. Niet dat die het was geweest. Ze had het idee gehad dat het belangrijk was, zoals ze voortdurend op de radio en de televisie hadden gezeurd. Onderhand keerde iedereen zich tegen haar. En nu er allerlei dingen gebeurden, geloofden ze haar niet.

Skarre deed nog een laatste poging: 'Ik stel voor dat je je moeder belt en haar alles uitlegt. Dan ga je naar bed en wacht je op haar. Als zij vindt dat dat nodig is, kan je moeder daarna de politie bellen.'

Linda legde de hoorn neer en ging weer naar boven. Ze voelde zich suf. Lag naar de spin te staren. Er waren overal alleen maar vijanden. Ze behandelden haar als een snotkind. De angst kreeg haar weer te pakken en het werd koud. Ze trok het dekbed om zich heen en kneep haar ogen dicht. Ze wilde haar moeder niet bellen. Ze wilde alleen zijn. Helemaal onzichtbaar. Niemand meer lastigvallen. Niemand beschuldigen, niet getuigen, niet groeten, niet in de weg lopen. Ze wilden haar uit de weg hebben. Dat drong nu tot haar door. Haar oren begonnen te piepen. Ze begreep het niet. Ze lag stil te wachten tot het licht werd. Om vier uur hoorde ze de sleutel in het slot en even later voetstappen op de trap. De deur ging op een kier open. Ze zei niets, deed alsof ze sliep. Toen ging haar moeder zelf naar bed. Linda deed het licht aan en liep naar de spiegel. De strepen op haar nek werden al minder. Was het echt Gøran geweest? Het leek niet op zijn stem. Ze meende beslist dat de man in de schuur langer was geweest. Hoe zou ze ooit nog naar buiten durven gaan? De bus naar school nemen of langs de weg fietsen? Misschien volgde hij haar met zijn ogen, hield hij haar in de gaten. Ze ging weer in bed liggen. De uren verstreken. Het licht drong door de gordijnen en ze hoorde de vogels in de tuin. Nu haar moeder thuis was, ontspande ze eindelijk. Ze viel in slaap en werd wakker omdat er iemand bij haar bed stond. De dag was al lang en breed aangebroken.

'Ben je ziek?' vroeg haar moeder verbaasd. Linda keerde haar haar rug toe.

'Moet je niet naar school?'

'Nee.'

'Maar wat is er dan?'

'Hoofdpijn.'

'Waarom heb je een kookwas aangezet, maar niet opgehangen?' wilde haar moeder weten.

Linda gaf geen antwoord. Er was toch niemand die haar geloofde.

'Je kunt toch wel antwoord geven?' vroeg haar moeder.

Maar Linda zweeg. Het was prettig om heel stil te liggen en niet te antwoorden. Ze zou nooit meer antwoorden.

*

Volgens het rapport van het gerechtelijk laboratorium had het moordwapen een glad oppervlak gehad. Daarom kon het geen hamer zijn geweest. Het wapen was heel zwaar geweest, of degene die had geslagen was erg sterk, of allebei. Sejer bladerde door de papieren, piekerend. De brutaliteit in de zaak verwonderde hem. Buiten op een grasveld, terwijl het nog licht was. Op slechts enkele meters afstand van Gunwalds huis. Hoewel... als de moordenaar niet bekend was in het gebied, wist hij misschien helemaal niet van het bestaan van dit huis en in de hitte van de strijd had hij het misschien niet gezien. Maar dergelijke dingen gebeurden gewoonlijk in de beschutting van het donker. Hij was niet van de weg afgegaan om Poona het bos mee in te nemen. Hij had impulsief gehandeld, het was plotseling gebeurd. Om wat voor reden dan ook was hij overvallen door een vernietigingsdrang die je maar zelden tegenkwam. Als het de eerste keer was dat dit hem was overkomen, moest hij geschrokken zijn, van zichzelf en van zijn woede. Op de een of andere manier zou je dat aan de buitenkant moeten kunnen zien. Maar dat kon nog wel even duren. Misschien begon hij te drinken. Of hij werd opvliegend en lichtgeraakt, of hij keerde zich in zichzelf en droeg zijn gruwelijke geheim zwijgend.

Jacob Skarre verscheen in de deuropening. Hij zag er moe uit, dat was niet gebruikelijk.

'Slecht geslapen?' vroeg Sejer, terwijl hij hem aankeek.

'Ik ben vannacht door Linda Carling gebeld. Om een uur of twee.'

Sejer keek hem verrast aan. Skarre deed de deur achter zich dicht. 'Ik maak me zorgen', zei hij.

'Ze is je dochter niet', zei Sejer.

'Nee. Ik maak me zorgen om mezelf.'

Sejer wees naar een stoel.

‘Het is al de tweede keer dat ze belt. De eerste keer meldde ze dat er een man in de tuin naar haar stond te gluren. Ze was alleen thuis, dat is ze vaak. En vannacht belde ze om even over tweeën om te vertellen dat ze was overvallen. Thuis, in de schuur. Door een man die volgens haar de moordenaar is. En die haar kwam waarschuwen dat ze niets meer over de moord op Hvitemoen mocht zeggen.’

Sejer trok een van zijn wenkbrauwen een paar millimeter op. Dat betekende dat hij zeer verbaasd was. ‘En dat vertel je nu pas?’

Skarre knikte somber. ‘Ze fantaseert’, zei hij terneergeslagen. ‘Ze zit achter me aan.’

‘Verfrissend, dat zelfvertrouwen van jonge mensen’, zei Sejer, met toegeknepen ogen. ‘Weet je het zeker?’

‘Vannacht wist ik het zeker’, zei Skarre somber. ‘Ze beweerde dat ze rond middernacht was overvallen. Maar op dat moment heeft ze niemand opgebeld. Ze nam een douche en ging naar bed. Ze belde niet eens haar moeder, die onderweg was met de vrachtwagen. Pas om twee uur stond ze op om mij te bellen. Ik begrijp het niet. Ze zou meteen gebeld hebben. Ze zou naar binnen zijn gestormd en gebeld hebben. Naar het alarmnummer. Niet naar mij privé. En er is nog meer. Ik heb haar voor mijn huis gezien, al twee keer. Ze stond op de stoep omhoog te kijken naar mijn ramen. Ik heb gedaan alsof ik het niet merkte.’

‘Maar je zegt dat je je zorgen maakt.’

‘Stel dat ze de waarheid spreekt’, zei hij. ‘Stel dat de moordenaar echt bij haar thuis is geweest.’

‘Het klinkt als een wensdroom’, stelde Sejer vast.

‘Ik ben zo bang dat ik me vergis.’

‘Maar afgezien daarvan?’ vroeg Sejer. ‘Wat kon ze over de overvaller vertellen?’

'Niets. Ze zei dat hij lang was.'

Sejer steunde met zijn kin in zijn handen. 'Het is toch een absurd idee. Dat hij op die manier zijn kop zou uitsteken.'

'Ja', zei Skarre. 'Het is een absurd idee. Maar ik kan maar het beste niets meer met haar te maken hebben. Dan gaat het vanzelf wel over.' Hij haalde een hand door zijn krullen. Die bleven rechtovereind staan. 'Jij gaat weer naar Gøran Seter?'

'Ik ga hem hard aanpakken. We moeten nu proberen verder te komen, en als me dat een uitbrander van het hoogste gezag oplevert, dan neem ik die maar op de koop toe. Al was het maar om hem te kunnen wegstrepen.'

'Hij is het niet', zei Skarre. 'Zoveel geluk hebben we niet.'

'Ik snap wat je bedoelt. Bovendien hebben we Kolding. Maar die reageerde oprecht verbaasd toen ik hem met de uitspraak van Torill van het Shell-station confronteerde. Hij beweerde dat hij rechtstreeks naar de stad was gereden. Hij begreep er niets van. Zei dat ze het waarschijnlijk verkeerd had gezien. Maar dan Gøran... als je eens kijkt wat we feitelijk tegen hem hebben, denk daar dan maar eens over na. Hij liegt over waar hij die avond was. Hij rijdt in net zo'n auto als Linda beschrijft.'

'Met Linda moeten we oppassen.'

'Maar hoe dan ook. Er is een auto genoemd. Hij rijdt in zo'n auto. Hij is op een kritiek tijdstip langs de plaats delict gereden. Hij is in zijn gezicht gekrabd.'

'Door de hond.'

'Zegt Gøran. Hij loopt op splinternieuwe sportschoenen rond. Hij droeg een wit shirt en een donkere broek, zoals Linda de man op het veld beschreef. Maar toen hij eenmaal thuis was, droeg hij iets anders. Waarom heeft hij zich omgekleed? Hij traint veel. Hij is sterk. En mogelijk slikt hij anabole steroïden. Iets wat je uit balans brengt. Uiteindelijk. Volgens Ulla was het laatste wat hij bij Adonis deed, een douche nemen. Vervolgens heeft hij zelf toegegeven dat hij, toen hij thuiskwam, eerst een douche heeft genomen. Wat moest hij wegspoelen?'

Skarre liep naar het raam. Keek een tijdje naar de rivier en de schepen.

'Als ik me met betrekking tot Linda vergis, zal ik mijn straf wel krijgen', zei hij moedeloos.

'En als we nou eens contact opnemen met haar moeder?' vroeg Sejer. 'Als ze echt is overvallen, moet haar moeder dat toch op een of andere manier merken.'

Skarre knikte. 'Bovendien heeft ze een vriendin. Karen. Haar zou ze het wel vertellen.'

'Dan neem jij de dames voor je rekening', zei Sejer. 'Daar ben je goed in.'

Skarre snoof. 'Kollberg', zei hij. 'Wanneer gaat hij onder het mes?'

'Morgenavond', zei Sejer. 'Praat er maar niet over. Ik hou je wel op de hoogte, in mijn eigen tempo.'

'Doe hem de groeten', zei Skarre.

Ooit was Gøran Seter een jongetje geweest. Een blond knulletje dat opgeruimd over het erf rende. Zijn moeder volgde hem door het raam, dacht Sejer, ze bewonderde het kind door het glas. 's Avonds spreidde ze het dekbed over hem heen. Veel momenten achter elkaar worden een leven. Misschien waren de meeste ervan goed geweest. Toch kon je in dat ene slechte moment verzeild raken. Het leven is meer dan gedachten en dromen. Het leven is lichaam, spieren en hartslag. Gøran had zijn lichaam jarenlang getraind. Zijn spieren opgepompt, zodat ze als grote bundels onder zijn huid opbolden. Wat moest hij ermee, behalve steeds zwaardere gewichten heffen? Was het ijdelheid of fanatisme? Waar was hij bang voor? Wat probeerde hij te verbergen door zich in een pantser van keiharde spieren te hullen? Binnen in het huis blafte een hond en hij ontwaarde een gezicht achter het raam. Er verscheen een man in de deuropening. Hij stelde zich op als een portier en sloeg zijn armen over elkaar. Hij nam Sejer zonder enig respect in ogenschouw. Hij was niet krachtig of goedgebouwd zoals zijn zoon, de kracht lag in zijn harde blik en zijn afwijzende houding.

'Zo. U weer. Gøran is in zijn kamer.'

Torstein Seter ging hem voor naar binnen, de trap op naar boven. Hij opende de deur zonder te kloppen. Gøran zat midden in de kamer op een stoel, gekleed in een blauw singlet. Hij had blote voeten. In beide handen hield hij een halter. Ze waren rond en glad, dun in het midden met aan ieder uiteinde een kogel. Hij tilde ze om beurten op, in een regelmatig tempo. Bij iedere heffing trilde lichtjes een spier in zijn hals. Hij keek Sejer recht aan, maar ging door met heffen. Sejer bleef als betoverd staan. Hij volgde de halters met zijn ogen, op en neer, als langzame vleugelslagen. Gøran legde ze op de grond.

'Wat wegen ze?' vroeg Sejer luchtig.

Gøran keek naar de halters.

'Elk tien kilo. Ze zijn alleen om op te warmen.'

'En als je warm bent?'

'Dan wegen ze veertig.'

'Dus je hebt verschillende sets?'

'In alle gewichtsklassen.' Hij stond op. Zijn vader stond nog steeds in de deuropening.

'Jullie lopen hier de deur plat, hè', zei Gøran, met een ruk van zijn hoofd. Maar hij glimlachte. Als hij bang was, wist hij dat goed te verbergen. Door op te staan toonde hij zijn lichaam en meteen stond hij bol van het zelfvertrouwen.

Sejer keek naar de vader. 'U mag best bij het gesprek aanwezig zijn. Maar dan heb ik graag dat u gaat zitten.'

Seter nam demonstratief op het bed plaats. Gøran liep naar het raam.

'Ik heb één vraag', zei Sejer, nog steeds met zijn blik op de halters. 'Op twintig augustus, toen je bij Adonis wegreed, droeg je een wit poloshirt en zwarte jeans. Daar waren we het toch over eens?'

'Ja', zei Gøran.

'Ik wil graag dat je die kleren voor me pakt.'

Het werd doodstil. Gøran pakte de halters weer op, alsof hij zich veiliger voelde als hij ze in zijn handen had. Hij hield ze voor zich uit, met zijn handpalmen omhoog, en hij bewoog zijn polsen in korte bewegingen.

'Geen idee waar die kleren zijn', zei hij onverschillig.

'Dan moet je ze maar zoeken', zei Sejer rustig.

'Mijn moeder zorgt voor mijn kleren', zei Gøran. 'Ze kunnen in de was zijn of buiten aan de lijn hangen, ik heb geen idee.' Hij haalde zijn schouders op. Zijn gezicht was onbeweeglijk.

Zijn vader volgde hem oplettend vanaf het bed. De vraag bereikte hem in al zijn gruwelijkheid.

'Je kunt beginnen in de kleerkast te zoeken', zei Sejer en hij keek naar een kast in de kamer, die vrijwel zeker Gørans kleerkast was.

'Nou moet u mij één ding vertellen', zei hij. 'Kunt u echt gewoon binnenkomen en verlangen dat de mensen hun kleerkasten leeghalen? Zonder papieren en zo?'

'Nee', gaf Sejer met een glimlach toe. 'Maar ik mag het wel proberen.'

Gøran glimlachte ook. Hij liet de halters weer op de

grond vallen. Ze landdden tegelijkertijd en aan het geluid was te horen hoe zwaar ze waren. Hij maakte de deur van de kast open en begon halfslachtig te zoeken.

'Ik zie ze niet', zei hij ontwijkend. 'Ze zullen wel in de was zijn.'

'Dan gaan we in de wasmand kijken', stelde Sejer voor.

'Dat helpt geen zier', zei Gøran. 'Ik heb verscheidene witte polo's en ook een aantal zwarte jeans.'

'Hoeveel dan?'

Er klonk een soort kreun. 'Wat ik bedoel,' zei Gøran met een zucht, 'is dat ik niet precies weet welke polo of welke jeans ik die avond aanhad.'

'Dan zoek je ze allemaal maar op', zei Sejer.

'Ja maar, wat is dit toch voor gezeur om die kleren? Waarom maakt u zich daar zo druk om?' Gørans gezicht was rood geworden. Hij begon kleren uit de kast te trekken. Ze belandden op een hoop op de vloer en bedekten de halters. Onderbroeken, sokken en T-shirts. Twee spijkerbroeken, blauw. Een trui en een doosje van doorzichtig plastic. Met daarin een werkelijk afgrijselijk rood strikje.

'Hier zijn ze niet', zei hij, met zijn rug naar Sejer toe.

'Wat betekent dat, Gøran?' vroeg Sejer vasthoudend.

'Geen idee', mompelde hij.

'De wasmand', zei Sejer. 'Laten we die doorzoeken. Of de inhoud van de wasmachine. En de waslijnen buiten.'

'Wat heeft dit voor zin?' vroeg Gøran nijdig.

Zijn vader zat met verkrampte spieren naar hen te kijken.

'Dit mag helemaal niet', zei hij gespannen.

Sejer keek hem rustig aan. 'Nee. U heeft gelijk. Maar ik vraag iets heel eenvoudigs. Het zou in ieders belang moeten zijn om dit op te lossen.'

'En als ik weiger?' vroeg Gøran koppig.

'Dan kan ik niets doen. Maar ik zal me natuurlijk wel afvragen wat dat betekent. Waarom jij je hakken in het zand zet, in plaats van mee te werken.'

Zijn vader voelde zich niet op zijn gemak, de ingehouden woede was duidelijk zichtbaar.

Sejer zocht in de berg kleren op de vloer en pakte een van de halters op.

Gøran keek hem strak aan. 'Wat denkt u eigenlijk?'

'Ik ben gekomen om je te zuiveren', zei hij slechts. 'Om je vrij te pleiten. Dat wil je toch?'

Gørans ogen flikkerden onzeker. 'Natuurlijk.'

'Dan moet je die kleren vinden. Het is een heel simpel en volstrekt overkomelijk verzoek.'

Gøran slikte. 'We moeten het mijn moeder maar even vragen. Zij doet de was.'

'Gaat zij ze vinden?'

'Dat weet ík toch niet!'

'Dus je bent bang dat ze ze niet zal vinden?'

Gøran liep weer naar het raam. Bleef staan en keek naar de tuin.

'Vertel waar je was, op de avond van de twintigste.' Sejer had zijn stem gedempt.

Ineens draaide Gøran zich met een plotselinge heftigheid om. 'Dat iemand een leugentje om bestwil vertelt, betekent nog niet dat hij iemand heeft vermoord!'

Zijn vader, op het bed, knipperde verschrikt met zijn ogen.

'Dat weet ik, Gøran. Daar hoor ik er zo veel van. Maar als je het beste met jezelf voorhebt, dan vertel je me de waarheid, ook al is die vervelend.'

'Daar heeft niemand iets mee te maken', zei hij boos. 'Waarom moet ik verdomme in deze situatie verzeild raken!' Hij wond zich op. Hij kookte inwendig.

Zijn vader was opgestaan. 'Waar heb je het eigenlijk over, Gøran?'

'Ga jij nou maar weg', antwoordde hij.

Zijn vader keek zijn zoon onderzoekend aan en verliet met tegenzin de kamer. De deur bleef achter hem openstaan. Gøran schopte hem dicht en liet zich op het bed zakken.

'Ik was bij een vrouw.'

'Dat kan', zei Sejer knikkend. Hij gebruikte voortdurend zijn ogen. Ergens voelde hij een vage sympathie. Die sloop langzaam naar binnen, zoals altijd als hij iemand zo zag zweten die zich wanhopig ergens uit probeerde te redden. Maar dit huis, deze kamer sprak hem niet aan. Het was een gesloten huis zonder warmte.

'Hoe heet ze?'

'Er komt alleen maar gezeik van, als ik dat zeg.'

'Het is erger om voor iets veel ernstigers in de schijnwerpers te komen.'

Gøran hief hulpeloos zijn handen op. 'Ik heb dit verdomme niet verdiend.'

'Je krijgt niet altijd wat je verdient', zei Sejer. 'Het is geen misdrijf om bij een vrouw te zijn. Dat komt wel vaker voor. Is ze getrouwd?'

'Ja.'

'Ben je bang voor haar man?'

'Nee, zeg. Bang voor hem? Ze gaan tóch scheiden.'

'Wat is het probleem dan?' Sejer keek de jongeman onderzoekend aan. Hij ploeterde duidelijk met een belangrijke beslissing.

'Ze is een stuk ouder dan ik.'

'Dat komt ook vaker voor', zei Sejer luchtig. 'Dat is niet zo bijzonder als je denkt.'

'Ik bedoel verdomme ook niet dat het bijzonder is! Maar ík krijg het later te horen. En zij ook.'

'Daar zullen jullie wel tegen kunnen. Jullie zijn volwassen mensen. In verhouding tot wat er nu in het dorp is gebeurd, is dat vast maar een bagatel.'

'Ze is vijfenveertig', zei Gøran, naar de vloer starend.

'Hoe lang heb je al een verhouding met haar?'

'Bijna een jaar.'

'En Ulla? Weet Ulla ervan?'

'Nee, natuurlijk niet!'

'Je hebt verkering met Ulla en tegelijkertijd heb je een verhouding met een getrouwde vrouw?'

'Ja.'

'Waar ontmoet je haar?'

'Bij haar thuis. Ze is vaak alleen.'

'Haar naam, Gøran.'

Het was lang stil. Hij haalde zijn handen door zijn haar en kreunde. 'Ze gaat helemaal uit haar dak.'

'Maar dit is ernstig. Ze begrijpt het vast wel.'

'Bij Ulla is niet veel te halen', zei hij bitter. 'Dat lijkt alleen maar zo. Dus andere dingen, ja, u weet wel wat ik bedoel... die moet ik ergens anders regelen.'

'Andere dingen?'

'Doe nou niet alsof u het niet snapt!'

'Ik wil alleen maar zeker weten dat ik je goed begrijp. Dat is je goed recht. Die verhouding draait alleen om seks?'

'Ja.'

Zijn gezicht was nu donkerrood geworden. Toch kon Sejer nog vaag de sporen van de wonden zien.

'Ze heet Lillian. Ze woont in de Tirolervilla waar iedereen zo minachtend over praat. Getrouwd met Einar Sunde. Van het eetcafé in het centrum.' Hij veegde het zweet van zijn voorhoofd.

'Was zij het, die je vanuit de auto opbelde?'

'Ja.'

'Hoe laat was je bij haar?'

‘Geen idee. Ik ben er van Adonis rechtstreeks naartoe gereden. En ik rijd hard.’ Hij zag er vertwijfeld uit. Was zeer in verlegenheid gebracht.

‘Dus als je, zoals Ulla zegt, om acht uur bent weggereden, dan was je nog voor halfnegen bij Lillian?’

‘Ik heb niet op m’n horloge gekeken.’

‘Je zou blij moeten zijn’, zei Sejer troostend. De verandering in zijn stem bracht Gøran in verwarring. Hij hief zijn hoofd op.

‘Je hebt zojuist een uitstekend alibi gegeven. Als zij jouw verhaal bevestigt.’

Gøran beet op zijn lip. ‘Als? Als ze het niet doet, dan liegt ze. We hebben het hier over een getrouwde vrouw. Stel dat ze het niet toegeeft?’

‘Ik zal het haar vragen.’

Gøran huiverde. Sejer wierp nog een laatste blik op de blauwe halters. Ze waren zwaar en rond en glad. Zijn handen jeukten om ze in beslag te nemen, maar dan moest hij Gøran officieel in staat van beschuldiging stellen en daar was het nog te vroeg voor. Hij vertrok en Gøran volgde hem de trap af naar beneden. Zijn moeder verscheen in de keukendeur, ze keek hen geschrokken aan. Tegelijkertijd hoorde Sejer de hond aan de binnenkant van een gesloten deur krabben. Hij jankte.

‘Is er iets?’ vroeg zijn moeder angstig.

‘Vast niet’, zei Sejer en hij groette haar. Gørans moeder was meteen bij haar zoon, ze aaide hem over zijn schouders. Toen zag ze zijn blote voeten. Snel haalde ze een paar pantoffels uit de gang. Gehoorzaam stak Gøran zijn voeten erin. Sejer moest aan curling denken. De moeder was net een veger, die voor de voeten van haar zoon veegde zodat hij moeiteloos in het doel kon glijden. Dat had hij al vaak gezien.

Hij liep naar de auto. Gørans vader stond hout te hakken, maar hief zijn hoofd op toen het portier dichtsloeg. Hij wendde zich met een koppige, verachtelijke beweging af.

*

'Dag Marie', zei Gunder. Hij keek naar haar levenloze gezicht. 'Vandaag heb ik een beetje de pest in.'

Hij fronste zijn wenkbrauwen. 'Ik zal je één ding zeggen. Journalisten zijn net ratten. Als ze ergens een gaatje vinden, persen ze zich naar binnen. Gisteren hebben ze acht keer gebeld. Moet je je voorstellen! Het waren bijna allemaal vrouwen, en zorgzaam dat ze waren! Met van die vleierige stemmen, net bedelaars. Iedereen weet het nu van Poona, dat ze naar mij op weg was. "Het is voor je eigen bestwil," zeiden ze, "dat je met ons praat. Zodat je verhaal goed naar buiten komt. Want we schrijven er hoe dan ook over. Niet omdat we dat zo graag willen, maar omdat we dat moeten. De mensen zijn zo nieuwsgierig naar jullie geworden, naar jou en je Indiase vrouw, ze willen weten wie ze was en wat ze kwam doen. Ze zijn bezorgd om je en ze willen weten wat er gebeurt." Dat soort dingen zeggen ze, Marie. "We zijn in de buurt, mogen we even langskomen?" vroegen ze. Ik heb de hoorn erop gegooid. Meteen belde er een andere krant. Zo ging het maar door. Uiteindelijk werd er ook aan de deur gebeld. Toen ik opendeed, stond er een vrouw met een boeket bloemen en een enorme fotocamera. Ik geloofde mijn eigen ogen niet. "Ik vind je dom", zei ik. "Ik vind je gewoon erg dom." Toen heb ik de deur dichtgegooid. Ik heb de lichten uitgedaan en de gordijnen dichtgetrokken. Het is niets voor mij om de deur zo dicht te gooien, maar ik ben niet helemaal mezelf.

Het is vandaag verschrikkelijk weer. Ik ben blij dat het huis zo hoog ligt. De vloer van de kelder is vochtig, maar verder niets. Ik heb Karsten niet gesproken, dus ik weet niet hoe het bij jullie gaat. Maar ik heb nu belangrijker dingen te vertellen. Ik heb eindelijk Poona's broer ontmoet. Mijn zwager Shiraz Bai. Een vreemde snuiter, moet ik zeggen. Een dunne, magere spriet met gitzwart haar. Hij lijkt op Poona. Maar niet zo mooi, natuurlijk. Hij zei dat ze hier in Elvestad mocht blijven. Ik was zo opgelucht, Marie, daar heb je geen idee van. Het is mijn schuld dat ze naar Noorwegen kwam, rechtstreeks haar noodlot tegemoet. Dus nu is het mijn taak om de jaren die me nog resten voor haar graf te zorgen. Ik verdenk haar broer ervan dat hij blij toe is. Hij was nogal geobsedeerd door het feit dat ik moest betalen. Maar voor ons is het makkelijk praten. Wij wonen in een van de rijkste landen ter wereld. Shiraz werkt in een katoenspinnerij, waar ze vast niet erg veel verdienen.

Volgens de geruchten bereidt de politie trouwens een arrestatie voor. Een jongeman uit Elvestad, ik weet niet of je hem kent. Gøran, de zoon van Torstein en Helga. Hij is negentien jaar. Ik snap niet hoe ze eraan komen. Hij heeft verkering met een leuk, net meisje en zijn ouders zijn fatsoenlijke mensen. Maar ik maak me er niet druk om. Echt waar. Ik wil natuurlijk graag dat hij zijn straf krijgt, dat wel. Maar ik hoef niet zo nodig te weten wie hij is. Ik wil niet weten hoe hij eruitziet. Daar krijg je alleen maar nare dromen van. Zijn gezicht voor me in het donker. Dat soort dingen. Ik wil alleen maar dat Poona begraven wordt. Wat bloemen planten. Het wordt nu snel herfst. Ik ben bang dat het onderzoek nog zo lang gaat duren dat de vorst invalt. Wat zal de dominee zeggen, denk je? Poona is hindoe. Daar zullen wel wetten en regels voor zijn. Ik leg haar naast moeder. Als jij ooit van deze hijgende machine los komt, zal ik je ernaartoe brengen om het je te laten zien, al moet ik je in een rolstoel duwen. Ik vind het prima om je rond te rijden, als het zover komt. Wat Karsten betreft, ben ik daar niet zo zeker van. Vergeef me deze openhartigheid, maar je hebt beter verdiend. Ik zeg het luid en duidelijk tegen je, ook al hoor je het niet. Stel dat er een piepklein kansje is dat er iets tot je doordringt. Stel dat je zo boos wordt dat je wakker wordt?'

*

Skarre reed. Sejer dacht hardop. 'Als Gøran echt bij die vrouw was, is Linda's observatie van een rode Golf niet veel waard.'

'Kan hij allebei hebben gedaan?'

Sejer aarzelde. 'Misschien. Maar zou hij na een dergelijke handeling iemands gezelschap hebben gezocht? Ik denk dat hij dan alleen had willen zijn. Dat hij het bos zou zijn ingegaan.'

'Maar zou een getrouwde vrouw van vijfenveertig een verhouding met een negentienjarige toegeven?'

'Misschien niet in eerste instantie.'

'Jij wilt niemand sparen, is het niet zo? Jij bent niet echt een rouwdouw, Konrad.'

'Ik kan leren', zei hij kort.

Lillian Sunde vertoonde zich in al haar pracht. Sejer verdacht haar ervan dat ze hen door het raam al had zien aankomen, waarna ze zich goed had voorbereid. Haar reactie was theatraal, toen ze haar verbazing probeerde uit te drukken. Ze sloeg haar hand voor haar mond.

'O, god! Jullie komen vanwege die moord?'

Ze knikten. Ze zag er absoluut goed uit, een beetje

ordinair misschien, van alles een beetje te veel, make-up en sieraden, een scala aan geuren die geen onderlinge samenhang leken te hebben kwam hen door de open deur tegemoet. Zelfs Ulla heeft meer stijl, dacht Skarre, en hij staarde een ogenblik omlaag. Ze ging hen voor het grote huis binnen. De hal was groter dan Sejers eigen woonkamer, met zwarte en witte vloertegels, als een schaakbord. Een brede trap voerde omhoog naar de woonverdieping. Lillian Sunde droeg schoenen die bij elke pas een klikkend geluid maakten.

'Er zijn zeker weinig aanknopingspunten in deze zaak, aangezien jullie hierheen komen?' vroeg ze nieuwsgierig.

Sejer schraapte zijn keel. 'Ik zal uw tijd niet verdoen', zei hij. 'En de mijne ook niet. Ik moet weten waar u de avond van twintig augustus was.'

Ze waren in de woonkamer aangekomen. Die was overweldigend groot, met zoiets uitzonderlijks als een verlaagde zitkamer. Sejer had iets dergelijks nog nooit gezien en werd er meteen door aangetrokken. Alsof je in een zandbak stapte. Een kleine kuil in de vloer.

Lillian Sunde zette grote ogen op. 'Ik? De twintigste? Was dat de dag waarop het gebeurde?'

'Ja.' Hij rukte zich los van de zitkuil en keek haar aan.

Ze fronste haar voorhoofd. 'Dan moet ik even nadenken. Wat voor dag was dat?'

'Een vrijdag.'

'O. Vrijdags krijg ik acupunctuur in de stad. Ik heb, nee, het maakt niet uit wat ik heb, maar het helpt. Daarna doe ik dan altijd boodschappen, eten en zo. Het kan de dag zijn geweest dat ik naar de kapper was. Om de zes weken laat ik mijn haar verven', zei ze, glimlachend. 'En daarna', ging ze verder, en nu leek ze het zich ineens te herinneren, want ze zweeg en haar glimlach verdween.

'Dat was de avond dat ik die film op tv zag.' Ze dacht even na en ontweek hun blikken door haar voorhoofd in haar handen te steunen. 'Een Amerikaanse film, ik weet niet meer hoe hij heette. Hij begon om een uur of negen, misschien. Hij duurde lang. Ik heb de hele avond zitten kijken.'

'Wie was er bij u?' vroeg Sejer zacht.

'Bij me?' Ze keek hem stijfjes aan. 'Niemand. De kinderen zijn groot, ze zijn 's avonds nooit thuis. En wat mijn man aangaat...'

'Die was aan het werk in het café?'

'Ja. Hij is zelden voor twaalven thuis. Of voor tweeën, op zaterdagen.'

'Ik moet u ergens mee confronteren', zei Sejer en hij voelde een bekend onbehagen. Hij vond haar aardig. Ze was een mooie, vriendelijke vrouw, die wellicht geen enkele reden had om een slecht geweten te hebben. Nog niet.

'Kent u Gøran Seter?'

Weer sperde ze haar ogen open. 'Gøran Seter? Ik weet wie hij is. Maar ik ken hem niet.'

'Hij beweert dat hij die avond bij u was. Hier, in dit huis.'

Haar ogen werden groot, als een kind dat iets engs ziet. Toen knipperde ze verward. 'Gøran Seter? Hier, bij mij?'

'Hij zegt dat hij al ongeveer een jaar een seksuele relatie met u heeft.'

Ze schudde ongelovig haar hoofd. Begon heen en weer te lopen. Hief dramatisch haar armen op. 'Waar heeft u het in godsnaam over?'

'Klopt het of klopt het niet?' vroeg Sejer genadeloos. Omdat hij het zelf te druk had met het gesprek, hoopte hij dat Skarre zijn ogen gebruikte. Dat hij geen detail zou missen.

'Hij is hier nooit in huis geweest! Tenzij het met een van de kinderen was, maar dat betwijfel ik. Wat moest hij hier?'

'Dat zei ik net. Heeft u een verhouding met hem?'

Ze zwaaide haar handen heen en weer. Greep naar haar hoofd. Ze had haar donkere, koperrode haar bovenop haar hoofd opgestoken. Een paar lange lokken hingen los. Het opgestoken haar gaf haar iets deugdzaams, maar de losse lokken beloofden ook losbandigheid, dacht Sejer.

'Nou ja! Waarom zegt hij zoiets? Ik ben getrouwd.'

'Maar u gaat binnenkort scheiden. Nietwaar?'

Ze blikte vertwijfeld omhoog over wat hij allemaal wist. 'Ja! Maar daarom duik ik nog niet met jonge jongens het bed in.'

'Hij is negentien.'

'Weet u hoe oud ik ben?' vroeg ze schamper.

'Vijfenveertig', zei Sejer rustig.

Weer deed ze een paar stappen. 'Ik begrijp er niks van', zei ze gestrest. 'Waarom zegt Gøran dit?'

'Omdat het misschien waar is?'

Hij zag weer een heleboel gedachten door haar hoofd schieten.

'De zaak zit zo', zei hij rustig. 'Er zijn een paar dingen in Gørans verklaring over die avond, die ons hierheen hebben gebracht. Als u kunt bevestigen dat hij bij u was en als u iets kunt zeggen over hoe hij zich gedroeg, dan helpt u ons verder. Denk goed na voor u antwoord geeft. Het kan belangrijke gevolgen hebben voor de toekomst van andere mensen.'

Ze staarde hen om beurten aan en begon weer te lopen. 'Dus ik moet Gørans goede naam redden?' vroeg ze ongelovig. 'Hij heeft toch zeker niets met die moord te maken?'

'U kent hem toch niet?'

'Nee. Maar toch...'

Sejer keek haar onderzoekend aan. 'Is het zo dat u kunt kiezen tussen Gørans goede naam en uw eigen eer?'

Ze spoedde zich naar de keuken. Tapte een glas water dat ze staande leegdronk.

'Eén keertje, dat zal ik toegeven, toen ik een keer in de stad in een discotheek was. Samen met een vriendin. Gøran was daar samen met wat andere jongeren. We dansten en flirtten een beetje. Zulke dingen. Blijkbaar heeft hij zich iets in het hoofd gehaald en heeft hij daar verder over gedroomd. Misschien heeft hij dwingende behoeftes. Hij traint tenslotte nogal veel. Hij puilt overal uit.'

'Dus dat weet u?' vroeg Sejer snel.

Ze bloosde en keerde zich om.

'Dus er is helemaal niets van waar?' ging hij verder.

Ze draaide zich om en keek hem aan.

'Absoluut niet.'

Hij gaf haar zijn kaartje. 'Mijn nummer. Voor als u mij nog iets wilt vertellen. Waar ging die film over? Die Amerikaanse film?'

'Over een ongelukkige liefde. Wat anders?' zei ze nors.

*

Het nieuws over Gøran Seters arrestatie trof Gunwald als een klap in zijn gezicht. Zijn naam werd niet genoemd, maar hij begreep het toch, uit de beschrijving van een jongeman van negentien jaar, die met zijn ouders een paar kilometer van de plaats delict woonde. Een man die aan gewichtheffen deed, die in een timmerwerkplaats werkte en die in net zo'n auto reed als de fietsende getuige had gezien. Gunwald slurpte van zijn koffie en hield de krant stevig vast. Het kon niet kloppen. Want hij kende Gøran als een leuke jonge vent met veel energie, vaste verkering en trotse ouders, fatsoenlijk werk en goede vrienden. En het was Gøran immers niet die de koffer in het water had gegooid.

Het artikel verwarde hem. Hij keek naar de dikke hond onder de tafel. 'Was het Gøran?' vroeg hij hardop. De hond tilde zijn hoofd op en luisterde. 'Want Einar Sunde was namelijk degene die de koffer in het water gooide.'

Meteen schrok Gunwald op. Hij had het hardop gezegd en keek meteen even over zijn schouder. Tussen de donkere dennenbomen kon hij een stukje van het veld zien. Dat lag erbij alsof er niets was gebeurd, een mooi paradijselijk plekje. De regen had de sporen weggewassen. Het bloed van het kapotte vrouwenlichaam drong in de aarde en was weg. Ik moet bellen, dacht hij verstoord. In ieder geval om te zeggen dat aan die koffer een ander verhaal kleeft. Ik hoef niet te zeggen dat het Einar was, alleen dat het Gøran niet was. Ik snap hier niks van, dacht hij verward, en hij staarde weer in de krant. Hij las het bericht twee keer door. Doordat hij uiteenlopende verklaringen had gegeven over waar hij de avond had doorgebracht en doordat hij problemen had om bepaalde zaken te documenteren had hij de verdenking op zich geladen. Bovendien waren er technische vondsten die nader onderzocht moesten worden. Dat met die technische vondsten was natuurlijk verschrikkelijk. Arme Torstein en Helga, dacht hij. Wat zou er gekletst worden. Zelf zat hij nooit in het café te roddelen. Hij was te oud en hij zat liever alleen met een glaasje Eau de Vie voor de tv. Maar Gøran was natuurlijk onschuldig en daar zou de politie ook zonder zijn hulp wel achter komen. Of niet? Hij hoefde niet meteen te bellen. Hij moest eerst nadenken. Over welke woorden hij moest kiezen. Het was belangrijk dat het klopte. Hij zou zijn naam niet noemen, voor geen prijs. Hij droeg zijn kop en schotel naar het aanrecht en lijnde de hond aan. Hij moest weer aan de bak om vier melk en een brood te verkopen, en als hij geluk had een kratje bier. Hij reed naar het centrum en opende de winkel. Sjouwde de stapel kranten naar binnen. Staarde weer naar de koppen. Het was een vreemd gevoel te weten dat Gøran het niet was, terwijl verder iedereen dacht dat hij het wel was. Hij voelde een mengeling van belangrijkheid en bezorgdheid. Als ik jong was geweest, had ik allang gebeld, dacht hij. Maar ik kan me niet zomaar wat op de hals halen. Ik ga bijna met pensioen.

Linda hoorde het nieuws op de radio, ze zat in haar ochtendjas aan de keukentafel. Ze schudde haar hoofd toen ze het bericht hoorde. Het kon Gøran niet zijn. Of wisten ze iets dat zij niet wist? Ze wreef over haar nek. Die deed nog steeds pijn. Ze stopte aldoor pijnstillers in haar mond, maar ze hielpen niet. Ze voelde zich omgeven door een merkwaardige mist, waar niemand doorheen kon breken. Binnen in die mist was alleen plaats voor Jacob met de blauwe ogen. De wereld was vaag, Jacob was glashelder. Tussendoor voerde ze lange gesprekken met hem. Zijn stem was zo duidelijk.

Gunder Jomann zag de krantenkop toen hij de krant uit de brievenbus haalde. Hij bleef een tijdje staan en staarde leeg voor zich uit. Hij voelde niets, alleen vermoeidheid. Er is te veel lawaai, dacht hij. Misschien moesten we er maar een punt achter zetten en allemaal rust nemen, eens en voor altijd. Hij sleepte zich weer naar het huis en ging zitten lezen.

Mode van het benzinestation nam vandaag ruim de tijd voor zijn klanten, want iedereen had een mening over de zaak. Al snel was er een tweedeling in het dorp waar te nemen. Zij die meenden dat Gøran onschuldig was en zij die hem genadeloos veroordeelden. En verder nog een bescheiden weetnietgroepje, dat de schouders ophaalde en met de ogen flikkerde. Verstandig genoeg om hun mond te houden en vooruitziend genoeg om eraan te denken dat het vonnis eens geveld zou worden.

Op het politiebureau werd alles in gereedheid gebracht voor het eerste verhoor. Gøran liep met opgeheven hoofd. Hij herinnerde zich het gezicht van zijn moeder voor het raam. Zijn vader, volkomen sprakeloos, met zijn zwarte ogen vol twijfel. Zijn vader had zich nooit kunnen uiten. Zijn moeder had gesnotterd als een kind. De inspecteur liep voor hem uit, als een zwijgzame, grijze muur. Wat moet een mens toch rare dingen meemaken, dacht Gøran. Zo onwerkelijk als alles was. Maar de politie was vriendelijk. Niemand zou hem slaan, dat wist hij zeker. Een horde persmensen volgde hen door de gang. Hij probeerde niet zich te verbergen. Hij liep rustig door, vastberaden. 'Er is een advocaat onderweg, hij zit met het dossier op zijn schoot in een taxi', zeiden ze. 'Hij gaat het voor je opnemen. Het is belangrijk dat je op hem vertrouwt.'

Waarom zeiden ze dat? Gøran probeerde erachter te komen wat in deze onwerkelijke situatie slim was, of juist. Wat hadden ze gevonden waardoor hij hierheen was gebracht? Ze vormden een gehaast en naarstig groepje, zoals ze hier liepen. Zo nu en dan stopten ze omdat er plotseling iemand een deur uit sprong met steeds weer nieuwe papieren. Dan bleef hij staan, wachtte. Liep verder als zij verder liepen. Hij had een droge mond. Naar wat voor kamer waren ze op weg? Een kale kamer met verblindend licht? Zou hij alleen met iemand zitten, of zouden er getuigen bij zijn? Hij had zoveel films gezien. Flarden van beelden schoten voorbij, mannen die schreeuwden en op de tafel sloegen, slopend, geen eten, geen slaap, steeds weer dezelfde vragen. *Nog een keer. We beginnen nog eens van voren af aan. Hoe zat het, Gøran?*

Zijn benen begaven het bijna onder hem. Hij keek

achterom. Nog meer politiemensen. Ze zijn aan het werk, dacht hij. Telefoons rinkelden. Binnenkort zou het hele land weten wat er aan de hand was. Hij zou op de radio en op het Journaal worden genoemd. Als de uitzending was afgelopen, zou het in de vorm van een witte streep tekst onder het testbeeld te lezen zijn.

Gøran wist niet dat op dat moment drie agenten bezig waren om alle laden en kasten in zijn kamer overhoop te halen. Ieder kledingstuk, ieder paar laarzen en schoenen werd in witte plastic zakken naar buiten gedragen. Zijn hele leven verdween door de deur van zijn geboortehuis naar buiten. Zijn moeder was naar buiten gehold, waar ze bij de voet van een eikenboom leek te staan bidden. Zijn vader stond als een soldaat voor de deur en loerde gemelijk naar iedereen die langskwam. Ze doorzochten de wasmand in de kelder. In de keuken namen ze de post door, hoewel hij nooit post kreeg. Behalve zijn loonstrookje op de eerste van iedere maand.

Hij keek uit naar zijn advocaat, maar wist niet hoe die eruitzag. Toen de man eindelijk verscheen, zonk de moed hem in de schoenen. Een tenger mannetje met een grijze kuif en een bril met een ouderwets montuur. Een triest, grijs kostuum. Hij had een dikke ordner onder zijn arm en hij zag eruit alsof hij het veel te druk had en veel te weinig at en sliep. Tijd om zijn lichaam te trainen had hij blijkbaar helemaal niet, want toen hij zijn jasje uittrok, zag Gøran dat zijn bovenarmen nog dunner waren dan die van Ulla. Ze kregen een kamertje om te praten. Gøran probeerde te ontspannen.

'Hoe gaat het met je, gezien de omstandigheden?' vroeg de advocaat, terwijl hij de ordner opensloeg.

'Goed', zei Gøran.

'Wil je iets hebben? Eten? Drinken?'

'Een cola zou lekker zijn.'

De man stak zijn hoofd om de hoek van de deur en riep om een cola. 'Goed koud,' voegde hij eraan toe.

'Mijn naam is Robert Friis', zei hij. 'Zeg maar Robert.' Zijn handdruk was droog en effectief. 'Voor we met iets anders verdergaan... Je hebt alle schuld in verband met de moord op Poona Bai ontkend. Nietwaar?'

'Hè?' zei Gøran, die de vreemde naam niet verstond.

'De vrouw op Hvitemoen kwam uit India. Ze heette Poona Bai.'

'Ik ben onschuldig', zei Gøran snel.

'Weet je überhaupt iets over die moord, wie de dader zou kunnen zijn?'

'Nee.'

'Ben je misschien voor iets anders in de buurt van de plaats van de moord geweest en kun je op die manier soms persoonlijke eigendommen of andere dingen hebben achtergelaten?'

Gøran haalde een hand over zijn voorhoofd. 'Nee,' zei hij.

Friis keek hem de hele tijd recht aan.

'Dan is het mijn taak om te voorkomen dat je veroordeeld wordt', zei hij kort.

'Daarom is het van het grootste belang dat je me alles vertelt en niets achterhoudt wat de officier van justitie later uit zijn mouw kan toveren.'

Gøran keek hem onzeker aan. 'Ik heb niets te verbergen', zei hij met vaste stem.

'Goed', zei Friis. 'Maar misschien schieten je later dingen te binnen, die je op dit moment niet meer weet. Zodra je je iets herinnert, moet je mij dat vertellen. Je hebt het recht om op ieder moment van de dag met mij te praten. Gebruik die mogelijkheid. Ik heb natuurlijk meer zaken in behandeling, maar als het nodig is, doe ik mijn uiterste best om er voor je te zijn.'

'Ik heb alles verteld', zei hij.

'Mooi', zei Friis. Gøran kreeg zijn cola. Die was koud en prikte op zijn tong.

'Verder moet ik je vragen of je de ernst van de situatie begrijpt. Je wordt beschuldigd van moord. Onder bijzonder verzwarende omstandigheden.'

'Ja', zei Gøran. Hij aarzelde even. Omdat dit hem nooit eerder was overkomen, tastte hij in het donker.

'Verzwarende omstandigheden betekent dat er sprake kan zijn van een additionele straf van maximaal twee jaar, alleen al voor mishandeling van de dode. Dergelijke zaken maken de politie bijzonder agressief. Ze gaan nu eerst voorlopige hechtenis eisen en terwijl je in hechtenis zit, zullen ze alle materialen verzamelen die ze kunnen vinden om een proces te starten. In de tussentijd zit jij hier met een brief- en bezoekverbod.'

'Moet ik hier blijven?' stamelde Gøran. Hij had gedacht dat ze met hem zouden praten, misschien urenlang, maar hij had toch gehoopt dat hij voor de avond weer buiten zou staan. Het zou bomvol zijn in Einars café. Hij moest erbij zijn, bij hen zijn. Horen wat ze zeiden. Hij werd gegrepen door een soort paniek. Hij dronk nerveus van zijn cola.

'Ze gaan proberen je af te matten', zei Friis. 'Dat moet je in je achterhoofd houden. Geef nooit antwoord op welke vraag dan ook, zonder eerst tot drie te tellen.'

Gøran keek hem niet-begrijpend aan.

'Ze willen dat je je zelfbeheersing verliest. Het is belangrijk dat je dat niet doet. Al ben je nog zo moe en afgedraaid en uitgeput. Word je snel driftig?'

'Ik kan wel wat hebben', zei Gøran demonstratief en hij leunde voorover, over de tafel heen.

Friis zag zijn stevige armen, keek ernaar. 'Ik heb het niet over spieren', zei hij. 'Maar over dit hierboven.' Hij wees naar zijn eigen hoofd. 'De man die jou gaat verhoren, mag geen geweld gebruiken. En dat zal hij niet doen ook, voorzover ik hem ken. Maar hij zal verder alles doen waar geen regels voor zijn om een bekentenis uit je te persen. Dat is het enige wat voor hem telt. Een bekentenis. Niet in hoeverre je schuldig bent of niet.'

Gøran keek Friis versteld aan. 'Ik heb niets te vrezen', zei hij, maar zijn stem brak aan het einde van de zin en hij hield het colaglas zo stevig vast dat het bijna brak. 'Ik heb tenslotte een alibi', voegde hij eraan toe. 'En ze is betrouwbaar. Als ze zich tenminste niet terugtrekt. Daarom snap ik ook niet waarom ik hier ben.'

'Je hebt het over Lillian Sunde?' vroeg Friis somber.

'Ja', zei Gøran, verbaasd over wat ze allemaal wisten, in zo'n korte tijd.

'Zij ontkent dat je bij haar was', zei Friis.

Gøran sperde zijn ogen open. Alle kleur week uit zijn gezicht. Hij stond met een ruk op van zijn stoel en sloeg met zijn vuisten op de tafel. 'Godverdomme!' schreeuwde hij. 'Die vuile trut! Haal haar, dan zul je horen hoe het werkelijk in elkaar steekt! Ik ken die dame al meer dan een jaar en dan komt ze aan met...'

Friis stond op en duwde Gøran terug op zijn stoel. Het werd muisstil.

'Je vergat te tellen', zei hij zacht. 'Één zo'n uitbarsting voor het gerecht en je bent de gedoodverfde moordenaar. Begrijp je de ernst?'

Gøran ademde zwaar. Hij hield de tafelrand met beide handen vast. 'Ik was bij Lillian', fluisterde hij. 'Als zij iets anders zegt, dan liegt ze. Je zou eens moeten weten wat ik van haar weet! Wat ze lekker vindt en wat niet. Hoe ze het wil. Hoe ze eruitziet. Over haar hele lichaam. Ik weet het!'

'Ze heeft veel te verliezen', zei Friis stilletjes. 'Haar eigen eer, bijvoorbeeld.'

'Die heeft ze nooit gehad', zei Gøran boos. Er rolde ineens een verraderlijke traan langs zijn wang.

'De mensen zullen misschien moeilijk kunnen begrijpen waarom je vaste verkering had met Ulla Mørk, terwijl je tegelijkertijd Lillian thuis bezocht, gedurende een heel jaar.'

'Dat is toch geen misdaad?' zei Gøran.

'Zeker niet. Maar de mensen willen weten wie je bent, hoe je denkt en hoe je handelt. Je moet het in ieder geval kunnen verklaren als ze ernaar vragen en dat gaan ze heel zeker doen. Dus je kunt beginnen om het aan mij uit te leggen.'

Gøran keek Friis verwonderd aan. Dat was toch duidelijk? Twee vrouwen waren beter dan een, bovendien waren ze verschillend. Ulla paste goed bij hem, maar ze moest altijd haar zin hebben. Er was altijd iets. Terwijl Lillian altijd zin had. Met Lillian hoefde hij niet hand in hand te lopen, met haar hoefde hij niet naar een restaurant. Ulla moest verzorgd en verwend worden. Ze moest eerst in de watten gelegd worden wilde ze hem geven wat hij nodig had. Die brandende behoefte die mannen hadden, de werkelijke reden om überhaupt een vrouw te nemen.

'Een vriendin betekent toch wel iets meer dan seksuele omgang, is het niet?'

Gøran keek hem enigszins mistroostig aan. 'Die verliefdheid gaat over', zei hij vermoeid. 'Vrij snel al.'

'En liefde?' vroeg Friis.

Gøran glimlachte ongelovig.

'Gøran', zei Friis streng. 'In de jury zitten volwassen mensen die ervan uitgaan dat jij en Ulla een liefdespaar waren. Met alles wat daarbij hoort. Dat jij nooit liefde hebt ervaren, betekent niet dat die niet bestaat.'

Gøran staarde moedeloos naar de tafel.

'De jury moet horen dat je van Ulla hield. En dat Lillian een escapade was die je tot elke prijs ongedaan zou willen maken. Maar ondanks dat was je de avond van de twintigste bij haar. Dat heb je de politie verteld en dat moet je volhouden.'

'Natuurlijk', zei Gøran. 'Het is namelijk waar.'

'Ulla maakte het na de training uit. Buiten bij Adonis. En jij reed rechtstreeks naar Lillian toe. Begrijp ik het zo goed?'

'Ja', zei Gøran. 'Ik heb haar eerst opgebeld.'

'Was je boos op Ulla?'

'Geïrriteerd. Ze maakt het voortdurend uit. Ik wist niet wat ik moest geloven. Verdomme, meisjes, ze zeggen het één en...'

'Rustig, Gøran. Rustig!'

Hij zakte weer terug. 'Ik heb die vrouw op Hvitemoen niet vermoord. Mijn hoofd is één grote chaos, ik raak volkomen in de war als ze me naar tijdstippen en datums vragen, maar één ding weet ik heel zeker: ik heb die vrouw niet vermoord! Ik heb geen mens gezien', zei hij.

Plotseling werd hij duizelig. Een zeldzaam en ongewoon gevoel voor hem.

'Konrad Sejer leidt het verhoor', zei Friis. 'Hij komt je zo halen. Je zult behoorlijk wat tijd met hem doorbrengen. De eerste paar dagen gebruikt hij waarschijnlijk om een vertrouwensband te scheppen.'

'De eerste paar dagen?'

'Vergeet niet te ademen. Je hebt geen haast, Gøran, je moet je kaarten waardig en rustig uitspelen. Als je je zelfbeheersing verliest, valt hij meteen aan. Hij ziet er vriendelijk en evenwichtig uit, maar hij heeft het op jou gemunt. Hij denkt dat jij die vrouw hebt vermoord. Dat jij in woede haar hoofd hebt verbrijzeld, omdat er iets anders in je leven fout ging, iets waar zij helemaal geen deel aan had. Jij vindt het niet prettig om een blauwtje te lopen, nietwaar?'

'Verdomme, dat zou jij toch ook niet leuk vinden', viel Gøran uit. Toen sloot hij zijn ogen. 'Ik heb duizenden kronen aan Ulla besteed. Ben overal naartoe gegaan waar zij heen wilde, heb cadeautjes voor haar gekocht. Ik heb alles voor haar betaald, de bioscoop en in het café, hoewel ze zelf ook geld verdiende. En dan heeft ze er ineens geen zin meer in.'

'We sturen geen rekeningen naar oude geliefden, toch?'

'Als het kon, zou ik het doen', zei hij nijdig.

'Hield je van haar?'

Gøran dacht eraan tot drie te tellen. 'Je raakt aan iemand gewend. Na zo'n lange tijd.'

Friis tilde zijn hoofd op naar het raam, alsof iets daarbuiten hem kon helpen. 'Ja. Gewend. Je was eraan gewend geraakt dat zij er voor jou was. Toen ze je liet staan, voelde je je verraden. Nietwaar?'

'Ik had Lillian.'

'Had je zin om haar te slaan?'

'Ik heb Ulla nooit geslagen!' riep hij. 'Nooit. Heeft ze dat gezegd?'

'Nee. De politie zal zeggen dat je iemand anders sloeg om je agressie kwijt te raken. Dat je Poona tegenkwam en je op haar afreageerde. Ze was een gemakkelijk slachtoffer. Alleen in een vreemd land. Klein en tenger.' Friis haalde een schrijfblok en een pen tevoorschijn. 'Laten we die dag doornemen, van 's morgens vroeg, toen je opstond, tot je 's nachts naar bed ging. Ieder uur van de dag. Ik moet een volledig overzicht hebben. Sla niets over. Neem de tijd.'

'Ik dacht dat de politie dat ging doen?'

'Dat gaan ze ook doen. En laat ik eraan toevoegen: het is belangrijk dat die twee verhalen identiek zijn. Begrijp je dat?'

'Ik was bij Lillian', fluisterde Gøran.

*

Is het mijn schuld? dacht Linda. Het zat haar niet echt dwars. Of ze nou Gøran of Noedel of Mode of wie dan ook opsloten, het maakte haar niet uit. Ze ging naar bed, zei dat ze vreselijke hoofdpijn had, haar moeder kreeg haar niet naar school toe. Ze lag naar de spin aan het plafond te staren en at bijna niet. Ze voelde zich heerlijk zwak, deels in een droom. Haar moeder klom in de vrachtwagen en vertrok. Ze wist niet dat Linda opstond en naar Gunwalds winkel fietste om de kranten te kopen. Er werd constant iets over de moord geschreven, vooral na Gørans arrestatie. Maar Gøran had het niet gedaan. De man in de schuur was veel langer geweest. En zijn stem leek ook niet op die van Gøran. Daarom zouden ze hem weer moeten laten gaan. Misschien zou hij zich op haar wreken omdat ze dat over die auto had gezegd. Maar ze had niet eens de kracht om bang te zijn. De lange uren die ze in bed doorbracht, dagdroomde ze. In gedachten was ze gekidnapt door een genadeloze en cynische misdadiger. Ze werd gevangen gehouden in een eng huis, terwijl Jacob met een geladen wapen door de achterdeur naar binnen sloop om haar te bevrijden, met gevaar voor eigen leven. Er waren verschillende varianten van de droom. Soms werd Jacob door een kogel geraakt, zodat ze zijn hoofd op haar schoot moest leggen en het bloed van zijn slaap moest deppen. Soms werd ze zelf geraakt. Dan riep hij haar naam, steeds weer. Hij wiegde haar. Legde zijn hand op haar hart, probeerde haar terug te roepen. Ze varieerde tot in het oneindige en kreeg er nooit genoeg van. Ze vroeg zich af of Jacob zelf een wapen had of dat die alleen op het bureau waren en hij ervoor moest tekenen. Of ze zelf aan een wapen zou kunnen komen om zich mee te beschermen. Je kon immers nooit weten. En als Gøran weer vrijkwam... Ze sloot haar ogen. Ze had pijn in haar nek. In haar rug ook, ze had te lang gelegen. Ze begon die pijn bijna prettig te vinden, ze vond het prettig om ergens last van te hebben. Ze lag volkomen stil en leed voor haar grote liefde.

*

Ieder mens heeft een toegang. Die moet ik vinden, dacht Sejer. De kwetsbare ziel die zich binnen in het geharde lichaam verborgen houdt. Hij kon niet zomaar naar binnen stampen. Het was zaak om een punt te vinden waarop Gøran hem zelf zou uitnodigen. Dat zou tijd vergen.

Terwijl hij naar de kamer liep waar Gøran wachtte, dacht hij aan Kollberg. Die pas was geopereerd en uit de narcose was ontwaakt. Hij kon niet op zijn poten staan.

Gøran zat verstard op zijn stoel.

'Zo,' zei Sejer met een glimlach, 'en dan nu wij.' Hij glimlachte zelden, maar dat wist Gøran niet. Er stonden flesjes mineraalwater en cola op de tafel. Eigenlijk was het wel een gezellige kamer, met een prettige belichting en lekkere stoelen.

'Voor we beginnen te praten moet je het volgende weten.' Sejer keek hem aan. 'Je hebt het recht om iemand bij het verhoor aanwezig te laten zijn. Friis, bijvoorbeeld. Je hebt recht op rust als je moe bent. Eten en drinken als je honger hebt. Als je het verhoor wilt onderbreken, kun je op ieder moment de kamer verlaten en naar je cel teruggaan. Begrijp je wat ik zeg?'

'Ja', zei Gøran, verrast over alle rechten die hij had.

'Kun je het goed met Friis vinden?' vroeg Sejer. Vriendelijk, dacht Gøran, bijna vaderlijk. Hij was uit op vertrouwen. Dit is de vijand. Ademhalen, dacht hij. Een, twee, drie.

'Ik heb niet veel vergelijkingsmateriaal. Ik heb nog nooit een advocaat nodig gehad.'

'Friis is goed, dat je het maar weet. Jij bent een jong iemand, met veel mogelijkheden, daarom krijg je de beste. En het kost je niets. Anderen betalen voor je.'

'U bedoelt de belastingbetalers?' vroeg Gøran, met een plotselinge ironie. Hij vergat rustig adem te halen.

'Inderdaad', zei Sejer. 'Dat betekent dat we in een rechtsstaat leven.'

'Als dit een rechtsstaat is, sta ik voor vanavond weer buiten', zei Gøran. 'Dat ik iets voor jullie te verbergen had, betekent nog niet dat ik die vrouw heb vermoord.'

'Vertel me wat dat dan wél betekent', zei Sejer.

Gøran dacht aan Lillian. 'Ik was zo stom om een getrouwde vrouw te willen beschermen', zei hij verbitterd. 'Ik had meteen moeten zeggen dat ik bij Lillian was.'

'Lillian zegt van niet', zei Sejer.

'Lillian is een kut op twee benen!' Hij verhief zich half uit zijn stoel, maar liet zich weer zakken. 'Ik begrijp niet waarom vrouwen er niet eerlijk voor uitkomen wat ze in bed doen', zei hij gelaten. 'Zij zijn toch ook geil. Ze willen het alleen niet toegeven.'

Zijn mond had een verongelijkte trek gekregen.

'Voor een vrouw is dat moeilijker', zei Sejer. 'Om verschillende redenen. Onder andere wordt het tegen hen gebruikt. Maar jij bent een man, dan is het geheel op zijn plaats.'

Hij schonk iets te drinken in de twee glazen en schoof er eentje naar hem toe. 'Laat dit nu even liggen, Gøran.

Laten we het over iets anders hebben. We hebben alle tijd. Het huis waar je woont, dat is een prachtige plek. Woon je daar al je hele leven?'

'Ja.'

'Hoe was het om in Elvestad op te groeien?' vroeg Sejer nieuwsgierig.

'Och. Het is niet bepaald Las Vegas.'

Gøran glimlachte onwillekeurig. Friis had gezegd dat hij op de vragen moest antwoorden, maar er niet te veel omheen moest vertellen. Maar het was gemakkelijker om te praten.

'Je droomt misschien van iets anders?'

'Soms', zei hij. 'Een flatje in Oslo misschien. Maar dan gaat al mijn loon op aan de huur.'

'Maar je hebt er geen moeite mee de tijd te vullen. Je bent actief, nietwaar? Je werkt en je traint hard. Bent veel met vrienden samen. Ben je daar altijd al zo goed in geweest?'

Gøran was het niet gewend te horen dat hij ergens goed in was. Maar als hij erover nadacht, was het geheel verdiend. 'Ik train al sinds mijn vijftiende.'

'Ik doe aan hardlopen', vertelde Sejer. 'Daardoor heb ik uithoudingsvermogen. Maar erg sterk ben ik niet.'

'Dat is interessant', zei Gøran. 'De meeste mensen hebben geen idee van hun eigen krachten. Omdat ze ze nooit gebruiken. Als ik u bijvoorbeeld zou vragen hoeveel u kunt optillen, dan wed ik dat u dat niet weet.'

'Dat klopt', zei Sejer en hij glimlachte bescheiden. 'Daar heb ik geen idee van. Zou ik dat moeten weten?'

'Ja, natuurlijk! Het is belangrijk te weten wat je aankunt.'

'Dus je bedoelt dat je jezelf dan kent?'

'Dat bedoel ik. Ik weet precies wat ik aankan. Honderdvijftig kilo, bankdrukken', zei hij, met slecht verholen trots.

'Het ergste is dat mij dat niet zoveel zegt', zei Sejer. 'Je had net zo goed honderd of tweehonderd kunnen zeggen. Ik zou alles hebben geslikt.'

'Precies. Dat vind ik raar.'

Sejer nam even een pauze en maakte wat aantekeningen.

'Wat schrijft u nu op?' vroeg Gøran ineens.

'Ik schrijf op waar wij over praten. Je hebt een mooie hond. Betekent hij veel voor je?'

'Ondertussen wel. Ik heb hem nu vier jaar.'

'Dan zul je hem nog wel een poosje hebben', zei Sejer. 'Zelf heb ik een Leonberger. Hij is net geopereerd aan een gezwel in zijn rug. Ik weet niet zeker of we hem weer op de been krijgen. Het is net Bambi op het ijs, het arme beest.'

'Oud?' vroeg Gøran, matig geïnteresseerd.

'Tien jaar. Hij heet Kollberg.'

'Jezus! Wat is dat nou voor naam?'

'Dank je', zei Sejer, grinnikend. 'Dat heb ik eerder gehoord. Hoe heet jouw hond?'

'Kaïro. U weet wel, donker en heet.'

'Mm. Mooi. Ik heb helaas niet zo'n rijke fantasie als jij.'

Gøran had nu in korte tijd twee complimenten gekregen. Dat waren er meer dan hij anders in een heel jaar kreeg.

'Vertel me eens over een paar van je liefjes', zei Sejer. Hij glimlachte nog steeds, een grote, vertrouwenwekkende glimlach, zo open als de zee.

Gøran draaide op zijn stoel. 'Ik heb geen liefjes', zei hij boos. 'Ik heb een meisje, of ik heb er geen.'

'Zo', zei Sejer. 'Jij hebt meisjes. Maar je hebt ze niet lief?'

'Ik vind de een leuker dan de ander', zei hij onwillig.

'Was Ulla daar een van?'

Stilte. Gøran dronk cola en betrapte zichzelf erop op de klok te kijken. Er waren vijf minuten verstreken.

'Over hoeveel meisjes hebben we het?' Sejer keek Gøran aan. Zijn huid was glad en licht, zijn nek gespierd na jarenlange training, zijn handen krachtig met korte vingers.

Gøran telde inwendig. 'Laten we zeggen een stuk of twaalf, vijftien.'

'In hoeveel gevallen maakte het meisje de verkering uit?' wilde Sejer weten.

'Nee, verdomme,' zei Gøran, 'dat doe ík altijd. Ik raak snel uitgekeken', gaf hij toe. 'Meisjes kunnen zo weinig hebben. Het is altijd zo'n gedoe met hen.'

'Ja. Absoluut. Laten we het erover eens zijn dat ze anders zijn. Maar als ze dat niet waren, had het ook geen zin om achter hen aan te zitten.'

'Nee, haha. Daar heeft u gelijk in.' Gøran lachte goedmoedig om zichzelf.

'En Ulla?' vroeg Sejer voorzichtig.

Gøran hield zijn hoofd scheef. 'Ulla is leuk. Een getraind lichaam. Niets hangt. Behalve haar hoofd, af en toe.'

'Het was vast een schok voor je toen ze het uitmaakte. Als jij gewend bent dat jij altijd degene bent die het uitmaakt.'

'Het geval wil,' zei Gøran scherp, 'dat ze zo wispelturig is als een kind. Ze maakt het voortdurend uit.'

'Denk je dat ze terugkomt?'

'Waarschijnlijk wel', zei hij overtuigd van zichzelf. Hij keek Sejer een ogenblik recht aan. 'En die trut die mijn auto heeft geïdentificeerd, die ziet het verschil niet tussen een bus en een vrachtwagen. Die Linda is niet helemaal goed bij haar hoofd. Schandalig dat jullie daar zoveel waarde aan hechten.'

'Laten we het kalm aan doen. We hebben geen haast.'

Gøran beet op zijn lip. 'U zou nu beter op zoek kunnen gaan naar de klootzak die dit heeft gedaan. In plaats van uw tijd aan mij te verdoen. Ik hoop dat u ervoor zorgt dat er ook nog verder wordt gezocht, want anders kan ik u vertellen dat u het geld van de belastingbetalers over de balk gooit.'

Sejer leunde achterover in zijn stoel. 'Vond je het leuk op school? Je ging in Elvestad naar de lagere school.'

'Ja. Ik vond het er leuk.'

'En de leraren ook?'

'Sommigen. De man van handenarbeid. En de gymleraar.'

'Ja', herinnerde Sejer zich. 'Je werkt bij een timmerman. Wat doe je daar?'

'Daar ben ik in de leer. Timmer alles van boekenkasten tot bloembakken. Maatwerk.'

'Heb je het er naar je zin?'

'De chef is oké. Ja, best wel.'

'En het ruikt altijd zo lekker in een timmerwerkplaats. Vind je ook niet?'

Gøran knikte. 'Ja. Het ruikt er lekker naar hout. En alle soorten ruiken anders. Dat leer je daar wel.'

De tijd verstreek. De mannen praatten. Gørans schouders zakten. Hij glimlachte vaker. Schonk zich nog eens cola in. Vroeg Sejer of hij een nieuwe hond nam als het slecht ging met, hoe heette hij ook alweer? Kollberg. Het is toch achterlijk om een dier Kollberg te noemen!

'Ik weet het niet', zei Sejer toen, zowel gemaakt als echt verdrietig.

Hij maakte aldoor aantekeningen. Of Gøran nog een

goede raad had, wat het africhten van honden betrof? 'Ik heb het niet zo getroffen met de mijne', gaf hij toe. Een beetje beschroomd over deze bekentenis, met een schooljongensachtige blik op de expert. Jawel, Gøran had zijn zaakjes op orde en praatte enthousiast over de hond Kaïro, die hem op zijn kleinste wenk gehoorzaamde. 'Maar als je geen gehoorzame hond hebt, dan kan het natuurlijk zijn dat je die nooit hebt willen hebben.'

Sejer knikte peinzend. 'Dat is in feite een heel wijze opmerking', zei hij. En Gøran kreeg zijn derde compliment. Twee uren vlogen voorbij. Sejer schreef zijn aantekeningen in het net.

'Lees het nauwkeurig door. Je moet onderaan je handtekening zetten en daarmee bevestig je dat dit het gesprek is dat we hebben gevoerd. Dat moet je iedere keer doen als we met elkaar hebben gesproken. Jij bent dus, met andere woorden, degene die bepaalt wat hier moet staan.'

Gøran knikte, las en zette zijn handtekening. Sejer stond op en kwam naast hem staan.

'Jezus', zei Gøran met een glimlach, terwijl hij omhoog keek, omdat hij zich ondanks al zijn kracht klein voelde naast Sejer. 'Het scheelt niet veel of u bent twee meter!'

Hij werd teruggebracht naar zijn cel. Er was geen woord over de moord gezegd. Dat begreep hij niet. Maar nu was het lunchtijd. Spiegeleieren met bacon. Terwijl hij at, dacht hij aan Sejer. Dat was toch zielig, dat met die hond van hem, eigenlijk.

*

'Hallo, Marie', zei Gunder. Hij trok de stoel bij het bed. Zijn zus was van het beademingsapparaat losgekoppeld en ademde zelf. Maar ze werd niet wakker. De ongewone stilte in de kamer beangstigde hem. Ze ademde, maar niet zo regelmatig als het apparaat. Hij werd er nerveus van en wilde helpen.

'Vandaag stond ik thuis naar de foto van jou en Karsten te kijken. Van de bruiloft. Je bent zo veranderd. Je gezicht verliest zijn vorm. De dokter zegt dat dat komt doordat je je spieren niet gebruikt. En het helpt natuurlijk niet of ik iets grappigs vertel, je lacht toch niet. Het lukt me maar niet om aan de toekomst te denken en dat zit me dwars. Nu zou Poona haar weg wel een beetje in Elvestad hebben gevonden, en in het huis en in de tuin. Ze zou de wasmachine en de magnetron en de video hebben leren gebruiken. We hadden samen op de bank kunnen zitten om naar Indiase films te kijken. Ze maken veel films in India. Romantische films met stoere helden en beeldschone vrouwen. Geen alledaagse films zoals wij maken, over heel gewone mensen. Ze dromen veel, de Indiërs. Ze moeten wel. Ze zijn zo arm.

Weet je wat? Ik heb verschillende brieven gekregen. Van vreemde vrouwen. Russische en Filippijnse vrouwen die zich aanbieden. Ze zeggen dat ze medelijden met me hebben. Wat vind je daarvan? Poona is nog niet eens begraven. Ik weet niet wat ik ervan moet denken.

Nu wordt die Gøran verhoord. Hij ontkent alles. Wat kun je anders verwachten? Of hij het nou gedaan heeft of niet, hij zou het toch nooit toegeven. Het is moeilijk te begrijpen dat een jongeman met zijn hele leven nog voor zich zoiets zou doen. Hij moet vier weken in voorlopige hechtenis zitten, stond in de krant. Ik denk veel aan zijn ouders. Het zijn gewone, hardwerkende mensen. Ze hebben hem denk ik altijd het beste gegeven. Ze waren bezorgd om hem, hebben hoop gehad. Nu moet er bewijsmateriaal worden verzameld. Dat bewijst zonder twijfel dat Gøran de schuldige is. Soms denk ik eraan hoe het voor Poona geweest moet zijn. Toen ze op het vliegveld stond te wachten. Toen ze alleen met een vreemde man hierheen reed, rechtstreeks de dood tegemoet. Hoe zit het trouwens met die taxichauffeur? Stel dat hij het gedaan heeft? En dat allemaal omdat jij dat ongeluk kreeg. Ik beschuldig je niet, Marie, maar je bent nooit een goede chauffeur geweest. Misschien had je eigenlijk helemaal niet moeten rijden.

Ik moet ineens aan de winter van negenenvijftig denken, toen er zoveel sneeuw lag. Jij en Kristine speelden achter het huis. Ik zag jullie door het raam. Ik had de mazelen en moest binnen blijven. Jullie waren helemaal door het dolle heen en schreeuwden en lachten, ik kon jullie binnen horen. Het weer was zacht en jullie maakten de verschrikkelijkste dingen met die kleffe sneeuw. Weet je dat nog? Ik durf het niet eens hardop te zeggen, ook al luister je niet. Ik heb niets tegen moeder gezegd. Zij zou helemaal over haar toeren zijn geraakt. Wat doen wij mensen toch een rare dingen, Marie. Ik moet steeds aan Poona's broer denken. Hij heeft me een mooie foto van haar gestuurd. Groter dan het kiekje dat ikzelf heb genomen en ik heb er een mooi lijstje voor gekocht. Ik heb Shiraz beloofd om contact met hem op te nemen zodra de datum voor de begrafenis is vastgesteld. Maar hij komt niet. Misschien vindt hij dat hij een zonde begaat door haar in christelijke aarde te laten begraven. Christelijke aarde, wat is dat nou eigenlijk? Aarde is toch gewoon aarde. Ik heb met dominee Berg gesproken. Nou, die kreeg wel iets om over na te denken. Heeft haar broer dit echt geaccepteerd, zeurde hij steeds maar. Weet je het heel zeker? We moeten hier naderhand geen problemen mee krijgen. En dan is ze hindoe. Dat kan ik niet in de kerk zeggen, Jomann, ik hoop dat je dat begrijpt. Dominee Berg is aardig, maar bang om een fout te maken. Maar ik heb wel toestemming gekregen om aan het begin van de ceremonie Indiase muziek te draaien. Ik moet maar eens op zoek gaan in de stad. Mode heeft wel wat cd's in het Shell-station, maar daar zal ik zoiets wel niet kunnen vinden. Weet je wat? Ergens vind ik het vreemd dat je nog steeds leeft. Omdat je lichaam niet in staat is om voedsel tot zich te nemen. Ik vind niet dat je hierna nog auto moet rijden. Je kunt mij bellen als je ergens naartoe moet, ik kan je brengen. Karsten heeft het immers altijd zo druk. Maar dat soort dingen kunnen we later bespreken. Als je weer wakker bent.'

*

Mode pakte een munt van het schoteltje en wierp die in de Wurlitzer. De muziek hier is verdorie net zo oud als Einar, dacht hij. Er waren veel mensen in het café. Einar stond de glazen af te drogen. Hij was erg zwijgzaam tegenwoordig, volgens de geruchten was Lillian aan het pakken. Boze tongen beweerden dat het vreemd was dat de breuk juist nu kwam, na de moord op Hvitemoen en de arrestatie van Gøran Seter. Er werd levendig gefantaseerd. Noedel, Karen en Frank zaten in een hoek te praten. Ze bestelden nog een rondje bier en keken naar Modes tankstation, waar Torill achter de kassa stond. Mode kwam bij hen zitten. Hij was een rustige man met een kalm gezicht. Hij had dun, blond haar, dat vanaf zijn voorhoofd strak naar achteren was gekamd. Hij zag er ouder uit dan zijn achtentwintig jaar.

'Natuurlijk kunnen we het er hier over hebben dat Gøran onschuldig is,' zei Frank, 'maar als ze iemand anders hadden gearresteerd, dan zouden andere mensen aan een ander tafeltje precies hetzelfde hebben gezegd. Zulke dingen houden me bezig.'

Iedereen dronk van zijn bier.

'Iets anders', zei Noedel bezorgd. 'Denk eens aan wat die smerissen allemaal weten wat ze niet hebben verteld. Als ze ertoe overgaan hem op te pakken, dan weten ze echt wel veel meer.'

'Ja maar, verdomme!' zei Frank en hij schudde zijn hoofd. 'Heeft Gøran ooit iemand geslagen?'

'Één keer moet de eerste zijn', zei Mode en hij stak een sigaret op.

'Ik vraag me af of we hem kunnen bezoeken.'

Einar kuchte bij de bar. 'Hij heeft brief- en bezoekverbod. Niemand van ons komt binnen. Misschien zijn ouders. Verder in ieder geval niemand.'

'Stel je voor dat je alleen in een cel zit, zonder radio en televisie en kranten. Dat je niet kan volgen wat ze allemaal over je schrijven.'

'Weet iemand wat die advocaat voor iemand is?' vroeg Noedel.

'Dun, grijze muis', zei Mode. 'Ziet er niet erg stevig uit.'

'Nu kom je met spieren ook niet zo ver in de rechtbank', zei Frank. Hij wiegde zijn zware hoofd heen en weer. 'Ze hebben het over technische vondsten. Ik zou best willen weten wat ze daarmee bedoelen.'

'Haren en zo', dacht Noedel. 'Ziet er slecht uit voor Gøran als hij haren heeft achtergelaten.'

'Je praat alsof Gøran het gedaan heeft!' zei Frank kwaad.

'Godsamme,' zei Noedel, 'hij zit toch vast! Ze zijn bezig met een aanklacht. Ze moeten iets in zijn nadeel hebben gevonden.'

'Maar ik snap het niet', zei Frank weer, die zich leek te

storen aan het feit dat hij zich zo in iemand zou kunnen vergissen.

'Ze zullen hem wel door een psychiater laten onderzoeken, om te zien of hij toerekeningsvatbaar is.'

'Dat weten wij wel zeker.'

Frank nam een paar slokken bier en liet een boer. 'Degene die het hoofd van die vrouw heeft ingeslagen is nauwelijks toerekeningsvatbaar', zei hij droog.

'Dan kun je verder nog wel toerekeningsvatbaar zijn,' meende Einar, 'alleen niet op dat moment.'

Het was een tijdje stil. Weer een opmerking die verwerkt moest worden. Ze hadden allemaal een beeld van Gøran in hun hoofd. Ze zagen hem aan een tafel zitten, met een plastic bekertje voor zich. Ze zagen zijn gezicht voor zich, verward en eenzaam, met zweetpareltjes op zijn voorhoofd. Met gebogen hoofd op een stoel, een harde stoel misschien. Hij had daar lang gezeten en begon heen en weer te schuiven. Hij had pijn in zijn rug. Hij keek steeds op de klok. Een norse ondervrager aan de andere kant. Hij bepaalde hoe lang ze bleven zitten. Ze hadden allemaal een heel duidelijk beeld, maar het klopte niet. Want Gøran zette op datzelfde moment zijn tanden in een gloeiendhete pizza peperoni. De kaas vormde dunne draden die hij met zijn vingers bijeenbracht.

'Je was aan Ulla gewend,' zei Sejer zacht, 'en toen ze het uitmaakte, nam je dat niet serieus?'

'Nee', zei Gøran, gulzig kauwend. De pizza was lekker, hij had er extra kruiden op gevraagd.

'Daarom werd je er ook niet door uitgedaagd?'

Hij slikte door en spoelde weg met cola. Haalde zijn hand door zijn stugge haar. 'Nee', zei hij.

'Ulla zegt dat je kwaad werd. Dat is zo vreemd aan ons

mensen. We vatten dingen verschillend op. Je was misschien eerder een beetje verdrietig?'

'Verdrietig?' vroeg Gøran niet-begrijpend.

'Noem eens iets waar je verdrietig van wordt', zei Sejer.

Gøran moest nadenken. Hij nam nog een hap.

'Kun je niets bedenken?'

'Ik ben nooit verdrietig.'

'Maar wat ben je dan, als je niet vrolijk bent? Je bent een opgewekte vent, maar je bent toch niet altijd even vrolijk?'

'Natuurlijk niet.'

'Dus?'

Gøran veegde zijn mond af.

'Als ik niet vrolijk ben, ben ik boos, natuurlijk.'

'Ah. Ik begrijp het. Maar je kunt toch onmogelijk vrolijk zijn geweest toen Ulla het uitmaakte?'

Een lange pauze. 'Ik begrijp waar u naartoe wilt.'

'Je was boos. Kunnen we dat vaststellen?'

'Dat kunnen we vaststellen.'

Weer een pauze.

'Toen belde je Lillian. Vroeg je of je mocht komen?'

'Ja. Ze zei dat het goed was.'

'Ze zegt dat je nooit bent gekomen. Kwam er iets tussen?'

'Nee! Ik was bij Lillian.' Hij pakte een nieuw servetje en veegde zijn mond nog eens af.

'Had je troost nodig?'

Gøran brieste door zijn neusgaten. 'Ik heb nooit troost nodig.'

'Wat had je dan nodig?'

'Mijn god! Gebruik uw fantasie toch!'

'Je had het gezelschap van een vrouw nodig?'

Gøran keek hem met open mond aan en leunde voorover over de tafel. Hij lachte zo hartelijk dat Sejer zijn voorhoofd fronste.

'Nu moet je me uitleggen wat er zo grappig is. Je gaat te snel voor mij, Gøran.'

Gøran negeerde het compliment en praatte Sejer na. "Je had het gezelschap van een vrouw nodig." Verdomme, man, in wat voor tijd bent u opgegroeid? De Eerste Wereldoorlog?'

Sejer glimlachte. 'Ik ben een ouderwetse man. Dat heb je dan ontdekt. Maar kom. Wat had je nodig?'

'Een orgasme', zei Gøran kort. Hij zette zijn tanden weer in de pizza.

'Kreeg je dat?'

'Dat heb ik al gezegd.'

'Nee. Je belde Lillian. Zij zei dat je mocht komen. Laten we het stap voor stap doen. Welke woorden gebruikte ze precies?'

'Hè?' zei Gøran.

'Kun je je nog herinneren wat ze precies zei?'

'Ze zei dat het goed was.'

'Gewoon: "Het is goed"?'

'Ja.'

'Heb je tijdens het rijden een buitenlandse vrouw langs de weg zien lopen?'

'Ik heb geen levende ziel gezien.'

'Droeg ze een koffer?'

'Ik heb geen koffer gezien.'

'Welke kleur had die?'

'Weet ik niet. Ik ben niemand tegengekomen.'

'Ze had alleen een handtasje? Van rode stof. In de vorm van een aardbei', zei Sejer. 'Herinner je je dat nog?'

'Nee', zei Gøran verbaasd. Ineens zag hij er onzeker uit.

'Ben je het vergeten?'

'Er valt niets te herinneren', zei Gøran. Hij legde het stuk pizza weer neer.

'Heb je het misschien verdrongen?'

'Zoiets zou ik heus wel onthouden hebben.'

'Wat voor iets?'

Stilte.

'Misschien was je geest ver weg toen het gebeurde. Alleen je lichaam was aanwezig', zei Sejer.

'Dat was bij Lillian. En hoe! Ik weet zelfs nog wat voor beddengoed ze had. Dat was groen, met waterlelies. Ik zal u één ding zeggen,' zei hij openhartig, 'dat volwassen vrouwen veel beter zijn dan jonge meisjes. Ze openen zich meer, letterlijk. Jonge meisjes knijpen de hele tijd.'

Hij wipte zijn schoenen uit en schopte ze weg. Sejer zweeg en zat een hele tijd te schrijven. Gøran was stil. De stemming was rustig, bijna vredig. Het licht in de kamer werd zachter en het schijnsel van de lampen werd geler naarmate de avond vorderde. Gøran was moe, maar niet van wat hij allemaal moest doormaken. Zijn hoofd was helder. Hij had alles onder controle. Hij telde tot drie. Maar hij kon niet trainen. Hij voelde een groeiende rusteloosheid, die onmogelijk te bestrijden was.

'Kollberg ligt thuis in de kamer, hij kan zich bijna niet bewegen', zei Sejer met een zucht. Hij legde zijn pen neer. 'Ik weet niet of hij nog opknapt. Als dat niet het geval is, moet ik hem laten inslapen.'

Hij staarde Gøran lang aan, over de tafel. Gøran hield zich rustig.

'Nee', zei Sejer, alsof hij zijn gedachten las. 'Ik zeg het alleen maar. Ik ben aan het werk, maar mijn gedachten gaan soms op de loop. Soms zou ik ook ergens anders willen zijn. Hoewel ik het naar mijn zin heb in dit werk. Hier, samen met jou. Waar zijn jouw gedachten?'

'Hier', zei Gøran en hij keek Sejer aan. Daarna keek hij omlaag naar zijn handen.

'Heb je het in de kranten gevolgd?' vroeg Sejer. Hij stopte een Fisherman's Friend in zijn mond en schoof het zakje naar Gøran toe.

'Ja', zei hij.

'Wat dacht jij, over wat er is gebeurd?'

Gøran haalde diep adem. 'Och, niet veel. Dat het afschuwelijk was, natuurlijk. Maar ik lees liever de sport.'

Sejer verborg zijn gezicht in zijn handen alsof hij moe was. In werkelijkheid was hij klaarwakker en vol aanwezig, maar die kleine beweging kon de indruk wekken dat hij weldra zou stoppen. Er waren zes uren verstreken. Alleen zij met zijn tweeën. Geen enkel geluid, geen telefoon of voetstappen of stemmen van buitenaf. Je zou bijna denken dat het enorme gebouw verlaten was. In werkelijkheid was het er een bedrijvigheid van jewelste.

'Wat denk jij over degene die dit heeft gedaan? Ik heb zelf al van alles bedacht. En jij?'

Gøran schudde zijn hoofd. 'Ik denk helemaal niks', zei hij.

'Je hebt geen ideeën over wat voor iemand hij is?'

'Natuurlijk niet.'

'Kunnen we aannemen dat hij boos was?'

'Geen idee', zei Gøran knorrig. 'Het is uw probleem om hem te vinden.'

'Ook in jouw belang, zou ik denken?' Weer die ernst in Sejers gezicht. Zijn blik was zo vast als een cameralens. Hij ging met zijn handen door zijn grijze haar en trok zijn jasje uit. Hij deed het heel langzaam en hing het zorgvuldig over de rug van de stoel. Langzaam maakte hij zijn manchetten los en begon zijn mouwen op te stropen.

Gøran keek ongelovig toe. In zijn cel wachtte een bed met een deken en een kussen. Daar dacht hij nu aan.

'Lang geleden was ik een keer op patrouille in de stad', zei Sejer. 'Het was de nacht van vrijdag op zaterdag. We waren met zijn tweeën. Er werd gevochten voor het Wapen van de Koning. Ik stapte uit en liep erop af. Twee jongemannen, net zo oud als jij. Ik legde een hand op de schouder van een van hen. Hij draaide zich meteen om en keek me recht aan. Ineens, zonder waarschuwing, schoot zijn hand in het donker uit en stak hij een mes in mijn dij. Een lange wond, waar ik vandaag de dag nog een litteken van heb.'

Gøran deed alsof hij niet luisterde, maar in werkelijkheid luisterde hij ademloos. Alle woorden, alle onverwachte verhalen werden iets welkoms, iets ver weg van dit andere. Een soort rust.

'Dat wilde ik alleen maar zeggen', zei Sejer. 'We kijken zo vaak naar messentrekkerij in films of we lezen erover in de krant. Dan sta je daar ineens met een mes in je dij en voel je een afschuwelijke pijn. Ik kon niet meer praten. Alles om me heen verdween, zelfs het geluid van schreeuwende en gillende mensen. Zo erg was de pijn. Nu moet ik daar om lachen. Een armzalige vleeswond. Het enige wat er nog van over is, is een lichte streep. Maar op dat moment zorgde het ervoor dat de rest van de wereld verdween.'

Gøran begreep niet waarom hij dit verhaal vertelde. Om de een of andere reden werd hij bang.

'Heb jij wel eens heel erge pijn meegemaakt?' vroeg Sejer. Hij leunde nu naar voren. Zijn gezicht was zo dicht bij dat van Gøran, dat die een beetje achteruitdeinsde.

'Niet echt', zei hij. 'Behalve als ik train.'

'Als je traint, pers je jezelf over de pijngrens heen?'

'Natuurlijk. Voortdurend. Anders kom je niet verder.'

'Waar ben je naartoe op weg?'

Gøran keek naar Sejers lange gestalte. Nergens spierbundels, maar hij was waarschijnlijk een taaie. Zijn ogen waren ondoorgrondelijk. Ze flikkerden nooit. Het enige waar hij op uit is, is een bekentenis, dacht hij. Adem in, adem uit. Tel tot drie. *Ik was bij Lillian.* Hij boog plotseling naar voren. 'Zullen we armpje drukken?' vroeg hij.

Sejer haalde zijn schouders op. 'Ja. Waarom niet?'

Ze gingen er goed voor zitten. Gøran was meteen klaar. Het drong tot Sejer door dat hij Gøran moest aanraken, zijn hand moest vasthouden. Plotseling aarzelde hij.

'Trekt u zich terug?' grijnsde Gøran.

Sejer schudde zijn hoofd. Gørans hand was bezweet en warm. Hij telde tot drie en drukte hard. Sejer probeerde niet Gørans vuist op de tafel te leggen. Het enige wat hij probeerde was standhouden. En dat lukte. Gørans krachten explodeerden in een enorme krachtsinspanning, en ebden toen weg. Langzaam legde Sejer zijn vuist op de tafel.

'Te veel statische training. Je moet je uithoudingsvermogen niet vergeten. Denk daar voortaan aan.'

Gøran haalde zijn schouders op. Hij voelde zich niet op zijn gemak.

'Poona woog vijfenveertig kilo', informeerde Sejer hem. 'Niet bijzonder sterk, met andere woorden. Niet iets om over op te scheppen, voor een volwassen man.'

Gøran kneep zijn mond dicht.

'Maar waarschijnlijk schept hij er ook niet over op. Ik zie hem duidelijk voor me', zei Sejer en hij keek Gøran recht in de ogen. 'Hij wikt en weegt. Hij probeert het te verwerken. Het te vergeten.'

Gøran voelde zich ineens duizelig.

'Hou je van Indiaas eten?' vroeg Sejer. Hij was volkomen ernstig. Er klonk geen ironie in zijn stem. 'Je geeft geen antwoord. Heb je het wel eens geproefd?'

'Eh, ja,' hij aarzelde, 'één keer. Het was te scherp naar mijn smaak.'

'Mm,' zei Sejer. Hij knikte instemmend. 'Na afloop voel je je net een vuurspuwende draak.' Toen moest Gøran weer lachen. Deze man was moeilijk te volgen. Hij betrapte zichzelf erop op de klok te kijken. Hij zat er een beetje als een zoutzak bij.

'Als ik Kollberg moet laten inslapen, wordt dat de zwartste dag van mijn leven', zei Sejer. 'Echt de zwartste dag. Hij krijgt nog een dag of twee, drie, dan moeten we maar zien.'

Gøran werd plotseling misselijk. Hij wreef over zijn voorhoofd. 'Ik voel me niet lekker', zei hij.

*

Diep van binnen wist Linda dat Jacob onbereikbaar was. Een feit dat als een doorn in haar voet was, het stak bij iedere stap. Tegelijkertijd voelde ze in haar hart dat hij van haar was. Hij had voor haar deur gestaan, op de bovenste trede van de trap, met het licht van de buitenlamp als goud in zijn krullen. Hij had haar met zijn blauwe ogen aangekeken. Zijn blik was dwars door haar heen gegaan, als een straal. Had zich in haar vastgezet en was een streng tussen hen geworden. Zij had het recht om hem op te plukken en met zich mee te dragen, binnen in haar blouse. Ze kon zich hem onmogelijk met een ander meisje voorstellen. Dat beeld kon ze niet op haar netvlies krijgen. Uiteindelijk had ze heel goed begrepen dat mensen uit liefde konden doden. Dat begrip was langzaam tot haar doorgedrongen, groot en zwaar. Ze voelde zich wijs.

In gedachten zag ze zichzelf een mes in Jacob steken. Zodat hij in haar armen viel en daarna bloedend op de grond bleef liggen. Ze zou erbij zijn als hij stierf en ze zou zijn laatste woorden horen. Daarna, de rest van haar leven, kon ze zijn graf bezoeken. Met hem praten, hem alles zeggen wat ze wilde, en hij zou niet kunnen weglopen.

Ze stapte uit bed en kleedde zich aan. Haar moeder was naar Zwitserland om chocolade te halen. Ze stopte twee pijnstillers in haar mond en spoelde ze weg met water. Trok haar jas aan en pakte het busboekje uit de keukenla. Toen ging ze buiten langs de weg staan wachten. De bus was bijna leeg, alleen zijzelf en een oudere man. In haar zak had ze een mes. Een groentemes met kartelsnede. Als haar moeder daar wortels mee sneed, kreeg ze mooie, geribbelde plakjes. Ze kroop ineen op de bank en voelde aan het heft van het mes. Haar eigen wel en wee betrof nu niet meer naar school gaan en werken, een echtgenoot en kinderen, of een eigen kapsalon met de geur van hairspray en shampoo. Nu ging het om haar gemoedsrust. Die kon alleen Jacob haar geven, dood of levend, dat maakte niet uit, maar ze moest gemoedsrust hebben!

Een uur later reed Skarres auto langzaam de Nedre Storgate in. Hij merkte niet op wat er buiten gebeurde, zijn gedachten waren ergens anders. Hij parkeerde langs het trottoir en trok de handrem aan. Bleef in gedachten verzonken zitten. Hij schrok omdat zijn mobieltje de eerste strofen van Beethovens vijfde liet horen. Het was Sejer. Na het gesprek bleef Skarre nog even zitten peinzen. Sejer had hem een merkwaardige vraag gesteld, op zijn eigen kenmerkende, verlegen manier, zodra het over vrouwen ging. 'Stel dat je een vriendin hebt,' zei hij, 'die je regelmatig bezoekt. Jullie hebben een relatie waarin het niet om liefde gaat, maar om heel andere dingen.'

'Seks', zei Jacob.

'Precies. Ze is getrouwd en jullie zien elkaar in het geheim. Je gaat naar haar huis toe, op dagen dat ze alleen is. Stel je zo'n relatie en zo'n bezoekje voor.'

'Heel graag', grijnsde Skarre.

'Je bent bekend in haar huis, want je bent er eerder geweest. Jullie belanden al snel boven in de slaapkamer. Die ken je ook, de meubels en het behang. Dan hebben jullie seks.'

'Absoluut', zei Jacob.

'Daarna ga je naar huis. Dan is de vraag, Jacob, denk goed na: zou je je later herinneren wat voor lakens er op het bed lagen?'

Skarre zat achter het stuur te denken. Hij scharrelde rond in verschillend beddengoed. Hij herinnerde zich de avond bij Hilde, nadat ze *Eyes wide shut* in de bioscoop hadden gezien, en het lampje met de rode kap bij het bed. Het beddengoed, dat pruimenrood was, het laken iets lichter dan de dekbedovertrek, en het kussen met witte bloemen. Hij herinnerde zich Lene met de gele haren en haar bed met een rotan hoofdeinde. Het dekbed met margrieten. Ongelooflijk, dacht hij, terwijl hij zijn hoofd ophief. Ineens verdween er een schaduw om de hoek. Hij bleef zitten kijken. Iets snels, een plotselinge beweging die meteen weer weg was. Alsof iemand daar had staan kijken. Hij schudde zijn hoofd en stapte uit de auto. Slenterde het portiek in en zocht naar zijn huissleutels. Hij hoorde een geluid. Bleef staan luisteren. Ik ben toch niet bang in het donker, dacht hij, terwijl hij de deur openmaakte. Hij liep naar boven. Bij het raam keek hij omlaag naar de lege straat. Stond daar iemand? Hij zocht een nummer op in de telefoongids en pakte de hoorn van de haak. Hij hoorde hem twee keer overgaan, toen nam ze op.

'Jacob Skarre', zei hij. 'We hebben elkaar gisteren gesproken. Ik was samen met Konrad Sejer. Weet u nog?'

Lillian Sunde antwoordde bevestigend. Hoe zou je een dergelijke confrontatie kunnen vergeten?

'Een klein vraagje maar', zei hij. 'Heeft u een groene lakenset met waterlelies?'

Het werd helemaal stil aan de andere kant. 'Is dit een grap?' vroeg ze toen.

'U geeft geen antwoord op mijn vraag', zei hij.

'Daar heb ik geen overzicht over. In ieder geval niet nu meteen', zei ze aarzelend.

'Nou moet u ophouden', zei Skarre een beetje agressief. 'Natuurlijk weet u wat voor beddengoed u heeft. Groen. Met waterlelies.'

Er klonk een klikje toen ze ophing. Die reactie zat hem niet lekker.

*

Gøran at zijn ontbijt zittend op zijn brits, met het blad op schoot. Het ging langzaam. Hij had bijna niet geslapen. Het was niet bij hem opgekomen dat hij niet zou kunnen slapen, toen ze hem eindelijk, na vele uren, naar de cel terugbrachten. Zijn lichaam had pijn gedaan en was loodzwaar geweest, toen hij met zijn kleren aan was gaan liggen. Hij leek te verdwijnen, toen hij in de dunne matras wegzakte. Maar zijn ogen gleden weer open. Zo was hij het grootste deel van de nacht blijven liggen, bijna lichaamloos. Alleen twee opengesperde ogen die naar het plafond staarden. Af en toe hoorde hij voetstappen op de gang, een paar keer het gerinkel van sleutels.

Hij slikte het brood weg met koude melk. Het eten zette uit in zijn mond. Het gevoel dat zijn eigen lichaam hem in de steek liet, was beangstigend. Hij had altijd alles onder controle. Zijn lichaam had hem altijd gehoorzaamd. Plotseling wilde hij hard brullen. Zijn vuisten dwars door de muur heen slaan. Er had zich een overschot in zijn getrainde lichaam opgebouwd, dat nu dreigde te exploderen. Hij zat stil op de brits om zich heen te kijken, probeerde een punt te vinden waar hij zijn energie op kon richten. Hij kon het blad tegen de muur smijten, de lakens aan flarden scheuren. Maar hij bleef zitten. Muisstil, in een soort motorische collaps. Hij keek weer naar het eten. Bekeek zijn handen die het blad vasthielden. Ze kwamen hem vreemd voor. Wit en slap. Een luide klik van het deurslot. Twee agenten kwamen binnen om hem mee te nemen naar nieuwe verhoren. Flessen cola en mineraalwater stonden weer klaar, maar Sejer liet zich nog niet zien. De agenten lieten hem alleen zonder de deur af te sluiten. Het waanzinnige idee kwam in hem op dat hij gewoon kon opstaan en naar buiten kon wandelen. Maar vermoedelijk stond er iemand voor de deur. Was dat zo? Hij ging op de gemakkelijke stoel zitten. Terwijl hij wachtte hoorde hij het zeven verdiepingen hoge gebouw tot leven komen. Het was een langzaam luider wordend gezoem rondom, van deuren en voetstappen en rinkelende telefoons. Na een tijdje hoorde hij het niet meer. Hij vroeg zich af waarom. Er kwam niemand. Gøran wachtte. Hij glimlachte wrang bij de gedachte dat dit misschien een soort van marteling was die hem murw moest maken. Maar zijn hoofd was weer helder, hij was niet meer zo duizelig als de vorige dag. Hij keek op de klok. Ging eens anders zitten. Probeerde aan Ulla te denken. Ze was zo ver weg. Hij had een rotgevoel als hij aan Einars Kro dacht. Iedereen die daar zat te praten. Hij kon er niet bij zijn om hen te corrigeren. Wat dachten ze? En zijn moeder? Zij zou wel in een hoekje van de keuken zitten grienen. Zijn vader hield zich vermoedelijk achter het huis op, met zijn rug naar het raam toe, druk bezig met bijl of hamer. Zo leefden ze, besefte hij, met de rug naar elkaar toe. En dan Søren in de timmerwerkplaats. Hij zou er ook wel het zijne van denken. Misschien kwamen er mensen langs om hem uit te horen. Alsof Søren iets wist. Maar de mensen uitten hun mening nu waarschijnlijk overal, in Gunwalds winkel en bij Modes benzinestation. Het zou niet lang meer duren, dan was hij hier weg. Hij zou door de straten lopen en alle gezichten zien met hun gedachten. Stonden er foto's van hem in de kranten? Mocht dat als hij nog niet was veroordeeld? Hij probeerde zich wetten en regels te herinneren, maar kwam er niet op. Elvestad is een klein plaatsje. Dominee Berg had hem gedoopt en hij had belijdenis bij hem gedaan. Plotseling had hij een grappige gedachte, dat de dominee misschien aan de ontbijttafel in de pastorie voor hem zat te bidden. *Ik vraag U, Heer, wees bij Gøran in deze moeilijke tijd.* Hij schrok op toen de deur openging.

'Goed geslapen?' Sejer doemde op in de deur.

'Ja, prima', loog hij.

'Mooi zo. Dan beginnen we.'

Hij ging bij de tafel zitten. Hij had iets lichts en onbezwaards over zich, hoewel hij een grote man was. Met lange ledematen, brede schouders en een getekend gezicht. Het klopte vast wat hij zelf beweerde, dat hij uitstekend in vorm was. Hij zag het nu. Een hardloper, dacht Gøran, zo iemand die 's avonds langs de wegen rent, kilometer na kilometer in een regelmatig tempo. Een taaie, volhardende man.

'Is het beest weer op de been?' vroeg Gøran.

Sejer trok een wenkbrauw op. 'De hond', corrigeerde hij. 'Is de hond op de been. Ik heb geen beest. Nee. Hij ligt voor de kachel, zo slap als een vaatdoek.'

'Hm', zei Gøran dodelijk. 'Dan moet u hem laten afmaken. Een dier hoort niet zo te liggen.'

'Ik weet het. Maar ik stel het uit. Denk jij wel eens aan Kaïro? Dat je hem ooit moet laten inslapen?'

'Dat duurt nog zo lang.'

'Maar toch. Eens moet het gebeuren. Denk je nooit aan de toekomst?'

'De toekomst? Nee. Waarom zou ik?'

'Ik wil dat je nu aan de toekomst denkt. Als je een beetje vooruitkijkt, wat zie je dan?'

Gøran haalde zijn schouders op. 'Het ziet eruit zoals nu. Ik bedoel, voordat dit allemaal gebeurde.'

Hij hief zijn handen op in een machteloos gebaar.

'Daar ga je van uit?'

'Ja.'

'Maar sommige dingen zijn veranderd. Je aanhouding. Deze gesprekken. Maakt dat de dingen niet anders?'

'Het wordt moeilijk om straks weer buiten te komen. Om de mensen onder ogen te komen.'

'Hoe wil je het liefst dat het wordt, als je ooit buitenkomt?'

'Ik wil dat het net als vroeger is.'

'Kan dat?'

Gøran wrong zijn handen in zijn schoot.

'Kan je leven ooit weer als vroeger worden?' herhaalde Sejer.

'In ieder geval bijna hetzelfde.'

'Wat zal er anders zijn?'

'Nou, wat u zegt. Alles wat er is gebeurd. Dat zal ik nooit vergeten.'

'Dus je bent het niet vergeten? Vertel me wat je je herinnert.'

Sejers stem was zacht en eigenlijk wel prettig, dacht Gøran, maar hij schoof met een ruk achteruit. Hij deed zijn mond open, bleef met open mond zitten. De stilte stond als een speer in de kamer, een speer die nu langzaam ronddraaide en naar hem wees. Zijn ogen begonnen te flikkeren.

'Er valt niets te herinneren!' schreeuwde hij. Hij vergat rustig adem te halen, vergat te tellen, greep een colaflesje en gooide dat tegen de muur. De cola stroomde langs de wand. Sejers gezicht verried niets. 'We stoppen, Gøran', zei hij zacht. 'Je bent te moe.'

Hij werd naar de cel teruggebracht en twee uur later weer opgehaald.

Hij voelde zich weer zwaar. Loom en langzaam. Onverschillig, op een prettige manier.

'Je traint fanatiek', zei Sejer. 'Heb je je halters bij je in de auto? Zodat je ze bij iedere gelegenheid kunt heffen? In de file? Of als het licht op rood staat?'

'We hebben in Elvestad geen files of verkeerslichten', zei Gøran droog.

'Het laboratorium heeft resten van een wit poeder op haar handtasje gevonden', vervolgde Sejer. 'Wat zou dat kunnen zijn, denk jij?'

Stilte.

'Je weet wel, dat rare tasje van haar. Groen. In de vorm van een meloen.'

'Meloen?' stamelde Gøran.

'Heroïne misschien. Wat denk jij?'

'Ik ben geen junk', zei Gøran hard.

'Nee?'

'Ik heb wel eens wat uitgeprobeerd. Lang geleden. Maar het deed me niets.'

'Wat doet je wel wat?'

Gøran haalde zijn schouders op.

'Trainen, nietwaar? Je spieren die keihard worden, het

zweet dat langs je lichaam stroomt, de pijn in je armen en je benen als ze te weinig zuurstof krijgen, het halfgesmoorde gegrom uit je strot bij iedere heffing, het gevoel van brute kracht, van alles wat je aankunt, het handvat dat warm wordt in je handen. Is dat lekker?'

'Ik hou van trainen', zei Gøran afwijzend.

'Na een tijdje wordt de handvat glad en glibberig. Je stopt je handen in een bak met magnesium. Een fijn, wit poeder. Er stuift wat van door de lucht en het blijft in je haren en op je huid zitten. Hoewel je douchte, vond iets ervan de weg naar Poona's tasje. Vermoedelijk omdat dat van stof was. Een synthetisch materiaal dat alles aantrekt.'

Weer keek Gøran Sejer verward aan. Hij had het gevoel dat zijn gedachten alle kanten opgingen, hij kon ze niet bijeenhouden. Hij wist niet meer wat hij zelf had gezegd. Kon niet langer wijs uit wat de politieman zei.

'Ik heb bijna niet geslapen', zei hij met iele stem.

'Ik weet het', zei Sejer. 'Maar we hebben de tijd. Het is belangrijk dat we dit goed doen. Je zegt dat je bij Lillian was. Lillian zegt van niet. Misschien was je op Hvitemoen, maar wilde je eigenlijk bij Lillian zijn?'

'Ik was bij Lillian. Dat weet ik. We moesten ons haasten.'

'Dat moesten jullie toch altijd? Er kon iemand komen.'

'Ik snap niet waarom ze liegt.'

'Je belde om te vragen of je bij haar kon komen. Zei ze nee, Gøran? Werd je voor de tweede keer op een en dezelfde avond afgewezen?'

'Nee!'

Sejer deed een paar stappen door de kamer. Gøran werd gegrepen door een enorme onrust, een onbedwingbare drang om zich te bewegen. Hij keek op de klok. Er waren elf minuten verstreken.

‘Toen je in de krant over de moord las,’ zei Sejer, ‘moet je daar iets bij hebben gedacht. Je moet in gedachten enkele beelden hebben gevormd. Wil je mij die laten zien?’

‘Beelden?’ Gøran knipperde met rode ogen.

‘Gemaakt in je fantasie. Zoals we doen als ons iets wordt verteld. We proberen het te zien. Een automatische reactie. Ik wil graag jouw beelden rond de moord op Poona horen.’

‘Die heb ik niet.’

‘Ik zal je helpen ze te vinden.’

‘Maar wat moet u daarmee?’ vroeg Gøran onzeker. ‘Het is toch alleen maar fantasie.’

‘Zien of ze lijken op wat wij hebben gevonden.’

‘Dat is toch onmogelijk. Ik was het niet!’

‘Als we ze vinden, slaap je vannacht beter. Misschien jagen ze je angst aan?’

Gøran verborg zijn gezicht in zijn handen. Ze bleven een tijdje zwijgend zitten.

‘Heb je Linda Carling thuis opgezocht?’ vroeg Sejer plotseling.

‘Wat? Nee. Waarom zou ik?’

‘Je zult wel redelijk nijdig zijn, bij het idee dat zij jouw naam heeft doorgegeven?’

‘Redelijk nijdig? Ik ben witheet.’

‘Ben je daarom naar haar huis gegaan om haar bang te maken?’

Gøran keek hem verbaasd aan. ‘Ik weet niet eens waar ze woont’, zei hij.

Ze schrokken allebei toen de deur openging en Skarre binnenkwam.

‘Telefoon’, zei Skarre.

‘Dat moet dan wel heel belangrijk zijn’, zei Sejer. Hij

keek naar Gøran en verliet de kamer. 'Is het Sara? Is Kollberg opgestaan?'

'Ole Gunwald', zei Skarre. 'Hij wilde alleen jou spreken.'

Sejer ging zijn kantoor binnen. Hij voerde het gesprek staande.

'Met Ole Gunwald uit Elvestad. Ik woon bij Hvitemoen.'

'Dat weet ik', zei Sejer.

'Ik ben er een beetje laat mee, maar het gaat over die moord.'

'Ja?' zei Sejer ongeduldig. Skarre stond te popelen.

'Jullie hebben Gøran Seter gearresteerd', zei Gunwald benauwd. 'In verband daarmee moet ik iets zeggen. Dat is de verkeerde man.'

'Wat weet u daarvan?'

'Ik ben degene die over die koffer heeft gebeld', zei Gunwald. 'En ik heb iets verzwegen. Het was niet Gøran die ik bij het Norevann heb gezien.'

Sejer sperde zijn ogen open. 'U heeft hem gezien?'

'Ik geloof dat het beter is dat jullie hierheen komen', zei Gunwald.

Sejer keek Skarre aan. 'We nemen jouw Golf', stelde hij voor.

'Onmogelijk', zei Skarre mistroostig. 'Toen ik vanmorgen naar buiten kwam, had ik vier lekke banden. Lekgestoken.'

'Ik dacht dat je in een rustige buurt woonde?'

'Dat dacht ik ook. Het zal wel een kwajongensstreek zijn.'

'Waar denk je aan?' vroeg Sejer tijdens de rit. Hij had een hekel aan de surveillancewagen en had het stuur aan Skarre overgelaten.

'Gøran is onschuldig, nietwaar?'
'Dat moeten we nog afwachten.'
'Maar een oudere kruidenier verzint zoiets toch niet?'
'Iedereen kan zich vergissen.'
'Jij ook. Heb je daar wel eens aan gedacht?'
'Vaak.'
Weer een pauze.
'Heb je iets tegen mensen die aan hun lichaam werken?' vroeg Skarre rustig.
'Nee. Maar ik heb er wel zo mijn vraagtekens bij.'
'Jij hebt er vraagtekens bij. Dat is toch hetzelfde als een vooroordeel hebben?'
Sejer zweeg. Hij keek Skarre aan. 'Het gaat om het opbouwen van kracht, nietwaar? Jarenlange fanatieke training. Met steeds zwaardere gewichten. Vroeg of laat krijgt je lichaam behoefte aan ontlading. Maar die komt niet. Alleen zwaardere gewichten, steeds zwaardere gewichten. Ik zou er gek van worden.'
'Mm', glimlachte Skarre. 'Gek. En heel erg sterk.'
Negentien minuten later stopten ze voor Gunwalds winkel. Hij stond pakken muesli op te stapelen toen hij de auto zag aankomen. Bij het zien van de twee mannen zakte hij een beetje in elkaar. Ze hadden iets noodlottigs. Hij voelde een beginnende migraine achter zijn slaap steken.
'Het spijt me', stamelde hij. De woorden waren bijna niet verstaanbaar. 'Ik had eerder moeten bellen. Maar ik ben ook zo in de war. Einar heeft het natuurlijk niet gedaan, Gøran ook niet. Daarom twijfelde ik.'
'Einar Sunde?'
'Ja.'
Hij beet op zijn lip. 'Ik herkende hem, en zijn auto ook. Een groene Ford Sierra.'
'Maar het was laat. En bijna donker?'

'Ik zag het duidelijk. Geen twijfel mogelijk. Helaas, mag ik wel zeggen.'

'Ziet u slecht?' Sejer knikte naar de dikke brillenglazen.

'Niet als ik deze op heb', zei Gunwald.

Sejer dwong zichzelf geduldig te zijn en keek hem aan. 'Het was prettig geweest als u het meteen had verteld.'

Gunwald veegde zijn voorhoofd af. 'Niemand mag weten dat ik het heb gezegd', fluisterde hij.

'Dat kan ik niet beloven', zei Sejer. 'Ik begrijp dat u bang bent. Maar u bent een belangrijke getuige, of u dat nu prettig vindt of niet.'

'Je wordt hier zo argwanend aangekeken, als je iets zegt. Kijk maar naar die arme Linda. Niemand praat meer met haar.'

'Als Gøran of Einar of allebei hier iets mee te maken hebben, denkt u dan niet dat de mensen in het dorp willen dat ze daarvoor gestraft worden?'

'Natuurlijk. Als zij het waren.'

Sejer haalde diep adem en liet de lucht langzaam ontglippen. 'We denken graag het beste over de mensen die we kennen. Maar iedereen kent wel iemand.'

Gunwald knikte somber. 'Dus nu gaan jullie hem halen?'

'Hij moet uitleggen wat dit betekent.'

'Jomann krijgt waarschijnlijk een beroerte. Hij koopt altijd kranten bij Einar.'

Skarre keek Gunwald onderzoekend aan. 'Hoe oud bent u?' vroeg hij opgewekt.

'Hoe oud ik ben? Vijfenzestig.'

'Wordt het binnenkort niet eens tijd om ermee op te houden?'

'Misschien wel', zei hij moe. 'Maar hoe moet ik de dagen dan doorkomen? Ik heb alleen hem.' Hij wees naar de dikke hond in de hoek.

'De dagen verstrijken toch wel', zei Sejer. 'Ik waardeer het dat u dit heeft verteld. Ook al duurde het even.' Hij maakte een beleefde buiging. 'U hoort nog van ons.'

Gunwald keek de mannen peinzend na. Hij hoorde de auto starten, zag hem naar rechts afslaan, in de richting van het café. Toen slenterde hij op de hond toe.

'Misschien moeten we er maar mee stoppen', zei hij en hij streelde de donkere hondenkop. 'Dan kunnen we 's morgens wat langer blijven liggen. En overdag vaker gaan wandelen. Misschien raak je dan wat spek kwijt.' Hij stond op en staarde uit het raam. Stelde zich Einars gezicht voor. Nog een paar seconden in gelukkige onwetendheid. Langzaam liep hij naar de deur toe en draaide de twee sloten dicht. Het werd helemaal stil. Het was eigenlijk heel gemakkelijk.

'Kom', zei hij tegen de hond. 'Kom, dan gaan we naar huis.'

'Einar Emil Sunde?'

Einar klemde een doekje in zijn handen.

'Ja?'

Twee vrouwen zaten koffie te drinken. Ze staarden openlijk. Hij zocht steun bij de bar. Lillian was vertrokken. De helft van de meubels was weg. De akoestiek in de kamers was vreemd. De politie kwam het café binnenstampen. Wat zouden de mensen wel denken? Woede en angst verschenen beurtelings op zijn lange gezicht.

'U moet de boel hier afsluiten en met ons meekomen. We moeten iets met u bespreken.'

'Wat dan?' vroeg hij nerveus. Zijn stem liet hem in de steek. Was niet meer dan wat schor gepiep.

Ze reden zwijgend naar het politiebureau. De vernedering, toen hij de twee vrouwen had moeten vragen om de zaak te verlaten, had hem doen zweten.

'Ik zal meteen ter zake komen', zei Sejer.

Ze waren in het kantoor aangekomen.

'Op één september bent u bij het Norevann gezien. U stond met een koffer op het puntje de landtong. Na een tijdje gooide u de koffer in het water en reed u weg in uw groene stationwagen. De getuige die u heeft gezien, heeft ons opgebeld. We hebben de koffer opgedregd. Die was eigendom van de overleden Poona Bai, die op twintig augustus op Hvitemoen is vermoord.'

Einar liet zijn hoofd hulpeloos hangen.

'We weten ondertussen dat ze bij u in het café is geweest. Dus dan is de vraag, Sunde: waarom had u Poona's koffer in uw bezit?'

Einar onderging een merkwaardige verandering. Binnen enkele minuten verloor hij al zijn waardigheid en was hij naakt tot op het bot. Het was geen fraai gezicht.

'Ik kan alles uitleggen', fluisterde hij.

'Dat neem ik aan', zei Sejer.

'Die vrouw kwam 's avonds mijn café binnen. Zoals ik al heb verteld.' Hij schraapte zijn keel en hoestte even.

'Ja?'

'Voor alle duidelijkheid: wat ik nu vertel is waar. Ik had het eerder moeten vertellen. Dat is het enige wat ik verkeerd heb gedaan!'

'Ik wacht', zei Sejer.

'Ze zat een tijdje met haar kopje thee in het hoekje bij de jukebox. Ik zag haar niet goed, bovendien was ik met andere dingen bezig. Maar ik hoorde haar een paar keer hoesten. Er was op dat moment verder niemand in het café. Alleen wij tweeën.'

Sejer knikte.

'Toen hoorde ik plotseling haar stoel over de vloer schrapen en haar voetstappen. Even later sloeg de deur dicht. Ik was net bezig de afwasmachine leeg te halen, dus het duurde even voor ik naar haar tafeltje toe ging om het lege kopje te halen.' Hij keek op. Zijn ogen schoten onrustig heen en weer. 'Toen zag ik de koffer staan.'

'Stond die er nog?'

'Ja. Maar zij was verdwenen. Ik stond er een tijdje naar te kijken. Vond het een beetje vreemd. Dat je zo'n groot ding kunt vergeten. Ze leek nogal opgewonden, dus ik dacht dat ze misschien even naar buiten was om een frisse neus te halen. Dat ze zo wel weer naar binnen zou komen. Maar dat gebeurde niet. Daarom zette ik hem maar in mijn kantoortje. Daar bleef hij staan. Ik heb me nog even afgevraagd wat ik ermee zou doen. Of ik hem mee naar huis zou nemen of zo. Ik dacht eigenlijk dat ze er wel weer voor terug zou komen. 's Nachts is hij in het café blijven staan. Ik had hem maar in de koelcel gezet. Hij nam zoveel ruimte in.'

'Ga door', zei Sejer.

'Ik weet nog dat ik de volgende dag op de radio over de moord hoorde. Maar ik ving maar de helft op. Ik hoorde bijvoorbeeld niet dat het om een buitenlandse vrouw ging. Het duurde een tijdje voor er iemand binnenkwam die zei dat ze misschien Pakistaanse was. Of Turkse. Toen drong het tot me door dat zij het misschien was geweest. En de koffer stond in de koelcel. Toen pas besefte ik de ernst van de situatie, dat ze in mijn café was geweest en dat we alleen waren geweest. In zekere zin kreeg ik last van mijn geweten. Bovendien was ik er helemaal niet zeker van of zij het wel was geweest. Maar ondertussen kwam ze ook niet terug om haar koffer op te halen. Dus ik had zo mijn vermoedens. Maar de tijd verstreek en het werd alleen maar erger. Uiteindelijk kreeg ik alles te horen. Dat ze Jomanns vrouw was, die hij in India had ontmoet. En ik zat daar met al haar spullen! Ik dacht dat jullie de moordenaar sowieso wel zouden vinden, met of zonder die koffer. Die was toch niet zo belangrijk. Dus ik besloot dat ik hem kwijt moest. Wie heeft mij gezien?' flapte hij er ineens uit.

Sejer probeerde het verhaal, dat hij als irritant geloofwaardig ervoer, te verwerken. Lange tijd bestudeerde hij Sundes rode gezicht. 'Iemand die anoniem wenst te blijven.'

'Maar dan moet het iemand zijn die mij kent! Ik snap het niet. Het was hartstikke donker. Ik heb daar bij het meertje geen levende ziel gezien.'

'Sunde', zei Sejer, terwijl hij zich naar voren boog. 'Ik hoop dat u de ernst hiervan inziet. Als uw verhaal klopt, heeft u in een ernstige moordzaak belangrijke informatie achtergehouden.'

'Als mijn verhaal klopt?' schreeuwde Einar. 'Natuurlijk klopt het!'

'Voor ons is dat niet zo vanzelfsprekend.'

'Precies. Nu ziet u waarom ik niet heb gebeld! Ik wist dat het hierop zou uitdraaien. Jullie springen boven op alles wat jullie kunnen krijgen, precies waar ik al bang voor was.' Hij draaide zich met een ruk om en bleef met zijn rug naar Sejer toe zitten.

'Heeft u in de loop van de dag of op de avond van de twintigste contact gehad met Gøran Seter?'

'Wij gaan niet met elkaar om. Ik ben bijna twee keer zo oud als hij.'

'Toch hadden jullie iets gemeenschappelijks?'

Met onbehagen besefte Einar dat hij Lillian bedoelde.

'Niet dat ik weet', bromde hij. 'Ik heb u de waarheid verteld. Zo is het gebeurd. Ik begrijp nu hoe stom ik was, maar ik wilde eerlijk gezegd niet bij zoiets betrokken raken.'

'Daar is het nu te laat voor', zei Sejer. 'U zit er tot over uw oren in. Als u meteen had gebeld, was u er allang weer uit geweest. Zoals het er nu voor staat, zullen we het een en ander moeten onderzoeken. Onder andere uw auto en uw huis.'

'Nee. Nee, om de dooie dood niet!' schreeuwde hij.

'Jawel, om de dooie dood wel, Sunde. En in de tussentijd wacht u hier.'

'U bedoelt toch niet de hele nacht?'

'Zo lang als het nodig is.'

'Godverdomme. Ik heb kinderen en zo!'

'Dan zult u hen moeten uitleggen wat u mij zojuist heeft verteld. Het verschil is dat zij u zullen vergeven. Dat zal ik niet doen.' Hij stond op en verliet de kamer.

Einar bleef muisstil zitten. Mijn god, dacht hij. Wat heb ik gedaan?

Vier agenten gingen naar Einar Sundes huis toe. Skarre liep meteen door naar de slaapkamer. Een grote kast bevatte beddengoed en handdoeken. Je kon duidelijk zien dat er het een en ander was weggehaald, de kast was halfleeg. Hij keek de stapels met dekbedovertrekken door en vond al snel wat hij zocht. Groene hoezen met waterlelies. Naar een schilderij van Monet. Misschien sprak Gøran de waarheid, misschien was hij hier de avond van de twintigste geweest. Of herinnerde hij zich de lakens van een andere avond? Zo beschouwd was het geen alibi. Toch was het verontrustend. Ze sleepten Einars auto weg voor technisch onderzoek. Zelfs de allerkleinste deeltjes werden uit de wagen opgezogen, zonder dat ze iets belangwekkends vonden. Kon een weldenkend, goed geïnformeerd mens zoiets onbeschrijflijk stoms doen? Sprak daar niet een ongelooflijke arrogantie uit? Skarre dacht aan de mooie nachtkleding, het ondergoed en de toiletspulletjes die Poona zich ter ere van Gunder had aangeschaft. Hij had alles in het water gegooid. Wat voor man was Einar Sunde?

'Het ergste is nog, dat ik hem geloof', zei Sejer later, op kantoor. Skarre maakte het raam open. Hij ging in de vensterbank zitten roken.

'Dus je laat hem gaan?'

'Ja.'

'Dus Gøran is toch onze man?'

'Dat weet ik vrijwel zeker. Maar hij heeft een sterke overlevingsdrift. Zijn fysieke vorm helpt hem.'

'Persoonlijk vertrouw ik Lillian Sunde niet', zei Skarre en hij vertelde over de groene lakens.

'Nou goed. Dan heeft ze die. Hij heeft ze een keer gezien en hij heeft het onthouden. Ik twijfel er niet aan dat ze een relatie hadden. De geruchten bevestigen dat ook. Maar die avond was hij niet bij haar. Hij is boos weggereden nadat Ulla het had uitgemaakt. Toen hij Lillian belde, kreeg hij daar ook nul op het rekest. Zijn halters lagen achter in de auto. Poona liep alleen langs de weg. Hij stopte en sprak haar aan. Misschien bood hij aan om haar naar Jomanns huis te brengen. Toen hij haar probeerde aan te randen, werd ze bang. Zijn woede nam de overhand. Hij heeft de koffer nooit gezien. Nu weten we waarom. Die stond in het café. Toen heeft hij haar vermoord. Hij vluchtte in paniek en verkleedde zich. Hij trok eenvoudig weer de kleren aan waarin hij had getraind. Was om een uur of elf thuis. Zei tegen zijn moeder dat hij samen met Ulla had opgepast. We weten dat hij dat niet had gedaan. De vorm en de zwaarte van de halters kan Poona's letsel hebben veroorzaakt. Het witte poeder is afkomstig uit het fitnesscentrum, we kennen geen andere toepassingen voor magnesiumpoeder. Liefde is voor hem een onbekend fenomeen. Hij heeft een vriendin, of hij heeft er geen. Over gevoelens kan hij niet praten. Hij is bezeten van seks en hij wil iemand hebben met wie hij voor den dag kan komen. Hij lijkt zo slim en vrolijk, en helemaal op zijn plaats in de groep waarin hij verkeert, maar volgens mij is hij nogal bot en tamelijk simpel. Niet in staat zich in andermans gevoelens te verplaatsen.'

'Een psychopaat?'

'Dat zijn jouw woorden. Dat is trouwens een begrip waar ik nooit vertrouwd mee ben geraakt.'

'Dus nu ga je hem zo onder druk zetten dat hij bekent?'

'Ik probeer hem naar beste kunnen zo ver te krijgen dat hij inziet dat hij dat wel moet. Om verder te kunnen met zijn leven.'

'En als hij niet bekent? Hebben we genoeg voor een aanklacht?'

'Misschien niet. Daar maak ik me zorgen over.'

'Hoe is het mogelijk om iemand zo verschrikkelijk toe te takelen als hier is gebeurd, zonder iets van jezelf achter te laten?'

'Dat gebeurt wel vaker.'

'In de auto is niets van Poona gevonden. Nog niet het kleinste vezeltje, nog geen haar. Hadden we niet íéts moeten vinden?'

'Ze droeg zijde. Dat laat geen vezels na, zoals wol of andere dingen. Haar haren waren strak gevlochten.'

'Wat heeft hij met die halters gedaan?'

'Dat weet ik niet. Daar zijn geen sporen op aangetroffen. Hij heeft verscheidene sets. Misschien heeft hij de halters die hij gebruikt heeft om haar te doden weggegooid. Ik wil een aantal personen nog eens hier hebben. Roep ze allemaal op en laat ze zo snel mogelijk hierheen komen. Ulla Mørk. Linda Carling. Ole Gunwald. Anders Kolding. Kalle Moe. En Lillian Sunde.'

Hij keek Skarre aan. 'Is er verder nog iets? Heeft Sara gebeld?'

'Ja. Kollberg is nog steeds niet opgestaan.'

De hond keek hem droevig aan toen hij de kamer binnenkwam. Hij maakte een paar aarzelende bewegingen met zijn poten, maar gaf het weer op. Sejer bleef hulpeloos naar hem staan kijken. Sara kwam uit de keuken.

'We moeten hem misschien een beetje onder druk zetten. Zolang hij zijn eten in zijn bek krijgt geduwd, doet hij geen enkele moeite.'

Samen probeerden ze Kollberg omhoog te hijsen tot hij stond. Sara aan de voorkant, Sejer van achteren. Zijn poten gleden opzij. Maar ze bleven staan. Hij begon te janken en zakte ineen. Toen ze hem nog eens optilden, gebeurde hetzelfde. Na een tijdje hield hij op met janken. Hij probeerde het hen naar de zin te maken, zodat ze hem met rust zouden laten, maar ze lieten hem niet met rust. Ze tilden hem op, steeds weer. Sara haalde een voddenkleedje, zodat zijn poten niet steeds weggleden. Dat hielp. Het hondenlichaam trilde toen zijn poten de ruim vijftig kilo droegen.

'Volgens mij tilde hij een paar honderd gram uit zichzelf op', meende Sejer optimistisch. Sara veegde het zweet van haar gezicht. Haar lange pony viel steeds voor haar ogen en ze begon te lachen.

'Sta op, joh, sul die je bent', riep ze. Toen lachten ze allebei. Opgetogen vanwege al die blijdschap zette Kollberg zijn poten onder zich en bleef een paar seconden staan. Toen ze hem loslieten, zakte hij met een gelukkig blafje op de grond.

'Verdomme nog aan toe!' schreeuwde Sara. Sejer keek

haar geschrokken aan. 'Hij gaat het redden. We gaan iedere dag met hem oefenen. We geven het niet zo één, twee, drie op.'

'Ik haal een stukje worst', zei Sejer blij en hij rende naar de keuken. Ondertussen slaagde Kollberg erin een paar centimeter naar voren te krabbelen. Sejer kwam weer binnen, met een whisky in zijn ene en een stuk worst in zijn andere hand. Hij stond midden in de kamer te glimlachen, verrassend stralend voor zijn doen. Sara moest ineens hartelijk lachen.

'Wat is er?' vroeg hij onzeker.

'Je ziet eruit als een groot kind', zei ze. 'Je hebt allebei je handen vol en ik kan met je doen wat ik wil.'

Hij werd gered door de telefoon. Hij gooide Kollberg de worst toe en pakte de hoorn op.

'Iedereen is opgeroepen', zei Skarre ijverig. 'Ze komen morgen om beurten. Behalve Anders Kolding.'

'Leg uit.'

'Hij heeft zijn vrouw en alles in de steek gelaten. Waarschijnlijk zit hij in Zweden. Daar woont een zus van hem. Ik vraag me af wat dat betekent.'

'Zijn kind heeft last van darmkrampjes', zei Sejer. 'Hij kon er waarschijnlijk niet meer tegen.'

'Wat een lafaard. Bedoel je dat hij nu niet hoeft te komen?'

'Absoluut niet. Vind hem.' Hij hing op en leegde het glas met één grote slok.

'Jeetje', zei Sara. 'Dat is het meest onfatsoenlijke wat je ooit hebt gedaan.'

Sejer gloeide helemaal.

'Kan ik op meer hopen?' glimlachte Sara verleidelijk.

'Waarom moet ik onfatsoenlijk zijn?' vroeg hij onzeker.

'Dat is zo heerlijk, weet je.' Ze leunde tegen hem aan.

'Jij weet niet hoe dat moet', zei ze. 'Jij hebt geen idee van onfatsoenlijke dingen. Maar daar is niets mis mee.' Ze streelde hem even over zijn wang. 'Daar is echt helemaal niets mis mee.'

*

Linda lag te beven in haar bed toen Jacob naar buiten kwam en de lekke banden ontdekte. Ze zag het allemaal duidelijk voor zich. In gedachten was ze er om hem te troosten. Later ging ze nog een stapje verder en kocht ze een jachtmes met een lang lemmet. En een heft van elzenhout. Het mes kreeg een plaatsje in de la van haar nachtkastje en werd zo belangrijk voor haar dat ze de la voortdurend moest opentrekken om ernaar te kijken. Keer op keer bewonderde ze het glimmende staal. Ze probeerde zich het lemmet voor te stellen als het bedekt was met Jacobs bloed. Dat beeld was zo intens, dat haar hoofd ervan begon te gloeien. Als hij voor haar voeten ineenzakte en ze hem stevig vasthield, zou ze haar ogen sluiten en zichzelf voor de rest van de wereld en de rest van het leven afsluiten. Ze zou alleen voor deze ene seconde leven, waarin hij zijn laatste adem uitblies. Hij zou haar aankijken en in de laatste seconde zou hij misschien alles begrijpen. Dat hij een vreselijke fout had begaan. Hij had haar niet moeten afwijzen. Linda hield het mes in haar handen, ze was er al vertrouwd mee. Ze had nog geen tijdstip gekozen, maar ze zou in het portiek op hem wachten.

Als hij uiteindelijk dood was, zou ze de politie bellen en vertellen waar hij lag, anoniem natuurlijk. Niet alleen zou hij voorgoed van haar zijn, de moord zou nooit opgehelderd worden. Niet voordat ze zelf oud was, zonder ooit met een ander te zijn getrouwd. Dan zou ze het hele verhaal opschrijven en naar de kranten sturen. Zo zou ze onsterfelijk worden. De mensen zouden zien dat ze haar nooit hadden moeten onderschatten. Ze raakte bedwelmd door haar eigen macht en ze besefte dat het wonderlijk was dat ze niet eerder had gezien hoe sterk ze was. Sterk genoeg om de hele wereld aan te kunnen. Ze was nergens meer bang voor. Als Gøran uit de gevangenis kwam en haar wilde vermoorden, zou ze in het donker glimlachen. *De verdachte van de moordzaak in Elvestad ontkent alle schuld*, las ze, toen ze met een kop thee aan de ontbijttafel zat. Ze knipte het artikel uit en stopte het in het plastic mapje. Toen viel haar oog op een ander berichtje. *In Oslo is een 29-jarige man op straat neergestoken. Hij bezweek later in het ziekenhuis aan zijn verwondingen. Er zijn geen getuigen van het voorval en er zijn geen aanhoudingen verricht.* Het verhaal, dat op pagina vier van de krant stond, trok haar aandacht. Ze las verder. *Gisteravond is een jongeman bloedend op straat aangetroffen, vlakbij restaurant Røde Mølle. De man bleek een aantal steekwonden te hebben, waarschijnlijk toegebracht met een mes. Zonder dat hij nog bij bewustzijn is geweest, is hij later in het ziekenhuis overleden. De identiteit van de man is inmiddels vastgesteld, maar de politie heeft geen enkel aanknopingspunt.* Haar blik dwaalde door het raam naar buiten, naar de herfstlucht. Precies zo'n bericht zou er in de krant staan als Jacob dood was. Het leek wel een voorteken. Ze begon te beven. Knipte het bericht uit. Stopte het bij de andere knipsels in het plastic mapje. Stel dat het zo in de krant zou staan, precies zo! Ineens nam een idee vorm aan in haar hoofd. Ze haalde het knipsel weer tevoorschijn en zocht een envelop. Stopte het erin en likte aan de lijmrand. Schreef Jacobs adres erop. Ze zou het berichtje naar hem opsturen. Je zou het kunnen beschouwen als een liefdesverklaring. Toen realiseerde ze zich dat de afzender achterhaald kon worden. Het was onmiskenbaar haar handschrift, een kinderlijk meisjesschrift met ronde letters. Ze scheurde de envelop weer open en pakte een nieuwe. Schreef het adres er weer op, maar nu met vreemde, hoekige letters die absoluut niet van haar waren. Ze kon de brief in de stad posten. Als er Elvestad op het stempel stond, zouden ze haar ook kunnen achterhalen. Nee, ze zou hem helemaal niet op de post doen, maar direct in zijn brievenbus stoppen. Tussen alle andere postbussen in het portiek. Dan had hij iets om zijn hersens over te pijnigen! Hij zou het knipsel en de envelop aan alle kanten bekijken, wegleggen en weer oppakken. Misschien bewaarde hij het berichtje wel en liet hij het aan zijn collega's op het werk zien. Linda voelde een waar enthousiasme over haar eigen inventiviteit. Af en toe was het leven haar goedgezind, ontrolde het zich als een rode loper. Ze liep naar de badkamer. Keek in de spiegel. Borstelde haar haren naar achteren en bond ze samen met een elastiekje. Nu zag ze er ouder uit. Daarna holde ze de trap op naar haar slaapkamer, maakte de kleerkast open. Vond een zwarte trui en een zwarte broek. Haar lichte gezicht werd bleek met al dat zwart, ze zag er dramatisch uit. Toen deed ze al haar sieraden af. Oorknopjes, kettinkje en ringen. Alleen dat bleke gezicht met het strakke haar. Ze deed de buitendeur achter zich op slot en liep naar de bushalte. De brief stak ze in haar bh, het papier voelde eerst koel aan tegen haar huid, daarna werd het warm. Nog even en dan zouden Jacobs handen over de witte envelop strijken die zij op haar hart had gedragen. Haar hart klopte hevig. Ze voelde haar tepels hard worden. Misschien zou de envelop vaag naar haar ruiken. Ze voelde dat haar nekharen overeind gingen staan, de haartjes die ze niet onder het elastiekje had weten te krijgen. De bus kwam. Ze droomde zich warm tijdens de rit.

Niemand praatte tegen haar. En als ze dat wel hadden gedaan, zou ze zich hebben omgedraaid en met ogen van glas dwars door hen heen hebben gekeken.

*

'Dag Marie', zei Gunder. 'Er is iets wat ik je nog niet heb verteld. Het zal wel komen doordat ik denk dat je kunt horen, ook al weet ik beter. Het ongeluk, Marie. Het auto-ongeluk. De reden dat je hier ligt. Je moet weten dat die ander dood is. Hij is nu begraven en ik ben erheen geweest. Ik heb me op de achtergrond gehouden, op de achterste bank. Er zaten veel mensen te huilen. De ceremonie werd in de kerk afgesloten, sommige mensen kiezen daar voor. Dus ik ben weggeslopen en naar de auto gewandeld. Ik achtte het juist om erbij te zijn, maar wilde het niet overdrijven, ik was tenslotte niet uitgenodigd. Toen kwam er een vrouw achter mij aan, ze riep me zacht en ik moet toegeven dat ik schrok. Het was de weduwe, Marie. Ze was ongeveer even oud als jij. "Excuseert u mij," zei ze, "ik ken absoluut iedereen in de kerk, maar u heb ik nog nooit gezien." Dus ik vertelde haar dat ik jouw broer ben. Ik weet niet wat ik verwachtte. Dat ze woedend zou worden, of verlegen misschien, maar dat gebeurde niet. Haar ogen schoten vol tranen. "Hoe gaat het met uw zuster?" vroeg ze bezorgd.

Ik was zo ontroerd. "Ik weet het niet", zei ik. "Ik weet niet of ze ooit nog bijkomt." Toen streelde ze me een paar keer over mijn arm en ze glimlachte. De mensen zijn veel beter dan van hen gezegd wordt, Marie.

Maar nu komt het belangrijkste. Gisteren is Poona begraven. Het was prachtig, je had erbij moet zijn. Niet zo veel mensen, weliswaar, en sommigen waren denk ik alleen uit nieuwsgierigheid gekomen, maar dat geeft niet. Er waren ook twee mensen van de politie. Maar je had de kerk eens moeten zien! Dominee Berg verbleekte helemaal toen hij zijn plechtige entree maakte en die kleurrijke kist zag. Ik ben naar een bloemist in Oslo geweest, die man is een kunstenaar met bloemen. Alleen het beste is goed genoeg, dacht ik. Ik wilde iets anders dan wat mensen gewoonlijk voor begrafenissen bestellen. Boeketten en zo, roze en blauw. Ik wilde lange kransen met gele en oranje bloemen. Iets echt Indiaas, als je snapt wat ik bedoel. Die man barstte van enthousiasme toen hij de opdracht hoorde. Je had het resultaat eens moeten zien. De temperatuur in de kerk steeg een paar graden. Het was net een oplaaiend vuur op de donkere mahonie kist. We hebben Indiase muziek gespeeld. Ik denk dat haar broer het mooi zou hebben gevonden.

We hebben haar met zijn zessen gedragen, ik was eerst een beetje nerveus. Stel dat we niet met genoeg mensen zouden zijn? Maar Karsten heeft geholpen, geloof het of niet, en Kalle en ik, en Bjørnsson van het werk. En de twee politiemannen. Ten slotte hebben we voor Poona gezongen. Weet je dat Kalle een mooie stem heeft?

Ik heb niemand meer mee naar huis gevraagd. Ik dacht dat Karsten zichzelf wel zou uitnodigen, maar hij vertrok zo snel hij kon. Ja ja. Hij heeft het niet gemakkelijk. Hij is overal zo bang voor. Ik ben nergens meer bang voor. Niet voor God, noch voor de duivel of voor de dood. Dat is eigenlijk wel heerlijk. Ik neem de dagen zoals ze komen.

Ik ben weer aan het werk. Daarom ben ik zo laat. De jonge Bjørnsson is eigenlijk een aardige vent. Het was vreemd om hen weer te zien. Eerst liepen ze een beetje onbeholpen rond, wisten niet goed wat ze moesten zeggen. Maar toen ontdooiden ze. Ik geloof dat ze wel respect voor me hebben gekregen. Door alles wat er is gebeurd, zien ze mij nu met andere ogen. Boer Svarstad kwam zelfs nog even langs, vermoedelijk omdat hij gewoon nieuwsgierig was. Maar het is toch aardig van hem. Hij is heel tevreden met de Quadrant. Hij is de enige landbouwer in Elvestad die er zo een heeft.

Ik heb deze week een kip gekocht. Ik ben nooit zo'n kok geweest, maar ik heb inkopen gedaan bij zo'n buitenlandse winkel en om lekker veel kruiden voor de kip gevraagd. Hij werd niet rood, zoals Poona's kip, maar het deed toch vaag denken aan het eten in Tandels Tandoori. Weet je dat ze het eten daar kleuren? Voor zoiets voelen wij ons hier te goed.

Is het niet ongelooflijk dat je kunt leven op die paar druppels die langzaam in je aderen druppelen/vloeien. Het ziet eruit als magere melk, maar de dokter zegt dat er suiker en vet en proteïnen in zitten. Morgen komt Karsten. Ik weet dat hij ertegen opziet. Maar ja, ik weet ook niet wat hij doet als hij hier zo alleen zit. Misschien praat hij wel als een waterval. Hoewel ik dat betwijfel. Ik heb het sterke vermoeden dat als je plotseling bijkomt, dat ze mij dan opbellen, ook al is híj je man. Ik slaap best goed 's nachts. Ik voel me triest van binnen, het is net alsof ik een paar kilo ben aangekomen, al is het tegenovergestelde het geval. Maar ik probeer me te vermannen en eraan te denken dat het na de winter weer lente wordt. Dan zal ik wonderen verrichten op Poona's graf. Het is niet zo'n heel groot perkje, maar je kunt erop rekenen dat ik de ruimte goed zal benutten. Haar weinige spulletjes heb ik goed bewaard. Haar kleren in de koffer, het kleine bananentasje en de sieraden. De broche draagt ze in haar graf, op dezelfde tuniek als toen we trouwden. Die heeft de kleur van gletsjerwater, diep turkoois. Ik herinner me haar gezicht. Ik weet dat het verbrijzeld is, dat hij het kapot heeft geslagen met een steen. Of met iets anders, dat schijnen ze nog niet te weten. Maar daar heb ik geen last van, want ik heb het niet gezien en dan hoef ik het ook niet te geloven. Is dat niet een goed ding, Marie? Dat wij mensen kunnen geloven wat we willen?'

*

Sejer las Skarres verslag van de nieuwe getuigenverhoren door. Anders Kolding was in het appartement van zijn zus in Göteborg aangetroffen, aan de telefoon, een beetje aangeschoten, maar wel in staat om een verklaring af te leggen. Hij zei dat hij even rust moest hebben. Hij had helemaal niet alles in de steek gelaten. *Nee, ik ben niet linksaf gegaan, maar het klopt dat ik het lampje op het dak uitdeed. Ik had geen zin om te worden aangehouden en misschien een rit in de verkeerde richting te krijgen. Ik ben verdorie rechtstreeks naar de stad gereden!'*

Ulla Mørk gaf toe dat ze haar relatie met Gøran Seter al verscheidene malen had uitgemaakt. Daarna was ze altijd weer bij hem teruggekomen, maar ze benadrukte dat het haar deze keer ernst was. Het klopte dat hij af en toe halters en dergelijke bij zich had in de auto. Als het bij Adonis druk was, had hij geen zin om op de verschillende apparaten te moeten wachten.

Lillian Sunde ontkende nog steeds dat ze ook maar iets met de verdachte te maken had, ze kende de geruchten, maar zei dat er in Elvestad wel meer werd geroddeld. Waarschijnlijk had iemand hen gezien, toen ze die keer in een discotheek in de stad met elkaar hadden gedanst.

Linda Carling bleef bij haar eerdere verklaring. Een blonde man met een wit shirt rende achter een donkergeklede vrouw aan. *Er stond een rode auto in de berm geparkeerd. Het kan een Golf zijn geweest.* Karen Krantz, Linda's vriendin, meende beslist dat Linda's getuigenverklaring betrouwbaar was. *Ze is erg bang om iets fout te doen,* had ze gezegd. *Dus wat ze vertelt, is wat ze heeft gezien.*

Ole Gunwald wist heel zeker dat hij twee keer een auto had horen starten. Met vijftien minuten tussentijd. Waarom twee keer? dacht Sejer.

Dag na dag, uur na uur, werd Gøran door Sejer verhoord. Hij kende alle krasjes en beschadigingen in de lichte tafel. Alle deukjes in het plafond, alle lijnen op de muren. De vermoeidheid kwam in vlagen. Een krachteloosheid die hem de adem benam. Na verloop van tijd voelde hij de aanvallen aankomen, dat ze hem beslopen. Dan ging hij voorover op de tafel liggen om wat te rusten. Sejer liet hem dan zo zitten. Soms vertelde hij verhalen. Gøran luisterde. Verleden en toekomst bestonden niet meer, alleen die ene dag, twintig augustus. En het veld op Hvitemoen, steeds weer. Nieuwe ideeën, nieuwe trucjes, plotselinge, onverwachte sprongen. Die dag was voor altijd verwoest. Versplinterd in duizend stukjes. 'Ik was bij Lillian.' Hij had het zo vaak gezegd, maar nu kon hij het nauwelijks meer geloven. 'Lillian zegt van niet.' Waarom zei ze dat? Twintig augustus. Hij zat alleen in de auto en reed over de weg. Beangstigende beelden sprongen in zijn hoofd tevoorschijn. Beelden waarvan hij de oorsprong niet kende. Waren het zijn eigen beelden, waren ze echt of fantasie? Of waren ze daar door deze lange, grijze man geplant? Hij kreunde zacht. Zijn hoofd voelde zwaar en nat aan.

'Ik kan je helpen de waarheid te vinden', zei Sejer. 'Maar dan moet je het zelf willen.'

'Laat me met rust', zei Gøran. Hij voelde iets in zijn mond groeien, samen met een instinctieve angst, alsof hij zichzelf verloochende als hij zijn mond opendeed en de woorden uitspuwde, eens en voor altijd.

'Mijn hond is weer op de been', zei Sejer. 'Hij loopt

wankelend rond en eet weer wat. Een hele opluchting. Het geeft me nieuwe energie.'

Hier moest Gøran weer zacht van kreunen. 'Ik moet trainen', zei hij. 'Ik word gek als ik niet kan trainen!'

'Later, Gøran, later. Dan ontzeggen we je niets meer. Trainen. Frisse lucht. Bezoek. Kranten en televisie. Misschien een pc. Maar eerst moeten we nog wat werk verzetten.'

'Ik kom niet verder', snikte hij. 'Ik weet het niet meer!'

'Het is een kwestie van willen. Je moet over een drempel heen. Zolang je blijft hopen dat het allemaal een boze droom is, laat je jezelf niet toe.'

Gøran begroef zijn hoofd in zijn mouwen en snufte. 'Maar stel nou dat ik het niet heb gedaan?' jammerde hij.

'Als jij het niet was, dan zullen we dat zien, Gøran. In wat we gevonden hebben. En in wat jij vertelt.'

'Het is één grote chaos.'

'Was er nog iemand bij?'

'Nee.'

'Heb je Einar gevraagd je te helpen die koffer kwijt te raken?'

'Ze had geen koffer!'

De woorden schalden door de kamer. Ze waren ongewild tussen zijn lippen door geglipt. Sejer voelde een huivering in zijn nek. Hij herinnerde het zich nu weer, in gedachten was hij er. Hij zag haar aan komen lopen.

Ze had geen koffer!

'Maar haar tas', zei hij rustig. 'Herinner je je die nog?'

'Die was geel', kreunde Gøran. 'Het was verdomme een banaan!'

'Ja', zei Sejer. Hij zei het heel luchtig, bijna zonder stem. 'Daar komt ze aan. Je ziet de gele banaan. Liftte ze?'

'Nee. Ze liep langs de weg. Toen ze de auto hoorde,

bleef ze staan. Ik vroeg me af waarom en remde automatisch. Dacht dat ze misschien de weg wilde vragen. Maar ze vroeg naar Jomann. Of ik hem kende. Ik zei nee, maar ik weet wie hij is. Ik kan je erheen brengen. Ze stapte in. Zat stijf als een plank naast me. "*He's not at home.*" "We kunnen gaan kijken", zei ik. En ik vroeg wat ze bij hem moest.'

Gøran praatte tegen de tafel, Sejer luisterde ademloos.

'"*Is my husband*", antwoordde ze met een glimlach. En ondertussen klemde ze dat achterlijke tasje in haar handen. "Nee, verrek", lachte ik. "Toch niet die ouwe vent?" Ze verstijfde helemaal. "*Not polite to say so. You are not very polite*", zei ze ernstig. "Nee," zei ik, "ik ben helemaal niet beleefd. Vooral vandaag niet. En dat zijn jullie vrouwen ook niet."'

Gøran pauzeerde even. Sejer voelde een siddering in zijn lichaam, die weer verdween en plaatsmaakte voor een gevoel van onrust. Waar hij nu getuige van was, was het echte verhaal. Aan de ene kant was hij blij, maar aan de andere kant ook niet. Dit was iets gruwelijks dat hij niet wilde zien, maar waar hij noodzakelijkerwijs deel van moest uitmaken. Voor altijd misschien.

'Ik herinner me haar vlecht', zei Gøran stilletjes. 'Ik had zin om hem uit te rukken.'

'Waarom?' vroeg Sejer rustig.

'Hij was zo lang en dik en verleidelijk. "*You angry?*" vroeg ze voorzichtig en ik zei: "Ja, *very angry*. Jullie vrouwen zijn zo eenkennig." Toen kreeg ze een rare uitdrukking op haar gezicht en deed ze haar mond dicht. "Of ben jij niet eenkennig?" ging ik verder. "Als jij genoegen neemt met die overjarige Jomann, dan zal ik toch ook wel goed genoeg zijn?" Ze keek me niet-begrijpend aan. Begon aan het portier te prutsen. Ik zei: "Nee, verdomme, laat die deur dicht", maar ze raakte in paniek, ze rukte als een waanzinnige aan de hendel en ik dacht: nóg zo'n hysterisch wijf dat niet weet wat ze wil. Eerst ín de auto, dan er weer uit. Toen gaf ik gas. We reden Jomanns huis voorbij. Ze keek me bang aan. Begon te jammeren en te klagen. Dus trapte ik op de rem. Ze had geen gordel om en vloog zo tegen de voorruit. Niet heel hard, maar ze begon te gillen.'

Gøran hijgde. Zijn ademhaling ging steeds sneller. Sejer zag de auto nu voor zich, scheef op de weg, en de tengere vrouw, bleek van schrik, met haar handen tegen haar voorhoofd.

Gørans stem veranderde ineens. Die werd vlak, bijna zakelijk. Hij richtte zich op en keek Sejer aan.

'"Zijn Indiase vrouwen hier onder net zo ruim als de Noorse?" vroeg ik en ik stak mijn hand tussen haar dijen. Ze werd helemaal krankzinnig. Volkomen panisch. Toen kreeg ze deur open en rolde naar buiten. Ze rende in paniek het veld op.'

En Linda, dacht Sejer, zij komt aangefietst, misschien komt ze zo de bocht om. Ze kan de auto nu ieder moment zien.

'Ik pakte een van mijn halters van de achterbank en rende achter haar aan', zei Gøran toonloos. 'Ik heb een goede conditie. Ik kan hard lopen en het hitste me op, maar zij was ook snel, ze rende verdomme als een haas over het veld. Bij de bosrand haalde ik haar in. Het was vreemd. Ik zag de schittering in een van Gunwalds ramen, maar het maakte me niet uit.'

'Schreeuwde ze?' vroeg Sejer.

'Nee. Ze rende alleen maar. Ik hoorde alleen haar voeten op het gras en mijn eigen ademhaling.'

'Je haalde haar in. Wat deed je toen?'

'Ik weet het niet meer.'

'Natuurlijk weet je dat nog. Wat voelde je?'

'Ik was waanzinnig sterk. Mijn hele lichaam brandde. En zij was zo verachtelijk.'

'Waarom?'

'Alles was verachtelijk aan haar. Dat ze naar Jomann op weg was. Hoe ze eruitzag. Die kleren en die sieraden. Al die troep. Zo jong was ze ook niet meer.'

'Ze was achtendertig', zei Sejer.

'Dat weet ik. Het stond in de krant.'

'Waarom sloeg je haar?'

'Waarom? Ik stond met die halter in mijn hand. Ze dook ineen, met haar handen boven haar hoofd, en wachtte op de klap.'

'Had je je kunnen omdraaien en weglopen?'

'Nee.'

'Ik moet weten waarom.'

'Omdat alles explodeerde. Ik kreeg bijna geen lucht meer.'

'Sloeg je vaak?'

'Ik geloof het niet.'

'Kreeg je weer lucht toen ze in elkaar zakte?'

'Ja, ik kreeg weer lucht.'

'Kwam ze weer overeind, Gøran?'

'Wat?'

'Speelde je met haar?'

'Nee. Ik wilde het gewoon achter de rug hebben.'

'Over het hele veld zijn sporen van jullie gevonden. We moeten dit precies weten.'

'Maar ik kan me verder niets herinneren.'

'Laten we dan maar doorgaan. Wat deed je toen ze uiteindelijk stil in het gras lag?'

'Ik reed naar het Norevann.'

'Wat deed je met je kleren?'

'Die gooide ik in het water.'

'Trok je je sportkleren aan?'

'Ja.'

'En de halters?'

'Die lagen weer in de auto. Het ene zat onder het bloed.'

'Je had wonden in je gezicht. Heeft ze je gekrabd?'

'Niet dat ik me kan herinneren. Ze sloeg met haar vuisten op mijn borst.'

'Hoe lang was je bij het meertje, Gøran?'

'Weet ik niet.'

'Weet je nog wat je dacht toen je naar huis reed?'

'Dat is zo raar. Ik reed van Lillians huis weg.'

'Nu haal je werkelijkheid en fantasie weer door elkaar.'

'Maar ik weet dat het zo was. Ik zag haar in mijn spiegeltje. Ze stond achter het raam te zwaaien, half verscholen achter een gordijn.'

'Waarom ben je naar het veld teruggegaan?'

'Heb ik dat gedaan?'

'Was je iets verloren? Iets wat je absoluut moest vinden?'

Gøran schudde zijn hoofd.

'Nee. Ineens raakte ik in paniek. Dacht dat ze misschien nog leefde en dat ze me zou kunnen verraden. Dus ik stond op en liep weer naar de auto. Stapte in en reed terug. Toen zag ik haar. Ze wankelde als een dronken lor over het veld. Het leek wel een nachtmerrie. Ik kon maar niet snappen dat ze nog leefde.'

'Verder?'

'Ze riep om hulp, maar heel zacht. Ze had bijna geen stem. Toen zag ze mij. Het was raar, maar ze tilde een hand op en riep om hulp. Ze herkende me niet.'

'Je had andere kleren aangetrokken', zei Sejer zacht.

'Ja. Natuurlijk.'

Hij viel even stil. 'Toen zakte ze op het gras in elkaar. Ze lag heel ergens anders dan waar ik haar had achtergelaten. Ik pakte die ene halter weer op en rende het veld op. Bukte en keek haar aan. Toen herkende ze me. Haar ogen op dat moment, echt onbeschrijflijk. Toen riep ze zacht iets in een taal die ik niet verstond. Misschien bad ze. Toen sloeg ik haar weer, heel vaak. Dat er zo veel leven in een mens kon zijn, weet ik nog dat ik dacht. Maar uiteindelijk bleef ze stil liggen.'

'De halters, Gøran? Wat heb je met die halters gedaan?'

'Weet ik niet meer. Ik kan ze in het water hebben gegooid.'

'Dus je bent nog een keer bij het Norevann geweest?'

'Nee. Ja. Ik weet het niet meer.'

'En daarna?'

'Ik heb in het wilde weg wat rondgereden.'

'Uiteindelijk ben je naar huis gegaan. Ga daar maar verder.'

'Ik heb een paar woorden met mijn moeder gewisseld en ben onder de douche gegaan.'

'En je kleren? Je sportkleren?'

'Die heb ik in de wasmachine gestopt. Later heb ik die ook weggegooid. Ze werden niet meer schoon.'

'Denk aan die vrouw. Weet je nog wat ze aanhad?'

'Iets donkers.'

'Herinner je haar haar?'

'Ze kwam uit India. Dat zal wel zwart zijn geweest.'

'Droeg ze oorbellen? Weet je dat nog?'

'Nee.'

'Haar handen, waar ze je mee sloeg?'

'Bruin', zei hij.

'Met ringen?'

'Weet ik niet. Ik weet het niet meer', mompelde hij. Hij zakte op de tafel in elkaar.

'Erken je dat je die vrouw, Poona Bai, hebt vermoord? Op twintig augustus, om negen uur 's avonds?'

'Erkennen?' zei Gøran verschrikt. Hij leek ineens wakker te worden. 'Ik weet het niet. U vroeg of u mijn beelden mocht zien en die heeft u gekregen.'

Sejer keek hem rustig aan. 'Wat moet ik in het rapport schrijven, Gøran? Dat dit jouw beelden van de moord op Poona Bai zijn?'

'Zoiets. Als dat kan.'

'Het is een beetje onnauwkeurig', zei Sejer langzaam. 'Zie jij dit als een bekentenis?'

'Een bekentenis?' Weer die verschrikte uitdrukking in Gørans ogen.

'Waar vind je zelf dat het op lijkt?' vroeg Sejer.

'Ik weet het niet', zei Gøran bang.

'Je hebt me een aantal beelden gegeven. Kunnen we het herinneringen noemen?'

'Dat zal wel.'

'Jouw herinneringen aan twintig augustus. Een serieuze poging om tot een reconstructie van wat er tussen jou en Poona is voorgevallen?'

'Ja. Vermoedelijk.'

'Dus wat heb je mij in feite gegeven, Gøran?'

Hij hing weer voorover over de tafel. Wanhopig zette hij zijn tanden in de mouw van zijn shirt. 'Een bekentenis', gaf hij toe. 'Ik heb u een bekentenis gegeven.'

*

Friis probeerde zich in te houden. 'Begrijp je wel wat je gedaan hebt?' vroeg hij hees. 'Zie je de ernst ervan in?'

'Ja', zei Gøran. Hij lag op zijn brits te doezelen. Een grote rust vervulde zijn lichaam.

'Je hebt het meest ernstige delict dat er bestaat bekend, waarop de strengste straf staat die volgens de wet mogelijk is. Hoewel de politie geen enkel bezwarend bewijs in handen heeft. En het is nog maar de vraag of ze op deze schrale basis überhaupt een procedure kunnen starten. Bovendien zullen ze een jury moeten vinden die bereid is om jou op basis van veronderstellingen en geruchten te veroordelen.'

Hij deed een paar nijdige stappen. 'Begrijp je wat je hebt gedaan?' herhaalde hij.

Gøran keek Friis verbaasd aan. 'En als ik het heb gedaan?'

'Wat áls! Je zei dat je onschuldig was. Blijf je daar niet bij?'

'Het maakt me allemaal niks meer uit. Misschien heb ik het wel gedaan. Ik heb zo lang in die kamer gezeten en er zijn zoveel gedachten door mijn hoofd gegaan. Ik weet niet meer wat waar is. Alles is waar, niets is waar. Ik mag niet trainen. Ik heb het gevoel dat ik onder de dope zit', neuzelde hij.

'Ze hebben je onder druk gezet', zei Friis ernstig. 'Ik verzoek je nadrukkelijk om je bekentenis in te trekken.'

'Je had daar bij me kunnen zitten! Zoals ik vroeg! Daar heb ik recht op!'

'Dat is geen goede tactiek', zei Friis. 'Het is beter dat ik niet weet wat er zich tussen jullie tweeën heeft afgespeeld. Daarmee kan ik Sejers methodes ook in twijfel trekken. Snap je? Ik wil dat je die bekentenis intrekt.'

Gøran keek hem verbaasd aan. 'Is dat niet een beetje laat?'

Friis begon weer door de cel te draven. 'Je hebt Sejer precies gegeven waar hij op uit was. Een bekentenis.'

‘Ben jíj uit op de waarheid?’ vroeg Gøran.

‘Ik ben hier om jouw huid te redden!’ zei hij scherp. ‘Dat is mijn werk en daar ben ik goed in. Godsamme, je bent nog een jonge vent! Als ze je veroordelen, zul je heel lang moeten zitten. Je beste jaren. Denk na, man!’

Gøran draaide zich om naar de muur. ‘Ga maar weg. Ik heb overal schijt aan.’

Friis kwam naast hem zitten. ‘Nee,’ zei hij, ‘ik ga niet weg. Jij hebt, onder druk, een misdrijf bekend dat je niet hebt gepleegd. Sejer is ouder dan jij, een autoriteit. Hij heeft gebruikgemaakt van je jonge leeftijd. Dat is overmacht. Je bent vermoedelijk volkomen gehersenspoeld. We trekken de bekentenis in, zodat ze nog een poosje kunnen zweten. Nu moet je uitrusten. Probeer te slapen. Het gaat nog lang duren.’

‘Je moet met mijn ouders gaan praten’, zei Gøran.

*

Het nieuws over de bekentenis was nauwelijks gepubliceerd, of de kranten moesten de lezers alweer over het intrekken ervan vertellen. In Einars Kro zaten de mensen met grote ogen te lezen. De twijfelaars, zij die al die tijd hadden volgehouden dat hij onschuldig was, voelden zich bedrogen. Eigenlijk konden ze het niet geloven. Ze konden niet geloven dat een jongeman bekende dat hij het hoofd van een vrouw had verbrijzeld tot het als rode smurrie in het gras lag, als hij dat niet gedaan had. Het idee alleen al stuitte hen tegen de borst. Dat de Gøran die ze kenden, toch iemand anders bleek te zijn. Aan het onderzoek hadden ze geen boodschap, net zomin als aan de krantenberichten die vol stonden met voorbeelden van mensen die moord en andere ellende hadden bekend die ze nooit hadden gepleegd. Een van de kranten bracht een opsomming van een hele reeks van dergelijke gevallen. Ze kregen wroeging en voelden de weerstand, voelden dat het onmogelijk was. En de mensen die op een dag in de jury zouden zitten, zouden net zoals zij denken.

Het was rustig in het café, geen nieuwe discussies, alleen twijfelende, onzekere mensen. Mode zei: 'Wel verdomme. Dat had ik nooit gedacht.' Noedel was met stomheid geslagen en Frank schudde ongelovig zijn zware hoofd. Wat moest je hier verdomme van denken? Ole Gunwald was opgelucht. Hij had Einar aangegeven, maar die bleek een schone lei te hebben. Weliswaar had hij hetzelfde van de jonge Gøran Seter gedacht, maar bij nader inzien had hij toch fantasie genoeg om het beeld te accepteren van een razende, overtrainde jongeman die net door zijn vriendinnetje aan de dijk was gezet. En vervolgens door zijn minnares. Wat stond er in de kranten? *Een beresterke moordenaar.*

Gunder had twee keer aan de telefoon naar Sejers verklaringen geluisterd. Eerst dat ze de finish eindelijk hadden bereikt, en daarna, slechts enkele uren later, het intrekken van de bekentenis, waar hij zich geen zorgen om maakte, zei hij, de bekentenis zou voor de rechtbank zwaar wegen, die zou onderbouwd worden. We hebben goede hoop dat Gøran veroordeeld wordt, zei hij en hij klonk zeer overtuigend. Gunder knikte, maar wilde het niet meer horen. Hij wilde maar dat alles voorbij was.

'Hoe is het met uw zus?' vroeg Sejer.

'Er is geen verandering.'

'U moet de hoop niet opgeven.'

'Dat kan ik niet. Ik heb verder niemand meer.'

Gunder dacht even na. Er was iets wat hij wilde vertellen. 'Ik heb trouwens een brief gekregen. Van Poona's broer. Hij is in de la blijven liggen. Een brief die Poona hem na ons trouwen had geschreven. De brief waarin ze alles vertelt. Hij dacht dat ik die wel wilde hebben.'

'Was u er blij mee?'

'Hij is in het Indiaas', zei Gunder. 'In het Marathi. Dus ik ben nog even ver.'

'Ik kan ervoor zorgen dat hij vertaald wordt, als u dat wilt.'

'Graag.'

'Stuur hem maar naar mij op', zei Sejer.

Robert Friis hield hardnekkig vol dat Gørans verklaring onvolledig was. Dat hij op geen enkele manier de toedracht van de gruweldaad had uiteengezet. Hij herinnerde zich de kleren van de vrouw niet, alleen dat ze donker waren. Hij had met geen woord over haar gouden sandaaltjes gerept, en ook niet over het opmerkelijke feit dat ze een Noorse broche op haar jurk droeg. Over het uiterlijk van de overleden vrouw kon hij evenmin iets vertellen, hoewel verder echt iedereen die met het slachtoffer in aanraking was geweest haar ver naar voren staande tanden had genoemd. 'Dit is gewoon geconstrueerd', bulderde Friis, op een moment van vertwijfeling en uitputting. Op de vraag waar precies hij zijn kleren in het Norevann had gegooid, kon Gøran geen duidelijk antwoord geven. Zijn voorlopige verklaring zat vol hiaten en vaagheden. De latere, hierop volgende reconstructie zou dat aan het licht brengen. Friis zag Sejer in de kantine en hoewel de inspecteur koppig naar zijn broodje garnalen staarde, plofte Friis aan zijn tafel neer. Hij was een praatjesmaker, maar sterk. Sejer was zwijgzaam, maar zeker van zijn zaak.

'Hij is onze man en dat weet je', zei hij kort, terwijl hij een garnaal aan zijn vork prikte.

'Vermoedelijk,' zei Friis meteen, 'maar op grond hiervan zal hij niet veroordeeld worden.'

Sejer veegde mayonaise van zijn mond en keek de advocaat aan. 'Vroeg of laat gaat hij de straat weer op. Als hij hier ongestraft vanaf komt, zal hij als een op scherp staande tijdbom blijven tikken.'

Friis glimlachte en wierp zich op zijn eigen broodje.

'Jij maakte je waarschijnlijk nooit zorgen over moorden die nog niet zijn gepleegd. Je hebt genoeg aan wat er momenteel op je bordje ligt. Dat heb ik ook.'

Ze zaten een tijdje in stilte te eten.

'Het ergste is,' zei Sejer, 'dat Gøran voor het eerst sinds lange tijd weer met zichzelf in het reine was. Door de bekentenis in te trekken moet hij alles nog eens doormaken. Hij is weer terug bij af. Dit zou hem bespaard moeten blijven.'

Friis slurpte van zijn koffie. 'Hij had nooit aangeklaagd mogen worden', zei hij. 'Jij bent een oude rot in dit werk. Het verbaast me dat jij het risico nam.'

'Je weet dat ik wel moest', zei Sejer.

'En ik weet ook hoe je werkt', zei Friis. 'Je bent op zijn hand. Aait hem over zijn bol. Je luistert, begrijpt hem, geeft hem schouderklopjes. Geeft hem complimentjes. Jij bent de enige die ervoor kan zorgen dat hij uit die kamer komt, ergens anders heen, waar hij weer rechten heeft. Die je hem eerst hebt ontnomen.'

'Ik kan ook schreeuwen en slaan', zei Sejer slechts. 'Heb je dat liever?'

Friis gaf geen antwoord. Hij kauwde lang en zorgvuldig. 'Jij hebt een Indiase vrouw in zijn bewustzijn geplant', zei hij scherp. 'Zoals een wetenschapper destijds met die witte beer deed. Als experiment.'

'O ja?' zei Sejer onverschillig.

'Laten we een spelletje doen. Als je weet wat dat is.'

'Ik denk het wel.'

'Je krijgt een paar seconden om iets te bedenken. Om zomaar iets in je gedachten te nemen. Alles mag, maar het beeld mag geen witte beer bevatten. Verder is alles toegestaan. Maar je mag niet aan een witte beer denken. Snap je?'

'Beter dan je denkt', zei Sejer droog.

'Begin maar. Denk.'

Sejer dacht, maar at ondertussen door. Al vrij snel kwam er een beeld bij hem op. Hij bleef ernaar zitten kijken.

'En?' vroeg Friis.

'Ik zie een tropisch strand voor me', zei Sejer. 'Met azuurblauw water en een palmboom. En witte, schuimende golven.'

Hij zweeg.

'En wie komt er langs het strand aangesjokt?' plaagde Friis.

'Die witte beer', gaf Sejer toe.

'Precies. Je ging zo ver van Spitsbergen weg als je maar kon, om eraan te ontkomen. Maar die stomme beer achtervolgde je helemaal naar de Stille Zuidzee. Omdat ík hem had geplant. Zo heb jij Poona Bai in Gørans hersenen geplant.'

'Als je bedenkingen hebt ten aanzien van mijn methodes, moet je er maar bij aanwezig zijn als je cliënten worden verhoord.'

'Daarvoor heb ik er te veel', zei Friis.

'De video is binnenkort klaar', zei Sejer. 'Dan zul je andere troeven moeten uitspelen.'

Toen hij naar zijn kamer liep, kwam hij Skarre tegen. Zonder iets te zeggen gaf Skarre hem een briefje. Sejer las.

'In Oslo is een 29-jarige man op straat neergestoken. Hij bezweek

later in het ziekenhuis aan zijn verwondingen. In je brievenbus? Zonder poststempel?'

'Ja.'

Sejer keek hem onderzoekend aan. 'Maak je je zorgen?'

Skarre woelde met een nerveuze hand door zijn krullen. 'De banden van mijn auto waren met een mes lekgestoken. Hier is ook een mes gebruikt. Degene die dit gedaan heeft, heeft bij mijn voordeur gestaan. Volgt mij. Wil iets van mij. Ik begrijp het niet.'

'Hoe zit het met Linda Carling? Heb je daar al aan gedacht?'

'Ja, maar dit is niet erg vrouwelijk. Autobanden leksteken trouwens ook niet.'

'Misschien is ze niet zo vrouwelijk?'

'Ik weet niet goed wat ze is. Ik heb haar moeder laatst gebeld. Ze maakt zich erge zorgen. Ze zegt dat Linda is veranderd. Ze is gestopt met school, ze kleedt zich anders en ze is heel erg stil geworden. En ze slikt constant pijnstillers. Potje na potje. En ze zei nog iets vreemds. Haar stem is veranderd.'

'Wat zeg je?' Sejer fronste zijn voorhoofd.

'Herinner je je Linda nog? Die schelle stem, dat typische gekwetter van pubermeisjes?'

'Ja?'

'Die stem is weg. Is lager geworden.'

Sejer keek weer naar het papiertje. 'Doe mij een lol en wees een beetje voorzichtig.'

Skarre zuchtte. 'Ze is zestien jaar. Maar oké. Ik zal goed oppassen. Maar die pillen zitten me dwars.'

'Ze wil in een roes geraken', zei Sejer verduidelijkend.

'Of ze heeft pijn', zei Skarre. 'Zoals na een overval, bijvoorbeeld.'

*

Linda naaide aan een witte blouse. Ze zat heel stil onder de lamp te werken, met een vlijt en een precisie die haar moeder nog nooit bij haar had gezien. De blouse had ze trouwens ook nog nooit gezien.

'Is die nieuw? Hoe kom je aan dat geld?'

'Bij het Leger des Heils gekocht. Vijfenveertig kronen.'

'Niks voor jou om een witte blouse te dragen.'

Linda hield haar hoofd schuin. 'Hij is voor een speciale gelegenheid.'

Dat antwoord beviel haar moeder wel. Ze dacht dat het iets met een jongen te maken had, wat in feite ook klopte. 'Waarom zet je er andere knopen aan?'

'Gouden knopen zijn zo truttig', zei Linda. 'Die bruine zijn veel mooier.'

'Heb je het nieuws vandaag nog gehoord?' vroeg haar moeder.

'Nee.'

'Gøran wordt officieel in staat van beschuldiging gesteld. Ook al heeft hij zijn bekentenis ingetrokken.'

'O', zei Linda.

'De zaak komt over drie maanden voor de rechter. Ik kan niet geloven dat hij het heeft gedaan.'

'Ik wel', zei Linda. 'Eerst twijfelde ik, maar nu ben ik er zeker van.' Ze naaide verder.

Haar moeder zag dat haar dochter mooi was. Ouder. Stiller. Toch maakte ze zich een beetje ongerust. 'Zie je Karen nooit meer?'

'Nee.'

'Jammer. Het is een leuke meid.'

'Ja', zei Linda. 'Maar verschrikkelijk naïef.'

Haar moeder schrok. 'Hoezo naïef?'

Eindelijk liet Linda de blouse even los. 'Ze is nog maar een kind.' Toen naaide ze weer verder. Ze sloeg de draad een paar keer om de knoop heen en hechtte af.

‘Het is toch vreemd, dat met Gøran’, zei haar moeder peinzend. ‘Kunnen ze hem op alleen een vermoeden veroordelen? Volgens zijn advocaat zijn er geen bezwarende bewijzen.’ Ze citeerde uit de krant.

‘Eén vermoeden is niet veel’, gaf Linda toe. ‘Maar als het er meer zijn, veranderen ze van karakter en dan wordt het iets anders.’

‘Wat dan?’ Ze keek haar dochter vragend aan.

‘Dan neemt de waarschijnlijkheidsfactor toe.’

‘Hoe weet je dat?’

‘Uit de krant’, zei Linda. ‘Hij rijdt in net zo’n auto als ik heb gezien. Hij droeg dezelfde kleren als de man die ik heb gezien. Hij kan de kleren die hij aanhad niet vinden, en zijn schoenen ook niet. Hij kan niet bewijzen waar hij was, de leugens die hij heeft opgedist om zich een alibi te verschaffen zijn allemaal ontkracht. Hij had de dag na de moord krabben in zijn gezicht. Hij had iets bij zich in de auto wat absoluut het moordwapen kan zijn geweest. Op het slachtoffer zijn resten van magnesiumpoeder gevonden, waarschijnlijk afkomstig uit Adonis, en hij kwam net van een afspraakje met zijn vriendin, die de verkering had uitgemaakt. En ten slotte: hij heeft tijdens het verhoor bekend dat hij haar heeft vermoord. Wat wil je nog meer?’

Haar moeder schudde verward haar hoofd. ‘Nee, jeetje. Ik weet het niet.’

Ze keek weer naar de witte blouse. ‘Wanneer moet je die aan?’

‘Ik ga iemand ontmoeten.’

‘Nu, vanavond?’

‘Op een goeie dag.’

‘Wat een raar antwoord.’ Weer voelde haar moeder een zekere onrust. ‘Je bent zo vreemd tegenwoordig. Ja, sorry hoor, maar ik begrijp je niet. Ben je wel in orde?’

'Ik ben erg tevreden', zei ze wijsneuzig.

'Maar je school dan. Wat moet daar van worden?'

'Ik heb gewoon een poosje rust nodig.'

Ze zag er dromerig uit. Tilde de witte stof op in het lamplicht. In gedachten zag ze duidelijk dat de blouse rood en kleverig was van Jacobs bloed. Ze zou hem voor altijd bewaren, als een aandenken. Ineens moest ze lachen. Lachend schudde ze haar hoofd. Tussen de gedachte en de daad zat nog een hele tijd, dat begreep ze wel. Maar ze vond het een leuk spelletje. Het zorgde ervoor dat ze zich levend voelde. De bus naar de stad nemen. Zich in het portiek verstoppen, met het mes achter haar rug. Jacob ineens de straat in zien komen. Zijn krullen goudkleurig in het licht van de straatlantaarn. En zij. Ineens uit het donker naar voren springend. Zijn verbaasde stem. De laatste woorden die hij ooit zou zeggen: *Linda. Jij?*

*

Sejer stond in de gang te luisteren. De hond kwam langzaam de hoek om gewaggeld.

'Hoe gaat het met je, ouwe dibbes?' Hij ging op zijn hurken zitten en kroelde de hond achter zijn oor. Hij was weer een beetje aangekomen. Zijn vacht had iets van zijn oude glans teruggekregen.

'Kom', zei hij toen. 'Ik heb gehaktballen gekocht. Maar ik moet ze eerst nog even aanbraden.'

De hond zat stil bij het fornuis, terwijl Sejer met koekenpan en boter in de weer was.

'Kruiden?' vroeg hij beleefd. 'Zout en peper?'

'Woef', zei Kollberg.

'Vandaag krijg je een pilsje. Bier is voedzaam. Maar je krijgt er maar eentje.'

De hond luisterde door zijn hangende oren op te heffen. Langzaam vulde de geur de keuken en hij begon te kwijlen.

'Het is raar', zei Sejer, terwijl hij Kollberg peinzend aankeek. 'Vroeger zou je nu onmogelijk zijn geweest. Je zou hebben gesprongen en gedanst en geblaft en gehapt en een enorm spektakel hebben gemaakt. Vanwege de gehaktballen. Maar nu zit je zo stil. Word je ooit nog de oude?' vroeg hij zich af, terwijl hij de gehaktballen omdraaide. 'Niet dat het geeft, hoor. Ik neem je zoals je bent.'

Later kwam Jacob, met een fles onder zijn arm. Hij begroette Kollberg uitgebreid. Sejer haalde glazen en zijn eigen fles Famous Grouse. Ze gingen bij het raam zitten en keken uit over de stad, die langzaam tot rust kwam. De hond lag aan Sejers voeten, voldaan na het eten en het bier. Een vaag ruisen drong door de ramen.

'Komt Sara niet?' vroeg Skarre.

'Nee,' zei Sejer. 'Moet dat?'

'Ja', vond Skarre.

Sejer nipte van zijn whisky. 'Ze is bij haar vader. Het gaat niet zo goed met hem.'

'Wat had hij ook alweer? Ik ben het vergeten.'

'MS', zei Sejer. 'Hij heeft een nieuwe cortisonkuur. Hij heeft het moeilijk. Hij wordt lastig.'

'Ik weet alles van lastige vaders', zei Skarre. 'En de mijne slikte niet eens cortison. Hij was gewoon high van de Drie-eenheid.'

Bij deze opmerking keek Sejer de jonge brigadier eens goed aan.

Skarre stond op en wandelde de kamer door. Hij keek het cd-rek door. Honderden cd's van verschillende artiesten, uitsluitend vrouwen.

'Mogen mannen niet zingen, Konrad?' plaagde hij.

'Niet in mijn huis.'

Skarre haalde iets uit zijn zak. 'Gefeliciteerd met je verjaardag, Konrad.'

Hij pakte de cd aan. 'Hoe weet je dat?'

'Je bent eenenvijftig geworden.'

Sejer bekeek het cadeautje en bedankte hem.

'Is het goedgekeurd?' vroeg Skarre.

'Judy Garland. Nou en of. Ja.'

'Over cadeautjes gesproken', zei Skarre langzaam. 'Ik heb weer een brief gekregen. Ongefrankeerd. Die persoon is weer aan mijn deur geweest.'

Sejer staarde naar een gele envelop. Afgesloten met een paperclip. Skarre kiepte de inhoud op de tafel.

'Wat is dat nou?' vroeg Sejer nieuwsgierig.

'Knopen', zei Skarre. 'Twee hartvormige gouden knopen, met een draadje aan elkaar gebonden.'

Sejer hield ze onder de lamp. 'Mooie knopen', zei hij peinzend. 'Van een duur kledingstuk. Een blouse misschien.'

'Maar ík vind ze helemaal niet mooi. Als ze zo op tafel liggen, in het licht, krijgen ze een soort betekenis. Die ik niet begrijp.'

'Een aanzoek', zei Sejer. 'Ik hou het op Linda', glimlachte hij. 'Hecht er niet te veel belang aan. Mensen die opbellen of dingen opsturen, zijn meestal niet erg daadkrachtig.'

Zijn bedachtzame manier van praten stelde Skarre gerust. 'Gooi ze maar weg', zei hij en hij nam een grote slok van zijn wijn.

'Die mooie knopen? Meen je dat?'

'Gooi ze maar in de prullenbak. Ik wil ze niet hebben.'

Sejer liep naar de keuken, waar hij een kastdeurtje opende en weer dichtsloeg, terwijl hij ondertussen de knopen in zijn borstzakje stopte.

'Bij het restafval', loog hij.

'Waarom moest Gøran zo nodig zijn bekentenis intrekken?' vroeg Skarre. 'Dat ergert me.'

'Gøran vecht voor zijn leven', zei Sejer. 'En dat is zijn goed recht. Het zal nog lang duren voor deze zaak voorbij is.'

'Heb je Jomann al op de hoogte gesteld?'

'Ja. Hij zei niet veel. Hij is niet erg wraakzuchtig.'

Skarre glimlachte bij de gedachte aan Gunder. 'Jomann is een rare', zei hij. 'Zo'n simpele ziel.'

Hierop keek Sejer hem streng aan. 'Je mag nooit een isgelijkteken zetten tussen welbespraaktheid en intelligentie.'

'Ik dacht dat er een zeker verband was', mompelde Skarre.

'In dit geval niet.'

Ze dronken een tijdje zwijgend. Skarre haalde zoals gewoonlijk een zakje tumtum tevoorschijn. Hij koos een geel snoepje en doopte dat in de rode wijn. Sejer rilde. De whisky begon te werken. Zijn schouders ontspanden en hij kreeg een warm gevoel in zijn lichaam. Skarres tumtummetje werd oranje.

'Jij ziet alleen de tragedie', zei Skarre.

'Is er nog meer te zien?'

'Jomann is weduwnaar geworden. Geen slechte status voor een man als hij. Ergens lijkt hij trots op haar. Ook al is ze dood. Hier kan hij de rest van zijn leven op teren. Denk je niet?'

Sejer trok de zak tumtum uit zijn hand. 'Je bloedsuiker is te hoog', zei hij bruusk.

Het was weer stil. De twee mannen hieven om beurten hun glas op.

'Waar denk je aan?' vroeg Skarre ten slotte.

'Ik denk eraan hoe alles zich schikt,' zei Sejer, 'volkomen onafhankelijk van elkaar. Zodat dergelijke gruwelijke dingen kunnen gebeuren.'

Skarre schonk zijn glas nog eens vol en luisterde.

'Waarom stierf Poona? Omdat Gøran haar doodsloeg. Maar ook omdat Marie Jomann een slechte chauffeur was. Ze kreeg een ongeluk, zodat Jomann Poona niet kon ophalen. Of ze stierf omdat Kalle Moe haar niet kon vinden op Gardermoen. Ze stierf omdat Ulla het uitmaakte met Gøran. Omdat Lillian nee zei. Zo veel dingen. Zo veel toevalligheden die de weg vrijmaakten voor het kwaad.'

'Ik denk aan Anders Kolding', zei Skarre.

'Hij vluchtte in paniek naar zijn zus. Maar niet vanwege een moord. Hij vluchtte weg van een krijsend kind en een huwelijk waar hij waarschijnlijk nog niet aan toe was.'

'Torill zei dat hij links afsloeg.'

'Iedereen kan zich vergissen', zei Sejer.

'Einar had haar koffer.'

'Hij is gewoonweg een lafaard', vond Sejer.

'Ik vertrouw Lillian Sunde niet.' Jacob keek zijn chef recht in zijn ogen. 'Volgens mij liegt ze.'

'Absoluut. Maar niet over die avond.'

Skarre boog zijn hoofd en keek naar zijn knieën. Toen raapte hij al zijn moed bij elkaar.

'Om eerlijk te zijn, weet ik niet zo goed wat ik moet geloven. Misschien is hij toch onschuldig. Heb je gehoord over de brief die Holthemann heeft ontvangen?'

'Ja, ik heb het gehoord. Een anonieme brief, met letters uit de krant. *Jullie hebben de verkeerde.* Ik heb ook gehoord over die vrouw die opbelde en beweerde dat ze helderziende was.'

'Zij zei hetzelfde', zei Skarre.

'Precies. En als de agent die dienst had beter had opgelet, had hij naar naam en telefoonnummer genoteerd.'

'Jij zou toch nooit met een helderziende samenwerken?'

'Niet op haar voorwaarden. Misschien is ze helemaal niet helderziend, maar wist ze gewoon iets belangrijks over de moord. Soot vond haar niet serieus overkomen. Ik heb hem een veeg uit de pan gegeven', zei hij zacht.

'Zo zou je het kunnen zeggen', zei Skarre grinnikend. 'Je was helemaal in de kantine te horen.'

'Mijn oude moeder stond met opgeheven vinger', glimlachte Sejer weemoedig.

'Die is toch dood?'

'Precies. Dat zegt wel iets over hoe hard ik brulde. Ik heb Soot mijn excuses aangeboden.'

'En Elise?' vroeg Skarre nieuwsgierig. 'Heb je ook nog iets van haar gehoord?'

Het werd doodstil in Sejers kamer.

'Elise foetert me nooit uit', zei hij zacht.

Het was al laat toen Skarre opstond om zijn jack te pakken. De hond sjokte achter hem aan om afscheid te nemen, op zijn zwakke poten die steeds sterker werden. Terwijl ze nog even stonden te praten, schrokken ze allebei omdat er driftig aan de deur werd gebeld. Sejer keek verbaasd op zijn horloge, het was bijna middernacht. In de hal stond een vrouw. Hij moest even kijken voor hij haar herkende.

'Het spijt me dat ik zo laat nog aanbel', zei ze ernstig. 'Ik ga meteen weer weg. Maar ik wil even iets belangrijks zeggen.'

Sejer omklemde de deurknop. De vrouw die voor hem stond, was Gørans moeder.

'Heeft u kinderen?' vroeg ze, terwijl ze hem aankeek.

Haar stem trilde. Hij zag haar borst onder haar jas op en neer gaan. Haar gezicht was krijtwit.

'Ja', zei Sejer.

'Ik weet niet hoe goed u uw kinderen kent,' zei ze, 'maar ik ken Gøran goed. Ik ken hem als mijn eigen lichaam. En dit heeft hij niet gedaan.'

Sejer keek naar haar voeten, in bruine laarsjes.

'Ik zou het geweten hebben', zei ze zacht. 'De hond heeft hem gekrabd. Niemand wil het geloven. Maar ik stond er die avond van de twintigste naar te kijken. Ik stond bij het raam af te wassen toen hij het erf opkwam. Hij had zijn sporttas bij zich en toen hij de hond zag, liet hij die vallen en begon te spelen. Hij houdt van die hond en ze speelden nogal wild. Ze rolden als een stel kinderen over de grond. Toen hij binnenkwam, zat zijn gezicht onder de krassen en het bloed. Later stond hij onder de douche te zingen.'

Het was een tijdje stil. Sejer luisterde.

'Het is echt waar', zei ze. 'Dat wilde ik even zeggen.' Toen draaide ze zich om en begon de trappen af te lopen.

Sejer bleef nog even staan, peinzend. Toen sloot hij de deur. Skarre keek hem aan.

'Hij stond onder de douche te zingen?'

De woorden waren in de hal blijven hangen. Sejer ging de kamer weer binnen en staarde uit het raam. Hij zag Helga Seter het parkeerterrein voor de flat oversteken.

'Kun je onder de douche staan zingen, nadat je zoiets hebt gedaan?' herhaalde Skarre.

'Natuurlijk. Maar misschien niet omdat hij blij was.'

Het was lang stil. Skarre dacht ergens over na.

'Waar denk je aan?' vroeg Sejer langzaam.

'Aan zo veel dingen. Aan Linda Carling. Wie ze is. Wat ze eigenlijk zag. Aan Gøran Seter. Die aan al die onbetrouwbare mensen is overgeleverd.'

'Jij wil graag dat alles uiteindelijk klopt', zei Sejer langzaam. 'En dat het beeld compleet is. Dat zit nu eenmaal in ons. Maar zo is de werkelijkheid niet. Dat sommige stukjes niet passen, betekent niet dat Gøran onschuldig is.' Hij keerde Skarre zijn rug weer toe.

'Maar dat is wel erg irritant, nietwaar?' Skarre gaf het niet op.

'Ja zeker', gaf Sejer toe. 'Het is verschrikkelijk irritant.'

'Ik zal je één ding zeggen', bekende Skarre. 'Als ik in de jury zou zitten wanneer deze zaak voorkomt, zou ik hem nooit durven te veroordelen.'

'Jij zit niet in de jury', zei Sejer. Hij ademde tegen het raam. 'En in de ogen van zijn moeder is Gøran natuurlijk het beste kind dat er bestaat. Ze heeft er maar eentje.'

'Dus wat denk je?' vroeg Skarre, nog steeds twijfelend.

Sejer haalde diep adem en draaide zich om. 'Ik denk dat Gøran na de moord heeft rondgereden, wanhopig. Hij had al een stel kleren weggegooid en nu zat wat hij had aangetrokken ook nog onder het bloed. Hij moest naar binnen toe. Misschien zag hij zijn moeder voor het raam staan. Het bloed op zijn kleren vroeg om een verklaring. Dus wierp hij zich op de hond. Zo kon hij zowel de wonden als het bloed verklaren.'

Plotseling lachte hij zacht voor zich uit.

'Wat is er zo grappig?' vroeg Skarre.

'Ik moest ergens aan denken. Weet je dat een ratelslang lang nadat je zijn kop eraf hebt gehakt nog kan bijten?'

Skarre keek verwonderd naar de brede rug bij het raam.

'Zal ik een taxi bellen?' ging Sejer verder, zonder zich om te draaien.

'Nee, ik ga lopen.'

'Maar het is een heel eind', zei hij. 'En het is verdomd donker in je portiek.'

‘Het is heerlijk weer. Ik kan wel een beetje frisse lucht gebruiken.’

‘Dus je bent niet bang?’ De opmerking werd gevolgd door een glimlachje, maar zijn ogen straalden een zekere ernst uit.

Skarre gaf geen antwoord. Hij vertrok en Sejer bleef bij het raam staan. Gouden knopen, dacht hij en hij pakte ze uit zijn borstzakje. Lekgestoken banden. Krantenknipsels over een jongeman die bloedend op straat is gevonden. Wat betekende dat? Daar zag hij Jacob in het licht van de lantaarn. Hij liep met grote passen langs de flats naar de weg. Toen werd hij opgeslokt door de duisternis.

In Einars Kro zaten twee mannen elkaar aan te staren. Het was na sluitingstijd, iedereen was vertrokken. Modes gezicht was volkomen rustig, de hand die het glas vasthield was kalm. Einar rookte een shagje. Uit de radio klonk zachte muziek. Einar was magerder geworden. Hij werkte meer en at minder, nu hij alleen was. Mode was nog dezelfde. Eigenlijk was Mode abnormaal kalm, dacht Einar, terwijl hij hem stiekem gadesloeg. Zo gelijkmatig. Het benzinestation was gesloten. Door het raam zagen ze de gele schelp in het donker oplichten.

‘Waarom hebben ze jou nooit gesproken?’ vroeg Einar. Achterdochtig.

‘Dat hebben ze wel gedaan.’

Einar nam een trekje. ‘Maar ze hebben nooit je alibi en zo gecheckt.’

‘Daar hadden ze ook geen reden toe.’

‘Maar verder hebben ze iedereen grondig nagetrokken. Mij. En Frank. Om het maar niet over Gøran te hebben.’

‘Jij had haar koffer’, zei Mode zacht. ‘Niet zo verwonderlijk dat ze jou nagingen.’

'Maar jij moet toch ongeveer om dezelfde tijd bij de bowlingbaan in Randskog zijn weggereden?'

'Hoe weet jij dat?' vroeg Mode zacht.

'Ik heb wat mensen gesproken. Dat moet wel, als je op de hoogte wil blijven. Tommy zei dat je om halfnegen bent weggegaan.'

'Ha', zei Mode, met een fraaie glimlach. 'Jij onderzoekt het alibi van mensen. Maar Gøran heeft bekend. Dus wat heeft dit voor zin?'

'Die bekentenis heeft hij immers weer ingetrokken. Stel dat hij niet wordt veroordeeld', zei Einar. 'Dan blijven we voor altijd met die moord zitten. Dan blijven we hier naar elkaar lopen loeren.'

'Is dat zo?' vroeg Mode en hij nam een slok van zijn bier. Hij was erg bedachtzaam, Mode.

'Zeg eens eerlijk', zei Einar, terwijl hij hem aankeek. 'Denk je dat Gøran schuldig is?'

'Geen idee', zei Mode.

'Praten de mensen over mij?' wilde Einar weten. 'Heb je iets gehoord?'

'Natuurlijk doen ze dat. Maar wat kan jou dat schelen? Gøran zit achter slot en grendel. Wij moeten verder.'

Einar drukte zijn sigaret uit in de asbak. 'Er klopte te veel niet', zei hij. 'In de krant staat dat hij zijn kleren en halters in het Norevann heeft gegooid. Maar die zijn nooit gevonden.'

'Hopeloos om in die modderpoel te zoeken', zei Mode.

'Bovendien waren er problemen tijdens de reconstructie. Die smeris zal hem wel gecorrigeerd hebben. Om te krijgen wat ze moesten hebben. Zo doen ze dat.'

'Het is waarschijnlijk moeilijk om je alle details te herinneren, als je met een waas voor je ogen hebt rondgerend', zei Mode.

'Dus daar weet jij alles van? Een waas voor je ogen?'

Mode was niet van zijn stuk te brengen. 'Moet je nagaan dat hij met zijn halters in de auto rondreed', zei hij. 'Hij krijgt vast afkickverschijnselen als hij ze niet bij zich heeft. Dat zegt al genoeg.'

'Mensen hebben van alles in hun auto', zei Einar. Hij bestudeerde Mode diepgaand. 'Jij hebt je bowlingbal toch altijd bij je? Als je naar Randskog rijdt en weer terug. Hoeveel weegt dat ding eigenlijk?'

'Tien kilo.' Mode glimlachte.

'En je bent gek op Aziatische vrouwen', zei Einar provocerend.

'O ja?' Weer die glimlach.

'Jij hebt verkering gehad met de oudste van Thuan.'

'We hebben een avontuurtje gehad. Ik heb er geen spijt van. Ze zijn anders.'

Het werd weer stil. Ze staarden naar het zwarte raam, maar vonden daar alleen elkaars gezicht en keken de andere kant weer op.

Gunder ging zoals gewoonlijk naar het ziekenhuis. Hij verzamelde moed om een paar woorden te zeggen.

'Dag Marie. Er komt nu een rechtszaak. Als ze hem veroordelen, gaat hij voor jaren de gevangenis in. En dan zullen ze het vonnis wel aanvechten, Gøran en zijn advocaat. Zeggen dat het te streng is. Omdat hij nog jong is. Ik zou zeggen dat hij ook nog jong is als hij er weer uitkomt. Een man van midden dertig heeft immers zijn hele leven nog voor zich. Dat heeft Poona niet. Je bent erg veranderd', zei hij moeizaam. 'Maar ik herken je aan je neus. Die lijkt groter dan anders, omdat je zo dun bent. Denk je toch eens in hoe lang je hier al ligt, ik kan het bijna niet bevatten. Is Karsten vandaag nog geweest? Dat had hij beloofd.

Hij is net een vreemde voor me. Misschien voor jou ook. Hij was toch immers nooit thuis?'

Stilte. Hij luisterde naar de zwakke ademhaling van zijn zus. Ze zag er oud uit in het felle licht van de lamp.

'Ik ben uitgepraat', zei Gunder bedroefd. 'Ik heb zo veel gezegd.' Hij boog zijn hoofd. Vestigde zijn blik op het hefmechanisme van het bed, een pedaal onderaan bij de vloer. Hij schopte er zachtjes tegenaan. 'Morgen neem ik een boek mee. Dan kan ik je voorlezen. Het zal fijn zijn om over iets anders dan over mezelf te kunnen praten. Welk boek zal ik meenemen? Ik moet maar even in de boekenkast kijken. Ik kan uit *Volkeren van de wereld* voorlezen en dan kunnen we de hele wereld over reizen, jij en ik. Naar Afrika en naar India.'

Hij voelde een traan opwellen, die hij met een vingerknokkel wegveegde. Hij hief zijn hoofd op en keek door een sluier van tranen naar zijn zus. Plotseling staarde hij recht in een open oog. Er ging als het ware een zucht door de kamer toen hij de donkere blik zag. Ze staarde hem vanuit de verte aan. Haar ogen waren vol verwondering.

Later, toen de consternatie wat was geluwd en de dokter Marie had onderzocht, zakte ze weer weg. Gunder wist niet zeker of ze hem had herkend. Waarschijnlijk zou ze nog wel vaker bijkomen en weer wegzakken voor ze helemaal helder was. Hij belde Karsten op. Hoorde de lichte neiging tot paniek in zijn stem. Daarna bezocht hij Poona's graf. Hij plukte wat aan een grote struik erica, die goed tegen vorst en droogte kon. Hij groef met zijn vingers in de koude aarde, liefkoosde het plekje dat van haar was. Streelde het houten kruis en de letters die haar mooie naam vormden. Uiteindelijk kon hij niet meer overeind komen. Zijn lichaam verstijfde, hij kon zijn armen en benen niet meer bewegen. Zijn hoofd niet meer optillen. Na een tijdje werd hij koud en nog stijver. Zijn rug en knieën begonnen pijn te doen. Zijn hoofd was leeg, geen verdriet, geen angst, alleen een galmende leegte. Hij zou tot het voorjaar zo kunnen blijven zitten. Er was niets om voor op te staan. Weldra zouden sneeuw en ijs hun koude over alles heen leggen. Gunder was een bevroren standbeeld, zoals hij daar gehurkt zat, met zijn witte handen in de aarde. Er gleed een schaduw zijn gezichtsveld binnen. Dominee Berg kwam naast hem staan.

'Jomann', zei hij. 'Je zult het wel koud krijgen.'

Hij zei het zo stil. Zoals dominees praten, dacht Gunder. Maar hij bewoog zich niet.

'Kom mee naar binnen, daar is het warm', zei Berg.

Gunder probeerde zijn lichaam op te richten, maar het wilde niet omhoog komen.

Berg was niet groot, maar hij pakte Gunder bij zijn arm om hem te helpen. Hij gaf hem een onhandig schouderklopje. Duwde hem voorzichtig voor zich uit naar de pastorie. Binnen zette hij hem in een stoel. De open haard brandde. Gunder ontdooide langzaam.

'Wat heb ik gedaan?' vroeg hij met een door tranen gesmoorde stem.

Berg keek hem kalm aan. Gunder had moeite met ademhalen. 'Ik heb Poona hierheen gelokt, rechtstreeks de dood in', snufte hij. 'Ik heb haar in de koude aarde gelegd, ook al is ze hindoe en zou ze ergens anders moeten zijn. Bij een van haar eigen goden.'

'Maar ze wilde toch zelf hierheen komen, naar jou toe', zei Berg.

Gunder verborg zijn gezicht in zijn handen. 'En ik wilde haar nog wel het allerbeste geven!'

'Ik denk dat je dat gedaan hebt', zei Berg. 'Ze kreeg een

mooi plaatsje. Als je haar aan haar broer had meegegeven, had je misschien spijt gekregen. Je moest kiezen tussen twee kwaden. Soms moet dat. Niemand kan jou iets verwijten.'

Gunder liet de woorden op zich inwerken. Toen hief hij zijn hoofd op en keek de dominee aan.

'Ik vraag me af wat Gods bedoeling hiermee is', zei hij zacht. Er gleed een schaduw van woede over zijn gezicht.

Berg keek uit het raam, naar de boomtoppen. De bladeren vielen langzaam op de grond. 'Ik ook', zei hij stilletjes.

Na een pauze vermande Gunder zich. 'In India voetballen de kinderen tussen de graven', herinnerde hij zich. 'Het zag er zo knus uit. Zo natuurlijk, als het ware.'

Berg moest glimlachen. 'Dat zou mooi zijn. Maar ik ben niet degene om zoiets te bepalen.'

Toen ging Gunder naar huis. Hij bleef een poosje onder aan de trap staan. Uiteindelijk nam hij een beslissing, hij liep langzaam naar boven en haalde Poona's kleren tevoorschijn, die in een doos lagen. Langzaam en met vrome aandacht pakte hij het ene kledingstuk na het andere op en hing het in de garderobekast in de slaapkamer. De kast die eerst vol had gehangen met grijze en zwarte pakken, zag er nu heel anders uit. Haar schoenen zette hij eronder. Hij droeg haar toiletspulletjes naar de badkamer. Legde haar borstel onder de spiegel. Een klein flesje parfum kreeg een plaatsje naast zijn eigen aftershave. Daarna ging hij bij het keukenraam zitten, hij staarde naar de tuin. De lucht was betrokken en alles was grauw. Hij had een mezenbol voor het raam opgehangen. Zo nu en dan landde er een vogel op. De gedachten wervelden door zijn hoofd. Hoe zou het leven met Poona zijn geweest? Had zij zich er net zo op verheugd als hij? Of was hij voor haar slechts een welgestelde man en de sleutel tot een aangename toekomst? Zoals zijn zus had gezegd? Hij zou er nu nooit achter komen of het belangrijk was wat ze hadden gedaan. Of ze een liefhebbende echtgenote, een trouwe levenskameraad zou zijn geworden. Of dat ze alleen maar blij was om de armoede in Mumbai te ontvluchten. Hoe kon hij dat zeker weten? Zijn toekomst, die hij maar moeizaam voor zich zag, zou uit vermoedens en dromen bestaan. Zoals hij hoopte dat het zou zijn geworden. En hij had haar niet eens gezegd dat hij van haar hield. Hij had het niet gedurfd. Daar had hij nu verschrikkelijke spijt van. Hij had het van de hoogste berg moeten schreeuwen, zodat iedereen het had kunnen horen. *Mijn lieve, lieve Poona!*

Wat is liefde? dacht hij vertwijfeld. Het is niet meer dan een vurige wens. Hij legde zijn hoofd in zijn armen en kreunde. Overmand door zo veel narigheid. Wat had Poona gedacht toen ze hem niet op het vliegveld kon vinden? Wie was Marie nu? Wat had ze nodig?

Gunder hief zijn hoofd op. Toen zag hij de postbode in zijn groene Pajero. Hij stopte bij Gunders brievenbus. Gunder wachtte tot de auto uit het zicht was en wandelde toen naar de weg. Een brief. Voor hem, in een grote envelop. Hij ging de keuken binnen en maakte hem open. Het was Poona's brief aan haar broer. Het origineel in het Indiaas en een vertaling voor hem. Sejer had er een groet bijgevoegd. Hij zocht zijn bril op, zette hem op zijn neus en had moeite om zijn handen stil te houden. Toen begon hij te lezen. Op dat moment klaarde de lucht op. Een wolk gleed langzaam opzij en openbaarde een stralende oktoberzon. Het glinsterde in het gras. In het vogelbadje lag een dun laagje ijs. Een bonte specht landde bij het raam. Hij zette zijn klauwen in de mezenbol en begon ijverig vet en zaad te hakken. Een mannetje, dacht Gunder. De achterkant van zijn kop lichtte bloedrood op in de zon. Langzaam las hij de brief door. Alles binnen in hem verstilde.

Lieve broer Shiraz,

Het is lang geleden dat wij elkaar zagen. Ik schrijf je nu omdat ik je iets belangrijks moet vertellen. En je moet me vergeven dat ik geen rekening met je houd.

Ik ben een getrouwde vrouw. Het is gisteren gebeurd. Hij is een nette man, lief en fatsoenlijk. Hij draagt mij op handen, zoals je een kind draagt dat je wilt helpen en beschermen. Zijn naam is Gunder Jomann.

Mr. Jomann is groot en sterk en knap. Hij heeft dan wel niet zo veel haar en hij handelt en denkt ook niet zo snel. Maar iedere stap is weloverwogen en iedere gedachte is oprecht. In het land waar hij woont, heeft hij een huis en werk. Met een tuin en fruitbomen en allerlei dingen. Het is er koud, zegt hij, maar ik ben niet bang. Hij heeft een aura van licht en warmte. Ik zal daar altijd zijn. Ik ben ook niet bang voor wat jij ervan vindt, lieve broer, want dit wil ik meer dan iets anders. Ik ga naar zijn land toe om in zijn huis te wonen. Voor de rest van mijn leven. Er loopt op de hele wereld geen betere man rond dan Gunder Jomann. Zijn handen zijn zo groot en open. Zijn ogen zijn blauw als de hemel. Zijn sterke, brede lichaam straalt een stille kracht uit. Ik weet het, ik heb het gezien en gevoeld. Het leven met hem wordt goed. Wees blij voor mij!

Wees net zo gelukkig als ik, om alles wat mij is overkomen.

Je zus Poona

Van KARIN FOSSUM zijn bij dezelfde uitgever verschenen:

Eva's oog
Bekroond met de Glazen Sleutel
Kijk niet achterom
Wie de wolf vreest
De duivel draagt het licht
De Indiase bruid
Zwarte seconden
De moord op Harriet Krohn
Gestrand
De nacht van 4 november
Het huis der dwazen
Een andere voorkeur
Kwade wil
De waarschuwe

EVA'S OOG

BEKROOND MET DE GLAZEN SLEUTEL VOOR DE BESTE SCANDINAVISCHE MISDAADROMAN

Het leven van de alleenstaande moeder en schilderes Eva Magnus wordt overhoopgehaald wanneer ze het lichaam van een man in het water aantreft. Alle sporen van twee recente moorden leiden naar haar...

'Fossum schrijft adembenemend. Ze schiep hartverwarmende personages en een sterke plot, spannend van begin tot eind. Prachtig.' – *Vrij Nederland*
'Een thriller met een originele intrige, ongewone situaties en wrange wendingen.' – *Leesidee*

KIJK NIET ACHTEROM

Een zesjarig meisje wordt vermist nadat ze in een bestelwagen is ingestapt. De vijftienjarige Annie Holland wordt dood teruggevonden. Inspecteur Sejer gaat op zoek naar de naakte feiten, die verscholen liggen in schijnbaar normale gezinsverhoudingen, in een rustige dorpsgemeenschap.

'Een van onderdrukte emoties zinderende thriller.'
– *Humo*

WIE DE WOLF VREEST

Een psychiatrisch patiënt wordt door een bankovervaller gegijzeld. Samen verschansen ze zich in een hut in het bos, waar ze op elkaar aangewezen zijn. Als een twaalfjarige jongen uit een tehuis ook nog bij de zaak betrokken blijkt te zijn, dringt het drama langzaam tot inspecteur Sejer door.

'De boeken van Karin Fossum zijn literaire romans met een spannende bodem, gekenmerkt door hun zorgvuldig opgebouwde plots, ijzingwekkende spanningsopbouw en levensechte personages.' – *Knack*

De duivel draagt het licht

Een oudere, verwarde vrouw houdt in haar kelder een jonge inbreker gevangen, die van de trap is gevallen en zijn rug heeft gebroken. Ze heeft hem in haar macht, en doet niets om hem te redden.

'De karakters zijn ongelooflijk goed en geloofwaardig neergezet.' – *Flair*

De Indiase bruid

Gunder Jomann reist naar India, op zoek naar een vrouw. Hij leert Poona kennen, ze worden verliefd en trouwen. Hij reist terug naar huis om haar komst voor te bereiden, maar op de afgesproken dag verschijnt ze niet op de luchthaven. Een dag later wordt inspecteur Sejer geconfronteerd met het toegetakelde lijk van een vrouw...

'Een juweeltje van een thriller.' – *De Standaard*
'Fossum schreef een ontroerende roman met subtiele observaties van haar personages. Ze laat je als het ware zelf ontdekken wat er gebeurd is.' – *Feeling*

Zwarte seconden

Helga Joner beleeft de nachtmerrie van alle moeders. Haar dochter Ida gaat even naar de kiosk om een tijdschrift over paarden en wat kauwgum te kopen. Ze komt niet terug. Negen dagen later wordt het meisje aan de kant van de weg gevonden, gekleed in een wit nachthemd en zorgvuldig in een deken gewikkeld.

'Karin Fossum maakt de plot zelfs ondergeschikt aan de psychologie van de personages. Dat ze een meester is in suggestie, bewijst ze opnieuw in *Zwarte seconden*.'
– *De Standaard*

De moord op Harriet Krohn

Portret van een heel gewone moordenaar.

De veertigjarige Charlo Torp zit diep in de put. Zijn vrouw is overleden aan leukemie, hij is al twee jaar werkloos, heeft een speelschuld en weinig contact met zijn tienerdochter. Hij is ervan overtuigd dat het meeste wel weer goed zal komen, als hij er financieel maar weer bovenop raakt. Hij moet dus iets met zijn leven doen.
Om zijn schulden te kunnen terugbetalen berooft hij een oudere vrouw. Maar er gaat iets fout, en de vrouw wordt gedood. Dankzij de opbrengst van de roof is er een korte opbloei in zijn leven. Van het geld dat hij overhoudt, koopt hij een paard voor zijn dochter, waardoor ze weer naar elkaar toe groeien.
Dan verschijnt Konrad Sejer op het toneel.

'Ronduit verbluffend is de manier waarop Fossum Torp portretteert als een man die worstelt met spijt, onrust, zelfmedelijden, zwakheid, woede, wanhoop, en met het noodlot, waaraan hij blijkbaar niet kan ontsnappen.' – *De Standaard*

Gestrand

Jonas Eickel – Eickel met c k, zoals hij zich altijd voorstelt – is magazijnchef bij een groothandel en is een onopvallende figuur: bedaard en zeer correct. Hij kleedt zich neutraal en leeft zuinig. Als hij al ver in de dertig is, ontmoet hij de mollige, heerlijk naar koffie geurende Lillian Ask. Ze trouwen snel, maar dan blijkt het huwelijk met haar niet helemaal te zijn zoals Jonas het zich had voorgesteld. De hartstocht is ver te zoeken en ze ontberen allebei het vermogen om echt te communiceren. Lillian verandert, ze keert zich van Jonas af en het enige wat haar nog bezighoudt, is haar uiterlijk en de wens dat te veranderen. Om hun relatie nieuw leven in te blazen, stelt Jonas een reis naar de Algarve voor.

'Fossum schrijft sober en subtiel [...] Haar stijl is bedrieglijk eenvoudig maar uiterst effectief.' – *Het Nieuwsblad*

De nacht van 4 november

Op de avond van vier november wordt de grootste nachtmerrie van Jon en Magnhild Moe werkelijkheid: hun zeventienjarige dochter Jonna verdwijnt spoorloos. Politieonderzoek leidt tot niets en brengt alleen aan het licht dat Jonna op de bewuste avond tegen haar ouders heeft gelogen. Ze heeft gezegd dat ze met een vriendin had afgesproken, maar die bleek niets van deze afspraak te weten. Zullen de ouders ooit te weten komen wat er met hun kind is gebeurd?

'Met grote vaardigheid laat Fossum haar boek culmineren in de verrassing-na-de-verrassing [...] zo razend knap volgen de psychologische wendingen elkaar op. Hulde!' – *Knack*

Het huis der dwazen

Op een dag in maart 1978 wordt Hajna over de drempel van de gesloten afdeling van Het Baken gedragen. Ze heeft 160 hechtingen in haar lichaam nadat ze door een grote etalageruit is gesprongen. Ze is nog maar vierentwintig jaar, maar het enige dat ze wil is dood zijn.
Het huis der dwazen is een roman vol dramatische gebeurtenissen en lotgevallen, maar tegelijkertijd ook met veel humor en warmte.

'Het verhaal en de setting van *Het huis der dwazen* lijken wat deprimerend, maar Fossum heeft veel humor in haar boek gestopt. Vooral haar beschrijvingen van de diverse personages zijn geslaagd. Dat maakt *Het huis der dwazen* tot een prima roman.' – *Boek Magazine*

Een andere voorkeur

Een man en een vrouw die hun zondagse wandelingetje maken, vinden in het bos het lichaam van een bijna naakt jongetje. Het echtpaar neemt onmiddellijk contact op met de politie. Al snel wordt duidelijk dat er sprake is van seksueel misbruik. Sejer en Skarre doen onderzoek in het pedofiele milieu, maar zonder resultaat. Dan verdwijnt er nog een tienjarig jongetje, maar ditmaal wordt er geen lijk gevonden.

'Karin Fossum, de beste van de betere Scandinavische misdaadschrijfsters, verzint geen ingewikkelde verhalen en plots. Haar taal is van een superieure eenvoud. [...] Een moedige psychologische thriller over een onderwerp dat meestal ongenuanceerd wordt behandeld.' – *Knack*

Kwade wil

Ze zijn al vrienden sinds ze kleine jongens waren. De zelfverzekerde en innemende Axel Friman is de vanzelfsprekende leider, de wat verstrooide en slordige Philip Reilly – met zijn eeuwige citaten uit de Koran – is de filosoof van de drie, terwijl de kleine, tengere Jon Moreno alleen maar behoedzaam is en medicijnen moet slikken om zijn angst onder controle te houden.
Tijdens een tocht naar een vakantiehuisje aan een bosmeer valt Jon uit de roeiboot en verdrinkt. Is het een ongeluk of zit er meer achter?
Inspecteur Konrad Sejer en zijn assistent Jacob Skarre staan voor een raadsel. Als niet veel later het stoffelijk overschot van een andere jongen wordt gevonden, ook in een meertje, gaan ze op zoek naar aanknopingspunten.

'Een knappe thriller.' – *Dag Allemaal*
'Karin Fossum toont zich in *Kwade wil* van haar meest indringende, psychologische kant.' – *De Morgen*

De waarschuwer

De waarschuwer opent idyllisch: een jonge moeder staat eten te koken. Ze is gelukkig. Haar baby slaapt in de kinderwagen onder een beukenboom achter het huis. Ervan overtuigd dat alles goed is met haar kleine schat, eet ze met haar man en vrijt ze met hem. Wanneer ze naar buiten gaat, krijgt ze de schok van haar leven.
De waarschuwer is geen roman over een misdrijf, maar een vertelling over een tekort aan zorg, over eenzaamheid, maar ook over hoop. Het allermeest toont het boek aan hoe kwetsbaar ons bestaan is. Er is maar weinig nodig om een leven te ruïneren.

'De timide inspecteur Konrad Sejer beleeft zijn 15-jarig bestaan in Fossums boeken en heeft nog geen moment verveeld. [...] De thrillers van Fossum zijn, net als Sejer, degelijk: geen misleidende hints richting de verkeerde dader, compacte verhalen, duidelijk taalgebruik en personages die ook u zouden kunnen zijn.' – *Vrij Nederland Thrillergids*

'Met haar psychologische, soms literaire thrillers heeft ze al honderdduizenden fans veroverd. Terecht.' – *VTM Text*

'Fossum is heel nieuwsgierig naar waarom mensen de dingen doen die ze doen. Haar nieuwe boek is daar een schitterend voorbeeld van.' – *De Tijd*